天空飘走一朵云

任来虎　著

陕西新华出版

太白文艺出版社·西安

图书在版编目（CIP）数据

天空飘走一朵云 / 任来虎著. -- 西安 ： 太白文艺
出版社，2022.12（2023.6重印）
　ISBN 978-7-5513-2274-4

　Ⅰ．①天… Ⅱ．①任… Ⅲ．①长篇小说－中国－当代
Ⅳ．①I247.5

中国版本图书馆CIP数据核字(2022)第237506号

天空飘走一朵云
TIANKONG PIAOZOU YIDUO YUN

作　　者　任来虎
责任编辑　曹　甜　关　珊
封面设计　司徒静
版式设计　建明文化
出版发行　太白文艺出版社
经　　销　新华书店
印　　刷　三河市同力彩印有限公司
开　　本　787mm×1092mm　1/16
字　　数　233千字
印　　张　17
版　　次　2022年12月第1版
印　　次　2023年6月第2次印刷
书　　号　ISBN 978-7-5513-2274-4
定　　价　58.00元

序

亚　东

1977 年国家恢复高考以后，中国有成千上万城镇和农村青年通过自身努力，改变了他们的人生轨迹。任来虎的长篇小说《天空飘走一朵云》中的两位女主人公田菲和谷鸪，就是 20 世纪 80 年代走出农村的学子。两个人一起读书，一起考学，一起成长，大学毕业后又被分配到工业城市工作。她们的生活和情感剪不断理还乱地缠绕在了异乡。

小说的叙事空间主要在山东庄和石凹煤矿两地展开。

"山东庄是关中平原上一座普普通通的农庄，村子有三十多户人家，村西边有一条小河，叫龙泉河，一年四季水流不断。浅浅的溪水，淙淙南流，河边低洼处有不少泉眼，带着细小的沙粒，冒出地面，成为龙泉河常年水流不枯的源泉。"在作者笔下，改革开放之初的山东庄，与中国大地上的其他乡村类似：传统、贫困。村民大个子和老八在田间为争抢水源打架斗殴，结果误伤了哑巴。悲剧的发生推进了小说情节的发展。大个子一跑了之，从此几年没有音信，老八却因误伤了哑巴，跳井自杀未成，导致残疾，酿成终身悲剧。

　　作者构思巧妙，把山东庄和石凹煤矿紧密联系起来的关键人物正是跑了的大个子。他跑到煤矿当了下井工人，为几年后谷鸽毕业分配到矿上与他结为连理埋下了伏笔。作者在小说中对大个子的人物刻画也颇见功力，他个性莽撞，行为无赖，为了得到和他同村的谷鸽费尽心机，利用恐吓手段赶跑了追求她的中专同学，又对她死缠烂打，最终与她结婚，抱得美人归。正当两个人婚后开始磨合时，一场突发的井下矿难让大个子离开了人世。他的离世又为卢阳和谷鸽之间的情感纠葛埋下伏笔。通过大个子这个穿针引线的人物，小说的情节此起彼伏，环环相扣。

　　卢阳和田菲的爱情发生在大学里，卢阳毕业被分配到煤城工作，田菲为了爱情毕业后追随他来到煤城工作。两个人相亲相爱，结婚生女，步入美好的家庭生活。然而，幸福中的不幸却如影随形。他们的女儿突发疾病离开了人世，这对田菲在精神上的打击是致命的。当她从精神病院出来后，意外发现相知多年的闺密谷鸽竟然和丈夫卢阳有了亲密关系，并且怀了卢阳的孩子。沉重的打击让她的病情再次复发。这使两个家庭都背上了沉痛的包袱，羞愧难当的谷鸽最后辞了公职，远走深圳。

　　与此同时，山东庄也在发生着历史性巨变。随着改革开放的深化，大多数青壮年劳力离开农村走进城市，留在农村的大都是孤寡老弱。残疾人老八和哑巴是作者着力描写的人物，他们身上有着乡下人的纯朴。哑巴勤劳善良，待人宽厚；老八对大个子从恨到释然再到谅解，体现出他身上朴素的乡土味。村里的人们在生活上互帮互助，常年过着清贫、安逸的乡间生活。

　　对于长年漂泊在外的人们来说，落叶归根是每一个远离故乡的游子深埋的心愿。他们在外打拼多年，念念不忘的还是想回到故乡和亲人们团聚。田菲回来了，谷鸽回来了。她们在山东庄投资建起了养老院，照顾孤寡老人，这是绿叶对根的回报。

好的小说结构就像人体骨架一样，它能让故事"立"起来，在读者心中支撑起作家为他们营造的小说世界。所谓结构是按照创作者的意图，将人物、事件、场景严密缝合起来的一门艺术，是谋篇布局、构思形象的重要手段。作家茅盾曾经对小说的结构作过精辟论述，他说："结构指全篇的架子。既然是架子，总得前、后、上、下都是匀称的，平衡的，而且是有机的。匀称指架子的局部美和整体美，换言之，即架子的整体和局部应当动静交错，疏密相间，看上去既浑然一气，而又有曲折。平衡指架子的各部分有其独立性而不相妨碍，非但不相妨碍而且互相呼应，相得益彰。有机性指整个架子中任何部分，不论大小，都是不可缺少的，少了任何一个，便损伤了整体美，好比自然界中的有机体，砍掉它的任何小部分，便使这有机体成为畸形的怪物。"具体到《天空飘走一朵云》，小说以倒叙、插叙的方式开头，从结构构思上引发悬念，讲出小说主人公田菲与老公卢阳、闺密谷鸽的三角恋关系，从而激发读者去寻微探源。接下来以时间顺序和空间逻辑并行的架构讲故事，从山东庄到石凹煤矿，从石凹煤矿到山东庄，田菲、卢阳、大个子、谷鸽、小四川、师傅老安、陈经理、老八、哑巴、精神病等人物交替出场，最后以"大团圆"方式收尾。让人物的命运随着时代发展起伏，从头到尾故事完整，有始有终，是中国传统小说与现实主义小说的有机结合。

《天空飘走一朵云》是任来虎创作的第二部长篇小说，沿袭了他第一部小说"把故事讲好"的优点，同时在人物情感描写上有了新突破，比如"圆形人物"田菲在经历丧女打击后，心理上的细腻起伏，以及谷鸽、大个子、卢阳、老八这些人物在性格上的成长性，与上一部小说《走出黄土地》中那些略显扁平的人物相比有了长足进步。

巴尔扎克说："小说是一个民族的秘史。"它能够让我们从故事中明了时代背景，感知时代背景下的人物命运。《天空飘走一朵云》反映了中国社会大转型时期下的人物命运，客观再现了 20 世纪末中国农村和煤矿中的生活画卷。小说是一门古老而年轻的文学艺术，在每一个作家的笔下都有着弥久常新的变化。这也是小说在一代又一代读者心目中持久不衰的奥秘。

（**亚　东**　中国煤矿作协会员，陕西省作协会员。曾出版长篇小说《风起毛乌素》《煤矿子弟》《窟野河》《陕北煤老板》，散文集《细雨无声》，诗集《秋天的离去》等。曾获陕西省"五个一工程奖"、全国煤矿文学乌金奖，陕西省委宣传部首批"百优人才"。）

一

严冬的夜里，窗外寒风肆虐，雪花飘飘，田菲被母亲从煤城接回老家山东庄，她一整天都蜷缩在土炕的一角，浑身瑟瑟发抖，母亲连哄带骗地让她吃了两片安眠药后，田菲终于沉沉地睡去。

睡梦中，她梦见十六岁的女儿卢薇从空中慢慢地飘然而至，身上散发着一股淡淡的馨香，悄然来到她的面前，女儿轻轻地抚摸着她消瘦的面庞，目不转睛地看着她的眼睛，一袭长裙洁白如纱，但却披头散发，满面泪痕。

田菲猛然抓住女儿软绵绵却冰凉凉的小手，一下子把女儿揽入怀中，继而号啕大哭地说："妈妈想你啊，卢薇。"说完，轻轻地抚摸着女儿冻得通红的脸蛋，贴在自己温暖的脸上，并抱紧女儿，生怕女儿从自己的怀抱里被别人夺走。

女儿把自己冰凉的脸蛋贴在妈妈的脸上，默默落泪，始终不语。女儿惊恐地回头看了一眼黑暗中的影子，然后张开嘴巴想说点什么，可话还没有说出口，黑影中猛然伸出一双大手，从她的怀里夺走女儿，就像老鹰抓小鸡一样，然后闷雷般地大吼一声，扬长而去。

黑暗中传来了女儿撕心裂肺的号叫声，一声比一声凄惨，渐渐地销声匿迹，黑漆漆的夜空中死一般的寂静。

"女儿，卢薇、卢薇……"田菲惊醒了，猛然坐了起来，心口怦怦直跳，浑身冷汗直流，惊恐地环视一圈，看着四周的黑暗，搜寻着女儿的影子。她大喊一声，猛然甩掉身上的被子，跳到冰凉的地面上，打开房门冲了出去，跌跌撞撞来到院子中间，天空中除了飘舞的飞雪，什么影子也没有。她失望地一屁股坐在厚厚的积雪上，捂住面庞，一边哭，一边喊道："老天爷啊，你还回我的女儿吧，还回我的女儿吧，她还是个孩子啊。呜呜呜……"

老母亲在睡梦中听到女儿田菲的哭叫声，鞋也顾不上穿，披上衣服就跑了出来，吃力地想抱起女儿，却怎么也抱不起坐在雪地上痛哭流涕的田菲。

田菲转身紧紧地抱住妈妈，浑身颤抖地说："妈妈，刚才卢薇回来了，回来了，又被阎王爷夺走了，快去救她，快去救她啊。"

"孩子，卢薇已经去世了，你清醒一点吧！别再这样了，妈妈会心疼的，孩子啊，你快回屋里睡觉吧！"说完，轻轻地抚摸着田菲消瘦的脸庞，继而泪流满面。

田菲一听，怒火中烧，狠狠地在妈妈的胳膊上咬了一口，恶狠狠地说："你胡说，卢薇就是回来了，快去追啊，追啊。"

说完她就爬了起来，打开大门，一头扎进肆虐的风雪中，赤着双脚一边奔跑一边号叫着："老天爷啊，还我的女儿，还我的女儿。"凄惨的叫声回荡在山东庄宁静的雪夜里。

老妈赶紧跟在她的身后追赶，在雪地里不知道跌了几跤，又艰难地爬起来，一遍又一遍地喊着："孩子，你回来啊，快回来啊，田菲。"

母女俩的呼喊和哭泣的声音，打破了乡村的宁静，寒风依然肆虐呼啸，伴着鹅毛大雪飞舞飘落，山东庄长长的街道上，两道深深的脚印留在洁白的雪地上，瞬间又被狂风大雪覆盖了。

田菲最后被山东庄的父老乡亲在水库的大坝上找到，是哑巴把她背了回来，回到家里，田菲坐在土炕上，不停地啼哭，告诉妈妈："我想可爱又漂亮的女儿，痛恨病魔残酷地夺去了我的女儿，我怎么也想不通，命运为什么会如此残酷地降临到我的身上啊，妈妈。"

她痛苦地撕扯墙上贴的年画，年迈的老母亲坐在炕边，无奈地看着女儿的一举一动，心里非常伤心和难受，如同尖利的鹰爪正不断地挠心。此时，老人心里明白，要抑制住自己的情感，不能哭泣出声。她唯恐影响女儿的情绪，两行老泪不住地顺着脸颊流淌。

过了一会儿，田菲泪流满面地转过身儿，泪眼蒙眬地看着母亲，嘴里喃喃地说："妈呀，我恨老天爷，生生地夺走我的宝贝女儿，妈妈，你说我活着还有什么意义啊？"

母亲心疼女儿，伸手揽过她，轻轻地擦去她满脸的泪痕，慢慢地拥入怀中，抚摸着女儿已经花白干枯的头发，粗糙凹陷的脸颊，她的心在滴血，看着田菲，母亲老泪纵横地说："唉，我可怜的女儿啊，你让娘心里难受啊，苦命的娃啊，今后没了妈，你自己可咋办呀？"

此时，田菲渐渐地安静下来，眼含泪水，躺在母亲的怀里慢慢地睡着了，妈妈一动不动地抱着她，低头看着睡梦中可怜的女儿，给她擦去脸上的泪痕，而自己的眼眶却噙满了泪水。

她喉头发紧，但没有哭出声，怕影响刚刚睡着的女儿。

二

距离煤城五十公里的大山里，一处四面环山的山坳，仅有一条沟道通向外面的石凹煤矿的一栋家属楼里，田菲的同学谷鸽心神不宁地披上一件厚厚的棉大衣，孤独地站在清冷的阳台上，听着窗外呼呼怒吼的风声，俯视着路灯下飞舞的雪花。她推开阳台的窗户，眺望着黑魆魆的夜空和远处黛色朦胧的山峦，无奈地叹息了几声。雪花随着寒风飘忽而入，扑在她的脸颊上，落进她的脖子里慢慢地融化，冰冷地刺激着她的感官神经。

寒冷的氛围让谷鸽心灰意冷，不由自主地想起了痛彻心扉的过往。那年的煤矿事故，让她失去了高大伟岸的丈夫，那惨痛的煤矿事故历历在目，常常折磨着她，撕扯着她的心扉。

那是十年前一个黎明的早晨，正是秋末冬初的季节，矿区还没有开始供暖，她和丈夫窝在温暖的被窝里。二人都是裸体入睡，大个子喜欢用粗壮的胳膊紧紧地抱住她入睡，谷鸽小鸟依人地靠在丈夫的怀抱里，幸福而温暖。她虽然醒了，却也不想打断丈夫甜甜的梦，侧耳听着窗外吧嗒吧嗒的雨滴清脆地打在窗上。

丈夫突然咳嗽一声，醒了过来，麻利地把她反转过来揽入怀中，用另一只大手轻轻地抚摸着她光滑细腻的肌肤。当手掌慢慢地滑到她柔软的下身时，慢慢地停了下来。她明显地感觉到丈夫来了冲动，她还没有反应过来，大个子一个翻身就把她压在了身子下面。

他俯在谷鸽的耳旁轻声地说："鸽子老婆，老鹰想你了，想要你一次。"说完，喘着粗气，迫不及待地想和她亲热一番。

谷鸽紧张地护住胸部说："老公，今天绝对不行，你一会还要上班，我们不是早就约法三章了吗，只有你休班的时候才可以，难道你忘记了自己的承诺和我们的约定吗？"

听谷鸽说完，大个子无奈而失落地停止了动作，他的两只大手把她的手腕压在头顶两侧，看着谷鸽极像投降的姿势，突然扑哧一声笑了。他欣赏了一会儿老婆漂亮的脸蛋，慢慢低下头，俯视着自己身子下面的谷鸽，喘着粗气叹息了一声，顺势翻身坐了起来。

大个子心里又气又急，一切都因为自己刚刚结婚时，性欲旺盛，让谷鸽吃不消，影响了自己的工作和她的工作，谷鸽才给自己制定了不成文的制度，自己只能默默接受这样的现实。

大个子坐在那里生闷气，谷鸽逃也似的蹦下床，赶快穿上睡衣，转身对老公说："我给你热牛奶煮鸡蛋，吃了饭该去上班了，我会坚持我们的约定，你是井下一线工人，工作危险又辛苦，必须体力充沛才能安全归来，你坚决不能忘记我们拉钩许下的约定。"

大个子看着她，脸色因为扫兴而有点凝重，无奈地挥挥手，示意她去忙活，然后习惯性地点上一根烟，猛抽几口，顺着鼻孔喷出两股浓浓的烟雾。

谷鸽热好牛奶煮好了鸡蛋，走到床边，俯下身子轻轻地亲吻了老公一下，谁知他一下子揭开被子，赤身裸体地躺在那里，惊得谷鸽啊呀一声转身就跑。

大个子吼叫着说："唉，你我都是农民出身，还讲究得不行，咋就没有城里人浪漫，真不让我快活一下，嗯？"大个子期待地看着她。

谷鸽一听，哈哈大笑，拿起笤帚狠狠地给他来了几下，嘴里嘟囔着说："你还羡慕城里的媳妇，那时要不是你对我死缠烂打，我一个大学生能让你抱在怀里？死鬼，你去找城里的娘们儿快乐去，别来招惹我。"

大个子一听哈哈大笑，看谷鸽生气了，就一把揽过她，温柔地亲吻了一下，谷鸽这次没有反抗，紧紧地抱着老公。过了一会儿，大个子推开她说："好了，我的好老婆，我该吃饭上班了，等我休班的时候，再好好地收拾你。"

吃完饭，大个子穿上脏兮兮的黄大衣，戴上棉帽子，一个转身就出了家门。谷鸽站在阳台上，看着他高大的背影，大踏步地出了矿区家属大院，慢慢地消失在她的视线中。

大个子和谷鸽自小在山东庄一起长大，谷鸽学校毕业时分配到了石凹煤矿，没有想到碰上了大个子。他是矿上的一名农民协议工，自从见到她的那一天开始，大个子就开始了自己的求爱计划，对谷鸽一直穷追不舍，让追求谷鸽的大中专同学望而却步，不敢靠近。最后因为大个子英雄救美，才获得了谷鸽的芳心，使她嫁给了大个子。她经常开玩笑地说大个子是因为逼婚，才把她抢到手的，所以，大个子结婚以后就把谷鸽爱护得含在嘴里怕化了，捧在手里怕碎了，一切自然得听谷鸽的。

但谷鸽怎么也没有想到，这一个转身出门，竟然成了自己和大个子的永别。

就在那天下午两点左右，谷鸽右眼皮不停地跳，跳得她心里发慌。因为大个子在井下一线工作，让她常常牵挂，每次大个子下井，什么时候走进家门了，她才会放下心来，变着花样给他做好吃的。因为他的采煤一线工作，不但辛苦，而且充满了危险性。

下午，她正在工程部绘图，突然间，办公室的电话急促地响了。同事接起电话后，转身告诉谷鸽是找她的。她拿过电话一听，是丈夫出事了。突然间，她觉得头皮发麻，两手冰凉，痴呆地站在那里半天也没有反应过来。转身想出门，却觉得两腿像灌了铅一样迈不开步子，一下子跌坐在地。

同事赶紧过来扶她，一问才知道大个子在井下出事了，正在矿区医院抢救。同事二话不说，赶紧扶起她，两人跌跌撞撞地出了办公大楼，坐上矿长安排的车，向着矿区医院飞驰而去。

大个子那天在采煤工作面支护的时候，不幸被落石砸断了腰，虽经医生的全力抢救，但最终还是没有抢救过来。等谷鸽急急忙忙赶到医院的时候，满脸煤灰的大个子已经断了气，仰面躺在急救室的病床上，身子下面洁白的单子上，流出的鲜血已经凝固成了紫黑色，一股血腥的味道扑面而来。谷鸽看到这样的场景，哇的一声就扑了过去，抓起大个子垂下的胳膊摇晃着，哭号着："大个子，你这是怎么了，怎么了？你说话啊！"

谷鸽感觉到他的大手已经冰凉了，满眼泪痕地抚摸着他满是煤灰的面庞，擦去脸上的煤灰，她心里还幻想着，是不是他们弄错了，这不是自己的丈夫？

矿工小四川哭着端来一盆热水，轻轻地擦拭着队长脸上的煤泥，当清晰的面容显露出来的时候，谷鸽一声号叫，继而号啕大哭，悲恸欲绝，一下子瘫倒在地，昏了过去。

清理大个子遗体的时候，谷鸽和矿工小四川一边清洗着丈夫脸上和身上的煤灰及煤泥，一边清洗了头发里面的煤渣，又刮净了硬扎扎的胡须，在几个矿工兄弟的帮助下，给他穿上了干净的衣服。等大家默默站在两旁，向大个子告别的时候，谷鸽一边默默流泪，一边不时抬起泪眼，看着大个子像是熟睡的模样，心里非常遗憾，后悔早晨没有满足其正常的生理需求。

唉，可怜的大个子，这最后的生离死别，谷鸽只要想起来，就感到痛彻心扉。

大个子已经离开自己多年了，但和他生活的那么多年里，他一直宠着自己，爱着自己，像一只大鸟张开翅膀，把自己护在翼下，让她生活在幸福和甜蜜之中。每每只要想起大个子，过去的一切历历在目。

谷鸽站在阳台上，正陷入痛苦的深思，客厅看电视的老八，坐在轮椅上叫了声："谷鸽，外面阳台有点冷，快回屋子吧，别冻感冒了啊，要为孩子着想，注意身体啊。"

老八是谷鸽的第二任丈夫，他轻声的呼唤，打断了她无尽的思绪。与老八结婚，也实在是谷鸽的无奈之举，要不是为了肚子中的孩子，自己怎么会嫁给一个残疾人。

谷鸽边走边想，离开阳台，转身走进客厅，坐到沙发上，她看着老八说："老八哥，我这几天心里总是毛毛的，有种惊慌不安的感觉，我不便打电话，你打电话问问卢阳，不会有什么不祥的事情发生吧？我的右眼皮不停地跳，感觉不是什么好兆头。"

老八想了想说："行，我给卢阳打个电话，问问田菲最近的情况，不过，田菲在老家山东庄，虽然住进了精神病院，应该治好了吧？况且有哑巴和她母亲的关照，应该不会有什么大的事情，你尽管放心吧。"

但谷鸽心里始终放心不下田菲姐，毕竟自己这辈子对不住她，也有愧于她。不用多想，自己怀上了她丈夫卢阳的孩子，这是夺夫之恨，田菲一辈子都会憎恨自己的，她在田菲姐的伤口上撒了一把盐，唉！世界上没有卖后悔药的，要有，花多少钱她都愿意去买。

想到这里，她感觉心口阵阵发痛，无奈地摇摇头。她轻轻地把杯子放在茶几上，又望了一眼阳台外面飞舞的雪花，思绪慢慢地又回到了从前的岁月。

谷鸽和田菲是发小，只要两人遇到一起，总会津津有味地回味难忘的农村生活，回味高中读书和考学的那些深刻的记忆，常常乐此不疲。

但天有不测风云，人有旦夕祸福，自从田菲失去了自己的女儿卢薇后，因为身体原因让生活都变了样，而谷鸽甚至百思不得其解地责问自己，人活着到底是为了什么？人活着有什么意义？对她们这些走出黄土地的女人而言，人生的道路怎么是如此的艰难啊！

一段时间以来，谷鸽的心总像飘浮在空中的云朵，不知该飘向何方？

身居山东庄的田菲，在寂静的夜里总痴呆地看天上的繁星，晴朗的白天就专注地望着蓝天上的朵朵白云，她始终相信，不论白天还是黑夜，天空中都会有女儿清澈的一双眼睛在注视着自己。

那么，关于田菲和谷鸽的故事，以及发生在她俩身边诸多的事情，还得从关中腹地，20世纪80年代的山东庄慢慢说起。

三

20世纪80年代初，关中平原上迎来了一年的盛夏时节，望不到边际的小麦已经发黄，一阵热风吹过，麦浪滚滚，大片的麦田散发着淡淡的清香。沟畔上的苜蓿也生长得非常茂盛，小小的蓝花盛开，像绿毯一样艳丽地铺满水库大坝的斜坡。夏日阵阵的劲风刮过，会随之飘来一股清香的味道。

庄稼地头的水渠边，一排泡桐树，一直栽到村口，喇叭状的桐树花，浅紫带粉，一串一串地挂在高大的泡桐树上。此时的山东庄，风景优美，田园阡陌，打眼望去，真是风景这边独好，让人羡慕和留恋。

山东庄是关中平原上一座普普通通的农庄，村子有三十多户人家，村西边有一条小河，叫龙泉河，一年四季水流不断。浅浅的溪水，淙淙南流，河边低洼处有不少泉眼，带着细小的沙粒，冒出地面，成为龙泉河常年水流不枯的源泉。

因这里的人们大多是清朝末年从山东迁移而来，所以，当地人称山东人居住的村庄叫"山东庄"。

河边有一条小道，道路旁栽种着一排高大茂盛的白杨树，随着蜿蜒的道路伸向远方，好多知了落在高大的杨树上，不知疲倦地鸣叫着，尖利刺耳的鸣叫声此起彼伏，响彻空旷的原野。

周五下午，高中住校的学生都得回家换洗衣服，上灶吃饭的学生，父母早早在家磨好面粉，等孩子回来后带到学校，换成饭票，就是一个月的伙食。

十七岁的高中学生田菲，与同学谷鸽相伴而归。她推着自行车，谷鸽跟在后面，两人慢慢地走到树荫下。田菲头上扎着两条小辫，粗壮短小，上身穿着淡红色的运动衣，下身穿着浅蓝色的运动裤，一双蓝底白面的运动鞋，衬托得她非常精神和美丽。高挑的身材，已经微微地鼓起的胸脯，脸蛋上还镶嵌着两个浅浅的酒窝，使她更显青春而靓丽。

谷鸽跟在她的身后，中等身材，但人看起来比田菲略胖一点，白色的短袖T恤，领口和袖口是一圈红色的边，生长发育的屁股丰满，胸脯高高地挺起。她年龄比田菲小一岁，一直喊田菲为姐姐，两人都是高中的同学，一个学文科，一个学理科。

转眼三年高中学习就要结束了，再过一个月，两个人就要参加一年一度的全国高考了，改变命运的日子即将来到，几代人"日出而作日落而息""面朝黄土背朝天"的农民生活，是她俩决心要改变的现状。理想的翅膀早已经在两个少女的身上开始扇动，即将飞向远方。

午后的天空蔚蓝，头顶上白云朵朵，只是远处天地相接处，有一片乌云正在涌起，云头紫红如血，在庄稼人的眼里，这就是夜里暴雨的前兆。

田菲把自行车靠在杨树上，转身对谷鸽说："谷鸽，我走累了，我们俩歇息一会儿，到树下凉快凉快。"

"好吧！"谷鸽应答完，走到一棵低矮的杨树旁，折了些杨树枝叶铺在水渠边，看着田菲说，"来，坐我身边吧，我们是得歇一会儿。"刚说完，一只知了从杨树上掉落下来，翅膀少了一半，鸣叫着，在地上扑棱棱地打着圈儿。

田菲抓起知了，拿在手上仔细地端详了一会儿，轻轻地说："谷鸽啊，你看这知了多可怜啊，可能是被鸟啄掉了一只翅膀，断了翅膀的知了太可怜了，天空再也不会属于它了，多可怜的小精灵啊，唉！"

"是啊，知了折翼，只能苟延残喘了，放到树叶下面，能活一天是一天吧。"谷鸽说完，从田菲手里拿过知了，轻轻地放在树叶下面。知了就静静地趴在那里一动不动，牢牢地抓住风中摇摆的杨树叶，一阵一阵的劲风吹来，它始终稳稳地抓住树叶不放。

田菲和谷鸽看着眼前的一切，反倒担心起这个知了以后怎么活啊？她们讨论着怎么去救它，毕竟它也是一条生命啊。两人讨论着，甚至忘记了一路回家的疲乏。

最后，两人哈哈大笑，觉得这真是杞人忧天。看看远处的天际边，刚才还云头不高的一大片乌云，已经开始翻卷升腾，几乎遮蔽了北面半边的天空，看来暴雨即将来临。狂风一阵比一阵吹得急，水渠边的枯枝和树叶哗哗地向远方飞去，突然改变的天气，让两人不敢怠慢，起身急急忙忙赶路回家。

四

山东庄西边的村口，有一大片春天播种的玉米，人称"春苞谷"，已经长得一人多高了，但由于近期天旱，好多天没有下雨，玉米宽大的叶子都已经打了卷。田地里，还留有上次浇灌过的水印，地面已经开裂，像小孩子张大的嘴巴，如果再不浇水，估计这一片一片的玉米田就保不住了。

农村实行生产承包责任制后，农民们都想使自己的田地里多打粮食，年年有个好收成，以补贴家用。但是今年天公不作美，赶上了多年未遇的大旱。

对于庄稼汉来说，水泵房的井水灌溉成了人们唯一的希望。吃过午饭后，田地边就围拢了一大群人，为了争水浇地，村民们互不相让，吵得面红耳赤。

田玉佩是村里的村委会主任，也是田菲的父亲，看着眼前这些争执不下的村民，尤其是李姓和郭姓两户人家的后生，怎么劝说都不听。水渠里的水，头一家刨开口子，水刚流进地里，另一家高个愣头小伙就给堵上，非要把水引到自己家的田地里，大个子嘴里大声叫骂："郭老八，你狗日的想咋？水是我联系的，帮人家泵房主人修好了水泵电机，他答应先给我浇地的，你这是找事，你到底想咋？"

"你放屁，水泵没有坏之前，我都把钱预交了，上次浇了个半截子，水泵坏了，现在给我浇完你再浇，难道不行吗？"老八急得扑到大个子面前唾沫星子乱喷。大个子不停地擦着脸上的唾沫星子，恶心得直反胃，火气一下子就涌上了头，挽起袖子两人杠上了劲。

大个子顺势把老八一推，抹了一把脸，愤怒地指着老八的鼻尖，狠狠地说："老八你离我远点，个子矮，扬程还高得不行，喷我一脸的臭唾沫。你再往前扑，小心我给你两捶。"

"你狗日的大个子，小时候在学校就凭个子高常常欺负我，水库里游泳把我从高处扔到水里，差点淹死，浇地你也欺负我，你今天敢再改水，我就用铁锹拍死你，不信你再改水试一试，你改！"老八说完，脱掉背心，光着膀子，把手里的铁锹举到头顶，眼睛瞪得像铜铃一样，脸色铁青，牙齿咬得咯嘣响。

村上有年龄大的好心人一看这两个愣头青互不相让的样子，如同公鸡斗架一样，脖子抻着互不相让，也有人规劝大个子，老八有羊癫疯，让着点算了。可大个子心里急，回头看着自家叶子卷曲的玉米，想着自己为了修理水泵忙活了一天，到现在也没有吃一口热饭，又累又饿的，一着急就来气，一副得理不饶人的架势。

争社是村里唯一的哑巴，从小就失去父母，一直是老主任田玉佩关照长大的。他已经二十岁了，自己坐在水渠边玩水，反正他也听不见这些人在吵闹啥，一会儿抓个蛐蛐，专心地逗着玩，一会儿抬头看看眼前这一大群人，笑嘻嘻地看着他们推搡打斗。

在山东庄里，村里本姓之间还是比较亲的，发生打架斗殴会一致对外。看着两帮人推来推去的，大有引起群殴之态势，哑巴看了看，只是呵呵地傻笑，除了看热闹，其余什么也看不懂。

老主任田玉佩急急忙忙地赶过来，他可不能看热闹，他是一村之长，自然得主持公道，着急地上前劝架，但事态的发展已经不由主任控制了。大个子看见老八举起铁锹恐吓自己，就抓起一块砖头向老八猛扑过去。老主任本想冲到中间挡住他们，不让他们打斗起来，没有想到却被大个子一下子撞倒在地，半天也没站起来。

哑巴争社一看，平时对自己恩重如山的田伯伯被人打倒在地，他听不见声音，也不明事理，顺手抄起一把铁锹便扑了过来，准备和大个子拼命。

谁知哑巴刚扑过来，愣娃老八也举起了手中握着的铁锹，想着大个子多年来欺负自己一桩桩的事情，突然间火冒三丈，硬扎扎的头发根都立了起来。他闭上眼睛，看也不看了，怒吼着举起手里的铁锹向大个子的头上拍去，没承想铁锨正好拍在扑上来的哑巴头上。哑巴惨叫一声，滚到一边的水沟里，挣扎了几下后，大字形地躺在水沟里，似乎没有了气息，鲜血顺着额头流到脸颊上。在场的人都看呆了，惊得张大了嘴巴。

老八站在那里，手里举着铁锨，大叫了一声妈呀，铁桩子一般站在原地发愣，看着满脸污血的哑巴，扔下手里的铁锨，"啊呀"一声吼后，吓晕了过去，躺倒在地，翻起白眼，口吐白沫，身子也不停地抽搐起来。

老主任一看眼前这情景，嘴里说道："坏了，老八癫痫病犯了。"坐在地上，痛苦而着急地大喊："大个子，你个浑小子，赶快去村委会打120、110去，救人要紧。"

大个子张大嘴巴，愣在那里，还在呼哧呼哧大喘气，听老主任一声大喊，自己也慌了神。现在可是全国严打的时期，他心里比谁都怕，也特别明白，现在有期徒刑会判无期，无期徒刑自然要枪毙，如果哑巴死了，自己还能活命吗？

想到这里，他不自觉地哆嗦起来，转身撒腿就跑，边跑边喊道："不关我的事，不关我的事。"他的脚底像抹了油，一溜烟的工夫，便钻进玉米地，消失得无影无踪了。

老主任田玉佩在大家的搀扶下，艰难地站了起来，看着村上的会计说："还不赶快去村委会打电话去，快，救人要紧。"说完，他扯下脖子上的毛巾，艰难地挪到哑巴跟前，用手里的毛巾把哑巴流血的伤口先包扎住。这些都是抗美援朝时老主任学到的战地救护知识，现在是和平年代没有用了，复员回家倒派上了用场。他一边包扎一边骂道："你们这些不听话的愣娃，书都读到狗肚子里去了，遇事就知道打架。唉，都是些愣娃。"

给哑巴包扎好，他又蹒跚地挪到躺在地上不断口吐白沫、不省人事的老八跟前，先把老八扶起来，靠在自己半跪的大腿上，啪啪地扇了老八几巴掌，让老八清醒点，然后用力抠开老八的嘴巴，掏出嘴里的呕吐物，接着又不停地猛掐老八的人中。

他心里明白，还得扇几巴掌，老八才能清醒。又是掏嘴巴，又是掐人中，一番紧急救治后，老八僵硬的身子才渐渐地绵软了，慢慢地睁开了眼睛，惊恐地看着眼前围着的人群，如同头上受了重击一样，迷茫地看着眼前的一切。

田玉佩看老八缓过劲来，哑巴脸上的血也不像刚才那样顺着额头流淌了，才松了口气。过了一会儿，听见救护车的鸣叫声从远方传来，等村上会计气喘吁吁地跑过来的时候，他心里提着的劲一下子泄完了，虚脱地躺在地上，想着刚才发生的事情，气得他不住地大骂："王八蛋，大个子，个子高，胆子小，惹事怕事，坏尿一个，坏尿一个。不就是浇个地吗，都不知道让着老八，让他把剩余的半截子地浇完，争哩抢哩，真是吃了枪药了，哎呀，我这老腰啊，完了。"说完骂毕，干脆直挺挺地躺在地上吹胡子瞪眼地大喘气。

五

田菲与谷鸽俩人刚刚走到村口，就看见玉米地边一大群人吵吵闹闹的，还看见了会计叔叔奔跑的身影。竟然有救护车疾驰而来，山东庄里可从来没有来过救护车啊！田菲心里忐忑不安，也不知道发生了什么事情，便跨上自行车，带着谷鸽，气喘吁吁地赶了过去。

人还没到跟前，田菲一抬眼，就看见父亲躺倒在地，心里猛然一惊，慌忙下车，自行车都来不及撑好，边跑边哭地扑到父亲身边，大声地哭喊道："大，你咋了？"她急忙拉着父亲的手，想把他从地上拉起来。

田玉佩抬头一看，发现是女儿回来了，也不再臭骂大个子了，拉住田菲的手，咬咬牙慢慢地坐了起来，对女儿说："娃，你别哭了，大没有什么事情，就是被村子里这些愣尿气得实在没有办法，这些愣娃打架把我撞倒了，怕是闪了腰。"

"哎呀，大，你没有事情就好，看你躺在地上的样子，把你娃快吓死了。"说完，田菲艰难地把父亲扶了起来。

转眼一看大夫正在给哑巴包扎和处理伤口，哑巴哥哥满脸是血，双目紧闭，好像没了气息，而老八僵直地躺在那里，浑身沾满黄土，胸前及脸上污垢不堪。田菲和谷鸽看着平时村上这些亲如一家人的乡亲们，每次见了人都是和和气气的，今天这是怎么了？她们心里怎么也想不明白。

父亲清清嗓子，吐了口痰，喘了口气才说："唉，为了浇地抢水，都是老八二愣子和大个子李逵，两人死也不相让，大打出手，哑巴为了救我，结果被老八一铁锨拍到头上了。唉，你看哑巴可怜的，是死是活就看他自己的造化了。"

田玉佩刚刚说完，老八慢慢地灵醒了，转身看了一眼哑巴，满脸血糊糊的样子，而身边早已经不见了大个子的踪影。他心里越想越怕，怕自己真把哑巴打死了，过不了几天就要吃枪子了吧。想到这里，他哇地大哭一声，两腿不住地哆嗦，小便也失禁了，顺着裤管流到脚面上。

老八想着屋里可怜的老娘，踉踉跄跄地走了几步后，慌慌张张地向村子里跑去。

而大个子虽然人高马大，其实就是个草包，那是哑巴替他挡了老八抢过来的铁锨，要是他早跑了。俗话说：识时务者为俊杰，好汉哪能吃眼前亏啊。反正自己把事情闹大了，也闹出人命了，大个子一溜烟钻进玉米地深处坐了一会儿，战战兢兢地抽了一包羊群烟。最后他一看没烟了，顺势把烟盒在手里一揉，哆哆嗦嗦地扔在地里，从裤兜里掏出墨镜戴上，从玉米地的另一头钻出来，绕到城壕沟底，一口气跑到自己家的庄子后面。他爬上靠近土墙的一棵桐树，迈腿跨上墙头，扑通一声跳入院子。墙头上突然间跳下一个人，把端着猪食准备喂猪的母亲吓得大叫一声，差点扔掉了手里的猪食盆，浑身直打哆嗦。

大个子拿掉墨镜，轻声说："妈，是我。"

他妈一看是儿子，拿起地上的向日葵秆追着打，嘴里不停地大骂："你个崽娃子，得是成精了，学会翻墙了，你一天不学好，哎呀，你把妈快吓死了。"说完，拍了拍胸脯，喘了两口气。

大个子抓住母亲手里的向日葵秆，做了个闭嘴的姿势，轻声对妈说："妈，别喊了，你儿弄下烂子了，遇上人命案了，不跑就没命了，快给我拿些钱，我要逃命啊，快！"说完，拉着他妈朝屋子里跑去。

他妈一听，两腿都软了，惊讶地问："咋了？咋了？你这娃从小到大都没有让大人安生过，你大就是被你气死的，哎呀，我上辈子造了什么孽，生下你这个不争气的种，你让大人咋办？"

想着现在严打的社会形势，他妈也不想问到底咋了，反正能翻墙回来，说明也不是什么好事。她一边想着，一边哆哆嗦嗦地上了土炕，跪在炕上从炕席片子下面摸出钥匙，开了柜子，拿出红手绢，准备解开缠了多圈的红毛线。大个子这时听见了外面救护车和警车的鸣叫声，吓得惊慌失措，一把夺过母亲手里裹着钱的红手绢，转身从墙上拿了件自己的外衣，兔子一般飞奔到后院，一个鱼跃，蹿上墙头。他转身回头看了一眼吓得脸色煞白的母亲，哑着嗓子说："妈，儿子不孝，您老保重！"说完，跳下墙头，看四周无人，便迅速地钻入玉米地，狂奔而去。

他妈眼睛有点花，看见儿子飞墙而过，惊得一屁股坐在地上，手捂住嘴，也不敢大声哭号，怕引来了邻家，一边低声哭着，一边嘴里骂着："哎呀，老天爷啊，我真是上辈子造孽了。哎呀，我今后咋办？"

哭了一会儿，她从地上爬起来，擦擦脸上的眼泪，心里倒纳闷起来，娃到底咋了？外面又是救护车，又是警车的，干脆出门去看看，到底咋了？她洗净脸上的泪痕，跨出大门瞭望，外面乱糟糟的人群让她丈二和尚摸不着头脑。她紧张地攥着毛巾，手心里直冒汗。

"我儿到底弄下啥烂子了，夺命跑了，唉！"她手扶着门前的椿树，嘴里自言自语地嘟囔着，莫名其妙地看着远处慌乱的人群。

老八战战兢兢地跑回家里，关上大门后，转身向堂屋里奔去。二门的门槛过高，他奔跑中跳得过高，把头也撞到门上了，脑子轰的一响，一下子跌了个狗吃屎。

看见母亲正在织布机子上织布，老八扑通一声跪在地上，连磕了三个响头，磕完头，泪流满面地看着母亲说："妈，我把哑巴打死了，我要吃枪子了，不得活了，妈，您多保重啊，儿子不能给您养老送终了。"

"啥？你把哑巴打死了？哑巴谁都不惹，跟你无冤无仇的，为啥把哑巴打死了，啊？"老八母亲说完，惊恐地把织布的梭子都抛到右边墙上去了，咣当一声，梭子带着棉线掉在了地上。她慌忙从织布机子里出来，但乍一听儿子打死人了，却紧张得怎么也抬不起腿从织布机里跨出来。

门外面传来急促的警笛声，不一会儿大门就被人敲得咚咚地闷响。老八慌忙起身向后院跑去，现在全国到处都在严打，他前几天还兴致勃勃地跑到盐碱滩，挤到人群前面参加公捕公判大会看枪毙杀人犯。只听砰的一声枪响，杀人犯一头栽倒在地，两脚乱蹬，邻村神经病的爷爷手里拿着两个白蒸馍，也不顾警察的阻拦，用蒸馍蘸犯人的脑浆，嘴里大喊："我娃有救了、有救了。"这是当地人的传说，人的脑浆能治疗神经病，但老八想到这里，吓得魂都没有了。

老八回想着那恐怖和血腥的场面，自己这回真摊上大事了，八成不得活了，大庭广众之下又绑又勒的，还不如自己死了算了。他跌跌撞撞地跑到自家后院的水井边，眼睛一闭，大喊一声："妈、大，儿子二十年后又是一条好汉。"

扑通一声，他跳进井里去了，不一会儿就没有了声响。

老八妈打开门，几个警察紧跟着跑进来，却到处找不见老八。他们满院子寻找，后院墙根靠着的玉米秸秆也被翻倒。面缸里、陶瓷缸里、麦瓮里，甚至炕洞里他们都找了个遍，也没有发现老八的踪影。

一位警察刚走到水井边，好像听见井底有痛苦的呻吟声传出来，用手电筒一照，井底似乎有个人影，赶忙大喊："所长，快来，人在井里。"

听到喊声，大家呼啦啦围了过来，老八妈一听儿子跳井自杀了，哭天抢地，大叫一声后，仰头倒在地上晕了过去。

警察和村子里的几个小伙子分头救人，一个人脚蹬打井时留下的脚窝，慢慢地下到井底。由于最近大旱，井里的水不多，他把绳子系到老八的腰上，大喊一声："好了，往上吊。"

大家七手八脚地把老八从井底吊了上来，放到地面上一看，老八的右腿断了，膝盖以下的骨头都顶破肉皮露了出来，一只脚歪向一边，明眼人一看就知道骨头断了。

老八躺在地面上被凉风一吹，慢慢地清醒了过来，一看身边站了几个警察，自己想死也没有死成，干脆把头在靠近自己跟前的榆树上撞得梆梆响，连滚带爬地还要跳井，又被人拉住了。他哭天抢地地哭号道："我不活了，我不活了。"没一会儿又晕了过去。

田玉佩看着老八的惨状，嘴里说了句："这娃真是，咋会想着自杀啊，真是的。司会计，快去村委会再叫120，救人要紧。"

"不用了，用我们警车送吧，再耽误一会儿，血流干了，这娃就没命了，快，几个人抬到警车上去送医院。唉，这家伙也是条汉子啊。"派出所所长说完，看着田玉佩说，"这娃他妈晕倒了，你快掐掐人中，那是惊吓过度了，快叫人弄到屋里去。"

"好好好。"田玉佩说完，招呼人把老八的母亲抬到了炕上，放平后施救。

田菲和谷鸽一回到村子里，就看到发生的这些血腥的事情。两人吓得腿直打哆嗦，远远地站在一边，也不敢靠近去看，两人拉着的手紧紧地攥在一起，惊恐地看着眼前发生的一切。

老八被几个公安抬着出了院子，洒了一路的鲜血，醒了后还哭号着不想上车，嘴里喊着："让我去死，让我去死，放开我。"

田玉佩走到他跟前说："娃，你还年轻，赶紧去医院，迟了你的腿就保不住了，哑巴不大要紧，只是被你那一铁锨拍晕了，破了一点皮。听话，快去治疗，别把你耽搁了。"

老八听罢，突然间不哭号了，惊恐地张大嘴巴大喘气，半天憋不出一句话来。田玉佩赶紧掐人中，老八缓过劲来，躺在担架上，伸出胳膊，抱住田玉佩的腰，大声哭了起来，嘴里喷着白沫说："田伯啊，早知道哑巴没有事，我何必自杀啊，唉，妈呀，我自己害了自己啊。啊……"

老八悲戚的哭声，让田菲和谷鸽听了头皮都发麻，此时，天空中一声炸雷震响，一阵狂风吹得老八家门前的椿树树干咔嚓一声折断一截掉落下来，豆大的雨滴随着狂风砸向地面，帮忙的人、看热闹的人大叫着四散而去。

看着警车在雨幕中渐渐地远去，田玉佩转身走进老八的院子，看见老八他娘被人搀扶着，站在二门口，哭成了个泪人，就看着她说："她婶子，不要哭了，孩子会治好的，你不要伤心了。唉，现在这些年轻人，咋都这样不让人省心！"

众人站在老八家的门檐下面，看着瓢泼大雨哗哗地落下，街道上一股股大水流向南边的低洼处，一个接一个闷雷接连在头顶炸响，轰隆隆的响声吓得人直打哆嗦。谷鸽紧紧抱着田菲，田菲站在父亲身边，吓得刺耳地尖叫了几声。

田玉佩抬头看看昏暗的天空，想着刚才发生的一切，不住地长吁短叹。他心想，山东庄今天到底咋了？是谁招惹阎王爷了，还是惹怒雷神了？几十年来，和谐的山东庄啥时候发生过这样血腥的事情啊？想想真是可怕。

眼前，一只麻雀被暴雨淋得落在地面上，在水里挣扎着、哀鸣着。田玉佩实在看不下去了，好歹这也是一条命啊。他冲进雨幕中，捡起在水中挣扎的麻雀，兜起背心放进去，紧紧地贴在自己的肚皮上，想慢慢地把它暖热、暖干。

田菲和谷鸽还有在老八家门口和屋子里躲雨的人，看着老主任田玉佩的举动，心里都非常地敬佩他。

电闪雷鸣，狂风骤雨。咔嚓一声，不远处古老的大槐树，落下一根大腿粗的枝丫，田玉佩望着已有几百年寿命的古槐都断了枝丫，心里不由得惊恐起来。他突然间想起爷爷给他说过山东庄那年遭遇土匪洗劫的事情，也是发生在狂风暴雨的夜里，土匪打死了族人老大，砍杀了几位村民，直至山东庄的众乡亲义愤填膺，纷纷取下墙头的砖块，怒吼着开始拼命，奋力血战悍匪，最终才打跑了作恶多端的土匪。

古槐今天在狂风暴雨中又断了枝丫，田玉佩心想：山东庄不会又要发生什么大事情吧，自古以来，古槐断枝，都是不祥之兆啊！

想到这里，田玉佩觉得自己的后背有点发凉。

六

  大个子从墙上跳下时崴了脚，只是逃命的时候，忘记了疼痛。他跑到一片玉米地的中间，躺在地上大喘气，休息的时候，才觉得有点脚疼。他坐起来一看，妈呀，脚腕有点肿了，也不知道怎么破了一块皮，慢慢地往外渗血。环顾四周正好有几棵刺蓟草，便揪了几片叶子，放进嘴里咀嚼了一会儿后，敷在红肿的脚腕和伤口处，疼得龇牙咧嘴。他顺势仰躺在玉米地里，闭上眼睛，开始胡思乱想，想着想着，竟然睡着了。

  一阵凉风吹来，大个子打了个寒战，睁开眼睛透过玉米叶子一看，天空一片昏暗，满天乌云密布，震耳的炸雷声一声接一声地不断传来，让他胆战心惊。他心想，不能在这停留了，大雨来了能把活人淋死，得想办法离开这里，到底去哪里呢？

  突然间，他想到了四五里路外的盐碱滩边，那里靠近公路，路边有邻村为了放羊在羊圈里盖的羊房，还是先到那里再说吧，最起码不至于被暴雨淋死。

  想到这里，他慢慢坐了起来，披上外套，肚子也开始咕咕地叫个不停。他活动了一下腿脚，刺蓟草还真管用，脚关节也不太疼了，血也不流了，站起来走了几步，还可以走动，抬头看看天上翻滚的乌云，加快了逃命的步伐，也顾不得玉米叶子刮蹭得脖子和脸上一阵阵的刺疼。

  他一边走一边想，自己下一步到底该去哪里？要跑就跑远点，去新疆，就是去拾棉花也不至于饿死吧，但新疆太远，他又不敢坐车，光靠两条腿跑到什么时候啊。还有延安的店头，听说那里煤窑多，不行就下矿去，唉，算了，要是塌死了，连尸首都送不回来，想想也挺可怕。

  走了一段，他突然来了灵感，想到了自己曾经读初中的时候，在课本上学的一些知识，至今难忘。一个南方小红军北上抗日，迷失了方向，是北斗七星为他指明了前进的方向，最终走到了延安，身经百战后，最后成了共和国的功臣。看来只有北上，走到哪都行，从小母亲就说自己是有福的人，自然会吉星高照的。主意拿定后，首先要解决的就是饿肚子的问题，他想到了盐碱滩种的甜萝卜，一会儿吃上两个，先不饿了再说。

大个子走到地边，探头看看四周，没有人影，反正暴雨天，空旷的盐碱滩上哪里还会有人啊。他放心地走出玉米地，经过一条通往劳改农场的公路后，看到那个羊圈里盖的小房子孤零零地盖在盐碱滩边，离这不远。于是，他先走进甜萝卜地，拔出一个大萝卜就吃，也顾不得干净不干净了。眼前是一大片甜萝卜地，一眼望不到边际，他知道，甜萝卜是熬制白糖的一种材料，不会中毒，吃起来甜丝丝的，味道还挺可口，大个子一口气吃了两个，肚子吃饱了，也觉得自己精神了许多，顺便又拔了两个带到羊房去，以备自己晚上饿了充饥。

沿着煤渣铺成的公路走了一段，到了羊房门口，探头向里面看了看，看来已经废弃多时，地面上全是大人和小孩的大便，臭烘烘的很难闻，好在土炕还在，上面还铺了一层玉米秆，他抱起一捆玉米秆，把地上的大便统统扫了出去，然后上了土炕。他靠在墙上，想着今天郭老八可憎的样子，心里就来气，但转念又想到哑巴血糊糊的惨状，老八口吐白沫挣扎的样子，自己真没有想到，这回真惹下大事了。现在全国正在严打，想活命只有逃命，他决定养精蓄锐后，连夜就跑。在那之前，他要先眯一会儿，确实有点困了。

轰隆一声雷响后，一阵狂风刮过，羊房门口清扫出去的脏物及玉米叶子等，呼啦啦地被大风卷走了，暴雨哗哗地落了下来，狂风骤雨几乎要掀翻这个小小的羊房。大个子靠在土墙上，闭上眼睛，不管外面的大雨下成什么样子，哪怕房子被大风掀翻，哪怕被洪水冲垮塌死自己才好，省得亡命天涯还不知道后面要遭多少罪，死活也不好说，算了，听天由命吧。

外面狂风暴雨，肯定无人，他安心地睡着了。也不知道睡了多长时间，外面一阵机器的轰鸣声吵醒了他。他紧张得心口怦怦直跳，慢慢站起来，探头从小小的窗口往外观察，发现是一辆汽车陷进公路边的泥坑里，轮子在水坑里不住地空转，溅起一股股的泥水，却怎么也开不出泥坑。他探头向公路左右看去，天已经大亮，路上没有一个行人，随即抱起茅草屋里的一堆玉米秆出了屋子，司机正好下车查看情况，急得满头大汗。

大个子把玉米秆往轮子下面一铺，示意司机上车去开，结果司机一加油，轰的一声，汽车驶出了泥潭。停稳车后，司机下来就给他发烟，高兴地连声说："谢谢你，小伙子，来抽根烟。"

大个子挠挠头，看着脸色黑红、嘴唇厚厚的司机师傅，嘴里甜甜地说："呵呵，叔，不用谢，我这也是电影上看的，呵呵，对了，叔你这是去哪里啊？"

"准备回煤城，昨晚来盐碱滩的劳改农场送煤炭，结果下了暴雨，今天想着公路应该没有事，着急赶路，结果路面打滑，汽车就滑到水沟边上了。唉，这路实在难走，大坑小坑的，多亏你帮忙，谢谢啊！"司机抽着纸烟，对着大个子说了一通。

大个子一听真高兴，真是瞌睡遇到枕头了，吉人自有天相，煤城不就是在北边吗？刚好是北上，先跟着师傅北上，走一截是一截，离开这里就安全了。

想到这里，他对师傅说："叔您好，我想跟您去煤城，下矿挣钱去，您看现在农村的生活，穷得叮当响，辛苦一年下来也挣不了多少工分，吃的也是苞谷面馍和红苕。我想好了，去了煤城，干点零活或者下矿挣点钱，总比待在农村受穷好。我想坐您的顺车，如何？"

师傅听完也很高兴，拍拍大个子的肩膀，操着浓重的河南腔说："中，那有啥，顺路，上车。"

就这样，大个子坐着送煤的解放牌汽车来到了煤城。幸运的事还在后头，司机师傅的弟弟在石凹煤矿劳资科工作，听说矿上最近在招农民协议工，在司机师傅的引荐和担保下，填了几张表后，大个子摇身一变，成了一名采煤工人。办完一切手续后，他来到煤矿后面的一条河流边，扯着嗓子大声地吼叫："啊啊啊！"高八度的嗓音在空旷的山坳里传得很远很远，惊得松树上的几只松鼠，惊恐地看着他，一会儿便逃得无影无踪了。

来到职工澡堂，他舒舒服服地泡了个热水澡，自己长这么大，哪里洗过这么舒服的热水澡啊！在山东庄，就是夏天的时候，忙完一天的农活，才去水库里洗个澡，有时还被冻得牙齿咯嘣咯嘣响。这舒服的感觉，真好！

洗过热水澡后，他回到职工宿舍躺在架子床上，一头钻进被窝里，自己得意地偷着乐：我这辈子吉人自有天相，有北斗星指路，真是吉星高照。共产党为穷人打天下，革命取得成功，我大个子一直北上来到煤城，一定也能成大气候。想着未来，想着这几天发生的事情，因祸得福的大个子，嘴角挂着微笑，一会儿便进入了甜蜜的梦乡。

山东庄这场打架风波过后，老八右下肢还是没有保住，被截了肢，法院最后判一缓二，在家休养；哑巴头上缝了六针，清醒后，住了几天医院，被田玉佩接回村里，落下了轻微的脑震荡；大个子没了踪影，听人说可能去了新疆，也可能投井自尽了，但谁也没有看到尸首。

没过多久，暑期到来，酷热难耐，邻村及山东庄的小孩，好多突然间得了急性脑膜炎，好似一场瘟疫席卷而来，弄得人心惶惶。学校停了课，大人在家看管自己的孩子，不准相互串门玩耍。

大个子十二岁的弟弟没有救过来，最后死在妈妈的怀里。他妈坐在土炕上，把儿子抱在怀里，整整哭了一天一夜，哭得眼睛红肿，就是不肯让人埋掉孩子。

三天过后，尸体放在家里都有味道了。田玉佩带领村里几位年长者，拿了工具，来到大个子家，给大个子他妈讲了好多瘟疫和传染病的知识，好说歹说，才用褥子把孩子卷了，红布包裹好，埋在孩子爷爷坟墓的前面。

懂风水的阴阳先生老石头，还在孩子的坟头上砸进去一根桃木橛子，嘴里念叨了好一会，大家才伤心地回到村子。

路上，田玉佩问老石头嘴里念叨的是什么？老石头诡秘地一笑，抽了几口烟锅子，才说："我念叨的是安魂曲，让孩子爷爷把小家伙管好，不要让他的魂再回到村子里，找孩子玩耍做伴啊。"

"哦，原来这样啊。"田玉佩一边低头走，一边又想起古槐断枝的事情，说来真是灵验啊。

谁知第二天，老石头的孙女也得了脑膜炎，高烧一直不退，大队的医生全力以赴抢救了一个礼拜，孩子的命算是保住了，但好长一段时间，孩子都是扶着土墙才勉强能走一段路。

人常说：祸不单行。老石头的儿媳妇和婆婆吵了几句嘴，骂了几句脏话，被老公扇了几个耳光，躺在炕上哭了一晚上。黎明的时候，她拿了根绳子，来到村口的大槐树下，竟然上吊自杀了。

早起拾牛粪的老石头刚走到村口，发现古槐树上直挺挺地挂了个人，走近一看，妈呀，这不是自己的儿媳妇吗？她脸色铁青，吐着紫红的舌头，狰狞的面目吓得他大呼小叫，等把儿媳放下来的时候，她早已经死了。

老石头的儿子后悔得捶胸顿足，号啕的哭声回荡在山东庄寂静的清晨，但村里有个讲究，暴死者不能入屋，只能身上盖着大红棉被，静静地躺在一块门板上，看着凄惨苍凉。刚刚大病初愈的孙女，紧紧抱住妈妈的脖子就是不松手，哭得晕了过去。

老主任田玉佩哀叹几声后，心里倒是怀疑起老石头风水先生的能力了：桃木橛子也不灵验了？

他安排村里的小伙子去公坟里打墓，早早让暴死者入土为安，省得村里的大人和小孩都惊恐得不敢出门。

安葬了老石头的儿媳妇，一个礼拜过后，一场薄雾笼罩了山东庄，云开雾散的时候，人们惊奇地发现古槐树上，蝴蝶成群，鸟儿啄食，一派难以想象的稀奇景观。

这样的场景，惊得村里的老人们张大了嘴巴望着眼前的一切，更有那些迷信的老婆婆，赶紧在树下的石磙上摆上香炉，点上香火，长跪叩拜，念念有词，并唤来孙子孙女，小心地捏起点点香灰，抹在小孩的额头上。有的小孩窃窃傻笑，老婆婆们总是轻轻地拍打着说："快跪好，神仙下凡了，祈求健康平安，坚决不能笑，要不然，脑膜炎那瘟神就会来了。"小孩们认认真真地跪在那里，被吓得不敢吭声。

而不远处的土墙边，老石头嘴里叼着长长的烟杆，一脸凝重地靠在土墙上，看着眼前发生的一切，他算是懂风水的先生，可也弄不明白今年到底怎么了，奇怪的事情一件接一件地发生。

这棵几百年的古槐树下，他曾经坐在石碾上，给孩子们讲过山西大槐树的故事，大个子死去的弟弟还扑闪着大眼睛问过他："石头爷爷，那人们离开家乡，为什么要来大槐树下看一看啊？"

他笑着说："大槐树是根啊，它长得高大，走得再远也能看见。元末明初战乱四起，那时的中原大地千里无鸡鸣，朱元璋皇帝为了平衡人口，把富庶而人丁兴旺的山西人口，迁往人烟稀少的中原和江南，那时的政策就是：四口之家留一，六口之家留二，八口之家留三。所以，迁移的人口可多了，那些迁徙的移民先集中在大槐树下，点名画押后，被官兵拿着刀枪棍棒押走，那时候的人真是可怜啊！"

老石头还问那群孩子："你们知道什么叫解手吗？"

"知道，就是尿尿。"孩子们异口同声地回答。老石头笑笑说："对，是尿尿，可那时，移民们是用绳子绑着双手，想尿尿的时候，就要解开手，才能尿尿，你说那时的人可怜不？"

大个子的弟弟还问："为啥可怜啊？"

老石头摸摸他的脑袋说："唉，谁愿意离开家乡啊，背井离乡的人心里肯定是凄凉的。"

老石头想到这里，老泪滚落，泪眼模糊地看了看那些下跪的大人和孩子，想着死去的孩子和自己的儿媳妇，长叹了几声。

山东庄最近发生的奇事、怪事很多，老主任田玉佩坐卧不宁，茶饭不思。早饭后，干脆骑上他的飞鸽自行车，径直奔向乡政府和乡镇医院，先消灭脑膜炎是当今的大事。

他从乡镇医院带回了许多板蓝根、柴胡、鱼腥草等中草药，在村口大槐树下支起做豆腐的大铁锅，按照大夫的防疫要求，开始熬制中药，让全村男女老少都端着洋瓷缸子、大老碗来喝中药。不想喝药的孩子，也被大人们硬是灌进嘴里，再哭再闹也不行，一勺一勺的中药灌进肚子，尽管也吐了不少。

一个月后，村子里住院的孩子都出院回家了，大人与孩子们再也没有人得脑膜炎了，疫情总算得到了控制。田玉佩靠在大槐下的一堆玉米秆上抽着旱烟，心里一下子轻松了许多。

后来，田玉佩还是听了风水先生老石头的建议，请来了戏班子，在古槐树下搭台唱戏，让锣鼓铙钹的铜器声音，震走瘟神和邪气，恢复山东庄的安静与和谐。

秦腔《打镇台》《二进宫》等戏曲唱了一天，戏班子撤走后，老主任田玉佩放下烟袋，郑重地对着古槐又是磕头又是作揖，嘴里也学着懂易经、会算卦的老石头，念念有词，以祈求山东庄的父老乡亲们风调雨顺，人丁兴旺。

下午，老八终于可以出来转了，挂着双拐，远远地看着老主任田玉佩的一举一动，想着自己前一段时间的一时冲动，给山东庄带来了多大的负面影响，自己失去了一条腿，害得大个子至今杳无音信，也伤得哑巴不轻，让老主任操碎了心。老主任明显地苍老了许多，头上稀疏的白发几乎秃顶，腰也弯了下来，脸上的皱纹刀刻一般的沧桑。

以前的山东庄，茶余饭后，村子里的老人们最喜欢来到古槐树下，一边抽烟，一边聊天，一边赏景。更高兴的当数那些疯惯了的孩子们，钻进附近的油菜地里捉迷藏，等跑出来的时候，脸上及头发上沾着金黄的花粉。也有孩子哭着飞奔而出，原来头上让蜜蜂蜇了几个大包，钻进爷爷怀里哇哇大哭。爷爷笑笑，不慌不忙地从烟袋锅子里掏出一点烟油往孙子头上一抹，一会儿就不疼了，孙子摸摸头，转而破涕为笑，又开始玩耍去了。

田玉佩站在古槐旁的田地边，想着以前古槐树下热闹的场面，想想山东庄现在满是愁人的事情，怎么也高兴不起来。转身打算回家的时候，却看见老八站在不远处，雕塑般地瞅着他，想想娃可怜的样子，还是朝他招招手，示意他过来坐一会儿。

老八没有迟疑，挂着双拐，咯嗒咯嗒地挪了过来，他右腿膝盖以下截了肢，空空的裤管随风摆来摆去的。

到了田玉佩面前，他尴尬地傻笑，摸摸自己硬扎扎的短发，半天挤出几个字："叔，你弄啥哩？"

田玉佩没有回答，先扶他坐到古槐树下的石碌上，看了一眼他空空的裤管，长长地叹息了一声，拍拍老八的肩膀说："孩子，你把罪受了，唉！"

老八一听，两行眼泪不由自主地夺眶而出，一看四周无人，竟然哇哇地大哭起来。老主任心软了，把老八揽在自己的怀里，轻轻地抚摸着他的脊背，任凭他号啕大哭，自己也觉得眼热，老泪也慢慢地顺着脸颊流淌下来。

过了好一会儿，等老八的情绪稳定下来，田玉佩捧着老八的脸，轻轻地擦去他满脸的泪痕，泪眼蒙眬地看着老八说："孩子，冲动是魔鬼啊，血淋淋的教训，你小子一辈子都不会忘记了，你看你现在这般光景，老叔作为一村之长，也不能坐视不管啊，我想让你去村委会看个大门，申请点补助，把你先养活起来再说吧。"

"那谢谢老叔了，我知道自己错了，但一切都晚了，后悔都来不及了。"

"唉，世上没有卖后悔药的啊，好好保养身体，什么也不要想了。现在，也不知道大个子跑哪里去了？"田玉佩说完，哀叹了一声，转身向远处的田野里看了一眼，抬头望了一眼天空中的云朵，心里倒是牵挂起大个子来了，毕竟他也是自己看着长大的孩子啊。

七

深秋季节，门前树上的叶子几乎都落完了，光秃秃的枝丫伸向空中，玉米、红薯等庄稼已经收割完毕，田地里播种的小麦都长了出来，绿油油地铺满了山东庄四周的田野，清晨，露珠点点，在晨光的照耀下闪闪发光。

老主任田玉佩，去庄稼地里转了一圈后，来到水库的大坝上，放下手里的工具，一屁股坐在大坝上，掏出旱烟抽起来。水面上一群野鸭游了过来，田玉佩一边抽烟，一边看着野鸭悠闲地游荡。

回家的时候，碰到了大个子的母亲，他本想低头绕过去，但冤家路窄，大个子的母亲径直向他走来，气呼呼地责问他："老田，过了这么多天我终于明白了，我问你，村上发生这么多的事情和我娃有啥关系？听说你还躺在地上吹胡子瞪眼地骂我儿，把我娃吓得到现在都不知道跑到哪里去了，是死是活都不知道，这要是你儿，你咋办？"说完，她非常生气，一屁股坐在地上哭天抢地，一边哭一边指着田玉佩骂道："你就不是个人，还当主任哩，讲究你还当过兵，简直就是土匪出身。"

好男不和女斗，大个子母亲又哭又闹的，好说歹说才被邻居们劝说了回去。田玉佩气呼呼地扛着铁锨回到屋子里，把锨往门背后一靠，圪蹴在院子中间的石磙上，唉声叹气。他吧嗒吧嗒地抽着烟锅，心想，大个子人高马大，却胆小怕事，也没有人去追究他的什么事情，他却不明事理地跑了，怪我什么事情啊？真是的，唉，这个破主任当得真窝囊啊。

"大，回来了洗洗手吃饭，你是吃凉面还是吃热面？"田菲看见父亲回来了，望着父亲问了几句。

"随便。"田玉佩说完，吧嗒吧嗒地继续抽烟，嘴里喷出一股一股浓浓的烟雾，呛得田菲咳嗽了好几声。

但她哪里知道，父亲忍受了大个子妈的一番奚落，心里一直吐不出这口冤枉气，好在女儿这时来叫他吃饭。孩子再有两天就要高考了，他想了想，唉，不能给女儿脸色吧，先吃饭再说。

田菲坐在灶前烧火，母亲煮好手工面后，又在凉开水中过了一遍，捞起后摊在案板上。田菲给父亲盛了一大碗，浇上早已经炒好的臊子，多放了点油泼辣子，加了点菠菜叶后，顺便拿了一头蒜，给父亲端到院子里，小心地递给父亲。看着绿菜配上红辣椒的捞面，田玉佩这会真有点饿了，狼吞虎咽地吃起来，田菲转身又给父亲端来一碗热面汤，看着父亲的吃相，偷偷地笑了笑，转身进屋，自己也去吃饭了。

饭后，田菲来到谷鸽家，找谷鸽聊聊高考的事情，结果谷鸽不在家，她母亲说："谷鸽一大早就给奶羊割草去了，娃想着要参加高考，来回也得好几天，多割点青草，奶羊也能吃上几天，看这个时辰估计快回来了，你就在家等等。"

田菲点头答应，坐下来帮谷鸽母亲洗衣服。

两人正在说话的时候，突然间，大门哐当一声被人踢开，田菲抬头一看，大吃一惊，哑巴哥哥抱着谷鸽慌慌张张地跑进院子。只见谷鸽头发湿漉漉地盖在脸上，下身不见了裙子，只穿着粉色的裤头，脸色铁青，好像已经昏迷了过去，两只胳膊下垂，软绵绵地晃来晃去。

田菲和谷鸽母亲两人惊得大叫一声，赶快起身跑过去。哑巴抱着谷鸽放到床上，呜里哇啦地两手不停地比画，浑身上下也是湿漉漉的，光着两只大脚丫子，急得满头大汗。

谷鸽母亲以为哑巴欺负了自己的女儿，拿起一把笤帚满屋子追着哑巴，不住地捶打，边打边骂："哑巴，你真是坏了良心，咋不叫老八一铁锨拍死你，你欺负我女子，我今个非打死你不可。"

田菲一边呼喊谷鸽，一边挡住谷鸽母亲说："婶子，赶快救谷鸽，还不知道是怎么回事，先不要打哑巴，他又说不清。"

谷鸽母亲也是被吓得有点糊涂了，听田菲这么一说，赶快给女儿掐人中，把女儿揽在怀里，又哭又摇的。

哇的一声，谷鸽嘴里吐出了几口黄色的泥水，铁青的脸色渐渐地有了血色，迷茫地看了母亲一眼，突然扑进母亲的怀里呜呜地大哭起来。

哑巴一看谷鸽哭了，自己也蹲在墙角处哇啦哇啦地哭起来，他摸着额头上被谷鸽妈追打的包块，哭得非常伤心。

这时，院子里跑进来两个小男孩，上气不接下气地说："奶奶，刚才姑姑在水库边割草，大中午没有人，邻村那个神经病疯子跑过来，抱住姑姑不放，把姑姑压在草地上欺负。我们俩一直用石头打他，还用树枝打他，神经病起来赶我们的时候，姑姑起身跳到水库里了，哑巴叔叔跑来了，跳进水里才把姑姑捞上来，还把那疯子打跑了。"

听孩子说完，谷鸽妈妈放平一直啼哭的女儿，赶紧走过去给哑巴赔不是，摸着哑巴的额头说："婶子冤枉你了，哑巴不要哭了，一会儿婶子给你擀面吃。娃，不哭了，听话，婶子也是气糊涂了。"

哑巴摸摸头，不哭了，不一会儿又傻傻地笑了，拿起洋瓷缸子，跑到厨房里，咕咚咕咚地喝了满满一缸子凉水。

谷鸽只是受了点惊吓，呛了几口水，多亏哑巴及时施救，神志清醒后，看清了田菲坐在身边，随即和田菲抱头痛哭。

过了一会儿，谷鸽好多了，拉着田菲的手说："姐啊，那个神经病太流氓了，把我扑倒在地耍流氓，那时，我都不想活了，干脆跳河算了，要不是哑巴哥来，我这辈子就完了。"

这时，谷鸽妈才想起哑巴，赶快出门把哑巴叫进屋，比画着给他擀面吃，哑巴笑了笑，拿起扫帚去羊圈干活了。

谷鸽妈看了一眼勤快的哑巴说："可怜的娃，心肠也好，婶子冤枉你了，无爹无妈的，婶子以后养活你。"说完，系上围裙进了厨房，开始和面。

哑巴一会儿工夫，把谷鸽家的羊圈打扫得干干净净，然后又挑起担子打水去了，两个报信的小男孩蹦蹦跳跳地跟在哑巴身后，欢快地跑了。

等哑巴挑水回来，谷鸽妈递给他一根黄瓜，哑巴在背心上擦了擦，咔嚓咔嚓地吃起来。他坐到风箱跟前，一边吃黄瓜，一边卖力地拉风箱，火苗呼呼地从灶口处蹿出来，谷鸽妈低头看着哑巴可怜又可爱的样子，开心地笑了。

谷鸽母亲做了一大碗臊子面，放了点油泼辣子，端到哑巴跟前说："娃，你是谷鸽的救命恩人，我们全家一辈子都忘不掉你，吃饭。"

哑巴接过大碗面，香喷喷地吃着，头也不抬，满头大汗地吸溜面，谷鸽母亲又递给他两头剥好的大蒜，他吃一口面，就一口大蒜，汗水顺着脸颊流淌。

谷鸽母亲又给哑巴端过来一碗热面汤，看着哑巴说："娃，慢点吃，锅里还有，吃完了喝碗面汤，原汤化原食。"

谷鸽母亲说着，但哑巴也听不见，只顾低头吃饭。

八

田菲明天就要去县城参加高考，田玉佩真想让女儿多带点钱，他也明白穷家富路的道理。但老伴翻箱倒柜地寻找，数了数积攒下来的票子也不到五十元钱，当田玉佩知道后，无奈地哀叹了一声，转身走出院门，圪蹴在大门口的门墩石上，装上旱烟，吧嗒吧嗒地抽起来，想着怎么能给孩子多带点钱，去谁家再借点。

想了半天，也不知道该向谁张这个口，出门借钱总是个难为情的事情。思虑之中，突然听到猪圈里小猪的叫声，他于是有了主意，来到猪圈旁，站在那里看着圈里冲着他直哼哼的小猪，狠狠心一跺脚，干脆把小猪卖了算啦。

他跳进猪圈，抓住小猪后，绑好四蹄，装进筐子里，推出自行车，准备去市场。

老伴和田菲听见小猪的嚎叫声，着急地从院子里跑了出来，却看见了这一幕，只能无可奈何地站在门口，看着他推着自行车渐渐地走远。

田玉佩刚走出村口，坐在大槐树下休息的老八，看见老主任匆匆忙忙要外出，就朝着老主任喊了声："田叔，您干啥去啊，休息会儿抽根烟，急啥？"

田玉佩听见老八叫他，看见娃怪可怜的，常常一个人坐在大槐树下发呆，于是，推着自行车走了过来，小心地靠在大槐树上，接过老八递给他的纸烟，对上火后两人抽起来。

田玉佩圪蹴下身子，解开老八的裤管看了看，又低下头仔细地闻了闻，关心地问道："老八，伤口愈合得怎么样了？现在天热，要听大夫的话，勤用药水洗洗，可不要溃脓感染了，一定要注意啊，明白不？"

"没事，我注意着呢，田叔。对了，您打算干啥去啊，还带着小猪？"老八微笑着问道。

"唉！"田玉佩哀叹了一声，接连抽了几口纸烟，为难地说，"田菲明天要去县城参加高考，家里也没有多少钱，想把这猪娃子卖了，让娃去考试多带点钱。"

"差多少？"

"一百。"

老八笑了，想着老主任对自己的关心和爱护，看着他发愁的样子，说："我借给你钱，你不用卖猪崽了，那么小，卖了挺可惜的，一会儿我回家取钱给你送屋里去。"老八说完，艰难地站起来，拄着双拐回家了。

田玉佩愣住了，看着老八一跛一跛地渐渐远去，自己反倒觉得有点羞愧，干脆一屁股坐在石碌上，挠挠头，感动得不知道该说什么是好，娃都成了这个样了，还能借给他钱，真是没有想到啊。

他歇息了一会儿，眼眶渐渐湿润起来，含着泪水哼起秦腔："无银钱当时把英雄困倒，大丈夫低下头泪如雨抛……"唱罢，擦干眼泪，推着自行车无精打采地低头回家。

田菲和母亲还在大门口，田菲一转身，却发现父亲又回来了。田玉佩一句话也不说，解开小猪的蹄子，提着小猪的后腿放进猪圈里，进门端出自己的旱烟盒子，圪蹴在院子中间的石磨旁，吧嗒吧嗒地抽起闷烟。

老伴发现他铁青着脸，也不敢去问他怎么了，就进了屋。田菲给父亲泡了杯浓茶，给他端到面前，刚要转身，父亲发话了，看着她说："田菲，去屋里搬个凳子出来，炒两个鸡蛋，拌两根黄瓜，弄两个菜，给你妈说一声。"田菲答应着离开，心里全是疑惑，也弄不明白父亲葫芦里到底卖的什么药。

过了一会儿，只见老八进了院子，田玉佩赶快让座，把手里的茶杯递给老八。老八接住茶杯，从裤兜里掏出一把零钱，递给老主任说："叔，我把屋里的零钱都拿来了，让田菲先去用吧。"田玉佩接过钱，扶着他慢慢地坐在高凳子上。

恰好田菲过来，田玉佩说："娃，这些零钱给你，你数一数看有多少，记住，这是你老八哥借你的。菜好了端出来，我要和你老八哥喝两口。"说完，进屋拿酒去了。

田菲终于明白为什么父亲回来把小猪放了，为什么要让母亲做两个菜，想到这里，她感激地看着老八哥说："非常感谢你，老八哥。"

喝酒的时候，老八告诉田玉佩说："叔，这些钱都是咱山东庄的左邻右舍们看我受伤可怜，来探望的时候，这家给点，那家给点给的。还有的提一筐鸡蛋，最后鸡蛋积攒得多了，我去供销社卖了，换了些零钱，总之，我也不知道那一把到底有多少钱，让田菲拿去用就是了，也不用还我了。咱山东庄这么多年也没有一个考上大学的，就让田菲和谷鸽代表咱山东庄的父老乡亲去考试吧，希望她们都能考上大学，为咱山东庄的父老乡亲们争光。"

最后，田玉佩喝晕了，老八也喝多了，田玉佩背起老八，提着双拐，踉踉跄跄地把他送回家。田玉佩回到家的时候，一头栽倒在土炕上，瞬间老泪纵横，望着田菲说："娃呀，大没有什么本事，一年到头也积攒不了几个钱，现在老八给的这些零花钱，也是乡亲们凑给老八的，现在全部拿来给你用了，你一定要考上大学，不要辜负乡亲们对你的期望啊。"

过了一会儿，田菲看着父亲睡着了，轻轻地给他盖上被子，手里攥着这些零花钱，不由得眼热。她回到自己的屋子，眼泪汪汪地打开日记本，写下了自己这么多年来最感动的一篇日记，题目就是《贫穷的父亲与拐子老八》。写完，她默默地念了一遍后，竟然伏在桌子上哭了起来，流下了滚烫的泪水。

九

第二天下午，田菲和谷鸽坐上龙泉中学雇的大轿子车来到县城，被统一安排住在县城西郊一所小学的教室里，每人两张课桌拼在一起，被子一半铺一半盖，凑合睡几天，农村娃也没有什么讲究。

用洋瓷缸子打来一杯热水，拿出一个蒸面馍，掰碎后泡在开水里，从罐头瓶子里倒出来一点咸菜，就着黄瓜和西红柿，田菲和谷鸽两人吃起晚饭，香喷喷的十分可口。

田菲看到谷鸽的脸色有点黄，嘴上不说，心里倒是担心起她的身体来，想了想关心地问道："谷鸽，看你脸色一直不太好，多吃点饭，晚上早点休息，不要看书了。"

谷鸽取下眼镜，揉揉眼睛，眼皮明显有些红肿。她不想说话，时不时地想流眼泪，自己遭受神经病欺凌的那一幕，总是在脑子里不停地闪现，还经常浑身打哆嗦。她这几天没有休息好，常常做噩梦，大呼小叫突然坐起来，浑身上下就像水里泡过一样，冷汗直流。

田菲看着谷鸽痛苦的表情和虚弱的身体，真的担心她能不能坚持下来这三天的高考，更何况酷暑七月，又是这么热的天。田菲准备了安定片、风油精、清凉油，就是担心谷鸽考试的时候会出现什么令人担忧的事情。田菲拿出一盒风油精交给谷鸽，让她装在口袋里，难受的时候涂一点，会达到醒脑的结果。

有田菲陪着，谷鸽休息得还算可以，两人把桌子并在一起，晚上睡觉的时候，田菲一直攥着谷鸽的一只手，让她安心踏实地休息。她们心里都明白，只有高考才能改变自己的人生和命运，才能脱离贫穷落后的山东庄，才能走出黄土地，实现自己的理想，对得住十年的寒窗苦读和付出的一切。

考语文时，田菲刚打开试卷，习惯性地浏览了一遍，今年高考的作文要求是写一篇记叙文，主题是最难忘的人。

田菲突然来了灵感，想起了自己前两天写的那篇日记《贫穷的父亲与拐子老八》，随即提笔先写作文，用了半个小时一气呵成，田菲含泪写完的这篇文章，最后得了高分。

但是，另一个考场的谷鸽，田菲担心的事情还是发生了。试卷做到最后，作文刚刚写了两段，疲惫而虚弱的谷鸽，突然眼前一黑，顺着凳子溜了下去，扑通一声躺倒在地上，不省人事。

监考教师慌忙跑过来，抱起谷鸽就往医务室跑去，同一个考场里，另一个男生也因为体力不支，受到了惊吓，出现了和谷鸽一样的症状，整个考场登时乱了。

经过紧急抢救，谷鸽慢慢地清醒了，懵懵懂懂地睁大眼睛。她看着眼前的一切和手腕上扎的吊针，一切都明白了，哇地一声大哭起来。她抬头看了看墙上的钟表，考试即将结束，懊悔地挥起一只拳头狠狠地砸床，真想一头撞死算了。

田菲一直站在考场门口等谷鸽，直到教室没有学生了，也没有见谷鸽，心里纳闷，不是约好的吗？怎么就不见谷鸽出来？她赶快走进教室，跟正在整理试卷的老师询问谷鸽的情况，一问才知道，谷鸽在考场晕倒了，正在医务室救治。

田菲惊叫一声，收拾好谷鸽考试的东西，着急地问老师："老师，谷鸽卷子上的考号、姓名、考场等都填写了吗？"听到老师回答说谷鸽开始就填写好了，唯一的缺憾就是作文没有写完。

田菲听完，如释重负地说了声"谢谢老师"，随即向医务室飞奔而去，心里默默地祈祷谷鸽平安无事。

谷鸽看见田菲跑了进来，一把抱住田菲，哭得上气不接下气，到最后声音都哭不出来了。田菲不停安慰她，抚摸着她的脊背，并告诉她只是作文没有写完，一切都好，也不会影响多少分数的，让她放宽心，让她不要有什么思想包袱。

她们考完后，考点领导安排考场的值勤车辆把她俩送回了山东庄。

回到家里，田菲放下行李后，父母就问她："田菲，你觉得考得怎么样啊？"

"还可以吧，我觉得今年考卷不太难。"

"哦，那就好。"父母笑了，高兴地准备给她做饭。

田菲给父母说了谷鸽考场晕倒的事情，父母立马脸色凝重，担心起来。田菲说不吃饭了，要去谷鸽家陪陪她。

田菲来到谷鸽家，晚上没有回去，两人聊天到天亮，直到凌晨的时候才渐渐进入梦乡，一直睡到下午。两家父母都知道孩子高考完了，也放松下来，就没有打扰她们，让她俩睡个自然醒，至于考场上发生的一切，她俩只字未给谷鸽的母亲说，怕她担心。

吃过晚饭，两人坐在院子里乘凉，看着满天的繁星，田菲对谷鸽说，她想作首诗，谷鸽笑了笑说："你念念，我听听。"

田菲想了想，慢慢地说："诗的题目叫《思念》。"

我叮咛你的

你说，不会遗忘

你告诉我的

我也，全部珍藏

对于我们来说

记忆里不落的日子永远不会发黄

相聚的时候，总是很短

期待的时间，总是很长

岁月的溪水边

曾拾起多少闪亮的诗行

如果你要想我

就望一望天上

那闪烁的繁星里

有我，寻觅着你的

目光

谷鸽听完，哈哈大笑起来，拉着田菲的手说："田菲，你快告诉我，你是不是谈恋爱了？看上班里哪个男同学了，要不咋能写出这么好的诗。"

田菲不好意思地笑了，并在谷鸽的耳旁悄悄地说："没有，只是来了诗意，随便念念，说不定哪天我们两个都会用上，是不？"

"我不信，不行，不行，你今天必须告诉我。"谷鸽挠着田菲的痒痒肉，两个人打闹着，奔跑着，哈哈地笑着，少女银铃般的笑声回荡在山东庄的农家小院里。

谷鸽妈妈看在眼里，乐在心里，觉得谷鸽终于有了爽朗的笑声，自己心里也轻松了许多，甜甜的微笑挂在了脸上，高兴地看着她俩你追我赶地疯玩。

十

七月，关中大地酷暑难耐，门前的老牛静卧在树荫下，尾巴不停地甩着，驱赶着苍蝇的袭扰，大黄狗趴在大门口，吐着血红的舌头，散发着体内的热量，树上的知了一声接一声地高唱着。田玉佩扇着手里的扇子，圪蹴在门墩石上，一边抽烟，一边望着远处热浪炙烤的田野。

田菲高考结束回来，田玉佩看着孩子满意的样子，心里轻松了许多。吃过晚饭，他披上外衣，提上竹笼，出门叫上哑巴，顺便拐到自己家的菜园子，摘了不少西红柿、辣椒、黄瓜等蔬菜，将竹篮挎在胳膊上，两人来到老八的家里。

进门后，哑巴把菜交给了老八的母亲，田玉佩从兜里掏出田菲这次高考没有用完的钱，亲手递给老八，拉着老八的手说："孩子，这些钱是田菲没有用完的，叔给你带过来，你恢复身体是需要钱的。"

老八急忙推辞，着急地说："叔，不用不用，田菲上学还需要钱，我们农村娃上学不容易，将来她还需要钱的。你把这钱给田菲留着吧，咱们在农村好凑合，在地里辛苦一点，有粮食吃，有菜吃，还是留给田菲吧。"

田玉佩怎么给老八，他都推辞不要，实在没有办法了才装进兜，田玉佩看着老八叹息了几声，喃喃地说："唉，你这娃啊，你把叔都弄得不会说话了。"

老八憨憨地笑了笑说："田叔，把你的烟布袋拿过来，我和哑巴卷根你的旱烟，有劲，好抽。"说完，老八拿起几片纸，用舌头一舔，卷成筒状，捏了些旱烟放进去，卷好后放在鼻子前闻闻说："好香。"

三个人抽烟聊天的时候，田玉佩说起了大个子，老八低下了头，只顾着抽闷烟，大个子是死是活几个月来他们没有一点消息，几个人说着、聊着，都忧愁和担心起来。

就在山东庄的父老乡亲还在担忧大个子的时候，在煤城近郊的石凹煤矿，大个子经过三个月对《采煤概论》的学习，考试合格后，又进行了一段时间的安全培训，矿上又组织新工人多次下井参观及观摩实习操作。各方面都达标后，他被安排在采煤二队上班，岗位是采煤工作面打眼，主要工作是采掘放炮。师傅是陕南老安，是有十年工龄的一线爆破工。

晚上睡觉前，大个子勤快地给师傅打来热水，圪蹴下来想给师傅洗洗脚。老安拿起擦脚布在他的脊背上打了两下，客气地说："滚一边去，我没有那么值钱，不过，你小子还怪有眼色的，有眼色也不是什么坏事，以后下了井，到了一线工作面，一定要有眼色，屁股后面都要长眼睛的，否则，那会死人的，你小子还年轻，我把丑话先说到前面。"

大个子起身后，站在那里傻笑，老安泡上脚后，看着眼前这个一米八左右的傻大个，上下打量一番，看着他虎背熊腰、粗壮结实的身体，心里真有点喜欢这个徒弟，是块干活的好料子。

"师傅，你说说，为啥分配我干打眼这个工种？"大个子看着老安问道。

老安舒服地泡着脚，抬眼看看他，笑着说："咋了？不想干？队长好干你干不？矿长才好干，坐在办公室一个电话，队长屁颠屁颠地就去了，你干不？"

大个子挠挠头，傻笑着说："师傅，你误会了，我不是那个意思，就是随便问问，领导那活我干不了，俺是农民，地地道道的山东庄农民，当官可不敢想。"

老安一听他说完，哈哈大笑起来。老安心想，这小子看着是个粗人，可说话还是有点水平的，便认真地说："你这么大的个子，风钻只有你抱着打眼最合适。你看过去打仗的时候，那些扛机枪的哪个不是大个子，这是重要的岗位。不过，切记，在工作面采煤时，打眼、放炮，那是有一套作业规程的，你也学了，一定要牢记，你的职责主要是打眼和封泥，需要工友们的配合，更要听从班长的指挥，明白不？"

"我明白。"大个子听完，又给师傅的脸盆里加了点热水。

"明白就好，把洗脚水倒了，准备睡觉。"老安擦干脚后，拉开被子，躺到床上后，顺手拿起桌子上老婆和儿子的照片，端详了好一会儿。恰好大个子倒水回来，看着老安轻声地问："师傅，咋了，想师娘了？"

"你个愣头小伙子知道个啥？等你有了媳妇，你就知道晚上睡觉前想媳妇的滋味了。"老安说完，把照片往脸上一扣，心里非常地想老婆，可身在煤矿，无奈地叹息了几声。

大个子看不便再去打扰师傅，便拿起一本《采煤概论》，认真细心地翻看起来，不一会儿就睡着了。

老安斜眼看了大个子一眼，嘴里嘟囔："一看就不是读书的料，拿起书就瞌睡，就是下苦的料子。"

第二天，大个子在师傅老安的带领下，第一次作为一名煤矿工人坐着罐笼下井了，到了井底，又坐上电瓶小火车行进了一段路程，然后步行来到工作面。

与上个班交接完毕，班长安排电工停电闭锁后，开始细心地进行安全检查，手里拿着矿灯在工作面来来回回走了两趟，确认安全后，指示大个子开始打眼。大个子抱起风钻，按照标记开始打眼，风钻的声音很大，风钻的操作在大个子手里看起来不太费劲，但那震动和冲击力还是让大个子两只臂膀一阵阵地酸困，毕竟这是他第一次实战操作。

艰难地打完几个眼后，放下风钻，大个子准备帮忙装药，班长大喊一声："大个子退后，打完眼要进行瓦斯检查和测试，你他妈的忘了。"

班长一骂，大个子清醒了，第一次打眼，心里还新奇得不行，操作规程早忘到脑后了。等瓦斯检查正常后，才开始装炮、封泥、连线、警戒等。

一切正常后，班长大喊一声："大家后撤，进入躲避洞，老安，放炮。"

轰隆几声炮响后，大地都在震颤，碎石不断被震落下来，大个子紧张地捂住耳朵，屏住呼吸不敢说话。

"瓦斯监测、验炮。"班长大声地指挥着，等一切正常后，开始攉煤，小四川几人光着膀子拿起铁锹、耙子开始卖力地干了起来。

第一轮工作任务完成后，大个子也学到了不少知识，但就是自己个子太高，安全帽常常碰到顶板和支护上，当当响，有时碰得他脑袋瓜子也嗡嗡直响。

下班升井后，大个子边洗着热水澡，边高兴地唱起歌来："骏马啊奔驰在辽阔的草原，钢枪啊紧握战刀亮闪闪，祖国的山山水水连着我的心……"

唱者无意，听者有心，矿宣传部李部长正好也在澡堂洗澡，就认真地听了一会儿，觉得这小伙子唱得真不错，嗓音洪亮，气息饱满，韵味十足，好好地指导一下，以后搞个文艺活动，是个好苗子。听他唱完后李部长就走了过来，问了他的姓名和情况后，心里也有了底，就泡澡去了。

大个子是新工人，也不知道这个人是干啥的，反正澡堂子里都脱得光溜溜的，谁知道谁是干啥的，农民工和正式工都一个样。大个子想着，心里反倒自豪起来了，又动情地唱起了《妈妈的吻》。不过，这首歌唱罢，虽然工友们高兴地大喊再来一个，但他不想唱了。他突然间想起妈妈来了，眼泪慢慢地流出来，心里觉得异常地难受，站在淋浴喷头下，泪水顺着热水流淌。他用双手捂住脸，呜呜地哭了起来，老安发现了，走过来问道："大个子，你他妈的怎么了？刚才还唱得屁颠屁颠的，这会子咋了，哭啥呢？害怕下井了？"

大个子趴在光滑的瓷砖上，哭得直不起腰来，师傅看他那样子，嘴里嘟囔着："看你那熊样，才干了一天活就哭哭啼啼的，以后有你小子流泪的时候。"

晚上回到宿舍，老安问他原因，他才一五一十地给师傅学了一遍。老安终于明白了，关切地看着他说："听你这么一说，我分析了一下，案件和你没有什么直接关系啊，把你吓得跑出来，你最好还是写封信问问家里的情况，别让你母亲担心为好。"

和师傅交流后，大个子觉得心里平静了下来，他暂时也不敢给家里写信，打算先在矿上干着，等过了这一段时间再说。

晚上躺在床上，大个子胳膊和腿全都酸困得不行，尤其胳膊有种抬不起来的感觉。他问师傅这是什么原因，老安说："才开始干出力活，大家都这样，井下的活也没有什么省力气的，不是铁家伙，就是原木等，等你过了肌肉关，慢慢就好了，别担心，早点睡觉。"

这个晚上，大个子也累了，算是睡了个安稳觉。

转眼一个多月过去了，大个子已经习惯了打眼和放炮这个工作，做起来比较得心应手了。周末休息的时候，他才想起了开车的河南老王师傅，得去拜访一下，刚刚领了第一个月工资，得干点正经事。

看了老王师傅后，他又来到商店，买了点像样的礼品，想让河南老王师傅带着他再去看看人事科工作的老王弟弟，说不定以后会有求于人家的，毕竟人家是管人事的。

大个子提着两条延安烟和两瓶酒，还有副食点心和天鹅蛋，出了商店的大门，来到花坛边。他捧起香喷喷的点心，嘴里口水直流，看了又看，闻了又闻，心想，我这辈子从小到大也没有痛痛快快地吃上几块点心和天鹅蛋，也没有孝敬过爸妈。这时，他嘴馋得不行，但他还是忍住了，干脆提着东西直接去河南师傅老王家，省得自己馋虫困扰，口水直流。

大个子死缠硬拉地让老王师傅带着他去了老王弟弟的家里，不过这一趟总算没有白去，老王的弟弟答应他，等他实习结束了，给他调个好工种，以后有转正机会了一定给他留一个名额。

大个子回来后别提多高兴了，回来的路上买了瓶二锅头。回到宿舍，他高兴地和师傅老安喝得滴酒不剩，临睡前还骄傲地给师傅说："师傅，我大个子这辈子有吉星高照，想啥有啥，真的！"

"那就想个媳妇，想来一个。"老安躺那看着老婆的照片，挖苦了他一句。

大个子一个翻身坐起来，瞪着布满血丝的大眼，涨红着脸说："师傅，你别说，我现在还不想媳妇，等我想的那一天，媳妇就会来到我身边的，不信咱俩打赌。你有媳妇好个啥？天天抱个照片看来看去的顶啥用？还不如我没有，也不去想，一人吃饱全家不饿。"

师傅听罢，一骨碌坐起来，生气地指着大个子说："你个浑小子，你想气死我？整天光想那些天上掉馅饼的事情，想得美。"

大个子哈哈大笑，笑得前仰后合，他上气不接下气地说："那不敢，气死我师傅了，师娘晚上睡觉想谁啊？"

老安把枕头扔了过来，砸在大个子的身上，大个子吐了下舌头，乖乖地把枕头双手递过去，然后钻进被窝，把头一蒙，准备睡觉。他在被窝里偷偷地笑了笑，也没敢笑出声，不一会儿就进入了甜蜜的梦乡。

老安喝酒了，犯了孩子脾气，气得直咬牙，过了一会儿平静了下来，想了想，自己人到中年了，和年轻人较什么真，讲什么道理。他干脆躺在床上看天花板，想着远在老家的媳妇，心里像猫爪子抓的一样，怎么也睡不着。

等睡着了，老安又做了个春梦，醒来拿了卷卫生纸，垂头丧气地去厕所了。

等他回来的时候，大个子鼾声如雷，气得老安干脆拿起他的臭袜子放在他的嘴上，得意地笑了笑，然后拿起桌子上老婆的照片，看了又看，再也没有了睡意。

十一

初秋的山东庄，晚上一场暴雨过后，空气清新，凉风习习。清晨，田地里的玉米，叶子舒展，叶尖上挂着露珠，在晨光的照耀下，晶莹剔透，即将成熟的庄稼，绿油油的，长势甚是喜人。

太阳初升，门前桐树上的喜鹊叽叽喳喳地叫个不停，田玉佩早晨喝过茶水后，去地头转了一圈，将竹笼里的羊草倒给山羊。等到了院子里，他抬头看看树上欢叫的喜鹊，心想，不会是女儿的录取通知快来了吧？看这喜鹊叫的，准是要喜事盈门了，叫得他心里很舒坦。

他带上烟杆，又来到村口的大槐树下，坐在石碾上一边吧嗒吧嗒地抽烟，一边望着通往村口的大路。他相信，今天准有好事光临，他的左眼早晨起床到现在就跳个不停。

一会儿工夫，他看见一个人骑着自行车由远而近地进了村子，仔细一看，还真是邮递员。看见老主任，他远远地就喊了起来："老主任，恭喜你了，你女儿的录取通知书来了，我一刻也不敢耽搁，马不停蹄地给你送过来。"

田玉佩放下烟杆，看着满头大汗的邮递员，赶紧掏出自己卷好的旱烟给他递过去，接过邮递员递给他的牛皮纸信封，激动得两手有点发抖，捧在自己手心里的信封，顿时沉甸甸的。想着女儿终于如愿以偿了，为山东庄争光了，他这张老脸也光彩了，脸上的皱纹顿时舒展开来。他突然圪蹴下来，小心地打开信封，细致地看了好几遍，喜悦的热泪顺着脸颊慢慢地流淌下来。

他慢慢地收起通知书，轻轻地装进信封里，突然间，他想到了谷鸽，就急忙问邮递员："老弟，就一个信封，一份通知书？"

邮递员不解地问："就一个啊，你还想要几个啊？"

田玉佩擦擦眼泪，急忙解释说："我是说我们村里还有个女子参加高考了，看有没有录取通知书。"

"哦。这样啊，现在送的是大专及以上的录取通知书，后面还有中专的，分批下来，再等等看吧。"听邮递员说完，田玉佩哦了一声，急忙招呼邮递员去家里坐坐，一定要他来喝两杯。

老主任田玉佩的家里顿时热闹起来，喜事如春风般拂过山东庄，进进出出贺喜的人群挤满了田玉佩小小的院落，邮递员喝了几杯烧酒，吃了四个荷包蛋，汤也喝得干干净净，打着饱嗝，抹抹嘴说："老主任，我吃饱喝足了，也该走了，看你这屋子热闹的，女子考上大学了，我也得好好为你庆贺一下。"说完，拿出五元钱交到田玉佩的手里，田玉佩推辞不掉，千谢万谢地送他出了院落。看着邮递员跨上自行车摇摇晃晃地出了村子，他站在大槐树下，望着远处的田野，自己祖辈几代人都是农民，终于出了个能吃公家饭的人，激动得真想大吼几声。

谷鸽也来给田菲道喜，但心里始终高兴不起来，就端了凳子，静坐一隅，暗自忧伤，虽然自己也达到了中专录取分数线，成绩和田菲差了二十多分，但录取通知书不来，心里还是有点担忧的。

田菲和母亲忙着招呼前来贺喜的客人，突然看见谷鸽忧郁的眼神和伤感的表情，就把她拉到屋子里。两人坐在炕沿上，谷鸽低头不语，田菲不停地劝说她想开点，通知书迟早会来的，两人交流了一会儿，谷鸽的情绪才慢慢地好起来。

田玉佩从外面转回来，看着满屋子的人，招呼了一声后，打算去队上的砖瓦窑看看。这几天正到了烧窑的关键时期，生产队的饲养室需要重新翻盖，这一窑砖瓦足够翻修使用。夏末秋初烧窑，雨水较多，他还是比较担心的。

临出门的时候，他把田菲叫到身边说："女儿，今天屋里来的人多，和你妈给来的乡亲们倒点茶水，看谁没吃饭，就擀点面。"说完，他往前走了两步又转回身来，看着谷鸽和田菲都站在那里看着他，就对她俩说："女儿，这会儿大不愁了，猪养大卖了钱，足够你上学带的。你和谷鸽商量商量，看还需要提前买点啥，想好了就向你妈要点钱，早点置办。谷鸽，你的通知书估计也快了，到时伯伯可要喝你的喜酒哩。"

说完，他准备出门，田菲叫了声："大，你等等。"田玉佩看女儿转身跑进屋子，就转身给山羊扔了一把青草。走出羊圈的时候，田菲拿着外衣让他披上，轻声地说："大，刚下过雨，地里冷，把这外衣披上。"

田玉佩披上外衣，匆匆忙忙地向砖瓦窑走去。一路上朝他贺喜的人不少，他心里美滋滋的，一路哼着秦腔出了村子。

出了村口，他抬头看见北边的天空，乌云翻滚，大雨即将来临，不由得加快了脚步。他一边着急地赶路，一边想着，真是白雨三场，古人总结的是好，但现在可不是缺雨的时候，得赶快到窑里去看看。

到了砖瓦窑，顺着深入地下五六米的斜坡来到窑口，哑巴正在烧窑，不停地用铁叉往窑口里添加麦草，红红的火焰呼呼地蹿出窑口。

哑巴看见老主任来了，倒了杯浓茶递给他，田玉佩一口气喝完，拿过铁叉准备干活，示意哑巴回去吃饭，自己在这里照看一会儿。

哑巴临走前，把上面的麦草往下面推了些，尽量靠近老主任跟前，好让老主任不用来回上下扒草。他和田玉佩打过招呼后，就回家吃饭去了。

哑巴走了一个多小时后，远处的天空突然间电闪雷鸣，田玉佩抬头看了看天空，乌云已经快到头顶了，他焦急地扯开塑料布盖好麦草，然后回到窑口继续烧窑。

他端起茶缸刚想喝口热茶，突然轰隆一声，窑口垒砌的隔火墙轰然坍塌，压住了他半截身子，熊熊火焰迅速地引燃了田玉佩身子后面的麦草，烈焰随着狂风左右乱窜，突然腾起几丈高的火焰，迅速吞噬了田玉佩，让他瞬间葬身火海。

田玉佩惨烈的叫声，被轰隆隆的雷声淹没，火趁风势，引燃了窑口所有的麦草，浓烟滚滚，熊熊燃烧起来。

哑巴吃完饭回来，还没有走到砖瓦窑，就远远看到砖瓦窑的方向浓烟滚滚。他狂奔而去，跑到砖窑斜坡口，往里一看，早已经不见了老主任的影子。麦草还在噼噼啪啪地燃烧，隔火墙已经倒塌，他吓得大哭起来，忙去找附近干活的人过来救火。

来得早的人拿着铁锨挖土，不停地往窑口的火焰里撒土，有的拿着水桶到砖瓦窑附近的水池里奔跑着去挑水，赶来的妇女孩子们，纷纷端着脸盆取水，加入了灭火的队伍。

哑巴急得眼睛都红了，几次要扑进火海里去救老主任，被大家硬是拉住了。

只有邻村的神经病看着一村人忙忙碌碌地救火，场面十分热闹，竟然高兴地边跳边唱："唉，打起鼓，敲起锣，阿瓦人民唱新歌……"气得哑巴蹦起来，照着神经病的屁股踢了几脚，他唱着跳着跑远了。

大火终于扑灭了，老主任已被烧得没有了人形，全身烧成了一截黑炭。田菲和母亲跌跌撞撞跑来，得知田玉佩出事了，大哭一声就一同晕了过去，山东庄的人们围着砖瓦窑的斜坡，跪倒了一大片，悲惨的哭声响成一片。

突然，轰隆隆的雷声由远而近地传来，一道道闪电划破长空，狂风卷起燃烧过的灰烬，打着旋儿飘向空中，犹如老主任的灵魂在向山东庄的人们告别。

暴雨哗哗地掠过大地，山东庄的人们依然跪在风雨中悲伤地哭泣，村里的老者们小心地包裹好田玉佩的遗体，抱在怀里，脸色凝重地慢慢地从窑道上一步三滑地走了上来，雨水顺着脸颊流淌。

田菲和母亲醒后哭得死去活来，谷鸽抱住田菲，哭一阵就劝一会儿，田菲怎么也想不通，几个小时前还和父亲在院子里说话，过了才半天时间，父亲就遭遇横祸，与她阴阳相隔，她哭得连声都没有了。

山东庄的人们前半天还沉浸在田菲考上大学的喜悦气氛中，后半天却被老主任的惨死，打击得瞬间跌入了痛苦的深渊，全村都笼罩在巨大的悲恸当中。

哑巴跪在砖瓦窑前，哭得死去活来，满身的泥水，谁也劝不回去。

第二天，在田玉佩的灵堂前，哑巴主动披麻戴孝，跪在地上不住地磕头，一直痛哭，谁也劝不住。只有他心里明白，老主任是替自己而死的，他越想越后悔，老主任那么好的人，咋不让自己去死啊，他跪在那里，越想越伤心，哭得停不下来。

老八扔了双拐，坐在老主任灵堂前，看着老主任的遗像，悲伤地唱起了秦腔："满营中三军齐挂孝，风摆动白旗雪花飘，白人白马白旗号，银弓玉箭白翎毛，文官臣头戴三尺孝，武将官身穿白战袍……"老八伤心地唱着，感染得周围的人群不住地落泪，几乎都哭了起来。

神经病又来了，他倚在大门上，一会儿哈哈大笑，一会儿又号啕大哭，气得哑巴脱了鞋就去追打他。

田菲把自己的录取通知书，摆在灵堂前面的桌子上，放在父亲的遗像前，为父亲点了三炷香，烟雾袅袅升起，她望着父亲的遗像，怎么也想不通，父亲竟这样离开了，还是在她刚刚收到录取通知的时候，这个打击让她始终难以接受这样的现实。

但是，父亲面带笑容的遗像，似乎在为她骄傲，在为她自豪。母亲端来一碗油泼面，让田菲摆在灵堂前，泪眼模糊地说："娃，把这碗面双手捧给你大，他临出门的时候叮嘱说下午回来要吃捞面的，饭好了，他人却走了，唉！"

田玉佩为了山东庄的父老乡亲，献出了自己宝贵的生命，田菲失去了自己挚爱的父亲，山东庄的人们失去了一位善良朴实的好主任。

埋葬田玉佩那天，镇长在村口的大槐树下代表组织致悼词，并向山东庄的人们宣布，老主任田玉佩是因工死亡，已经上报组织，申请烈士荣誉。他刚刚宣布完毕，一阵凉风吹过，阴云密布的天空中突然飘落一阵小雨，起灵后，村里的青壮年踩着泥泞的地面，接力将老主任的棺木抬到墓地。

埋葬了老主任，山东庄的大人孩子们围在老主任的墓冢旁，默然肃立，随着一位老者的号令声，集体磕头作揖后，人群才渐渐地离去。

老八和哑巴没有走，一根接一根地抽烟，也一根接一根地将烟点燃后放在老主任的墓碑前，老八痛哭流涕地说："叔啊，你走得太突然了，也太可怜了，活着的时候，你帮我东奔西跑的，办好了小卖部，让我有了生活来源，这日子才能好起来，我以后怎么报答你呀？"

哑巴跪了一会儿，又起来磕头作揖。

蒙蒙细雨中，两人坐在雨水淋过的土地上，久久不愿离去。

神经病又来了，坐在不远处的土塄上，看着眼前发生的一切，不知道想起了什么，哇哇大哭了起来，慢慢地来到了老主任的坟前，竟然扑通一声跪了下来，伏在地上呜呜地哭个不停。

老八和哑巴惊讶地看了他一眼，哑巴本想揍他一顿，可看到神经病的举动，大家都沉默不语了，三人坐在墓碑前，眼泪汪汪地哭了好一阵。他们抽着老主任留给他们的旱烟，烟雾随着清风飘然而去。

十二

老主任田玉佩的头七刚过，谷鸽的中等专业学校的录取通知书也寄来了，她捧着自己的录取通知书，一直高兴不起来。想着自己那些心酸的经历，想着田伯伯前几天给自己说的话语，伤心的泪水溢满了眼眶，眼泪如断线的珠子滚落下来。

母亲看到她痛苦的样子，走过来轻声说："孩子，你已经很优秀了，录取通知书已经来了，和村上那些没有上学的女孩子相比，你也是幸运的，咱们山东庄目前还很落后和贫穷的，你接下来就是要好好地读书，将来有个好的工作，吃上公家饭了，妈这辈子为你操的心也就少了。"

谷鸽和母亲聊了会儿后，来到了田菲家。看着田伯伯的遗像，想着伯伯生前为村上操劳的身影，以及和蔼可亲的面容，眼泪唰唰地落下来，抽泣着说："田伯伯，您不是说等我的通知书来了要喝喜酒吗？可您怎么走得那么突然啊，我想起您，心里就难受啊，伯伯，您知道吗？"

田菲告诉母亲，自己要和谷鸽去趟父亲的坟地，母亲含着眼泪准备了些祭品，包括酒壶和酒盅。

田菲和谷鸽结伴来到坟地，双膝跪地后，捡起一根树枝在地上画了一个大圈，然后摆上母亲准备的祭品，将酒杯斟满酒，举过头顶祭拜后，把酒慢慢地洒在地面上。她们点燃了带来的黄纸和冥币，火焰随风呼呼地燃烧，一阵阵烟灰随风飘向远方。

田菲悲伤地说："大，我今天和谷鸽来给您送钱来了，在那边缺什么只管自己买，您一辈子都舍不得花钱，也没有穿过一件像样的衣服。女儿如今考上了大学，谷鸽也考上了中专，唉，正是准备好好报答您，让您享福的时候，可您却撒下我走了，让我这辈子怎么报答您啊？"说完，田菲俯下身子呜呜地哭了起来。

谷鸽跪在地上，满脸是泪地说："伯伯，以后婶子有我和田菲共同照看，您就放心吧，我把我的喜酒给您敬上，您就多喝几杯吧。"说完，将酒壶里的酒全部倒在了地上，一边倒一边说："伯伯，这是我的喜酒，您一定多喝几杯，替我和田菲高兴高兴，想我们了就给我们托梦吧。"

临走的时候，田菲对着父亲的坟冢说："对了，大，我这次上学要带着我妈一起去，我不能把妈妈单独留在山东庄，我会照看好妈妈的，您老放心吧。"

田菲和谷鸽一步三回头地离开了坟地，刚上了一段斜坡，拐上一段小路，一阵嬉笑声突然传来。两人抬头一看，发现邻村的神经病圪蹴在坡上的玉米地边，下身脱得精光，看着她俩流露出怪异的坏笑，拿起土疙瘩不断地向她俩扔过来，一边扔一边说："花媳妇，花媳妇，我要、我要。"

谷鸽一看到神经病，吓得妈呀一声抱住田菲，浑身瑟瑟发抖，想起曾经的遭遇，紧张得几乎小便失禁，吓得哭了起来。

正当两人不知所措的时候，突然间，哑巴一阵风似的从不远处奔跑过来，一边跑一边脱下布鞋扔了过去。他冲到神经病跟前，一脚踹倒了发病的疯子，扬起手里的另一只布鞋，打得神经病嗷嗷地号叫，躺在地上打滚。

哑巴揪着神经病的耳朵，狠狠地把他提起来，接着就是一脚，把他踹下了斜坡。神经病滚到一丛枣刺当中，疼得呜里哇啦大叫，仓皇地爬起来，屁滚尿流地跑远了。

哑巴今年已经二十岁了，个子虽然不高，但身体强壮，一双大眼炯炯有神。他铁塔一般地站在坡顶，紧握双拳，咬牙切齿地看着神经病落荒而逃。

田菲和谷鸽站在坡底，仰头看着哑巴，他似一尊巍然的雕塑屹立在坡顶，威武雄壮的感觉让两人瞬间有了安全感，心里一下子轻松起来。

这时，两人觉得自己安全了，瞬间破涕为笑，高兴地向着哑巴连连挥手。

她俩快步上了斜坡，一左一右抱住哑巴，哥长哥短地叫个不停，高兴得不愿松手，哑巴看着两个妹妹依偎在自己身边，憨憨地笑了。

回到家里，田菲给妈妈学了刚才坟地的那段经历，妈妈想了想说："邻村的神经病犯的是花痴病，多年来就知道欺负女人和女孩，他被他们村里的大人们打怕了，现在就知道祸害咱村的人。估计这次你哑巴哥哥教训了他，他就再也不敢来我们村了。唉，其实那娃也可怜，就是高考了几年，始终考不上学，娃心里想不开了，受刺激了，整天嘴里喊着书里自有黄金屋，书里自有颜如玉，也是想媳妇想疯了。"田菲听母亲说完，想了想说："妈，那流氓神经病就像猫一样，记吃不记打，上次欺负了谷鸽，也挨打了，现在还依然来耍流氓，难道他家人也不给他看看病吗？"

"唉，农村人都可怜，哪有钱给他看病啊？就由着他一天到晚地疯了。哑巴替你们出气了，估计神经病会老实一段时间，现在庄稼长高了，以后不要一个人出村，记住有事出门一定要结伴而行。"母亲说完，田菲点了点头，不过还是心有余悸。

田菲和母亲说话的时候，大门口进来几个人，走近一看，原来是镇长带着几个干部模样的人进了院子，母女俩赶紧迎了上去。

镇长脸色凝重地走了过来，握着田菲母亲的手说："老嫂子你好啊，今天跟我来的是县民政局的领导，这是任股长，来宣布田玉佩同志革命烈士荣誉的，还要在你们门框上钉上烈士的牌子。老嫂子，党和政府是不会忘记那些为人民群众的利益而牺牲的革命烈士，关于您的养老和田菲上大学的事情，政府也考虑了给予补贴，孩子上学也有扶持政策的，您保重好自己的身体就是了。"

任股长走上前，向田菲母亲发了证书，然后找了个凳子，把革命烈士的牌子钉在了大门的左上角的门框上。然后几个人一同走到老主任田玉佩的遗像前，郑重地三鞠躬，默默地肃立了一会儿。

田菲和母亲眼里都噙满了泪水，连声致谢，并急急忙忙招呼来的干部喝茶。最后，任股长又从包里拿出一个信封，递给田菲母亲说："老嫂子，这是政府给您的补助金，您收下，以后每月给您有抚恤金的，田玉佩老主任为集体的利益献出了自己宝贵的生命，党和政府是不会忘记他的。"

送走几位领导后，田菲搀扶着母亲站在父亲的遗像前，捧着烈士证书和装钱的信封，郑重地放在父亲的遗像前，默默地落泪，但田菲也为有这样伟大的父亲而感到骄傲和自豪。

这时，哑巴一个人走进屋子，看了一眼老主任的遗像，然后径直走进厨房，挑起扁担出了院子。他来回跑了几趟，挑满了厨房里的水缸后又低头走进羊圈，推出架子车，一会儿工夫，就拉回了一车干土。他将土垫在羊圈里，又拿起草笼出了门，一个多小时后，就割了满满一筐苜蓿回来了。将苜蓿喂给奶山羊后，他圪蹴在羊圈门口，一边逗着大黄狗，一边看着羊吃草。

田菲从屋里端出一缸子温开水，递给哑巴，他点头致谢，咕咚咕咚地喝完了。自从父亲去世后，家里和地里的事情都是哑巴哥哥操心，看着满头大汗的哑巴哥哥，田菲心里充满了无限的感激之情。

哑巴每天都会来到田菲家，帮忙干家务活，也经管地里的庄稼，只要在村里和村外发现神经病的踪影，都会赶过去狠狠地揍他一顿，以至于神经病只要远远地望见哑巴的影子，就会落荒而逃。

因为在哑巴的心里，只要谁敢冒犯田菲和谷鸽两个妹妹，他一定会去拼命的，就像当年保护老主任一样，左右不离老主任的身边。他心里明白，只有照顾好田菲娘俩，保护好谷鸽妹妹，才能报答老主任的救命之恩。山东庄妇女们有他的保护，安全多了，大家都称他为保护神。

哑巴一天到晚的三顿饭，不是东家叫，就是西家请，谁家有活，他都抢着去干，浑身总有使不完的力气，他也乐此不疲。

十三

田菲开学的日子到了，她拿起笤帚把屋子前后清扫得干干净净，和母亲发了好多面，蒸了几笼凉粉包子和蒸馍，临走要带一点，也要为哑巴哥多留一点吃的。

早晨，她小心地取下父亲的遗像，用一块绸布包好，放进自己的行李包里，然后环顾四周。她真想多看几眼家里熟悉的一切，寻觅一下父亲的影子，心里充满了无限的感慨和留恋。

哑巴倚在门框上，迷茫而可怜，眼巴巴地看着田菲的一举一动。他心里明白，知道她们要出发了，要离开山东庄了，多少有点伤感，独自扶着门框，默默地流泪。

田菲示意哑巴哥哥过来，替他擦去眼角的泪痕，然后拿过大门的锁子和钥匙交给哑巴，用手指了一圈，告诉他以后就住在家里，不要再一个人住土窑了。

哑巴似乎领会了她的意思，双手合十做了谢谢的表达，然后又用手指指她的行李包，又指了一下刚才挂老主任相框的地方，哇啦哇啦地说了一通。

田菲终于明白了他的意思，想了想，随即取出了父亲的遗像，交给哑巴。哑巴用袖子擦了擦相框四周的灰尘，郑重地把相框又挂了上去，然后退后几步，静静地站在原地，凝视着老主任的遗像。过了一会儿，他倒了一杯热气腾腾的茶水，双手端着慢慢地放在桌子正中间，然后转身比画着，示意田菲，让她放心地去读书，家里的一切，地里的庄稼，都由他来照看。

此时，田菲心里非常的激动，不由得眼中一热，走上前去，紧紧地抱住了哑巴哥哥。

哑巴嘿嘿地傻笑着，站在那里不知所措，也不敢伸出胳膊回抱田菲。等田菲松开手后，哑巴径直走到房檐下的自行车旁，捏了捏轮胎感觉了一下气压，然后把田菲和母亲整理的行李包，一件一件地捆绑在自行车的后座上。

准备出发的时候，谷鸽也来了，哑巴锁好门后，推着自行车走在前面。田菲回身看了看自己生活了近二十年的农家院落，一切的一切都让她留恋。她在心里默默地为父亲祈祷了一番，才一步三回头地转身离去，泪水模糊了她的视线。

一行人刚刚走到村口的大槐树前，却看见老石头、老八等山东庄的众乡亲们，都在村口的大槐树下，一大群人，默默地站在那里，为她们母女送行。

田菲和母亲赶紧迎了过去，山东庄的乡亲们都围拢过来，拉着她娘俩的手，说着叮嘱的话语，掏出兜里早已经准备好的零钱硬是塞到田菲的手里。田菲哭了，她扑通一声跪在地上，连声说："谢谢大伯、大婶，还有哥哥姐姐们，你们一定要保重身体。"说完，再次向山东庄的父老乡亲们磕头致谢。

出了村口，走了一段下坡路，回头看见乡亲们仍然站在大槐树下，远远地朝她们挥手，目送着她们远行，田菲不由得热泪奔涌。此时，她想起了父亲，想起了那场灾难，竟然蹲在地上，号啕大哭起来。

她舍不得离开这片熟悉的地方，舍不得离开这片生她养她的黄土地，舍不得离开那些至亲的人们，真要离开这里的时候，心里是万般的不舍。

谷鸽不住地劝田菲不要太伤心，紧紧地拉着田菲和她母亲，慢慢地往前走去，哑巴推着自行车跟在后面，看着田菲和她母亲伤心落泪的样子，他也默默地抽泣落泪，边走边擦眼泪。

出了村子不远，上了大路，两排高大的白杨树生长在道路两边，庄稼已经收割，大片的黄土地，一眼望不到边。清爽的秋风吹来，田菲呼吸着家乡的黄土气息，静静地伫立在田地边，仰头看着满天飘浮的云朵，心里感慨万千。

又走了一段时间，一行人只顾默默地低头走路，突然间传来一阵口哨声，然后就是"花姑娘妹妹、花姑娘妹妹"的尖叫声。哑巴回头一看，又是邻村的神经病，他竟然趴在一棵杨树上，冲着一行人大喊大叫，还不住地扮鬼脸，嬉皮笑脸地吹口哨。

哑巴立马火冒三丈，撑起自行车，飞奔过去，抓住神经病的双脚，狠狠地把他拉了下来，接着就是一顿猛揍，打得他鬼哭狼嚎地求饶。然后哑巴又揪住神经病的耳朵，把他拉了过来，一脚踹得他跪在地上，哑巴指着田菲和谷鸽，指一下，打他一耳光，似乎是让他记住，再也不能冒犯他心中的两个好妹妹。

田菲母亲看着神经病也挺可怜的，就赶紧走过来，劝哑巴不要打了，让他走吧，嘴里边说边比画着："算了，哑巴，这娃有病也挺可怜，好人谁会这样啊，让他回去吧。"

哑巴松了手，谁知神经病这次没有跑，自己爬起来走到杨树后面，拿起一把野花递给田菲，又拿起一把野花递给谷鸽。他泪流满面地磕头作揖后，然后回到杨树旁，双手抱住一棵大杨树，惊恐地看着她们。

哑巴疑惑地挠挠头皮。田菲不知哪里来的勇气，走过去拍拍神经病的肩膀，然后把手里的野花又递给了他，神经病手里拿着野花，虽然满脸的泪痕，却咧嘴呵呵地笑了起来。

她们一行走远了，田菲回头一看，神经病还站在大路中间，看着她们渐行渐远，还举起手里的野花向她们挥手。

　　田菲母亲转身看了一眼，唉了一声后说道："这娃也可怜，一会儿清醒一会儿糊涂的，唉，可怜的娃。"说完，又给哑巴比画着说："以后不要打他了，多关照关照他。"哑巴似乎明白了，点了点头。

　　到了柏油路边，等待公共汽车的时候，田菲对哑巴哥哥示意说，让他这一段时期好好地保护好谷鸽。哑巴领会了她的意思，微微笑了笑，点头答应。田菲想到了什么，从兜里掏出众乡亲捐赠的钱，给了哑巴二十元钱，他推辞不要，田菲母亲走过来，硬是塞给了他，然后拍拍他的肩膀，抚摸着哑巴满是硬茧粗糙的大手，心里也不知道该怎么样表达对他的谢意。

　　公共汽车来了，田菲和母亲上了车，哑巴站在原地，眼巴巴地看着公共汽车绝尘而去，一直不愿离去。

　　谷鸽自从受了神经病的欺负后，胆子变小了，虽然今天神经病的举动让她百思不得其解，但这次田菲一走，她心里依然非常地胆怯，坐在自行车的后座上，紧紧地抱住哑巴哥哥的腰，眼睛不住地往四周看，就怕神经病突然又冒出来，手心里紧张得不住地冒汗。

　　回到山东庄，哑巴一直把谷鸽送到了家门口，看着谷鸽进了门，自己才骑上自行车去了老八家。他早已经忘记了老八给他头上的那一铁锨，现在只知道天天去给老八家挑水干活，久而久之，两人反倒成了形影不离的好伙伴了。

　　老八见哑巴回来了，从小卖部里拿出一瓶酒，给黑瓷碗里盛满带皮的花生，两人一边剥着花生吃，一边喝着浓烈的西凤酒。一会儿工夫，就把哑巴喝得面红耳赤，晕乎乎地打瞌睡找枕头，倒在土炕上呼呼大睡起来。

　　看着哑巴四仰八叉地呼呼大睡，老八突然间想起了两个人，其中一个人就是老主任田玉佩。自从自己残疾后，老主任经常骑着那辆老旧的永久牌自行车，风里来雨里去地为他的生计奔波，最后不但为他办了残疾证，也为他申请了营业执照，在山东庄开办了小卖部。这个小卖部成了山东庄附近唯一的一家私营小卖部，也解决了他的生活问题，只要想起来，他都感激不尽，遗憾地叹息。

第二个人就是大个子，两人乡里乡亲的，从小一起长大的玩伴，却因为那场争水风波后两败俱伤。几个月过去了，也不知道大个子如今身在何方？这已经成了他的一块心病。

唉，想来想去，想得他有点揪心，瞪着两只酒后充血的眼睛，一边咀嚼着花生米，一边喝着辣酒，眼里渐渐地噙满了泪水。

哑巴鼾声四起，老八扭头看了一眼，低头沉思，不住地叹气。

十四

就在老八追悔莫及，心里想着大个子的时候，哪里知道，百里之外的石凹煤矿，大个子不但因祸得福，还吉星高照。今天，他又被矿宣传部长找去，现在正站在大礼堂舞台的中间，扯着嗓子唱歌，第一次接受宣传部部长的审阅。

他唱的第一首歌曲是《红星照我去战斗》。宣传部李部长，戴着一副金边眼镜，斯文地站在舞台下面，手托着下巴，专心地听他歌唱。而站在台子上的大个子，自从见到李部长后，感觉他与著名歌唱家蒋大为有点像，尤其是李部长那光滑的大背头，四方大脸，中等身材，颇有蒋大为老师的风范。

一曲唱罢，李部长想了想，看着大个子说："小李啊，你的嗓子条件很好，只是没有受过专业训练和指导，从头到尾一个调，唱不出歌曲本身的味道。比如第一句：小小竹排江中游，这个游字的唱腔要委婉扬起来去唱，明白不？再一个，在舞台上时的台风要注意，就是唱歌时眼睛要向远方去看，面带微笑，如同欣赏大自然的美景，自己陶醉于其中，只有入情入境了，唱起来自然就有味道了。这样吧，你回去好好练，下个月矿上准备选你去局里参加五一文艺晚会，代表我们石凹煤矿。"

李部长说完，向音响师招了招手喊道："音响，再来一遍，让大个子再唱一遍。"

听了李部长刚才的指导，大个子低头想了想，思绪慢慢地回到了家乡山东庄。村子西边的水库，鱼儿不时地跃出水面，平静的水面上会泛起阵阵涟漪，管理站的师傅划着小船，在水库里撒网捕鱼，夕阳渐渐西下，远处的水面霞光灿烂，美丽的夕阳映照在平静的水面上。那仿佛就在眼前的漂亮的山水画，让大个子一下子找到了感觉，等他开口歌唱的时候，慢慢地张开双手，深情地唱完了这首经典的电影插曲。

李部长听罢，竖起大拇指连声说："好！好！好！"并告诉大个子，下班了就来这里排练。大个子听罢，真有点受宠若惊，站在那里挠挠头发，咧开大嘴呵呵地傻笑，心里就像喝了一杯蜂蜜水一样甜蜜。

"大个子、大个子，快过来，你师傅出事了，出事了。"采煤队的小四川慌慌张张地跑进大礼堂，满头大汗地朝着大个子边跑边喊。

"啊？我师傅怎么了？"刚才还美滋滋的大个子，突然间心里紧张起来。他从一米多高的舞台上跳了下来，一把抓住精瘦的小四川问道："说清楚，老安师傅怎么了？"

小四川吓得脸色煞白，结结巴巴地说："让，让炮崩了。"

"让炮崩了，崩到哪儿去了？啊！"大个子急疯了，头发根都直了起来，小四川的手指头都被他捏疼了。

小四川半天才缓过劲，着急地说："工作面检查哑炮，炮响了，把脸崩了，满脸都是血啊，吓死我了，刚刚被送到矿医务室抢救去了。"

"走！快去医务室看看！"大个子人高马大，跑起来步子也大，风驰电掣般向医务室的方向奔去，小四川跟在后面边跑边喊："大个子，等等我，等等我。"等他跑出大礼堂，只看见大个子远远的背影，自己也跑得岔气了，干脆也不追他了，扶着一棵梧桐树呼哧呼哧地喘气。

大个子一头冲进矿部医务室，一打听才知道，师傅正在二楼手术室手术，随即一步三四个台阶地奔至手术室门口。只见几个工友也在，大家焦急地在等候在手术室门口。

他急忙拨开人群想冲进去，被采煤队队长拦了下来，听着师傅在里面凄惨的叫声，他毛骨悚然，两腿发软，还不住地打哆嗦，干脆一屁股坐在地上，惊恐地听着师傅痛苦的号叫声。

他哆哆嗦嗦地掏出一包烟，想抽根烟，又被队长呵斥了一顿。他想不明白，不住地嘟囔说："咋会这样？你看这事情出的，唉！"师傅一声声的惨叫，就像刀子一样割着他的心头肉。

过了一会儿，师傅被从手术室推了出来，整个头部除了鼻子和嘴巴，几乎全部缠满了绷带。他着急地扑了上去，抓住师傅粗糙的大手喊着："安师傅、安师傅，我是大个子，你咋成这样了？疼吗？"

师傅听见大个子叫他，没有睁眼，只是长长地叹了口气，紧紧地攥住大个子的手，有气无力地说："能不疼吗？"

"师傅，疼就好，说明你还清醒着，有知觉，疼就大声地喊。"大个子说道。

"屁话，师傅要是没知觉了，早就见马克思去了。"老安艰难地说了几句，疼得抽搐了一下，嘴咧得很大，还吸溜了一声。

采煤队队长瞪了大个子一眼说："老安都这样了，你也不说点好听的。是这，大个子，这几天你就陪护吧，好好地照顾老安，这个任务就交给你了，其余人都回吧。"

"好、好，我一定伺候好师傅，请队长放心。"

安顿好了老安，工友们陆续地去澡堂洗澡换衣服去了，好在老安只是面部和左耳受伤，其余并无大碍，大家这才放心了。

等老安的情绪稳定下来，平静地躺在那里回想着刚才那惊险的一幕，还真有点心有余悸。

大个子让师傅喝了一点水后，轻声细语地问道："安师傅，你都是老革命了，干了二十多年打眼放炮的活了，到底咋回事？"

老安听见大个子问自己，先是叹息了几声，然后抓住大个子的手说："唉，都怪师傅大意了，数着有一炮没有响，就爬过去检查起炮线，以为是哑炮。由于烟雾太大我也没有看清，走到跟前了，才看清炮眼还在冒烟，赶紧往后退，谁知这个时候，炮就在眼前爆炸了，多亏我赶紧拉下安全帽盖住了眼睛，要不然我这两只灯泡可能永远地熄灭了。"

"哈哈哈，师傅，那可不敢熄灭，灯泡熄灭了你晚上咋看师娘的照片啊。"大个子说完大笑不止，刚才紧张的情绪一下子就放松了，接着笑着说，"安师傅，你这是大难不死必有后福啊。"

"有豆腐！还有后福？差点见了马克思。"老安咧着干瘪的嘴唇笑了笑，大个子赶紧把师傅扶起来，让他继续喝了几口热水。

"唉，师傅，那可说不来，以后给你认定个工伤，一辈子就不用下井了，月月都有高工资，难道不是有福吗？"

"唉，大个子，说来我都脸红，反正脸上缠着绷带你也看不见，一切都怪师傅大意了，没有按操作规程办事，差点闯下大祸，还敢要什么工伤？我自己心里明白，也不会向组织提任何要求的。我做下这没有脸面的事情……唉……等我身体好了，我还要向组织检讨哩。"

听完老安师傅这一席话，大个子肃然起敬，紧紧地握着师傅的大手说："师傅，你真是人老心红，值得我们年轻人好好学习啊。"

老安苦笑一声，提醒大个子说："大个子啊，以后在井下作业一定要按操作规程干，要不然，不但吃亏的是自己，还会给矿上造成巨大的经济损失，也可能带来人员伤亡，一定要注意！切记！切记啊！你呀，一定要吸取师傅这次惨痛的教训啊！"

"师傅，你放心，我记住了你说的话，以后不会给你丢脸的。"说完，大个子起身走到窗户前，望着四面群山之中的石凹煤矿，听着四周叮叮当当的响声，还有远处火车的汽笛声，想着井下幽深的大巷与起伏不平的煤巷，还有沉闷的炮声，呛人的烟尘味，他想，也许自己这辈子就交给煤矿了，要好好学习师傅的高尚人格，从今往后，忘记自己在农村那些不光彩的事情，扎根矿山，奉献终生。

大个子回头看了一眼病床上师傅的惨状，回身趴在师傅的耳朵旁悄悄地说："师傅，我给你唱首歌，行不？轻声地唱。"

"唱吧。"

"小小竹排江中游，巍巍青山两岸走……"大个子动情地唱着。师傅侧耳听着，渐渐地忘记了手术后伤口钻心的疼痛。

十五

田菲入校已经有一个多月了，渐渐地适应了新的学习环境。

古城南郊，地质学院宽阔的林荫大道上，秋末的寒风一阵一阵地吹来，树上渐渐发黄的叶子，随着阵阵秋风飘落而下，金灿灿地撒满一地，继而又被秋风吹得哗啦啦地作响，滚落到两边的水沟里。

田菲母亲挥舞着扫帚，不停地清扫着落叶，将落叶收拢起来后，又来回不停地倒在垃圾桶里。盛满一桶垃圾，她将黑色的塑料袋系好口，背着送往垃圾台。

学生餐厅里，午饭刚刚结束，田菲留下来帮忙打扫卫生。她身上斜挎着军绿色的书包，看见没有吃的馒头或者剩余的排骨、带鱼等，就趁别人不注意的时候，迅速地从书包里取出一个塑料袋，快速地装进去，要带回去和母亲一块吃。

一个月前，田菲和母亲来到学校后，校方帮助她们母女在校园垃圾台旁的库房里，专门腾了一片地方，放置了一张架子床，并安排田菲的母亲在校园内打扫卫生。经过学生会的协商，田菲下课后，可以到餐厅打扫卫生。田菲勤工俭学的收入，加上母亲的工资，两人的生活问题基本上得到了解决。

田菲忙完回到住地，拿出自己收捡的馒头和排骨、鱼块等，母亲抱进来一捆干树枝，折断放进炉膛，两人开始做饭。母亲一边忙一边问田菲："田菲，你拿回来这些饭菜闻起来好香啊，这些学生娃咋这么浪费啊，你看这白生生的馒头，不吃就扔了，真可惜啊。"

田菲笑着说："妈，其实大部分学生都和我一样，来自农村的多，都很贫穷。那是个别城市的那些学生娃买得多，吃得少，饭菜不可口就吃不完，浪费了很多。有些白生生的米饭吃不完就倒了，真可惜！他们剩下的排骨和带鱼都香喷喷的，除了过年，我们在农村啥时候能吃到这些好东西？妈，你闻，多香啊。"

"是很香啊，田菲，这没有啥，你知道解放前遭遇大饥荒那个年代吗？人饿得连村子里的树皮都吃了，地里想去挖点野菜都没有啊。你外婆给地主家做饭，和面蒸馍的时候，中间说去个茅房的工夫，赶快回家把面手在清水里洗净，接着再去揉面，手上沾上的面粉回来再洗净，那些面水烧开后就是香喷喷的稀饭啊。虽然稀点，但很香啊。"

田菲母亲给锅里加了点水，接着说："还有你外婆切完菜，把剩余的红白萝卜的头和根，以及择出来的菜叶子、白菜帮子等都带回来，养活了我们姊妹几个啊。田菲，我们吃他们剩的也没有什么，现在最起码饿不着了，更何况有鱼有肉有大米饭。你大要是看见我们这样幸福的生活，他就放心了。"

听母亲说到这里，田菲想起了可怜的父亲，她对母亲说："妈，我们把饭菜热好了，先摆那儿当供品，让我大先吃。"

饭菜热好了，热气升腾，田菲想着父亲，眼眶瞬间湿润了。母亲看到女儿想哭的样子，虽然心里也很难受，但还是对田菲说："孩子，不要伤心了，你大虽然死得惨，但他也死得光荣，政府对我们的照顾也很好，他心里一定会高兴的，这样好的饭菜，他一定闻到也吃到了，在九泉之下也会高兴的。"

田菲擦擦眼泪，用筷子夹起一块排骨放进母亲嘴里，母亲虽然眼眶里含着泪水，但脸上依然洋溢着笑容。而田菲再也控制不住自己的情绪了，抱住母亲号啕大哭起来，一边哭一边说："妈呀，我好想我大啊，好想他啊。"

母亲轻轻地拍着田菲的肩膀，泪水也夺眶而出，母女俩抱头痛哭了一阵，最后含着泪水，吃了一顿丰盛而可口的午饭。

饭后，田菲去了图书室，母亲拿着几个塑料袋出了校门，沿着学院大门外的街道走，碰见垃圾桶，就在里面翻捡塑料瓶、纸盒子、废报纸等。

整条街道来回走了一遍，田菲母亲便坐在一棵松树下面整理废品。一个打扮洋气的女人领着自己的女孩走了过来，女孩子发现整理破烂的老奶奶，再看见那双脏兮兮的黑手，就仰起脸问妈妈："妈妈，那位老奶奶为啥要捡破烂啊？你看她那手，咋黑成那样？"

洋气的妈妈低头给女孩说："你以后可要好好念书和听话啊，要不然将来你老了，我老了，我们没有饭吃，也会像这位老奶奶一样，靠捡破烂生活。"

"我才不捡破烂，我一定会好好念书的。"听小女孩说完，妈妈心里非常高兴，露出了灿烂的笑容，捂住鼻子，牵着小女孩的手，说说笑笑地向远方走去。

田菲母亲转身望着她们母女渐渐地远去，低头只顾慢慢地分拣垃圾，无奈地摇摇头，心想，咱是乡下人，就是吃苦的命，但是，只要自己勤快，凭自己的双手，哪怕手再脏，生活也总比在乡下要强多了。她叹息了几声后，脸上反倒挂上了舒展的笑容。

田菲离开山东庄不久，谷鸽也到了开学的日子。田菲走后，她更加觉得孤单而后怕，直至到了学校后，融入校园的集体生活，心里才没有了在山东庄生活时的那种恐惧感了，心情也慢慢地平静下来。

今天刚好是周末，谷鸽坐车进了古城，专程来看望田菲和田菲母亲。谷鸽下了公交车直接向校门口走去，突然发现路旁一位老人在分拣垃圾，仔细一看竟是田菲母亲，赶快跑了过去，圪蹴在她身旁。

田菲母亲抬头，发现身旁的人竟然是谷鸽，高兴地说："谷鸽，你跟仙女下凡一样，突然就降落到大妈身边了，今天咋闲了，来这里看大妈？"

谷鸽看到大妈虽然笑容满面，但眼眶红红的，就疑惑地问道："大妈，今天是周末，我就过来看看你和田菲。你咋拾起破烂了？看你眼睛红红的，咋哭了？"

"唉，咱乡下人来到城里，捡破烂有些丢人啊，别人一说，刚开始还有些委屈，后来想想，那有啥，凭劳动吃饭怕啥，所以就不流泪了。"她看了谷鸽一眼，就把刚才的经历给谷鸽说了一遍。

谷鸽听完，一边帮助大妈分拣垃圾，一边说："大妈，没有啥，慢慢就习惯了，我刚到学校的时候，看见人家那些城里娃吃得好，穿得好，心里也有些不平衡。咱不能和人家比啊，咱农村娃虽然穷，但只要好好学习，成绩好，将来会有好的工作等着我们的，将来我们也会吃好的，穿好的，是不，大妈？"

田菲母亲一听，脸上露出笑容，看着谷鸽笑着说："谷鸽，你说得好，你和田菲一定要好好念书，将来我们也会穿好的，吃好的。"

谷鸽帮着田菲母亲几乎把校门口整条街的垃圾箱都翻了一遍，捡拾了不少可以卖钱的废品，分拣完毕后，她又陪着田菲母亲来到附近的废品收购站，一共卖了不到五元钱。田菲母亲硬是将钱装到谷鸽的裤兜里，谷鸽怎么也推辞不掉，手里攥着田菲母亲给的钱，也不知道该怎么感谢她，只是觉得心里既感激又温暖。

回到田菲母亲和田菲居住的地方，田菲母亲看到校园的路上又落下不少树叶，拿起扫帚干起活来。谷鸽赶紧去帮忙，田菲母亲在前面扫，她在后面将落叶装进簸箕里，然后倒进垃圾箱里。

门房老王有点驼背，他站在不远处，看着这一老一少辛勤的背影，叹息了一声后，转身走进传达室，把炉子里的火捅旺，给田菲母亲提前烧一大壶开水，然后又转身出门，继续望着她们清扫道路的背影。

田菲一进门看见谷鸽正在帮妈妈做饭，先是一愣，然后高兴地叫着："谷鸽，你咋来了？"田菲拉起谷鸽的手，上下打量着她，心里乐呵呵的，脸上洋溢着幸福的微笑。

此时，刚巧门房老王提着大铝壶进门来，对田菲母亲说："大妹子，水烧开了，我给你们灌进电壶里，多余的刚好可以煮面条。"

"谢谢叔叔，谢谢叔叔。"田菲一边说着，一边转身去拿热水瓶。

老王扫视了一眼简陋的屋子及后面堆放的杂物，听着田菲感谢的言语，心里想着这娘俩也真不容易，便笑笑说："谢啥啊，孩子，传达室的火炉子一直燃烧着，你们的开水我就包了，你爸爸的事迹在校园都传遍了，大家都会帮助你们的。"

老王说完转身出门，田菲与母亲还有谷鸽一同把他送到门口。看着老王花白的头发，弯腰驼背、走路还有点跛的样子，田菲觉得人老了也怪可怜的。望着老王渐渐地远去，虽然她们暂时还不了解老王的情况，但他对田菲母女无微不至的关照，让她们心里温暖如春，也非常感激。

田菲妈妈煮好面条后，放上调好的臊子，加了点自己做的柿子醋，让田菲给门房老王端一碗送过去尝尝。老王正在门房看报纸，发现瘦弱的女子进门来给自己送饭，赶紧迎上前去，接过饭碗，激动地说："孩子，以后不要给我送饭，我有退休金，可以到教师灶上去吃饭，你们娘俩吃饱、吃好就行了，可别惦记着我啊。"

田菲还是执意放下饭碗，微笑着说："叔叔，这是我妈做的手擀面，你先尝尝，一会儿我再来拿碗。"说完转身出了传达室。

老王跟在后面把她送出门，嘴里一直说着："你看你们客气的，把我老王整得都不会了，谢谢你啊，孩子。"

田菲走了，老王进屋拉开抽屉，数了数里面的零钱，打算等孩子过来拿碗的时候，给孩子一点现金，接济接济她们娘儿俩。田菲母亲做的手工面筋道可口，香喷喷的十分诱人，尤其是调的醋十分酸香可口，和老王平常吃到的醋大不相同。他不仅吃完了面条，连汤都喝干了。

吃完这碗面条，擦擦额头上的汗水，老王打了个饱嗝，满意地笑了。他心想，这农村人做的面食还就是好吃。洗了饭碗后，他坐到沙发上顺手点上一根烟，悠闲地抽了起来，嘴里还不由得哼起秦腔来了。

其实，在田菲眼里看起来弯腰驼背，走路有点跛脚的传达室老王，可不是一般的老人，而是一位十二岁就参加红军的老革命，戎马一生，在抗美援朝时负伤致残。起初他一直住在干休所里，整天无所事事，就主动请求来到大学校园里照看传达室。看着这些年轻的学子们进进出出，他心里也是非常高兴，尤其孩子们叫他叔叔的时候，他高兴得整天合不拢嘴。

老王名叫王传福，生于1923年，陕南宁强人，父母早亡，十二岁那年，因给地主放牛丢了一头牛，吓得不敢回地主家，就在大山里东躲西藏，整天饥肠辘辘，食不果腹。恰好红二十五军长征来到这里开辟鄂豫陕根据地，他就跟着队伍成了一名娃娃兵。平常跟着大人烧水做饭，打仗的时候，红军连长就让他跟在自己身后，想方设法地保护他。

1935年9月，陕南板桥镇战斗打响的时候，是他第一次上战场，红军战士发起了冲锋，连长把他摁在草窝子里，满头大汗地说："趴在这里不要动，一会儿我回来找你。"说完提着大刀怒吼着冲了上去。

这时，他趴在草窝子里惊恐地眺望着战场上的厮杀，看着敌人人头落地、血肉模糊的惨状，吓得瑟瑟发抖，最后尿了一裤子。战斗结束后，红军连长提着大刀过来找他，看到趴在草窝子里瑟瑟发抖的他，抓住他的领子，一把把他提了起来。看到这小子尿湿的裤裆，两腿还不停地发抖，连长哈哈大笑着说："红小鬼，胆小鬼，哈哈哈。"不过，连长心里明白，毕竟他还是个孩子。

看着连长手里提着的大刀上还滴着鲜血，刀刃也卷了，他吓得啊呀叫了一声就晕了过去。连长哈哈大笑，抓小鸡似的提起他，扛在肩上就去打扫战场了。

不过，红小鬼也有自己的长处，他尤其喜欢做饭。板桥镇战斗后，敌人纠集兵力进行反扑，部队紧急转移，在秦岭大山里急行军三天后才摆脱敌人的围追堵截。由于部队不断地转移，粮食供应中断，战士们几乎粒米未沾，个个饿得无精打采。

说来也巧，恰好部队遇到贩羊的商人，就买了一百多只羊，算是解决了部队的生活问题。而老王比较精明，把要扔掉的羊肠端到河道里翻肠后，反复清洗干净，用上大山里的香叶、洋姜、辣椒等作料一同煮熟，放凉后切碎，然后拌上蒜泥，红军战士一吃，觉得味道醇香可口，而且还治好了好多战士拉肚子的问题，节省了食材，解决了部队吃饭的问题。

连长看着这个可爱的小鬼，拍拍他瘦弱的肩膀说："好样的，好样的，不但懂得节约，还挺会做饭的。"听了这话，他只是呵呵地傻笑。

后来，王传福跟着大部队出秦岭，过渭河，翻越六盘山，最终到达陕北。而后随着年龄的增长，他先后参加了抗日战争、解放战争；中华人民共和国成立后，又加入中国人民志愿军，雄赳赳、气昂昂地跨过鸭绿江，奔赴朝鲜战场。在一次战斗中，他遇到敌人飞机轰炸，腰椎、小腿受伤后，被紧急送回丹东进行治疗。经过治疗，他虽然康复了，但也落下了残疾，后回到古城，一直住在干休所里，终生未娶。

老王正在闭目思索，回味过去战斗岁月的时候，恰好田菲敲门进来要拿碗，并问道："王叔叔，你吃饱了没有？我妈让我来问你，再给你盛一碗面。""饱了、饱了，今天这饭吃得最爽口，真的。"老王说完，拿起饭碗关切地问田菲："你妈用的什么醋啊，怎么吃起来那么香啊？"

田菲一愣神，不好意思说。她知道这是母亲用老家的尖柿子做的醋，每年秋季柿子成熟的时候，母亲就用熟透了的柿子，做一大盆醋，盆的中间放置一把笊篱，过滤后吃多少舀多少。她也弄不明白叔叔的心思，也不知道该不该说出是母亲自己做的醋，城里人会不会担心卫生的问题，嫌弃就不好了，所以，思虑再三，她还是不好意思回答王叔叔的问题。

老王笑了笑说："没啥，闺女，我就是想知道用什么做的醋，味道那么特别，酸香可口。"田菲看见叔叔认真诚恳的样子，就原原本本地说了。老王听后，咂咂嘴说："怪不得，我没吃过柿子醋，醋香提味，香啊香。"

老王摸摸花白的头发，高兴地说："哦，我长这么大，还是第一次听说柿子能做醋，味道就是不一般。"说完，拿起一沓钱交给田菲，田菲推辞不要，急得满脸通红，老王硬是塞到了她的手里说："女子，叔叔一生无儿无女，从小给地主放牛，长大后扛过枪、打过仗，现在身体也残疾了，我知道你家的情况，如果你们母女不嫌弃我，你就做我的干女儿吧，行不？"

田菲听罢，上前一步拉住王叔叔的手，激动地说："谢谢叔叔，只要你不嫌弃我，以后我就是你的女儿，永远照顾你。叔叔，我给你磕头。"说完就要跪地磕头。

老王急了，赶紧扶起她，田菲握住叔叔温暖的大手，感受着这份难得的人间大爱，突然间，好像一下子找回了父爱的感觉。老王望着眼前这位可爱懂事的孩子，高兴地笑了，自己终于有了女儿了，眼眶慢慢地湿润起来。

送走了田菲，老王高兴地来到书桌旁，拿起酒瓶，倒了一玻璃杯辣酒，痛快淋漓地喝了下去，铺展宣纸，拿起毛笔，挥笔写下了两个遒劲的大字：女儿。

十六

自从田菲与母亲，还有谷鸽陆续离开山东庄后，哑巴心里一直觉得空落落的难受。他整天扛着一把明光锃亮的铁锨，早晨到田菲家的麦田里看看，下午又去老主任的坟冢旁转上一圈，拔拔草，仰头看着天上的云彩和从眼前一掠而过的小鸟，然后靠在坟堆上眯一会儿。

他常常梦见自己坐在老主任家的火炉旁，喝着老主任熬煮的砖茶，然后从他的烟盒里，拿起一片纸，卷起一支旱烟，香香地抽上几口，吐出一个个烟圈。

老主任看见他老练地吐烟圈，高兴得哈哈大笑，逗得他也不住地傻笑，不小心呛了一口，咳嗽起来。

他被呛醒了，抬头一看，原来是邻村的神经病王福长，手里还攥着一根毛娃草。神经病看哑巴睡得香甜，将毛茸茸的絮絮塞进了他的鼻子，这才把他呛醒了。哑巴一下子火了，照着神经病的屁股踢了几脚。他踢一脚，神经病蹦一下，几脚过后，神经病哈哈大笑，双手提着没有皮带的裤腰，大声吆喝着，一蹦一跳地跑到土崖上面去了。他转身又向哑巴吐舌头扮鬼脸，扭动几下屁股，一手提着裤腰，一手向哑巴扔土块。哑巴气得拿起铁锨追打他，吓得神经病杀猪似的吼叫着，夺路而逃了。

追了一段距离后，哑巴停下了脚步，想起了田菲和她母亲给他交代的事情，以后要多关爱神经病。神经病也是缺爱的人，不能动不动就去打他。想到这里，哑巴示意站在远处的神经病过来，不断朝他招手。

神经病观察了一会儿，才怯生生地走了过来，哑巴拉他坐在老主任的坟前，给他卷了一支旱烟，对着火后，两人抽了起来。神经病小心地看了哑巴一眼，当两人四目相对的时候，竟然扑哧一声都笑了，哑巴微笑着拍拍神经病的肩膀，神经病顺势靠着哑巴的肩膀，两人一边抽烟，一边望着天空中飘走的云朵，各人想着自己的心事。

转眼到了冬季，晚上狂风呼啸，第二天天刚亮，就开始飘雪，哑巴打开大门，大雪随着肆虐的狂风在空中飞舞，洒落在大地上。他站在大门口的雪地里，闭上双眼，任凭片片雪花钻进脖子里，撒在身上，扑在脸上。他感觉到一丝凉冰冰的寒意，却刺激而舒坦。

过了一会儿，他靠在门墩石上，看着门前的空地上积雪越来越厚，远处的麦田里已经洁白一片，像盖上了一床洁白的被子，到处白雪皑皑。

眼前那条通往村外的大路上，已经被大雪覆盖。以前只要坐在大门口，看见田菲和谷鸽从学校回来，就知道到周末了，她们要回家背馍了。到了第二天下午，两人背着馍出村的时候，每次路过他家门口，总是笑盈盈地给他打招呼，哑巴就送她们一程，生怕她们被野狗或者邻村的神经病欺负。他站在沟沿上，看着她俩沿着田地边蜿蜒曲折的羊肠小道渐渐远去，直至消失在视线外，他才恋恋不舍地回到家中。如今，大雪纷飞，道路覆盖，她们远去的身影仿佛还在自己眼前晃动，渐渐地消失在远方。他倚在门框上，长长地叹息了几声，回味着以前美好的时光。

门前的桐树上，几只乌鸦落在枯枝上嘎嘎地叫着。哑巴虽然听不见，但看着枯枝上跳跃翻飞的乌鸦，心里立马变得不舒服了，孤独和失落的情绪突然袭来，他捡起一块石子扔上树梢，惊得几只乌鸦呼啦啦地飞走了。

突然间，哑巴想起来一件事情，昨天水泵房安排了今天给田菲家的麦田冬灌，他急忙进屋扛起铁锨，一步三滑地向村口的水泵房走去。麦田冬灌是丰收的基础，庄稼人来不得半点马虎，浇灌完毕已经是下午了，他两肩披满雪花，头发冻得都粘在一起，拖着疲惫的双腿回到家里，肚子已经饿得咕咕叫了。

走到田菲家门口，看见一群麻雀在雪地里觅食，发现有人来了，麻雀又呼啦啦地飞到门前的桐树上，在光秃秃的枯枝上扑棱棱地上下飞舞。

他肚子饿了，也想吃肉了。抬头看看树上叽叽喳喳的麻雀，哑巴心里有数了。积雪已经淹没脚脖，他扫出一片空地，用一根筷子支撑起一个竹筛子，筷子底部系上麻绳，压进雪地里，筛子上面压上两块砖，下面撒上一点小米。哑巴进屋后关上大门，躲在门缝里观看外面的动静。等一群麻雀慢慢地钻进竹筛里觅食的时候，他猛然一拉绳子，扣住不少，竹筛下面传来鸟叫声。

哑巴飞快地跑进屋子，从土炕上扯下一条粗布单子，盖在竹筛子上，四周用砖块牢牢地压上一圈，隔着单子轻轻地提起竹筛，里面的麻雀呼啦飞出，在单子下面乱撞，他抓住一个就捏碎脑袋，一会儿工夫就抓了十几只。

他随即和了点泥巴裹住麻雀，放进灶火口慢慢地烧，等铁锅里水开了，麻雀也熟了。剥开泥巴，拔去毛后，香喷喷的麻雀肉，吃得他满嘴流油。

抓麻雀，是哑巴小时候最难忘的记忆了。每年冬季下雪，他都会用这种方式捕捉麻雀，烧熟后送给田菲和谷鸽吃。今天，嘴里吃着麻雀肉，他又想起了田菲，想起了谷鸽，想起了自己的救命恩人老主任，此时，他竟然哭了起来。

他将烧熟的几只麻雀放在厦房下的方桌上，擦掉老主任遗像上面的灰尘，点上三炷香火小心地插在香炉里，然后坐在凳子上，看着袅袅升起的烟雾，痴呆呆地看着老主任的遗像，很想大哭一场。

过了一会儿，他拿起扫帚，把田菲家院子前后的积雪清扫了一遍。从田菲家出来的时候，他无聊得不知道该去哪儿，该和谁去说话。他站在村口的大槐树下，向远处的麦田望了几眼，白茫茫的一片，山东庄被大雪笼罩着。

看的时间长了，他有点晕，低头想了想，干脆直接去老八的小卖部，找他谝会儿去。他包上几只麻雀，踩着积雪向村子深处走去，脚下传来咯吱咯吱的闷响。

老八坐在轮椅上，看着门外面厚厚的积雪，这会儿有点尿急，却犯了难，恰好哑巴进门，比画示意后，哑巴明白了，二话不说，背起他去了门外的茅厕。

回到小卖部，老八看见哑巴脸蛋冻得通红，手背也有点红肿，有点心疼地看着他，心想，何不与哑巴喝两口？于是，他打开一包花生米直接倒在桌面上，拿出煤城陈炉镇烧制的两个黑瓷碗，斟满西凤酒，和哑巴在碰杯声中香香地喝起来，满屋子顿时弥漫着一股浓浓的酒香味。

哑巴递给老八一只烧熟的麻雀，老八吃了一口，味道很好，朝着哑巴竖起大拇指，高兴地和他碰了一下，辣酒入口，吸溜了一声。

老八和哑巴喝酒的时候，瞅见了他脑门上的伤疤，不由得又想起大个子了，回想起去年两人斗殴的事情，心里憋屈得只想叹气。有人说大个子去了新疆，也有人说大个子逃到了国外，也有人说大个子可能自杀了，早已经不在人世了，他越想心里越烦躁，干脆不停地和哑巴喝酒，转移心中的不快和烦恼。

哑巴看着老八唉声叹气、低头沉思的怪异表情，就知道老八想起了过去那些不痛快的事情，之后还会号啕大哭，拍打着自己的废腿，不住地痛哭流涕，谁劝也没有用，哭够了、折腾够了，然后大睡一觉，第二天什么也想不起来。

就在老八和哑巴在山东庄开怀畅饮时，远在煤城石凹煤矿的大个子低着头，踩着积雪，腰里扎着宽厚的武装带，挂着电工包，向矿灯房大步地走去，准备下井。

眼前雪花飘飘，四周的山坳里已经被白茫茫的积雪覆盖，道路两旁如伞状的塔松上，积了一层厚厚的白雪，枝干低垂伸展。公路上扬起的煤灰也不见了，清冷的寒风虽然寒气袭人，但空气还是比晴天的时候清新了许多。他心情舒畅，甩开两条长腿，大踏步地走向井口。

师傅老安康复出院后，皮肤看起来有点坑坑洼洼，自嘲地说脸上有麻子坑，而细小的煤渣也没办法一一取出，隐约可以看见许多浅浅的黑色斑点。

师傅放弃了申请工伤，让大个子始终心里想不通，但最后还是理解了师傅的举措，因为这一代矿工，生在旧社会，长在红旗下，人心红，能吃苦，更不会去计较个人的得失。所以，每次大个子看见老安，就不由得会哼唱起《唱支山歌给党听》这首歌，老安每每听罢，眼眉舒展，毁容的脸上也会露出浅浅的微笑。他不笑则罢，笑起来大个子就觉得师傅更可怜，只是时间长了，大个子慢慢也就看习惯了。

来到井下，大巷里昏暗的灯光下，煤尘及潮湿的味道比较大，尤其大巷里来回奔跑的柴油车呛人的柴油味道，令人作呕。大个子边走边说："他妈的，这通风系统也不知道咋搞的，天天都是难闻的各种味道，不会加大风量排气吗？"

"就你尿事多，井下通风系统的风速，煤矿安全规程是有规定的，风大了会起煤尘，有隐患，你培训时把书读到狗肚子里去了？井下没有火药味、柴油味、煤尘味，那还叫井下？山上空气好，你天天呼吸去，月底了喝风屁屁吧！"老安机关枪似的训了徒弟几句，大个子吐了一下舌头，赶快闭上嘴，心想，跟师傅这样的煤矿"老八路"强词夺理，那就是秀才遇见兵，有理说不清，干脆闭嘴吧。

转眼在井下又工作了几个月，对于大个子来说，每次下井只要看到幽深的巷道，就像是看到了无底的深渊。走到没有灯光的地方，伸手不见五指，眼前仿佛有许多黑色的怪兽在张牙舞爪，让他心里发怵。只有头上的矿灯射出的强光，可以照亮前行的路，但稍不注意，就会被脚下的煤块、泥浆、石子等绊个狗吃屎，甚至崴了脚。

自从工作以来，他最喜欢的就是走煤巷，三米左右的煤层，矿灯照在上面，煤也会泛着光，有点耀眼，看着挺吸引人的。有时，他苦思冥想，却怎么也想不通，这些煤炭到底是怎么生成的啊，大自然太神奇了。

有次，他不解地问师傅这个问题，师傅只是简单地说："树木形成的。"

"树木形成的，树木都在地上，咋能跑到几百米深的地下，还能形成煤炭？你胡说呢。"

老安一听生气了，大声地说："你就是个瓜子，回去看书去。"

大个子丈二和尚摸不着头脑，心里犯嘀咕："师傅才是瓜子，树能变成煤炭？亏他能这样说。"但是，他也不懂，也不敢再多问了。

时间长了，大个子慢慢地适应了潮湿、黑暗、满是煤尘和噪声的井下环境，也熟悉了打眼、装药、挂线、放炮、擢煤、移柱、挪溜子等各个生产环节，现在的大个子已经算是一位合格的煤矿工人了。

今天下井，需要给掘进工作面搬运铁梁子，用于顶板支护。大个子咬着牙扛起百八十斤的铁梁子，弓着背慢慢地前行，等搬运工作结束，一屁股坐在潮湿的底板上，口干舌燥，气喘吁吁。他不停地揉捏着酸疼的肩膀，大颗的汗珠顺着脸颊不停地流淌，身上的线衣已经湿透了。

他斜靠在摩擦支柱上歇息喘气，望着工友们头上闪亮的一道道灯光，干脆闭上眼睛休憩一会儿。小四川比较活泼，从来不知道疲倦是什么，也喜欢开玩笑，用矿灯照了照大个子的脸，哈哈大笑着说："大个子，看你的小白脸也不白了，就牙是白的，脸黑得跟包公一样，这会儿有媳妇来找你，估计也认不出你是谁了。"

他用矿灯照了照小四川说："别笑话我，井下的乌鸦一样黑，你也白不到哪儿去。"

"哈哈，怪不得人家叫我们煤黑子，就是黑。"小四川自嘲地说了几句。

休息了一会儿，老安师傅大声喊叫："歇一会儿就行了，开始干活了。"大个子坐的时间长了，潮湿的地让他的线裤都湿透了，屁股蛋子凉冰冰地难受。

大个子走了几步，突然间，有一股酸楚的味道瞬间涌上心头，自己为什么要下这样的苦，遭如此的罪？他想起了他在山东庄的那次冲动，想起了老八，更想到了哑巴不知是死是活，心里惊悸得后背发凉。此时，他真想扇自己几个耳光，找个地缝钻进去得了，说白了，别人不知道，自己现在就是在逃难，唉，咋就这样地遭罪？搬完了铁梁子，大个子跟着师傅继续打眼、放炮、擢煤等。

今天这个班下来，大个子腰都要累断了，脚下挪着沉重的步子，累得和谁也不想说话，脸上难堪的表情只有自己知道。他苦苦地熬到下班升井，井口有一股刺骨的寒风突然吹来，让他潮湿的后背，突然间凉飕飕地冷到了骨子里，他不由得打了几个寒战。

大个子拖着像是灌了铅的双腿，疲惫地走到澡堂里，脱掉衣服，跳进已经浑浊的池子里。他靠在池边，两手一摊，闭上眼睛，准备好好地休息一下，也享受一会儿难得的温暖与舒服。

小四川身子精瘦，却在澡堂池子里扑腾扑腾地游泳，水花四溅，没有一丝疲乏的迹象。大个子看着他说："小四川，你得是吃了春药了？欢得跟驴驹子一样。"说完，他斜着眼睛瞄了一下小四川，接着又闭上了眼睛。

小四川听罢哈哈大笑："你小子知道什么是春药？小伙子懂个啥子，春药要是吃了，还顾得上洗澡？早回去抱老婆了。"说罢，他起身坐在池沿上，他瘦得像麻秆一样的两腿上，汗毛很重，上面沾满了煤泥。

池子里的水已经浑浊不堪了，但小四川始终满面的笑容，一笑两个酒窝，三十多岁的人了，乐呵呵地，像个孩子。

大个子瞥了小四川一眼，有气无力地挖苦他说："小四川，你把你身上的煤泥洗净，省得回去弄脏了嫂子的肚皮。"

小四川反倒哈哈大笑起来，高兴地说："采煤一线工人老婆的肚皮估计也没有几个是白的，你看这一池子黑水，老婆的肚皮能白你来找我算账。"

"哈哈哈，小四川最有感受了，哪天我们得去问问四川嫂子。"不知道谁喊了一句，大家顿时哄堂大笑起来。小四川急了，扬起水花说："去去去，哪里黑了哪里歇去。"

"哈哈哈！"大家又大笑起来，忘记了一天的辛苦，大个子也笑了起来。

老安师傅走了过来，骂了小四川一句："你呀，就是嘴贫。"接着又说了几句："多管闲事，你把你的身子洗净就是了，咸吃萝卜淡操心。"

"哈哈哈。"老安师傅说完，逗得几个徒弟不约而同地哈哈大笑起来。

洗过澡，换上干净的衣服，大个子邀请师傅和小四川去喝酒。三个人一碟油炸花生米，一盘菠菜拌粉条，一人一碗油泼扯面。老街道的关中面馆，是他们常去的饭馆。

他们要了一瓶西凤酒，分别将自己面前的玻璃杯子倒满，边喝边聊。酒过三巡后，大个子突然间想到了个问题，就对着师傅问道："安师傅，你是河南人，我想知道你是咋来陕西的啊？煤矿这么艰苦，你是怎么想着来这里下矿啊？"

老安几杯酒下肚，满脸紫红像个关公，看着两位徒弟，香香地抿了一口酒，辣爽地吸了一口气，咂咂嘴，放下玻璃杯笑着说："你俩想听吗？"

"想听。"两人异口同声地回答。

"唉，说来话长啊。"老安的脸色立马变得凝重起来。他又喝了一口酒，看着两人急切的目光，才叹了口气接着说："我给你们说说我的来历吧，我的老家在河南登封，距离少林寺不远，应该都知道吧？听我父亲说，抗战时期，日军攻陷了徐州，逼近河南，老蒋为了阻挡日本人西犯，炸开郑州花园口的黄河大堤，所以河南人可遭殃了，那水可大了，淹死了不少人，我们老家人称'黄河泛滥'。河水泛滥还不算啥，又接连遭遇三年大旱和蝗灾，庄稼几乎颗粒无收，老百姓为了活命四处逃难啊，往哪儿逃的人都有，我父亲带着我们就从老家逃了出来。"说到这里，老安叹了口气，抿了口酒，抬头向窗外看了看，眼泪溢出了眼眶，他低头擦了擦，过了一会儿接着说："说起逃荒，我想起了我的妹妹，她最后饿死了。"

"啊？"两人惊讶地看着师傅。

"逃荒前，父亲卖掉了九岁的妹妹，换回了点粮食，为了在逃难路上吃。唉，我至今都难以忘记妹妹凄惨的号哭声，她被人硬是拉扯着带走了，后来听说还是饿死了。妹妹那绝望的眼神，泪流满面的哭叫，想起来我都想大哭一场。唉，那时没有办法啊！"说完，老安低头抽泣起来。

小四川看看大个子，两人也不知道该怎样劝劝师傅，便无言地端起酒杯，三人目光相聚，碰了杯酒。

师傅看了看他俩接着说："说到逃难的经历，那真是逃命啊。1942年，我只有十一岁，跟着父母逃荒，步行两天两夜才走到洛阳，和大多数人一样去扒火车。记得那是一列拉煤的火车，我们上车的时候，车上车下都挤满了人，真是又挤又饿啊，火车连续开了两天三夜，大小便都在车上，那时候谁还顾得上羞耻啊，记得到了陕西潼关站停了半天，到夜里才算是闯进了关。那时陕西也阻止灾民进入，好不容易到了陕西的渭南，父亲带着我们又步行走了两天两夜，才到达父亲曾经当过长工的一户地主家，算是安顿了下来。那时，我负责给地主家放牛，父亲种地，母亲做饭，第一顿吃上饱饭的时候，我至今难忘，夜里撑得怎么也睡不着觉啊。

"后来我长大了，经老乡介绍，才来到煤城石凹煤矿当了矿工，虽然下矿辛苦点，但一个月挣个一百多，粮票一个月五十六斤，和过去相比，我就幸福得不知道该怎么样表达自己的心情了。每月工资发下来，不但解决了家庭的困难，而且还能接济不少河南老家的亲人。自从当了矿工，别人就叫我煤黑子，虽然在人前地位算是低了点，但我觉得这才是我要的新生活，最起码能够吃饱饭，不饿肚子，这就是我们工人阶级追求的幸福啊。"

听师傅说完，两人终于了解了师傅的身世，感觉师傅从小到大，尝尽了人生的酸甜苦辣，而自己和师傅相比，那真幸福多了。

小四川看见师傅心情沉重的样子，想调节下气氛，想了想，微笑着问道："师傅，那为什么煤城人把你们河南人叫河南蛋？本地人叫此地猴？"

"唉，你小子弄错了，河南担的担是挑在肩上担子的担，不是鸡蛋的蛋。此地猴还有种说法叫此地厚，厚道的厚。"小四川听完眨眼笑着说："那师傅讲讲，我想听听。"

老安喝口酒，吃了口菜，看着两位徒弟说："河南担和此地猴（也叫此地厚）是陕西人和河南人开玩笑时常说的两句话。关于河南担的说法，在于河南人逃荒的时候，常常挑着两个箩筐，一个箩筐里是年幼的孩子，另一个箩筐里便是所有的家当。后面跟着的，或许还有背着大包小包的家人，我们一根扁担便挑起了河南人逃荒路上的全部家当。关于此地猴的说法在煤城有两种，一种说法是中华人民共和国成立前煤城人口少，和外界接触不多，因此对来煤城的外地人心存厚道，待人热情，因此称呼当地人叫此地厚。另一种说法是，当时逃荒来的河南人、山东人等，到了煤城后，不求安逸，只求安身，在漆水河两岸搭个草棚便算是安了家。当时我们河南人对于为数不多的当地人住在半山腰的习惯很是奇怪，觉得这些当地人真傻，喝水、挑粮还要到沟底来担，可是，煤城就是沟多，尤其到了夏季，疾风暴雨后，山洪从每条沟里奔腾涌出，汇聚到漆水河里，形成汹涌的洪水。河南人在漆水河沿岸辛苦搭建的草棚，一下子被水冲走了，还发生了不少人员伤亡的事情，这时，河南人才终于明白了，当地人猴精猴精的，住那么高，水冲不到。于是这才赶紧和当地人一样往山上搬家，留下了此地猴的说法，这两句的来历你们听明白了吗？"

"明白了，师傅不简单，懂得真多啊。来，我们三个碰一下。"三人觥筹交错，开怀畅饮。

今天，大个子听师傅讲的不少，不免想起了自己曾经的经历，心酸得好想大哭一场。师徒三人这场酒喝到最后都喝多了，师傅去了女儿家，大个子摇摇晃晃地回到了矿工宿舍楼。

晕晕乎乎地不知道睡了几个时辰，大个子感觉口干舌燥，肚子也有点饿了，干脆穿上衣服出了宿舍楼，站在宿舍大门口抽了一支烟。静夜里公鸡一声接一声的打鸣声，从家属区的小黑楼那里传了过来，大个子心想，何不弄只鸡吃一顿？他的嘴真的馋了，想到这里，干脆说干就干，于是，迷迷糊糊循着公鸡打鸣的声音走去。

人最胆大的时候就是酒后，大个子借着酒劲，来到小黑楼处，顺着窄窄的巷道前行，脚步轻得像猫在行走，几乎没有一点声响。走到公鸡打鸣的一家门口，可以听见屋子里男人酣睡的呼噜声，他轻轻地打开鸡笼，慢慢地把公鸡抱出来，揣进棉大衣里，边走边把鸡头拧了下来。回到宿舍后，大个子插上电炉子，将鸡拔毛处理完毕，放在铝锅里慢慢地炖。天放亮的时候，鸡肉被他吃了一半，剩余的一半放到床底下。他将鸡毛及内脏装进一个尿素袋子里，趁天不亮的时候，悄悄地来到宿舍后面的水沟，扔进了河道里。

回来的路上，大个子还在想，也许那家丢了大公鸡的主人，还以为黄鼠狼抓走吃了。他摸摸油腻的嘴巴，心里满足地回味着刚才的肉香。

可是，人常说："若要人不知，除非己莫为。"第二天刚刚上井，公安科就把他叫走了，他自己心里也明白，干脆竹筒倒豆子，稀里哗啦地全招了。

好在有师傅和劳资科科长替他说情，他赔了钱，受了训，写了份检讨，在区队会议上做了检讨，事情才算有个了结。

回到宿舍，他又噼里啪啦地挨了师傅一顿暴打，气得师傅脸色铁青，扔下笤帚大骂："丢人！丢人！该抓起来枪毙！枪毙！呸！不要脸的东西，再也不要叫我喝酒了。"

大个子吓得捂着脑袋，头也不敢抬，任凭师傅歇斯底里地叫骂，也不敢吭声。

唉，为了这张嘴，想想自己真活该挨打。

十七

在大学里，田菲一年的基础课程学习结束后，开始学习专业课程，也就是财经专业的课程。新学期开始，她每天要在账页纸上书写好几张作业，看着一页一页工整的阿拉伯数字，田菲心想，也许自己这一生就要和这十个阿拉伯数字打交道了，心里觉得还是挺有趣的。

后来又开始学习珠算这门课程，珠算是中华民族宝贵的文化遗产，也是以后从事会计工作的基本技能。五层高的教学大楼里，每天晚上自习课的时候，财会班的教室里，噼里啪啦练习珠算的声音，在寂静的夜里会传得很远很远。邻近的教室，别的专业的学生们往往会紧闭教室的大门，省得算盘珠子的声音太大而影响他们的学习。

下了晚自习后，已是晚上九点以后，田菲突然想起今天是父亲的生日。田菲有点心疼，她想起了一辈子任劳任怨的父亲，父亲的过世，给她带来了无尽的悲伤，只要想起来，就会揪心地痛苦，让她很想找一个无人的地方放声痛哭一场。

出了教学大楼，她边走边想，一个人迈着沉重的脚步来到操场。

她走到一棵梧桐树下，坐在空无一人的长椅上，仰头看着满天闪烁着的繁星，此时此刻，好想和父亲说说自己的心里话，两行眼泪顺着她的脸颊流淌了下来。

初冬的夜里，阵阵寒风袭来，她甚至忘记了寒冷，忘记了四周影影绰绰的人影，默默地在这里静坐了好几个小时。她一直托腮沉思，突然想起了孤独的母亲，自己这个点了还没有回去，说不定正在着急呢。想到这里，她正准备起身回家，忽然一片梧桐树叶飘忽而下，恰好落在她的腿面上。她拿起这片干枯的树叶，翻来覆去地看了又看，难道这是父亲明白女儿的心思，变成一片树叶来到女儿身边，还是有什么好事要降临到自己身上？想到这里，她忽然觉得有点脸热，羞涩地笑了笑。

人常说"梧桐树下招凤凰"，要能招个郎君该多好啊？孤单的自己需要温暖，也需要亲情的陪伴啊！她抬头看看天上的繁星，一钩弯月挂在天边，冥冥之中她仿佛看到了父亲和蔼的面庞，慈祥的目光，真想给父亲说说自己的心思。少女情怀萌发的相思情，使她不好意思地笑了，脸上泛起潮红，觉得烧烧的痒痒的不舒服。

一个人百无聊赖地在操场转了一圈后，田菲准备回宿舍，走到昏暗的下坡处，突然间脚下一滑，跟跄地摔了一跤。她扶着栏杆艰难地站了起来，右脚登时感到一阵钻心的疼痛，阵阵疼痛袭来，使得脚板不能挨地，疼得她额头上汗珠滚落，只能坐在台阶上，无奈地哭了起来。

"啊，这位女同学，你哭什么？怎么了？"一位路过的男生突然停下来，低头关切地问她。

田菲头也没有抬，眼含热泪地说："我摔了一跤，好像脚骨折了，不能走路了。"

"那就赶快去校医务所。"男生也不知道哪里来的勇气，抱起田菲就往医务所奔去。她疼得龇牙咧嘴，不由自主地咬住男生右胳膊的袖子，眼泪哗哗地流，一路上哭个不停。

到了医务所，她才看清男生的模样，他脸庞清瘦，个子高挑，穿了一身蓝色的运动装，眼神专注地看着大夫给她打石膏。过了一会儿，她又偷眼看了一眼帮助自己的男生，想起了那片树叶，这该不会是天意吧，她破涕为笑，不好意思地擦擦溢出眼眶的泪水。

治疗完毕，大夫给她开了吃的药和外用的云南白药，男生抢着替她付了药钱，又背着她回到她住的地方。路上，她才想起来说了几句感谢他的话语，男生笑了笑，回答说：“没有啥，搁谁碰上那种状况都得上前帮忙啊。”。

田菲把脸贴在男生的肩膀上，虽然自己受了伤，但此时既幸福，又羞怯。那片梧桐树叶，不会给自己送来一位情郎吧？这也许就是人常说的缘分吧，想到这里，她把脸紧紧地贴在男生的肩膀上，脸上泛起幸福的笑容。

路上，经过交流和了解，她知道了这个男生名叫卢阳，是大二的学长，学地质的，和田菲一样，也是来自关中农村的。田菲听罢，轻声地说：“那我们还是老乡呢，碰见你真好。”

“真的，我们是老乡？”

“我也来自关中农村的山东庄。”田菲说了句，卢阳“哦”了一声，然后接着说：“山东庄人好，朴实厚道，我就喜欢和山东庄人打交道。”

“是吗？”田菲听了卢阳说的话，心里觉得暖洋洋的。她心想，卢阳为人实在、厚道，还乐意帮助他人，同样是农村出来的学生，将来一定是位可靠的好兄长。少女情窦初开，心里有了自己的主意，脸上始终洋溢着幸福而甜蜜的微笑。

卢阳背着田菲路过传达室门口时，门房老王透过窗户的玻璃，突然发现田菲被人背着，觉得有点奇怪。他先是心头一惊，也不知道干女儿田菲怎么了，然后立马起身跑出传达室，焦急地询问：“田菲，你这是怎么了？”再低头一看，田菲脚脖子上打着石膏，终于明白了，着急地问道：“娃呀，是不是摔了？崴了脚？”

“是的，王叔叔。”田菲回答了一句。

老王看了一眼背着田菲的小伙子，额头上汗涔涔的，赶快转身回到传达室，拿起自己泡的太白药酒，跟在身后，匆匆忙忙地赶到田菲和母亲的住处。

母亲正在烧水洗衣服，看到田菲被人背着送了回来，着急地问："田菲，哎呀，你这、这是咋了？"

卢阳小心地把田菲放到床上，田菲看着母亲焦急的样子，笑着说："妈呀，没有事情，摔了一跤，骨折了，大夫说没有大事，休息几天就好了，是卢阳哥把我送回来了。"

"你还能笑出来，你这娃能把妈吓死。"说完，母亲赶紧给卢阳倒水，递毛巾擦汗。传达室老王拿着药酒走进来，看着田菲说："娃，我这药酒好，取了石膏后，好好地涂抹一段时期，人常说：伤筋动骨要过百天的，不要劳损，好好地卧床休息啊。"

"谢谢王叔叔。"

田菲说完，坐在床边，看着长辈们为了自己着急心疼的样子，心里陡然间觉得温暖升腾，再看着站在那里有点局促不安的卢阳，笑着说："卢阳哥，你坐在凳子上休息一会儿，这么远的距离把我背回来，也辛苦你了，谢谢哥。"

"没有啥，你好好休息，没有事了我就先回宿舍，明天上课或者以后换药的时候，我都来背你，叔叔、阿姨再见，我走了。"卢阳说完转身出了门。

田菲看了一眼卢阳瘦弱的背影，招了招手，让母亲去送送他。虽然脚受了伤，但她心里此时像喝了一杯浓浓的蜂蜜水，又甜又香。

田菲母亲知道了事情的经过后，嘴里喃喃地自言自语："这小伙子不错、不错啊，好娃。"田菲听了母亲的话，没有说话，只是笑了笑，羞涩的红晕如一朵盛开的玫瑰挂上了她的面庞。

卢阳离开田菲后，没有直接回宿舍，一路飞奔来到操场上，接连跑了十圈。虽然天气寒冷，但他心情愉悦，跑得大汗淋漓，心里感到热乎乎的，很舒坦。

几个礼拜以后，田菲拆了石膏，可以慢慢地下地行走了。卢阳这段时间一直陪伴着她，下了晚自习，卢阳扶着她来到操场边。他们在梧桐树下的长椅上坐下来，卢阳轻轻地抬起田菲受伤的右腿放在自己的腿上，小心地揉捏了一会儿，轻声细语地说："这样好，放我腿上你会舒服一点，有利于血液循环。"

田菲慢慢地把头靠在卢阳的肩膀上，闭上眼睛，感受着这难得的温暖和幸福的时刻。卢阳轻抚田菲的面庞，并在她的额头上轻吻了一下。田菲像电击一样浑身颤抖了几下，然后呢喃一声，俯在卢阳的怀里，紧紧地拥抱着他，生怕他飞了似的，任凭幸福的泪水慢慢地溢出眼眶。

这个晚上，她把自己的初吻献给了卢阳，卢阳也有了初吻，甜蜜而温馨。此时，两人沉浸在幸福的氛围中，一阵阵寒风扑面而来，他们却没有感到一丝的凉意。

百里之外的谷鸽，她就读的中等专业学校坐落在渭北古镇上，一条发源于渭北黄土高原的洛河，蜿蜒曲折地绕镇而过，滔滔地流入了滚滚的黄河。

今天恰好是周末，同学们难得有时间相约出校游玩。同宿舍的三人经过商量，准备到大山里的尧山庙去转转。出了镇子，走过一段上坡路，沿着尧山的山脊慢慢行走，三人来到最高处，站在尧山之巅，远远可以看见洛河就在尧山脚下，玉带般蜿蜒前行，流向远方，清晨的暖阳映照在河面上，泛起一道道金光。

谷鸽从小就生长在关中平原，从来没有登过山，站在山顶上远眺，真想生出一对翅膀，翱翔于关中大地，俯瞰脚下辽阔而美丽的田园风光。这时，她也有点想家了，真想飞回山东庄，看看家乡的亲人，站在冰封的水库边，扔上一枚河卵石，听听那清脆的声音，真想飞到田菲的身边，拉着她的手，与她说说心里话。

"该走了，谷鸽。"还是同学的呼唤声打断了她的遐想，她赶紧转身追上同学，向尧山庙的方向继续走去。

尧山，是渭北高原上隆起的一条山脉，位于陕西省蒲城县北部的罕井镇境内，距离蒲城县城十五公里，是渭河平原与渭北高原接壤地带最美的旅游风景区。

站在山峁上，俯瞰脚下的尧山庙，庙宇坐落在一个簸箕样的山谷里，背靠大山，两边奇峰凸起，南边敞开大口，三面石山上，古柏参天，郁郁葱葱。虽然是冬季，但庙里依然人头攒动，香火袅袅升起，远远地就可以闻见一股浓浓的烟火香味。

小心地下到山底，踏进大庙，殿宇古朴典雅，两边历代石碑林立，摩崖题刻述古，亦有文物古迹。山坳里空气清新，转身向南可以看到辽阔的平野，遍布的乡村点缀在广阔的渭北平原上，袅袅的炊烟飘向空中，放眼望去，真如一幅优美的风景画。

谷鸽大喊一声，顿觉心旷神怡，疲劳顿消，渭北黄土高原上能有这样一片净土仙境，让她这位来自平原的农家姑娘心潮澎湃。

走进大庙，里面建有灵应夫人祠，这里供奉着尧山圣母，相传圣母属尧王之女，能呼风唤雨、从善扶正。有关她的传奇故事在民间广为流传。

其中最有名的典故就是圣母助唐的传说。当年唐王命一将军挂帅南征，征途中，忽然狂风四起，乌云密布，一时难辨东西，加之粮草断绝，人马被困。突然，眼前出现了一条黑水河，人马如饥似渴，急于饮用，谁知水中有毒，饮后上吐下泻，将军只好命部下来到尧山庙祈求圣母救助。圣母坐着一片祥云来到山顶西边的风云洞，开始起云施雨，果真灵验，一阵电闪雷鸣后，大雨倾盆，士兵们喝了雨水后病也好了，从此屡战屡胜。战后，将军奏明圣上"多亏尧山圣母赐雨解危"，唐王听后大喜，便册封圣母为"灵应夫人"，从此，渭北民间就有了"灵应一方"之说。

谷鸽听着导游的介绍，越发稀奇敬佩，便跪在慈祥的圣母雕像前，双手合十，默诵功德，连磕了三个响头，惹得同伴哈哈大笑。

"娃，不敢笑，圣母娘娘都在看着你们呢，这就叫人在做，天在看，你不懂吧？"主持的僧人说了几句，大家都安静了下来，静静地站在那里，望着圣母雕塑，虽然这是一段传说，但还是感动了她们。

更为稀奇的事情，就是门前正中地面铺设了一块长方形石头，叫作"世面"，就是人们常说的"你见过世面没有"的"世面"。听到这里，谷鸽感叹民间文化的博大精深，让她这位农家女子今天算是见了一回"世面"。

返程时，天空中飘起了雪花，她们站在海拔一千多米的山脊上，眼前雪花飞舞，天地相连。她们小心地下到半山腰处，发现一片裸露的岩石下面压着一层河卵石，感觉稀奇，便围了上来仔细观看，为什么高山上会有河卵石？这难道就是远古时期的河床？

有一位同学聪明，想了想后说："我知道了，这就是几亿年前的造山运动形成的，地壳抬升，河床变成了陆地，陆地又变成了高山，所以河床被抬升到了半山腰。"

"哦，明白了。"谷鸽一边回答，一边拣拾了不少好看的石头装进兜里，准备拿回去好好地和老师研究研究。她们都是学习煤矿地质的，自然对地质的变化产生了浓厚的兴趣。

自从入校以来，这次周末之行是谷鸽走得最远的一次，也让谷鸽受益匪浅。

十八

时光荏苒，转眼又是一年过去了。

煤城石凹煤矿的夏天来了，山坳里中午闷热难耐，晚上却凉爽舒适，山坡上知了一声接一声地鸣叫。大个子身上斜挎着工作包，走过树荫处，一只知了射下的液体黏黏地洒在他的脸上。他抬头看了一眼树上鸣叫的知了，刺目炙热的阳光照耀得他眼睛特别的难受，嘴里生气地骂了声："倒霉！"他随手捡起一块碎砖扔到了树梢上，惊得树上知了的鸣叫戛然而止，惊飞到了别的树上。

来到井下，采煤工作面刚刚放过炮，硝烟、煤尘还没有散去，小四川立马弓着腰，一会儿用耙子扒煤，一会儿又用铁锹攉煤，哼哧哼哧地干活，像是有使不完的劲。

老安特别喜欢小四川这个徒弟，干活卖力，灵巧细心。小四川干起活来，对井下的嘈杂和危险全然不顾，汗水湿透衣服也不会放下手中的工具。尤其喜欢攉煤，工具在他手里飞舞，原煤源源不断地顺着溜子运到煤仓。只要看见小四川干活，老安常常脸上会露出满意的微笑，逢人就讲他是采煤工作面的"攉煤机"。

但大个子总爱和小四川开玩笑："你狗日的看着精瘦精瘦的，总有使不完的力气，干起活来真像师傅说的，像一部攉煤机。"

从此，"攉煤机"就成了小四川的外号，只要炮一响，他就会甩掉外衣，光着脊背，身手矫健地冲入一线，挥汗如雨地攉煤。身旁嘎嘎作响的煤溜子载着原煤不断地运输到煤斗处，哗啦啦地落入煤仓，又从煤仓底部沿着皮带走廊升到地面。

一次炮响过后，小四川正在采煤工作面卖力地攉煤，怎么也没有想到煤壁会突然垮塌，一大块原煤压住了他的左腿，四周不断地有煤块和石块纷纷落下，烟雾弥漫中传来了小四川痛苦的号叫声。

大个子慌了，看了看四周崩塌的情形，说不定一会儿工夫小四川就会被活埋了，迅速上前，拼着力气想把小四川拉出来。他挪不动大块的煤炭，看着头顶不断落下的煤块，惊慌失措地大吼一声："快拿剁斧来，把腿剁了，救人要紧，快、快！"

"干啥？"老安慌乱中奔了过来，拿起矿灯照了四周一遍，然后照着大个子的屁股一脚踹了过去。老安吼道："赶快，支护的支护，刨人的刨人，狗东西能想出剁斧剁腿，真是个畜生！快、先上支护！"

在老安师傅的指挥下，大个子这才从慌乱中清醒过来，和工友们赶快上前搭梁支护，给煤壁护网支护，然后奋力地抱起眼前的煤块、石块等扔到一边，经过大家齐心协力的努力，总算把小四川刨了出来。大个子背起他，磕磕绊绊地往大巷里跑，小四川紧紧地抱住大个子的肩膀，凄惨地号叫着，一口接一口地咬着他的肩膀处的衣服。好在大个子今天穿得厚，但肩膀还是被小四川咬得钻心的疼，他也顾不了那么多，背着小四川大步地往外跑。

升井后，小四川被紧急送到医院，拍了X光片。他的小腿骨折了，其余并无大碍，大夫给他打了石膏，缠了绷带，注射了一针止疼药后，他才慢慢地安静下来，不再哭号了，小四川脸色煞白地躺在病床上，看着天花板，想着刚才井下发生的一幕，仍心有余悸。

大个子端来一盆热水，替小四川擦擦脸上的煤灰，又让他漱了口，然后心疼地看着他说："攉煤机，还疼不？要不来半斤酒喝喝，好好睡一觉就不疼了。咋样？"

"滚，你还知道让我喝酒，算你有良心，要不是师傅紧急处置，我的腿早让你狗日的剁掉了，你咋那么心狠，来，给哥点根烟。"小四川痛苦地咧着嘴，不停地数落着大个子。

大个子不好意思了，摸着头嘿嘿地傻笑，喃喃地说："我不是没有经验吗？哪里遇到过这样的事情？拉不出来你，把腿剁掉了，你不是还能活吗？要是把你活埋了，我才心痛哩。"

"滚，乌鸦嘴。"小四川骂了一句。大个子只是嘿嘿地笑个不停。

大个子忙完，出了病房，走到楼梯拐角处，竟然双手掩面，痛哭起来。自己莽撞的举动，差点让小四川失去腿，想着刚刚发生的那一幕，至今浑身都在哆嗦。他这次怕了，真的害怕下井了，要是自己被埋了，刨出来还好，刨不出来不就永远埋在几百米深的地下了，想想都后怕，脊背后面惊得发凉。

"唉……"大个子长长地叹了口气，回头又一想，我不去下井，能去哪里啊，继续逃亡吗？不可能，也不敢。

回到老娘身边吧，说不定刚进门就会被抓进监狱，如果哑巴真被老八一铁锹拍死了，起因在自己，自己肯定要吃枪子的。老天爷啊，你不是要灭了我吧，来到这个世上，我难道就要提心吊胆地活着、没黑没夜地下井、永远做煤黑子吗？他心烦意乱地胡思乱想，越想越没了主意，干脆圪蹴在墙角处，靠在那里，闭上眼睛，任凭眼泪顺着脸颊流淌。

唉，我大个子这辈子就是这样的命运吗？还吉星高照，我看厄运也快来了！今天的事故，让大个子对继续干煤矿工人第一次产生了胆怯心理。

晚上回到宿舍，他躺在床上无法入睡，小四川受伤一事深深地刺激了大个子敏感的神经。他躺在床上好像烙烧饼一样，翻来覆去始终难眠，干脆坐起来找师傅聊天。

看见师傅躺在那儿两眼瞪得鼓圆，看着天花板不知道想什么心事，大个子轻声地问："师傅，今天要是把我们埋了，矿上会救我们不？"

"呸，竟说些丧气的话，哪次发生事故不救援啊？就是救不了，大不了埋上几千年，也会变成石油的，还会发挥作用，煤炭不就是树木变成的吗？人来到世上总要死，怕啥？"

大个子听完，心里更加瘆得慌，浑身都不由自主地哆嗦起来。老安看见他那熊样，心里就来气，大声地说："唉，你就是个怕死鬼，还敢来当矿工，几十年了，我见的多了，有啥怕的？"

听罢，大个子干脆把头蒙进被窝，自己胡思乱想也比挨师傅的臭骂要好得多。一整个晚上，他迷迷糊糊地也没有睡多大一会儿。

第二天不用上班，矿上组织生产一线工人开展安全培训。到了晚上没事，他一个人四处游荡，听说邻村的小学操场放电影，票价一元，大个子就想去那儿转转散心去。

到了放电影的地方，他一摸兜忘记带钱了，就想跟着人流蒙混过关。把门的是几个小年轻，戴着墨镜，留着长发，尤其是那个留着两撇山羊胡子，手里拿着竹竿的小年轻，咋咋呼呼地吆喝着。

大个子观察了一阵子，恰好看见一群人进场，就挤了进去，结果因为自己个子高，比较显眼，硬是被两个小年轻揪了出来。他被噼里啪啦地扇了几个耳光，还被踹了几脚，坐在地上半天也没有起来，好多人都在看热闹，看着小年轻对他拳打脚踢。

小年轻骂骂咧咧地走了，他才爬起来。他越想越气，心里始终咽不下这口气，就摸了一块砖，远远地坐在一棵杨树下，打算等电影结束后，伺机收拾那个留着小胡子的小年轻，因为只有他打得最凶、最狠。他越想越气，一会儿工夫，气得脸色铁青，两手发抖，关中愣娃一旦犟起来，九头牛也拉不住了。

电影散场了，他一直留心注意着那个留着小胡子的小年轻，过了一会儿，只见小胡子揽着一位短头发、穿着讲究的女青年，向不远处的一片杨树林走去，他赶紧躲在一棵大树后面，眼瞅着两人相拥走进杨树林，距离自己也就十来米远。

他屏住呼吸，准备寻找机会突袭这个狗日的。

他悄悄地摸进杨树林，看见小胡子抱住女青年不是亲就是摸。皎洁的月光透过落叶斑驳地照在两个人身上，女青年传来诱人的呢喃声、嬉笑声，此情此景，一下子气得大个子火冒三丈，攥着砖块的右手也不住地发抖。

突然，他看见小胡子粗暴地褪下了女青年的裤子，两手在女青年的两腿中间乱摸，随后，他听见小胡子急促地说："小芳，转过身去，我控制不住了，快。"

大个子想着刚才小胡子狰狞的面目，再看着他疯狂的流氓举动，一股热血登时涌上了头，复仇的火焰在他心里熊熊燃烧。他抓起半截子青砖慢慢靠近小胡子，咬紧牙关，狠狠地一砖下去砸在了小胡子的屁股上，然后转过身去，撒腿就跑。

小胡子啊呀叫了一声后，就趴在了地上。他惊恐地回头一看，望见一个黑影渐渐地跑远，瞬间就没了踪影。他摸摸鲜血淋淋的屁股，火辣辣地疼，女青年惊恐地提起裤子，赶紧把小胡子扶起来，帮他穿好衣服，搀扶着小胡子一拐一拐地走出了杨树林。

大个子没有走远，而是趴在一堆草窝子里。他远远地看着两人渐渐地走远，才站了起来，拍拍手上的尘土，吹着口哨，得意扬扬地往矿部走去。

大个子回到矿部大院，一屁股坐在花园亭子下面的石凳子上，咽下一口唾沫，嘴里嘟囔着："狗日的，没有在你脑袋上拍一砖，算我饶了你。"说完，他摸摸自己有点红肿的脸蛋，想着刚才那一砖也挺解气的，满肚子的怨气渐渐地平复下来。他长长地呼出了一口气，点上一支烟，大口地抽起来。

他边抽烟边想，这一对狗日的男女，还能想到钻进小树林里耍流氓，自己长这么大还没有见过这样的西洋景，怪刺激的。想到这里，他干脆一拍手："想也没用，老婆都没有。"

抽完烟，他抬头看着云层中皎洁的月亮，渐渐地钻入云端，月色朦胧中，四周慢慢地黑了下来。唉，他今天也算干了件大事，"人不犯我，我不犯人，人若犯我，我必犯人。"被人欺负，他大个子顶天立地，怎能咽下这口恶气，软弱总会被人欺，以后坚决不能太懦弱。

花园的草丛中，蛐蛐、蝈蝈清脆的叫声不绝于耳，凉风阵阵袭来，刚刚出了一身冷汗的身体瞬间感到了一丝凉意。他站起来伸了个懒腰，迈开长腿，一路上哼着小曲，向宿舍大楼走去。

十九

四年的大学时光匆匆而过，卢阳即将毕业离校。一天晚上，他约上田菲，来到了电影院。电影还没有开场，大厅里人潮涌动，嘈杂声一片。

两人刚刚坐定，突然看见两个人一人扛着一截棍子走到中间，骂骂咧咧地好像找什么人寻仇似的，一步一步挪到了卢阳跟前。两人抓住卢阳的头发把他提了起来，凑近一看，一股酒味冲着卢阳扑面而来："哦，认错人了。"

田菲突然间吓得两腿发软，拉着让卢阳坐了下来，等那两人走远了，卢阳安慰她："怕什么，只要他们敢出手，他们也落不了什么好。"

"好了，快看电影吧，别多事。"田菲话音刚落，只见几位警察追了过来，扭住两个恶人出了电影院。

看完电影回来的时候，已经是夜里十二点多了，大学校门已经关闭，晚上值班的人睡得很死，怎么敲门也没有人应，无奈之下，二人只有翻墙进校了。

于是，卢阳爬上一棵靠墙的杨树，再攀爬到墙头上，骑在墙头上把田菲使劲地拽上墙，然后拽住她的双手小心地让田菲溜下院墙，自己才慢慢地滑下墙。两人开心地相拥而笑，捂住嘴巴也不敢大声地说话。

皎洁的月光照在大地上，树上受惊的一只知了清脆地叫了两声，两人站在树影下观察了一番，四下无人，也不敢逗留，手牵手沿着梧桐树下的林荫大道，蹑手蹑脚地向操场走去。

操场外有一圈梧桐树，树下可以看到三三两两的情侣。在朦胧的月光下，他们有的忘情地拥抱在一起，有的靠在树干上窃窃私语，操场上也有同学在聊天散步。毕业之季，大学校园的夜晚，会比平常热闹一点，常常可以看到谈情说爱的学子们难舍难分的情景。

长排椅子上恰好空无一人，田菲和卢阳便走过去，坐在椅子上。田菲斜靠在卢阳的胸前，朦胧的夜色中，凉爽的秋风习习吹来，这样的场景让田菲想起了三年前的那个夜晚。那片落在自己腿上的树叶，让她浮想联翩，也许是自己善良的回报吧，今生遇到了卢阳，遇到了自己的白马王子，让他陪伴了自己三年的大学生活。如今，卢阳即将离校工作，她心里突然间觉得空落落的，一种难舍难分的心情笼罩了她，她回头看了看卢阳。两人目光相遇，卢阳微笑着，轻揽田菲入怀。靠在卢阳的怀里，田菲心情安静了下来，闭上眼睛，享受着卢阳甜蜜的亲吻。

　　"卢阳，你工作的地方确定下来没有？"田菲问了句。

　　卢阳回答道："听说要去煤城，具体是去矿上，还是留在矿业集团，还没最终确定，以派遣证为准吧。"

　　田菲哦了一声，接着说："你分配到哪里，我将来也分配哪里，这辈子我不能离开你。"

　　"呵呵，怕我飞了不要你啊。"卢阳说完，用手在田菲的鼻子尖刮了一下。

　　"讨厌，我就要和你在一起，你要飞了，不要我了，我就这样咬着你不松口。"田菲说完，在卢阳的胳膊上咬了一口，疼得卢阳龇牙咧嘴地吸溜了半天。

　　"不会的，你就是我的天使，是上天送给我卢阳美丽的尤物。"说完，他紧紧地拥抱住田菲，轻轻地抚摸着她美丽俊俏的面庞，慢慢地俯下身子，又是一番激情的热吻。他一会儿把舌尖深入田菲的口中，一会儿又把田菲的舌尖吸入自己的口腔，让田菲渐渐动情，不停地扭动着婀娜的身躯。

　　卢阳第一次情不自禁地抚摸了田菲的胸脯，田菲呢喃地呻吟了几声。当卢阳的手不自觉地来到了她的腹部时，田菲突然间清醒过来，一把将卢阳不安分的右手从自己的衣服里拉了出来，接着在他的胳膊上狠狠地咬了一口。

　　卢阳笑了笑，又抱紧了田菲。田菲已经觉得自己浑身燥热，要不是自己突然从陶醉中清醒过来，立马制止了卢阳的行为，接下来说不定还会发生什么荒唐的事情，自己还有一年才能毕业，所有的思念和身体的冲动都必须理智地对待。想到这里，田菲起身拉着卢阳说："卢阳，我们俩在操场上转转吧，等我毕业了，工作了，我把自己全部交给你，不过，现在不是时候，我们转转吧，坐在这里，你又是搂又是摸的，把人搞得怪难受的。"

"好吧。"卢阳说完，搓搓滚烫的脸庞，拉着田菲的手站起来。两人缓步走入跑道，手拉手地并肩而行。此时，月亮从薄薄的云层慢慢地露出笑脸，皎洁的月光洒在宽阔的操场上，凉爽的夜风轻轻吹来，两人心情愉悦地说着心里话，谈论着人生，规划着自己的未来。

渭北洛河小镇上的中等专科学校，谷鸽也临近毕业，忙完实习报告及毕业设计后，她觉得心里一下子轻松了许多。

她站在二楼宿舍的窗前，窗外几棵高大的核桃树上，硕果累累的核桃即将成熟，树下有几座水泥面、红砖腿的乒乓球案子，同班同学就占了两个案子缝制拆洗的被子，鲜红的牡丹花被面非常鲜艳。她定睛一看，有一位同班的男同学，在那里笨拙地穿针引线。谷鸽看了看，觉得有点好笑，转身下了楼，打算去给男同学帮帮忙。

她下了楼，对着同学说："胡长宇啊，你还挺能行，会缝被子。"

"呵呵，是谷鸽啊，准备去单位上班了，顺便把被褥提前拆洗一下，凑合缝起来就是了，呵呵。"说完，他擦擦额头的汗水，低头呵呵地傻笑。

谷鸽看到他缝制的被子四边都斜了，长方形的被子几乎缝成了菱形，随即拿起剪子，拆了线后重新缝制起来。胡长宇站在那里，看着谷鸽熟练地穿针引线，一会儿工夫就把被子缝制好了。

"谢谢，谢谢，唉，对了，谷鸽，你分配到哪里工作了？"胡长宇问了一句。

谷鸽看着他说："我分配到了煤城，估计要去矿上工作，我们学的这个地质专业，不去煤矿，又能去哪里啊？你呢？"

"呵呵，那好啊，我去煤田地质队了，也在煤城，我们以后可以相互关照了，真好。"胡长宇说完，高兴得眉飞色舞。突然间他又觉得哪里说得不对，赶紧说："最起码我以后缝被子不用找别人了，有你谷鸽在煤城正好，呵呵。"

看着眼前这位单纯可爱的白面书生，谷鸽笑了笑，和他打过招呼后，就去忙别的事情了，但心里还是被胡长宇可爱的性格吸引了。

十天以后，谷鸽与胡长宇一同来到煤城报到，她被分配到了石凹煤矿地质科，胡长宇留在了煤田地质队机关工作。

第二天中午，石凹煤矿干部科对新来的大中专院校学生们举行了隆重的欢迎仪式。仪式结束后，矿长亲自出面，和大家在大礼堂聚餐，给这些国家的栋梁之材接风洗尘。

饭后，谷鸽和另一位学财会的女同学一同散步，顺便到石凹煤矿的各个地方转转，熟悉一下这里的工作环境。

两人路过职工浴池的时候，坐在门外长条椅上刚刚洗过澡的大个子，正在与工友们抽烟聊天。他猛然间抬头，远远地看见两位美女手拉手向这边走来，在偏僻的煤矿上，矿工们看见美女比较稀奇，有人就兴奋了起来，喜形于色地吹起了口哨。

大个子定睛一看，其中有一位美女看起来面熟。她们慢慢地走近了，他仔细一看："啊呀，这不是我们村的谷鸽吗？"说完，大个子惊讶地飞身跃起，几个大步就跑到了谷鸽面前，拉住谷鸽的手，激动地说："谷、谷鸽，你咋来到我们矿上了？"

谷鸽和同学正低头走路说话，突然间迎面奔过来一位个子高大的人，一下子就拉住了她的手，倒把谷鸽吓了一跳。她抬头一看，哈哈地笑了："这、这不是二杆子哥吗，你，你在矿山上班？山东庄的人都以为你逃到国外去了，有的以为你跳井自杀了，哎呀，我的妈啊，你咋在这里出现了，而且还活蹦乱跳地活着，妈呀，这么巧！"

谷鸽几句话一下子说到了大个子的痛处，他紧紧地握着谷鸽的手，着急地问："谷鸽，快告诉我，哑巴怎么样了？田大伯怎么样了？"见到家乡的人后，他迫切地需要知道这两个人的情况，自己三年来猫躲老鼠般的逃亡生活也该结束了，不管消息好与坏，今天见了谷鸽，他必须知道，要不然自己心里太难受了。这时，他心里紧张，心口扑腾扑腾地直跳，仿佛有拳头不停地捶打着胸口，着急得手心都出汗了。

"哑巴好着呢，住了几天院就好了，只是头皮缝了几针，田大伯死了。"

"啊，真的？"大个子吓得惊出一身的冷汗。谷鸽看着他说："不是你们打架死的，是山东庄砖瓦窑发生了坍塌事故，大伯烧窑的时候，被活活地烧死了，唉，可怜得很。"

"啊，原来这样啊，老天不亡我大个子啊，我，我终于可以从心里卸下包袱了，老田叔可怜，可怜的大叔啊！"大个子说完，松开谷鸽绵软的手，扑通一声跪在地上，连磕了三个响头后，伏在地上呜呜地哭出了声音。

他三年来忍气吞声、人鬼不分地活着，从来不敢和家里人写信联系，始终认为自己就是一名逃犯，要吃枪子的人。今天遇到了谷鸽，她就像天使一样飞到了自己的身边，给他带来了好消息，让他心里一下子轻松了。他想，我大个子终于可以挺直脊梁，正常地工作和生活了。不过，现在回过头想想，自己还是有点对不住哑巴兄弟，回去了要好好地向他赔礼道歉。

小四川和工友们看到大个子疯狂的举动，也不知道他怎么了，赶紧跑过来拉起他，迷惑地问道："大个子，你怎么了？哭啥？"

"我自由了，我自由了！"大个子站起来，仰天长啸，满脸的泪痕，却哈哈大笑不止，惊得小四川莫名其妙地看着他发狂的样子。小四川心想，这家伙到底咋回事，一见美女不是磕头，就是痛哭流涕，真把他搞糊涂了。

过了一会儿，大个子才转身问谷鸽："你来矿上干啥？"

"我分配到矿上上班了，今天来报到的。"

"哦，太好了，我终于有了山东庄的乡党了。"大个子说完，咧着嘴，高兴得眉飞色舞。他谢过谷鸽后，揽着小四川要去喝酒。他一边吹着口哨，一边哼着小曲，向远处走去。

小四川抬头问他："唉，哥们儿，你今天吃老鼠药了，又是哭又是仰天号叫的，咋看起来神神道道的？"

"走，回去叫上师傅，我们喝酒去，去了告诉你。"大个子拍了拍小四川的肩膀，甩开大长腿，气宇轩昂地向前走去，小四川被他落在了后面，一路小跑，气喘吁吁。

面馆里，大个子用牙打开一瓶西凤酒，拿过三个玻璃杯，咕嘟咕嘟地倒了三杯酒。师傅看着他眉飞色舞、一脸喜悦的样子，弄不清这家伙是不是又烧了什么高香，或者又遇到什么好事了吧？

小四川诡秘地笑笑说："唉，伙计，得是矿上分来的女学生，是你相好的吧？"师傅听完，疑惑地问他："怪不得，我就说太阳从西边出来了，这么高兴的，是不是？那好，喜事需要共同分享，来，先碰一杯，庆贺一下。"

"哈哈哈……"大个子笑了，笑得前仰后合的，过了一会儿笑够了，才上气不接下气地指着他俩说："那是我们村的，和我从小一起长大的，毕业分配来咱矿工作。你俩啊，老的老不正经，小的胡思乱想，都是瞎说。"

"这、这个大个子，竟然骂起我了，哼！"师傅照着大个子的脑门用筷子狠狠地敲了一下。

大个子哈哈大笑，高兴地端起酒杯大口大口地豪饮。

酒过三巡后，大个子安静了下来，看着师傅和小四川，把自己所有的经历，所有压在心底的话全都说了出来。说完，他豪气冲天地端起玻璃杯，一饮而尽，点上一根烟，仰天吐出一个又一个烟圈，当他低下头的时候，已经是满脸的泪痕了。

师傅听罢，半天没有说话，叹息了一声后，拍拍他的肩膀说："小子，今后要好好做人，以后不论做什么事情都要三思而后行啊，关中愣娃的做法，二杆子冲动的性格，真要好好地改改了。"

吃完饭，大个子摇摇晃晃地回到宿舍大楼，到楼下的时候，恰巧又碰到了谷鸽和同学转了回来，他神态迷离地站在那里说："妹子，我本来不想关心那个老八，但、但我还想知道他入狱没？"

谷鸽看着他摇摇晃晃，满嘴的酒气，站都站不稳了，就简单地说："判了，也残疾了。"

"那。那咋回事？"

"都是你惹的祸，老八以为打死了哑巴，吓得回家跳井了，腿断了，现在坐着轮椅。"听田菲这么一说，大个子一下子酒醒了一半，刚才还兴高采烈的心情，又慢慢地凉了下来。

"啊，这、这老八咋这样沉不住气，还跳井了？"想到这里，他倒吸了一口凉气。

谷鸽听他竟然说这些难听的话，就毫不客气地说道："还不都是你惹的事情，浇个地嘛，至于那么争强好胜吗？"

"唉，说啥都晚了。"大个子低头叹息了几声。看着谷鸽转身要走，他喊了几句："谷鸽，以后在矿上有哥在这里，谁要是欺负你，只管说一声，我收拾他，不管是谁。"

谷鸽看他喝多了，也没有多说，打过招呼后就和同学赶快走了。大个子孤独地站在原地，看着谷鸽远去的背影，挠挠头，拍拍脑袋，自言自语地说："哎呀，我这老毛病又犯了，光想着打架的事，自己不吸取教训，唉，该打，该打。"说完，他在自己脸上狂扇了几个耳光，转身踉踉跄跄地上了楼，嘴里嘟嘟囔囔："这个郭老八咋能想着跳井呢？唉，你看这个事情，谁能想到是这样的结局啊，我，该打、该打。"

二十

自从卢阳毕业离校后，田菲就像丢了魂似的，整天六神无主，常常一个人来到操场边，坐在那张熟悉的长条椅子上发呆。在空中盘旋的一只雄鹰矫健优美的身姿深深地吸引了她的视线，此时此刻，她多想变成翱翔的雄鹰，飞到卢阳的身边。

她拿出卢阳的来信，反反复复地看了十几遍，字里行间都是卢阳熟悉的影子、好闻的气息。她眼睛只要一闭，那些信件的内容都能在心里背得滚瓜烂熟。

这几年多亏传达室王叔叔的关照，母亲和他几乎成了形影不离的老来伴，每天下午饭后，王叔叔都会约上母亲到附近的公园转转。他们坐在树荫下听自乐班唱戏，看美丽的湖边景色，然后再绕着湖边散步。

田菲能感觉到王叔叔对母亲的关爱和依赖，当然，她也希望母亲在晚年能得到一份感情的呵护。她虽然心里高兴，但母亲真的和王叔叔在一起生活了，又加上卢阳毕业了，她觉得心里更加孤独和寂寞了。

卢阳到煤城工作两个月后，给田菲寄来了一百元生活费，在传达室拿到邮单的时候，她哭了，再看到信件中的内容：他已经挣工资了，不想让她在食堂勤工俭学了，抽出更多的时间好好地学习，越是临近毕业，学习压力会更大的。

回到教室，田菲就开始给卢阳回信，而溢出眼眶的泪滴竟然打湿了眼前的稿纸。此时，她非常地想念卢阳，想得心里难受。

到了夜里，田菲在睡梦中突然感到腹部剧烈地疼痛，翻来覆去地睡不着觉，头上大颗的汗珠不断地滚落。直到实在疼得受不了，她才轻声地叫醒母亲，母亲惊醒后，看到田菲痛苦的表情，赶紧披上外衣，磕磕绊绊地去传达室找老王。老王来了，一看田菲难受的情形，一路小跑回到传达室，拿起电话拨打了120，连夜把田菲送到了医院。

经诊断，田菲患了急性阑尾炎，需要抓紧时间治疗，经过一段时间的治疗后，她最后听从大夫意见，做了阑尾切除手术。

卢阳来到煤城后，被分配到煤城集团生产处工作。这天吃过早饭后，有点心烦意乱，在办公室里坐着，一直烦躁不安，该不会是田菲或者她母亲出事了吧？而且他的右眼皮也不停地跳，跳得他更加地心烦。

是不是田菲出事了？或者老人出事了？他越想心里越不安，便拿起电话挂了个长途，拨到了学院的总机，然后转到了传达室。

王叔叔接起电话一听知道是卢阳打来的，便告诉他田菲最近住院了。卢阳听后心里一惊，放下电话，请过假后，直奔长途客运站。

经过三个多小时的长途奔波，他出了车站拦了辆出租车直奔医院而去。当他满头大汗地冲进病房的时候，看到田菲两眼瞪着天花板，脸色苍白地躺在那里，便一把拉住田菲的手，目不转睛地看着她的脸。这惊慌的举动倒把田菲吓了一跳，她扭头一看是卢阳，惊讶地问道："你，你咋来了，突然间就飞到了我的面前？"说完，她高兴地笑了，瞬间幸福的泪水涌出了眼眶。

卢阳坐在床边，轻轻地抚摸着她的脸，心疼地看着她，田菲母亲看到眼前这一幕，不好意思地转身退出了病房。

"你怎么找到这里来了？"田菲擦擦眼泪，紧紧握住卢阳的手，瞪着大眼不解地问道。

卢阳告诉他是王叔叔说的，边说边拿起棉签蘸了点温水，轻轻地在田菲的嘴唇上沾了沾。田菲抿了一下嘴，脸上挂上了幸福的微笑，两个酒窝深深地镶嵌在脸蛋上。

"田菲，我早晨起来就莫名其妙地烦躁，总觉得有什么事情发生，就给王叔叔打了电话，这才知道你病了，匆忙赶了过来。"

"哦，不要紧，阑尾发炎小手术，那你吃饭了吗？"田菲伸出手轻轻地给卢阳擦去脸上的汗水。听罢，卢阳焦急的表情才慢慢地得以缓解，心中一块悬着的石头终于落了下来。

他轻轻地抚摸着田菲瘦削的脸蛋，虽然看起来有点病态，但依然难以掩饰她的年轻俊俏。卢阳俯下身子，在她的额头上轻轻地吻了一下，这一举动让田菲登时满脸绯红，不好意思地轻轻推开了他，邻床上躺着的阿姨看见了，笑了笑，不好意思地转过身去。

三天之后，田菲办理了出院手续。住院期间，传达室的王叔叔多次来到医院，不是送饭就是带点田菲爱吃的水果，陪田菲和母亲聊会儿天，并让田菲宽心，叮嘱她好好养病。王叔叔如慈父般的关爱，让田菲心里非常温暖。卢阳也察觉到了王叔叔对田菲母亲的好感，就问田菲情况，他知道实情后，也很高兴。两位孤寡老人到了晚年，能真心地走到一起，也是很幸福的事情，田菲听卢阳这么一说，也会心地点点头。

闲聊中，田菲突然间想起谷鸽已分配的事情，就问："卢阳，谷鸽来信说也分配到了煤城，是石凹煤矿，听她说是在大山里，我们都是平原长大的，她心里应该很不舒坦，你有时间了代表我去看看她吧。"

"好的，我在机关，她在下属煤矿，以后有的是机会去看她的，你放心，看来你还挺关心你这个同学的。"

"唉，一个村长大的玩伴，又是一个高中考出来的，两人来回背馍上学、相互做伴三年多啊，能不关心她啊？何况我还是当姐的啊。"田菲说完，不由得想起了与谷鸽一同上学，放假一同玩耍，一同与哑巴哥哥水库钓鱼等那些美好又难忘的时光。

秋天，庄稼即将成熟，队长安排哑巴看管一大片即将成熟的玉米和红薯地。哑巴扛着一把铁叉，日夜在田地边巡逻，累了就登上高干渠，坐在一棵粗壮的杨树下，靠在树干上眯一会儿，渴了就在流淌的渠水里喝上几口凉水。

黄昏时分，夕阳洒满大地，天边的云朵火红得如同燃烧的火焰。这时，老八坐着轮椅来到了大渠边，远远地看见哑巴靠在杨树下睡觉，便拿起挂在轮椅上的弹弓，摸出一颗小石子，准确地打在杨树的树干上，然后砰的一声落在哑巴的头上。哑巴惊醒了，环顾四周，往大渠下面一看，原来是老八来了，呵呵地笑了，站起来不停地摇手。

哑巴高兴地挥舞着手，几大步冲下大渠，来到老八身边，二话不说直接背起他上了高干渠，让他靠在杨树上。然后哑巴就在渠边用刀子掏了个洞，捡拾了些干柴火，看四周无人，便下到红薯地里挖了几个红薯，顺便掰了两个玉米棒子，点着火后，直接把红薯扔到火堆里，给玉米棒子插上一段杨树枝，开始专心烧烤玉米棒。

老八看到哑巴熟练的动作，想想就笑了，这家伙借着看玉米和红薯的活计，每天还能享受人间美味，哑巴啊哑巴，怪不得大家都说哑巴看起来傻乎乎的，其实这家伙精着呢。

玉米烤好了，剥去外面烧焦的黑叶子，一股清香便扑鼻而来。哑巴将烤好的玉米递给老八，老八一口咬下去，香甜可口，这香喷喷的味道只有哑巴能够在这荒天野地里烧烤出来。

过了一会儿，红薯也烤好了，哑巴小心地剥去皮，然后笑着递给老八，看着老八香喷喷地吃着，他的脸上露出满意的微笑。老八望着哑巴满头大汗的样子，示意他也赶快吃，哑巴摇头表示不吃。他专心地看着老八吃，吃完一个又从火堆里弄出一个，剥去皮后再次递给老八。老八一边吃着，一边看着哑巴头上长长的伤疤，想着他曾经挨自己的那一铁锹，眼泪不由自主地哗哗地流淌下来。

此时，他恨大个子，同情哑巴，更恨自己的愚蠢行为，怎么能去跳井啊，自己把自己作践成这个样子，想到这些糟心的事情，竟然哇哇哇大哭起来。

哑巴不知道老八怎么了，赶紧过去给他擦眼泪，老八一下子扑到哑巴的怀里，号啕大哭起来，还不停地拍打着自己失去知觉的残腿，凄惨悲伤的哭声回荡在昏暗的旷野里。

哑巴终于明白了，老八是想起来那次打架的事情了，长期压抑的情绪如火山喷发般地爆发了，那就干脆让他哭吧。黄昏时分，四周无人，就让老八好好地大哭一场，也许哭过后，老八心里会好受点。自从那次打架后，老八失去了一生的幸福，变成了一位残疾人。

老八每每哭起来，就十分憎恨大个子，他恨死那个二杆子了。看着老八痛苦的样子，哑巴心里也难受，真想一口咬死大个子，杀了他都觉得不解恨。

在哑巴和老八都在心中痛恨大个子的时候，石凹煤矿迎来了开工资的日子。大个子吐了口唾沫，数了数崭新的票子，心满意足地装进兜里。他先是去理发店理了个发，理完照着镜子看了一遍又一遍，还是理发师提醒他说："小伙子，你是不是要去相亲啊？我建议你去买件好衣服穿在身上，三分面相七分打扮啊，小伙子！"

"哦，老师傅说的有道理，有道理。"大个子说完，老师傅又给他的头发上喷了些发胶，用吹风机吹了几下。他往镜子里一看，还真是精神多了，但身上这件外套实在褪色得厉害，干脆买件好衣服得了。

出了理发店，他直接来到矿区综合商店，师娘在那里上班，给他推荐了一件黑色的呢子短大衣，上身一穿就是不一般，便买了下来。他想，自己长这么大，总算是添置了一件好家当了，但也花去了一多半的工资。唉！算了，舍不得孩子套不住狼！此时，他的心思已经全部放在了谷鸽身上。

下午，刚刚下过一场秋雨，山区里有点湿冷，大个子穿着呢子大衣显得既温暖又洋气，小心地走进了办公大楼，直接去了地测科。他见了谷鸽也没有绕弯子，直接告诉她说："妹子，下班了我在办公大楼门口接你，哥请你去吃饭。"

谷鸽想了想，人家都来办公室找自己了，不去也有点不合适，更何况都是乡党，大个子也算是矿上自己唯一了解和熟悉的人了，所以她干脆地答应了，说了句："那好吧。"

大个子高兴了，微笑着转身出门，嘭的一声碰在了办公室的门上。他揉揉额头，咧嘴笑笑，出了门，惹得谷鸽办公室的同事们哈哈大笑起来。

不过，等大个子走了，谷鸽觉得他今天这身打扮，看起来还真挺精神的，真是老土进城鸟枪换炮了。

下班后，大个子准时来到办公大楼前等着谷鸽下班，看见谷鸽从大楼里出来。谷鸽虽然个子不高，但乌黑的秀发，浑圆丰满的少女身子，大个子远远地看着，顿觉眼前一亮，有点心猿意马了。

他带着谷鸽来到一家饺子馆，要了一荤一素两个拼盘，点了一斤大肉水饺，从怀里拿出一瓶酒，要了两个玻璃杯，给谷鸽倒了半杯，自己倒了满满的一杯。等菜上来了，他端起酒杯看着谷鸽说："妹子，你来矿上工作，哥心里高兴，今天就算是哥为你接风洗尘吧，但更重要的是你给我带来了家乡的消息，让我如释重负，来，哥真心地感谢你，我们碰一杯，喝一口。"

谷鸽看着他满脸都洋溢着笑容，郑重地端起酒杯，但她从来也没有喝过酒，有点难为情。大个子看出来谷鸽的意思，就说："没事，你随意喝，碰碰嘴唇就行。"谷鸽实在难以推辞，就端起杯子和大个子碰了一下，抿了一口，立马呛得咳嗽了半天，大个子赶紧递给她一张餐巾纸，还走过去在她的后背上轻轻地拍打了几下。

喝了口热茶，谷鸽才缓过劲。她擦了擦涌出的眼泪，看着大个子说："我说我不喝，你偏让我喝，把人呛得难受，难喝死了，一股辣味。"谷鸽生气了，还瞪了他一眼。

"那你赶快再喝口水。"大个子说完，起身倒了点热水递给谷鸽。

吃饭期间，谷鸽好奇地问大个子是怎么到的石凹煤矿，大个子也不隐瞒什么了，就把自己的经历一五一十地告诉了谷鸽。

谷鸽听他说完，看着他说："那你也不容易啊，最后还能落脚到煤矿上，还有了工作，唉，人这一生谁不犯点错误啊，但结果是好的，你和山东庄的年轻人比起来，算是牛人了。为你能认识自己的错误，我和你碰一杯。"谷鸽说完，端起酒杯和大个子碰了一杯，小心翼翼地喝了一口酒，慢慢地咽了下去。

过了一会儿，谷鸽两杯酒下肚，浑身觉得有点燥热，大个子看到她脸色绯红，像熟透了的苹果，心口怦怦直跳。他心想，她也许就是上苍给他送来的美丽天使，自己今后一定要多关照她，或许将来她就是自己的媳妇。

大个子想得天花乱坠、心花怒放，端起酒杯喝得刹不住车，觉得今天不但酒香，而且饭也可口。古人云秀色可餐也，真是不假，自己从来没有像今天这么高兴过，这一切都是因为遇到了谷鸽。

吃完饭，谷鸽说晚上还要加班绘图，大个子把她送到办公楼前，一直站在原地，看着谷鸽转身离去的背影，他心动不已。

直至谷鸽进了大楼，他也没有走开，还在想着她迷人的背影，诱人的臀部，一阵凉风忽然吹来，他打了个寒战，才头脑清醒了，依依不舍地转身离去，一步三回头地看了好几次。

出了办公大楼的院子，他扯着嗓子唱起了秦腔："祖籍陕西韩城县，杏花村中有家园……"他一边唱一边摇晃起来，恰巧碰见了小四川，小四川看他一脸的喜色，就知道这小子又遇到什么桃花了，就好奇地问道："唉，大个子，你今天高兴啥？是不是抱你老乡去了？乐呵呵地又唱又摇的。"

大个子看了小四川一眼，眼睛睁得滚圆地问："你想知道？"

"嗯！"小四川看着大个子，急切地想知道答案。谁知大个子回了一句："不告诉你。"悠然转身，边唱边晃着高大的身子走了。

看着大个子远去，小四川突然想起来分来的学生谷鸽，看着他的背影笑了笑说："这家伙又在打他乡党的注意，真是癞蛤蟆想吃天鹅肉啊。"

小四川嘟囔完，一阵秋风吹来，地上的树叶哗啦啦地从自己的脚面上飞舞而过，他裹紧衣服转过身，急急忙忙地向井口的方向走去，远远地依然可以听到大个子吼唱的秦腔声。

二十一

时光如白驹过隙，转眼田菲已经进入大四第二学期，即将毕业实习，根据学校的安排，他们班级下个月要去河南焦作开始毕业实习。

田菲和卢阳通了电话，两人商量，近期想给妈妈和王叔叔举办个简单的婚礼。

晚上，田菲和母亲聊天的时候就商量，打算把他们的婚事办了，两人在一起也方便，结果母亲一听田菲的话就低下头，想了想说："田菲，我是个农村老太婆，心里始终还是放不下你大啊，我要是和你王叔老年成婚，做梦都怕你大骂我啊，唉！"

"妈啊，现在都什么年代了，你的思想还是那么封建，王叔叔对你对我都很好，他也是革命功臣，需要有人去照顾啊。我要是毕业后去煤城工作，你和王叔叔也是生活上的伴侣，我也就放心了。你想一想，父亲在阴间还不是希望我们母女生活得幸福美满吗？你这心思不对。"田菲抓住母亲的手，又理理母亲额前纷乱的头发，然后慢慢地靠在母亲的肩膀上，其实她心里多么希望母亲早日有个伴，晚年生活得幸福啊。

母亲轻轻地拍打着田菲的肩膀，想了想说："田菲，妈真的舍不得你啊，怕你今后孤单啊，要是真和你王叔搭伴过日子，自家人坐一坐吃个饭就行了，这个让你王叔自己安排吧。一个是老太婆，一个是白头发老头了，抱个被子过去就行了，不用太麻烦的。"

田菲听母亲说完，心里高兴了，起身给母亲说："我去和王叔叔商量下，再给卢阳挂个长途电话，这周就让他过来，给你们办个简单的婚礼。"说完高高兴兴地找王叔叔去了。

母亲看着田菲高高兴兴地出了门，不好意思地搓搓两手，嘴里嘟囔着："这女子，唉，着急地把她老娘嫁出去。"

田菲给王叔叔说了自己的意思，王叔叔也非常地高兴，看着田菲说："女子，你真懂事啊，你王叔我戎马一生，满身的伤疤，也落下了残疾，到老了，能遇到你母亲这样厚道实在的人，也是我的福分啊。你放心，我会把你和你母亲关照好的。"王叔叔说完，喜笑颜开，满脸深深的皱纹都笑得舒展开来。

田菲谢过王叔叔后，兴高采烈，一路小跑奔向家里，第一时间告诉母亲这一好消息。

到了周末，王叔叔通知了几位在干休所的老战友，并预订了一桌饭。谁知干休所所长知道了，立马安排干休所全体员工迅速行动起来，有的布置房间，有的装饰包间，准备为共和国的功臣举办一场简朴而隆重的婚礼。这是老王人生第一次成婚，必须隆重而简朴。

食堂包间里，鲜艳的彩球挂满了墙壁，七色彩带以吊灯为中心，向四周伸展，红酒早已经打开倒在高脚杯里，满屋子弥漫着一股淡淡的酒香。

过了一会儿，王传福穿着一身笔挺的呢子军装，胸前挂着几枚军功章，在田菲母亲的搀扶下走进包间，田菲与卢阳紧跟在后面，一人手里捧着一束鲜花。

包间里掌声雷动，十几位身穿军服的功臣们在所长的带动下兴高采烈地一齐鼓掌。王传福和田菲母亲两人不住地给大家鞠躬，并双手合十，面带微笑一遍又一遍地说："谢谢，谢谢各位老战友们，谢谢大家。"

田菲母亲有点羞涩，作为一位农村妇女，哪里见过这样的场面，低着头也不敢看大家。倒是田菲过来搀着母亲坐在王叔叔身旁，她偶尔抬头看一眼坐在面前的这些功臣们，他们虽然白发苍苍，但都精神矍铄，个个都是经历了战火洗礼，经历了生与死的考验，如今都已经步入老年，有的还坐在轮椅上，他们个个喜笑颜开、慈祥和蔼的样子。

"大家静一静。"所长开始主持，"今天我们欢聚一堂，来参加王传福将军和王女士的婚礼。首先，我代表干休所的所有员工向两位老人表示衷心的祝贺。王传福将军从十二岁就参加革命，一生经历了抗日战争、解放战争、抗美援朝战争，九死一生，战功卓著，后在社会主义建设中，任劳任怨，贡献了自己的青春年华。王老一直孤身一人，恰遇朴实善良的王女士，两人情投意合地走到一起，结束了两位老人的孤独生活。我们诚挚地祝愿两位老人相互帮助、相互关爱、共度余生。大家鼓掌祝贺。"

王传福和田菲母亲慢慢地站了起来，不住地向大家点头致谢。所长端来两杯红酒，让两位老人来个交杯酒，王传福看了一眼田菲母亲有点拘谨和难堪的表情，就对所长说："算了，不难为田菲母亲了，碰杯就行了，来，与大家一起，共同举杯，感谢大家，感谢大家！"

参加完母亲和王叔叔的婚礼，田菲和卢阳回到了学校。两人好久未见了，情不自禁地相拥热吻，卢阳一把抱起田菲放到床上，伏在她的身上，低下头深情地吻着田菲，田菲则闭上眼睛，紧紧地抱住卢阳。卢阳有点激情难耐，紧张得心口怦怦直跳，田菲羞涩地不断地扭动着欲火难耐的身体，浑身燥热，呼吸急促。

突然间，她清醒过来，一把推开卢阳，然后伏在他的怀里，想平静一下自己失控的情绪，她在心里默默地警告自己："不能这样，不能这样，自己最珍贵的东西要留给新婚之夜，不能这么冲动，不能这么冲动。"她脸色绯红，抬眼看着卢阳，表达了自己的意思，卢阳听后，干脆一个翻身，平躺在床上。他闭上眼睛，浑身燥热，但还是强迫自己逐渐地平静下来。

"卢阳，你不要生气，我迟早都是你的人，我还没有毕业，我们这么冲动，万一怀上孩子了，我咋办啊？我从农村考学出来不容易啊，要是被开除了，我这辈子不就完了？你要替我多想想啊，卢阳。"

卢阳听后没有说话，侧身紧紧地抱住田菲，抚摸着她的秀发。看着田菲俊俏的面庞，他压抑着自己的冲动，轻轻吻了下她的额头，继而闭上眼睛，把田菲紧紧地揽在怀里，嗅着田菲身上好闻的味道。

下午，卢阳乘坐最后一趟班车回到了煤城，临走的时候，田菲千叮咛万嘱咐，一定抽时间代她看看谷鸽，因为谷鸽一个人分配到大山沟里的石凹煤矿，心里肯定不好受。

卢阳笑笑说："你放心吧，我这个周末再忙也一定去看看谷鸽。"田菲听完，满意地点点头。

石凹煤矿的秋天，四周的山峦秋色尽染，火红的枫叶，金黄的乔木，绿色的松树，给高低起伏的山峦披上了美丽的色彩。谷鸽的同班同学胡长宇今天从煤城来到石凹煤矿专程看望谷鸽，两人吃过饭后，出了矿区，沿着蜿蜒曲折的一条羊肠小道拾级而上，想走到山顶，观赏一下四周美丽的秋色风光。

但胡长宇的到来，让大个子心乱如麻，谷鸽的影子早已经深深地烙在了他的心里。甚至每天晚上睡觉前，他都要想一想谷鸽，那浑圆丰满的身体像过电影一样在他的眼前晃来晃去的，让他茶饭不思，彻夜难眠。

谷鸽和同学吃饭的时候，他就在附近找个地方远远地看着，两人徒步登山的时候，他便尾随其后，生怕两人有什么亲昵的举动。可真是怕什么来什么，胡长宇竟然牵住谷鸽的手，两人小心翼翼地穿行在密林中，还不时传来爽朗的笑声。

大个子听到笑声，心里像猫爪在挠一样难受，躲在山下一棵大树后面，呼哧呼哧地喘着粗气，气得用拳头不停地捶打着树干，好想大声地号叫几声。

不能，坚决不能让别人夺取自己的谷鸽，他已经深深地爱上了谷鸽。但是，他又不好意思去打扰人家，毕竟人家两个是同班同学，又不是谈恋爱，他也无法采取什么极端的手段，那样的话，惹怒了谷鸽，自己今后想走近她，估计连门都没有了。

大个子想来想去，抬头看看渐行渐远的两人，便站在原地，两手合十，心里默默向老天爷发誓自己今后一定会对谷鸽好的，让苍天保佑自己一定能拥有谷鸽。

自从谷鸽来到矿上，她的一举一动始终逃不过大个子的眼睛，因为他上了心，迷恋上了谷鸽，就会处处关心她，保护她，生怕谷鸽被人欺负。又到了周末，大个子准备约谷鸽去煤城转转，打算给谷鸽买一件好大衣，现在天气慢慢地转凉了，提前给冬天备件好大衣，也好找机会向谷鸽早日表达自己的仰慕之意。

可事不凑巧，煤城机关又来了位小伙子找谷鸽，还是位高挑的小伙子。大个子一打听，还是位大学生，顿时气得捶胸顿足。不行，他得去找谷鸽，哪怕那个大学生是来和她谈对象的，他也得棒打鸳鸯。

没有了谷鸽，他这辈子就再也找不到喜欢的人了。想到这里，他打扮一番后，噔噔噔地出了宿舍大楼，直接去找谷鸽。他边走边想，不入虎穴焉得虎子，怕啥？

走到办公楼前恰巧碰到了谷鸽，其实谷鸽心里明白，大个子一直对她有喜欢的意思，她来了同学，只要是年轻的小伙子，他都会在自己的四周转悠。谷鸽心里明白得和镜子一样，但装作什么也看不见。

今天又看见大个子急匆匆地走了过来，谷鸽站在那里笑了笑说："大个子急急忙忙干啥啊？"

"找你啊，想约你进城转转，帮我参谋下，买几件好衣服去。"大个子本想说给谷鸽买衣服，却看见面前有生人，话到嘴边只好拐了个弯。

"哦，那好，一会儿和卢阳吃完饭，我们一块去煤城，顺便送送卢阳。"

"卢阳？"大个子迟疑地看着站在面前的人，心里如敲鼓一样，也不知道该说什么。

谷鸽看出了大个子的心思，解释说："这是田菲的男朋友，分配到了矿业集团机关工作的，周末代表田菲来看看我，你们认识一下。卢阳，这是我乡党，我们一个村的。"

大个子一听，心里立马轻松释然了，赶紧笑脸相迎，一边握手，一边说："欢迎，欢迎，田菲真有眼光，找了个这么英俊潇洒的男朋友，个子和我一样，好！好！"抽出手后，大个子擦擦额头上因为紧张而渗出的汗水，突然灵机一动，急忙说："走，我请你们去吃饭，一定得给我面子，走。"说完，拉着卢阳就往饭馆走去，谷鸽没有办法，只好跟在两位大个子的后面。她低头笑了笑，迈开脚步才能跟上他们，大个子回头看见谷鸽紧跟而来，心里高兴，打算一定要好好喝几杯。

大个子今天喝得高兴，避过谷鸽，在卢阳的耳朵边说："兄弟，今后给哥帮帮忙，在田菲和谷鸽那里说说好话，牵个线，你哥我就是喜欢谷鸽。说难听点，睡觉抱住枕头，心里想的是抱着谷鸽。唉，想得没有办法啊，对爱情这玩意我是个大老粗，不懂这些，但想一个女人的滋味，就是难受，真折磨人啊！"

"哈哈，喜欢就去追啊，直接说嘛！那有啥，我帮你说话，但你得去追，爱情就是要去追的，知道吗？"卢阳满脸通红，拉着大个子的手拍了又拍。

恰好谷鸽从卫生间回来，听见卢阳说话，就问卢阳："追什么？"

卢阳哈哈大笑，大个子却不好意思地低下了头，赶紧抽出两根烟，给卢阳点上一支，自己大口地抽起来。

"男人学点啥不好，偏偏爱抽烟，我就烦抽烟的人。"大个子听谷鸽说完，立马掐灭纸烟，坚决地说："今后坚决把烟戒了，听妹子的话。"

"好，来碰杯，我也戒烟，以后不准给我发烟，大个子。"

"好，碰杯。"大个子扬起脖子，一口干了一杯酒。

饭后，三人坐上公交车，直接去了煤城，大个子终于全了自己的心意，给谷鸽买了件呢子大衣。回来的路上，大个子在公交车上睡着了，呼噜打得震天响，坐车的人都回过头看他。一位大娘关心地看着谷鸽说："女子，把你老公叫醒吧，别着凉啊。"

老公？谷鸽听了脸色顿时绯红，不好意思地叫醒了大个子。其实，对于自己的个人问题，她知道大个子爱慕她，但她心里还是想和同学胡长宇谈恋爱，毕竟同学一场，也相互了解。只是大个子对自己穷追不舍，情有独钟，弄得她心里也没有了主意，看来婚姻这个事情，还得写封信，与田菲好好探讨一下。

二十二

一个多月以后，田菲实习结束，回到了校园。

放下行李，先去门房传达室看望母亲和王叔叔，王叔叔见田菲回来了，高兴地拿起一个鲜红的苹果递给她，看着她的脸说："孩子，这次实习看来辛苦了，脸都瘦了，也晒黑了。"说完，心疼地让她坐下歇会。田菲母亲看着老王对田菲的关爱，心里很高兴。

"呵呵，没有啥，王叔叔，妈，河南那里就是饭不好吃，不适合我们陕西人的口味，尤其那糊涂面，不好吃。"

田菲母亲说："出门在外，吃饱就行。"

田菲笑笑，靠着母亲身旁，依偎在母亲的肩膀上，脸上洋溢着幸福的微笑。

王叔叔看田菲吃完了手里的苹果，拿出一封信交给她，是谷鸽的来信，赶紧拆开阅读，从信的内容来看，知道卢阳代表她去看了谷鸽，但更主要的内容是和田菲商量对象的事情，大个子和同学胡长宇都在追她，谷鸽现在有点左右为难，想让田菲给自己拿个主意，听听田菲的意见。

田菲一看到大个子的名字，气得咬牙切齿，他一个山东庄的地痞无赖，竟然打起了谷鸽的主意。想起大个子在山东庄的所作所为，想起了那次打架时父亲痛苦地躺倒在地的情景，田菲气就不打一处来。他也不撒泡尿照照自己，他就是一只癞蛤蟆，真是癞蛤蟆想吃天鹅肉。他那德行，二杆子式的混世魔王，怎么能配得上谷鸽啊，不行！坚决不行！

回到家里，田菲立马给谷鸽写了回信，表达了自己的想念之情。至于大个子的事情，她是坚决地反对，找谁做老公也不能找大个子这样的人，要是和他成家，他二杆子劲来了，还不一天揍谷鸽三回！

谷鸽接到田菲的来信，心里也有了底，关于和大个子的来往，只能是正常交往了，至于大个子给自己买的大衣，回头他生日到了给他也买一件，算是礼尚往来吧。在谷鸽的心里，爱的天平渐渐地向同学胡长宇倾斜了。

而大个子自以为谷鸽接受了他买的大衣，心里有了底气，自己做梦想拥抱谷鸽的念想却越发强烈。晚上沉睡中，梦见谷鸽喝酒喝多了，钻进自己温暖的被窝里，他抱着谷鸽光滑的身子既冲动，又温暖，让他感觉万马奔腾般的酣畅淋漓。结果春梦醒来，原来梦遗了，脸色潮红，浑身紧张，只好三更半夜起来洗裤头。

恰好这几天休班，大个子下定决心，打算回趟山东庄，自己逃亡了三年多了，他想念母亲和家里的亲人，更重要的事，就是要回去向哑巴和老八负荆请罪，以求得两人的谅解，再去老主任的坟墓上祭拜一次，完成自己几年来的一桩心愿。

怀着忐忑的心情，他回到了山东庄。大个子提着一个大包，戴了副墨镜，走路弯腰低头，完全没有了以前的趾高气扬，脚步匆匆地进了自己家的大门。他转身看看身后无人，赶紧关上大门，回身进了院子。

母亲正在房檐下纺线，突然间闯进来一个身穿黑呢子大衣，脚蹬皮鞋，戴着墨镜的人，把她吓了一大跳。她站起来，心惊胆战地看着走进家里的人。

大个子放下行李，摘下墨镜，脱掉大衣扔到椅子上，扑通一声跪在了母亲面前，抱住母亲的双腿呜呜地哭起来。

母亲揉揉眼睛，仔细一看，竟然是自己的儿子回来了。她双手捧起儿子的脸左看右看，这就是自己的儿子啊，就是三年前上树翻墙、狼狈逃走的儿子啊。三年多了，杳无音信，这几年也不知道儿子在外面都经历了什么，但毕竟现在回来了。她替儿子擦掉脸上的泪痕，不由自主地老泪纵横。她轻轻地抚摸着儿子的头发，把他紧紧地搂在怀里，生怕儿子再从自己的眼前消失。

知道了儿子这三年的经历后，她想着儿子在山东庄曾经霸道的作孽行为，还是狠狠地扇了他两个耳光，拿起笤帚在儿子的脊背上狠狠地敲打了几下。她生气地说："你还知道回来啊，你以前太坏了，恶行不改，害了别人也害了自己，让老娘几年来在山东庄把脸面都丢光了。唉，不打你都不解恨啊！"

母亲打过骂过后，心情渐渐地平复了，告诉儿子的第一件事情就是去看看哑巴和老八，好好地给人家娃道歉和承认错误。尤其是老八，跳井没有死，却断了右腿，如今只能坐轮椅，唉，都是儿子害了人家娃一辈子啊。

大个子突然想起什么，着急地问母亲："妈，我弟弟呢，我给他买了书包和书。"

"唉，走了。"说起小儿子，母亲呜呜地哭了起来，等母亲说完弟弟的事情后，大个子跪在地上呜呜地大哭起来。

喝过一杯水后，他才告诉了母亲这次回来的本意，母亲气呼呼地看着他说："算你小子还有点良心，良心没有被狗吃了。"

吃过母亲做的手擀面，他喝了一碗面汤，好久没有体味到家乡的味道，母亲的手艺了。此时，他流浪的心才真正觉得回到了家乡，回到了母亲的身边，踏实而温暖。

饭后，他换了一身旧衣服，装了些现金，拿过来一个大包，里面放了几瓶酒和几条烟，还有水果等，直接往老八的小卖部走去。路上，他打定主意，这次要给老八和哑巴磕头谢罪，哪怕他们两人打死自己，都要做到打不还手、骂不回口，毕竟自己是罪人，也是山东庄人人憎恨的恶人。

小卖部里，老八正和哑巴喝酒聊天，炕桌上撒满了花生皮，一对黑瓷碗碰得当当响。老八笑了，比画着说："我的老哥啊，碰酒少使点劲啊，个个黑瓷碗的碗沿都让你碰得跟狗牙一样，嘿嘿。"说完指了指瓷碗的边。

哑巴咧着嘴笑个不停，依旧端起黑瓷碗碰得当当地响，喝得呲溜呲溜的。

大个子小心地掀开门帘，胆战心惊地往柜台后面看，发现没人，又向里屋的土炕上看了一眼，才发现老八和哑巴二人正在土炕上坐着喝酒。他二话没说大步跨上前，扑通一声跪在了炕边，连磕了三个响头。

"哎哎、哎呀，这是谁啊？我还没有见阎王爷哩，磕的哪门子头呀？你是谁？"老八喝得晕晕乎乎的，也没有看清谁进来了，奇怪，这人进门咋就跪在地上磕头呢？

大个子慢慢地抬起头，老八睁大蒙眬的眼睛，凑近仔细地一看："啊！我的妈呀，这不是千刀万剐的大个子吗，你咋有脸回来？啊！"说完，一股血冲上了老八的头，他拿起面前的黑瓷碗就准备照着大个子的脑门砸过去。

大个子一看这阵势，赶紧扑上去攥住老八的手，嘴里连连求饶："对不住了，好兄弟啊，我大个子有罪啊，我今天来是给你们二位赔礼道歉的，你想打就打吧！"

老八气得叹息了一声，端起黑瓷碗，把里面剩余的辣酒全部泼到了大个子的脸上，气愤地把黑瓷碗扔到桌面上，转身照着大个子凑近的脸就是两个耳光。打完后，他拍打着自己残疾的腿竟然号啕大哭起来，凄惨的哭声从小卖部的窗户传到了外面。

大个子闭上眼睛，辣酒顺着脸颊流淌，他摸着火辣辣的脸蛋，慢慢走近炕边，抚摸着老八的双腿，低头呜呜地哭了起来，边哭边狂扇自己的耳光。突然，哑巴呜里哇啦着站了起来，真想扑上去狠狠地揍大个子一顿，但看到大个子突然哭了，而且跪在那里一把鼻涕一把泪的，哭得昏天黑地的，哑巴一下子就心软了，扑通一声坐在土炕上，呼哧呼哧地大喘气。

过了好一会儿，哑巴明白了大个子的来意，既然大个子来了，人常说：有理不打上门客。他提起酒瓶给大个子倒了碗辣酒，拍拍两人的肩膀，示意都不要哭了，怒目圆睁地把酒递给大个子。大个子胆怯地看了哑巴一眼，又回头看看哭成泪人的老八，自己擦掉眼泪，小心地接过黑瓷碗，看着老八和哑巴，仰头一饮而尽。

三个人总算冰释前嫌，握手言和了。大个子立即拿出提包里的烟和酒放在小炕桌上，然后掏出两沓子钱，一人给了五百。他把手伸进老八的裤腿，摸着老八有点凉冰冰的腿，心里无比愧疚，不是摇头就是叹息，又看了看哑巴额头上的伤疤，接连叹息了几声，然后又转身跪在地上，长跪不起，还是哑巴下炕把他搀扶起来。

下午，大个子推着轮椅，老八手里攥着一瓶酒，哑巴扛着铁锨跟在后面，三人要去老主任的坟头烧纸敬酒，顺便修修坟。

大个子推着老八从自己家门前经过的时候，远远地看见母亲站在门口四处张望，他心里明白，肯定是母亲担心自己。当母亲看到他们三人说说笑笑走过来的时候，终于放心了，脸上露出了久违的微笑。

到了老主任的坟旁，大个子跪下磕了三个头，摆上水果等祭品，点上一根烟，郑重地摆放在祭台上，瞬间泪眼模糊起来。

大个子这次山东庄之行，终于了却了自己的一桩心愿。临走的时候，又专程看望了老八，把自己身上的那件呢子短大衣轻轻地盖在老八的腿面上，再三地示意哑巴一定要关照好老八，自己会经常寄钱和关照他们的。一切安顿完毕，他才给两人深深地鞠躬，出了小卖部，依依不舍地向公路边走去，准备坐车回矿上，哑巴推着老八一直送他到了公路边。

回到矿上，他带了不少母亲蒸的白蒸馍和豆类特产等，先去找了谷鸽，结果看到谷鸽的态度有点冷冰冰的，白蒸馍倒是收下了。大个子转身走出办公大楼的时候，才感觉到自己今天好像是热脸蹭了冷屁股，十分地不爽和失落。他本想告诉谷鸽，这次回家与老八和哑巴和解的事情，看看办公室人多，就没有张开口。唉，管他呢，反正谷鸽就是孙悟空，她也逃不出我大个子的手心，我不学着脸皮厚点，谷鸽能真的到我的怀里吗？

谷鸽的同学胡长宇又从煤城来到了石凹煤矿，谷鸽请他在饺子馆吃饭的时候，大个子也尾随来到饺子馆，坐在他俩旁边吃饺子、喝辣酒，一边吃一边看着谷鸽和同学胡长宇吃饭。他不时地端着酒杯走过去和胡长宇碰酒，一边说："小兄弟，饺子就酒，越喝越有，在我们矿上你就放心吧，谷鸽有我关照，这杯酒你必须得喝了，不喝就是看不起老兄。"大个子说完，将手搭在胡长宇的肩膀上，捏得他难受也不敢吭气。

谷鸽生气地吊着脸说："大个子，差不多就行了，回你桌子上喝酒去，扫兴得很。"大个子看见谷鸽不高兴了，才得意扬扬地坐到自己的桌位上，瞪着血红的眼睛，恶狠狠地看着胡长宇。

看到他俩吃得差不多了，大个子就走到吧台把账一同结了，临出门的时候，微笑着看了谷鸽一眼，对着胡长宇说："你来我们矿上，算我和谷鸽请你吃饭了。"说完，再去看胡长宇的时候，却是眼露凶光，吓得胡长宇不敢抬头看他。

大个子走了，胡长宇才怯生生地问："谷鸽，我咋看这人凶得很，还给咱结了账，是谁？"

"不要管他，我们一个村的，在矿上上班，那人生性就是爱打架，你快吃好，怕啥啊，你看你也是一个大男人啊，唉，咋那么胆小啊。"谷鸽看着胡长宇额头上汗涔涔的样子，估计他是心里发虚，有点胆怯了。

"你看他那个子，那凶神恶煞的样子，唉！"胡长宇低头吃了几个饺子，就不想吃了，回头又看了看远去的大个子的背影，转过身来看看谷鸽，慢慢地低下了头。

　　谷鸽放下筷子，盯着胡长宇看了几眼，看到胡长宇一副畏缩的样子，心里有点不高兴了。

　　送了胡长宇回城，她心里没有底了，反复地想着田菲的回信内容，真没有了主意。她坐在办公室喝了杯水，叹息了一声，心里想："唉，一切顺其自然吧。"抬头看着窗外萧瑟的秋色，有点心灰意冷，干脆给田菲再写封信，说说自己的心事。

　　田菲收到谷鸽的来信，心理也有了变化，大个子虽然坏，但对待爱情却锲而不舍，煤矿本来就在山区，治安本身就乱，杂人又多，谷鸽的安全也是个需要重点考虑的事情，田菲自己也想了许多。

　　谷鸽一个人在大山沟里的煤矿上班，没有一个强人保护，日子也是不好过的，她还真有点担心起来。胡长宇虽然想和谷鸽处对象，但一个胆小怕事的书生，怎么能去保护谷鸽？她想了想，还是对大个子的看法和态度有了微妙的改变，就写信告诉谷鸽走一步看一步，先观察观察再说。

　　周末，卢阳从煤城来看田菲，两人相伴来到了咸阳湖畔，一抹夕阳淡淡地洒在碧波荡漾的水面上，天空没有一丝云彩，秋风习习，一群小鸟鸣叫着从眼前一掠而过，飞向远方，两人手拉手站在湖边，望着眼前的一湖秋水，看着远方的一切，不由得心旷神怡。

　　天色渐渐地暗了下来，湖边一排灯带全部亮了起来，绚丽地延伸到远方，不远处的渭河大桥上，来往的车辆疾驰而过，湖滨四周灯火辉煌，迎面凉风习习，周围有三五个孩子在奔跑和打闹，更有情侣双双坐在排椅上，卿卿我我，窃窃私语，也有年长的夫妻，手挽手，慢悠悠地散步。

　　站在湖边，环顾四周，眼前的景色似一幅美丽的山水画，华灯初上，湖边散步的人群渐渐地多了起来，跑步、走路的人很多。戏水的年轻人不断地撩水打闹，爽朗的笑声不绝于耳。

　　田菲靠在卢阳的身上，观察着卢阳的神态和表情，也不知道他在思考什么，也不说话，只是静静地望着远方。

"卢阳，想什么呢？"田菲问道。

听到田菲问自己，卢阳扭过头，微笑着看着她，也没有回答，只是紧紧地把田菲揽了一下，田菲紧紧地靠在卢阳的身上，享受着那一份宁静和温暖。

卢阳看到湖面上的电动船，就打算和田菲去租上一艘，到湖中游览一圈，顺便兜兜风。田菲没有反对，只是说："我可不会游泳，你得保护好我啊。"

"不怕，有我呢，我可是游泳高手，小时候在我们渭河里还救过人哪，也捞过死人。"卢阳得意地说了几句，他还没有说完，田菲就拧了他一下说："都不会说点好听的，怪吓人的。"

"哈哈，你胆子真小啊。"

"我就是胆子小，晚上一个人睡觉从来都不敢关灯，谁家老人走了，我都要绕着走，不敢从人家门前走过，你还吓我。"田菲说完，把卢阳的手攥得更紧。

卢阳感叹田菲就是胆子小，拍拍她的肩膀说："不怕，走，我们年轻人谈恋爱划船多有情调，在煤城，可没有这样的机会和条件的。"说完，他拉着田菲向游船码头走去。

他们租了一艘带顶棚的电动船，船头上一束灯光明亮地射向远方，卢阳一手紧握方向盘，一手揽着田菲，慢慢地驶向湖心的位置，靠近湖心岛的时候，在一片树荫黑暗处停了下来。

卢阳转身紧紧地拥抱着田菲，深情地吻着她，她闭目不语，陶醉在幸福的感觉之中。近在咫尺的温暖，使她紧紧地抱着卢阳，流下了激动的泪水，任小船自由地随风漂荡。

游船灯光所照之处，有一对鸟儿慢慢地游过来，田菲看到了，高兴地说："看，一对野鸭。"

卢阳赶快扭头："在哪里？哦，看到了，那不是野鸭，是一对鸳鸯，多么幸福的一对鸳鸯啊！来陪伴我们来了，这是上帝的安排吧，田菲。"卢阳说完，情不自禁地又吻了田菲一次。"看把你高兴的，那我们就跟着鸳鸯走。"田菲说道。

游船跟在那对戏水鸳鸯的后面，它们游到哪儿，卢阳就把船开到哪儿。望着眼前的一对鸳鸯，卢阳心想，怎么能在这宁静的夜里，看到一对鸳鸯，真是天意啊！他揽紧了田菲的腰，此情此景，让他觉得既温暖又幸福。

　　回到岸上，他们没有立即离开湖边，而是恋恋不舍地看着夜色笼罩的湖面，依然沉浸在刚才幸福的氛围中。

　　湖边不远处，是一片翠绿如毯的草坪，草坪中那些藏在草丛里的灯已经全部亮了起来，五彩缤纷的灯光射向夜空。田菲拉着卢阳的手，穿过人行小道，慢慢地向不远处的草原饭店走去。

　　草原饭店听说是一位内蒙古人开在小城的饭店，人还没有走到饭店的门口，就随风飘来了一股羊肉的香味。

　　二人坐定后，服务员倒了茶水，拿来菜单，微笑着问："二位好，看你们需要吃点什么，本店特色是内蒙古羊羔肉，有烤串的，也有清炖的，需要尝尝吗？"

　　服务员一边说着，田菲一边翻看着菜谱。卢阳眼睛直直地看着坐在对面的田菲，端庄秀丽，美貌无比，心里觉得田菲简直就是上天赐给自己的尤物，一种自豪感涌上心头。

　　卢阳一直看着田菲，望着她秀美的面庞、水灵灵的大眼睛，乌黑的秀发，比可口的饭菜都觉得香，古人云：秀色可餐，一点不假。

　　田菲发现卢阳直勾勾地看着自己，觉得有点不好意思了，在自己的身上看了看，还以为自己衣服上有什么东西，就扑闪着一双大眼睛好奇地问："看什么啊？"

　　卢阳笑了笑，没有作声，依然目不转睛地望着田菲。不一会儿，香喷喷的烤肉串来了，田菲拿起一串递给卢阳说："趁热吃，你吃肥一点的，我吃瘦一点的，如何？"

　　卢阳接过一串吃了一口，羊肉串的调料味很重，但香味十足，吃得他嘴角流油。卢阳高兴地端起一杯啤酒深情地望着田菲说："我们碰一杯，今天外面景色特美，有你陪伴着，我的心情更好，来，我们干一杯，吃好喝好。"

　　一杯啤酒下肚，清爽可口。窗外闪烁的霓虹灯，以及湖面上绚丽的倒影，如同色彩斑斓的彩龙不断地变幻着、舞动着，在湖面上拉出一条条绚丽的彩带，闪闪烁烁地飘向远方。

二十三

转眼到了1995年春节，纷纷扬扬的大雪下了好几天，漫山遍野都被覆盖上了一层厚厚的积雪。

石凹煤矿决定停产检修，大部分工人回家过年了，机关管理人员没有放假。因为谷鸽要上班，大个子也没有回家过年，他不放心谷鸽一个人在矿上，过年对他单身一族来说并不重要，重要的是他心里有对谷鸽的百般不舍和担忧。

谷鸽也知道大个子肯定是因为自己没有回家，怎么劝说他他也不听，只能听之任之。

腊月二十八的早晨，她接到了电话，胡长宇要来看望她，来就来吧！虽然她对同学胡长宇也没有像以前那样期待能成为一家人，但胡长宇温顺的性格与大个子截然不同，她还是比较喜欢的。她想起了母亲曾经说过的话：婚姻大事，不是一家人不进一家门，一切顺其自然吧。

下午，大雪停了，太阳露出了笑脸，温暖的阳光洒在雪面上，山坳里一夜之间银装素裹。胡长宇坐着带有防滑链的大轿子车来到石凹煤矿，一见谷鸽的面，面色灰色如土，惊恐地给她讲述了路上车滑差点遇险的事情。谷鸽听了笑着说："看把你吓的，你现在不是好好地站在这里吗？"

"唉，谷鸽，要是车滑到了沟里，那可是万丈深渊啊，人不就完了，几年学也白上了。"胡长宇说完，四周看了一眼，望着白皑皑的积雪，心里真是胆怯了。

谷鸽一看他惊恐的样子，想了想说："你既然来了，也担惊受怕了，一会儿请你喝点酒，给你压压惊。走，饺子馆不关门，吃饭去。"

"谷鸽，我这次来的意思，想听听你的意见，看你同意和我处对象不？如果你没有意见，我回家过年时也给家人说一下。"胡长宇怯生生地说出了自己的想法，羞涩地不敢抬眼看谷鸽。

谷鸽听完笑了，说真的，自己到现在还没有拿定主意，就回答说："过了年再说吧，我也得回去和家人商量商量再说，但是，今天还得感谢你能冒着风险来看我。"

单身宿舍里，大个子站在窗口，刚好可以看见远处办公大楼的大门，随时监视谷鸽的一切动向。午饭前，大个子突然发现胡长宇又来看谷鸽了，又是他！只要看到他的影子，大个子就如一块石头压在了心头，呼吸都觉得不顺畅了。看着谷鸽带着胡长宇去了饺子馆，谷鸽差点滑倒，大个子突然间心里一揪。但看到胡长宇顺势扶了一把，后来两人手拉手进了饺子馆，大个子心里醋劲十足，生气地在宿舍里转了好几圈，脚下被脸盆绊了一下，气得他一脚将脸盆踢到墙上，脸盆摔在地上，转着圈儿叮叮当当作响。大个子此时觉得不解恨，看见什么烦什么，又上去踢了一脚，这一脚下去，却把脚指头碰疼了，龇牙咧嘴了好一阵子。

谷鸽和胡长宇吃完饭，两人搀扶着往街镇上走去，一路上说说笑笑。大个子站在窗户边看到了，气得捶胸跺足的，干脆往床上一躺，一根接一根地抽烟，一会儿工夫床边地面上已经扔了许多烟头。

胡长宇看到街镇上有一家录像厅正在营业，透过厚厚的帘子传出一阵美妙的音乐，随即揭开厚厚的门帘往里看。里面黑压压地坐了不少人，呛人的烟味、酒味以及说不上的什么味道扑鼻而来。

胡长宇本想退出来，但看到银幕上男女相拥而吻，激情倒在床上的镜头，年轻人的好奇心占据了自己的意愿，便拉着谷鸽走了进去。

老板一看进来两人，推荐着说："小伙子，后边都有小包厢隔断，就是价钱贵一点，十元一位，外面一人两元，看你们都是讲究的人，还是坐包厢隔断吧？"

"好。我们就坐包厢隔断。"胡长宇借着一点酒劲，拉着谷鸽上几个台阶，跟着老板去后面的包厢。谷鸽望了一眼里面坐的人，好多都是春节值班的矿工，操着来自东西南北的腔调，嘴里叼着烟，吐着浓浓的烟雾，屋子里烟雾缭绕。

两人坐定后，胡长宇望着屏幕上激情拥抱和亲吻的画面，不自觉地拉住了谷鸽的手，顺势把谷鸽揽在怀里，谷鸽感觉到他的手心里都出汗了。

两人长这么大，哪里见过这样刺激的画面，怪不得老板雇了两个人站在门口瞭望，也是怕警察来。香港录像片在这山沟沟里播放，还是吸引了不少单身的矿工欣然前往，说白了，也就是享受一份生活禁锢已久后，难得的开放和刺激的感觉。

刚刚安静地观看了一会儿，就进来了三位穿着打扮洋气的年轻人，也来到后面的包厢隔断。一位醉醺醺的年轻人看到旁边的包厢里有两位年轻人，细看一眼还有一位是个美女，笑嘻嘻地搭讪说："哎呀，小妹妹，来和我们一起坐坐，陪哥哥喝两口。"说完，把手里拿着的酒瓶子晃了几下。

谷鸽一看来的不像是什么好人，拉起胡长宇就要走。

"哎呀，不给哥哥面子，是不？不能走。"说完，年轻人伸开胳膊挡住了去路，另一位一把抓住谷鸽顺势扔在了他们的包厢里，把她压在沙发上，一手捂着她的嘴巴，一手竟然伸进了谷鸽的衣服里乱摸。

"啊，啊，救命啊，救命啊！"谷鸽喊了两声，厅里嘈杂的音响，淹没了她的哭叫声，随即吓得晕了过去。那几个人肆无忌惮地在她的身上乱摸，有人开始脱她的裤子。

胡长宇一个农村娃哪见过这样的场面，就在他们欺负侮辱谷鸽的时候，他慌忙奔下台阶，掀开门帘撒腿就跑了。他刚出门就一下子扑在了一个人的怀里，抬眼一看正是大个子，吓得哆哆嗦嗦地说："快，谷鸽被人欺负了，后面包厢里。"

"啊，什么？"大个子还想问第二句，他撒腿就跑了，还在雪地里跌了一跤，爬起来跟跟跄跄地跑远了。大个子掀开门帘，两三步跨上了台阶，冲向后面的包厢。

冲到跟前一看，谷鸽躺在沙发上，三个人又是亲又是摸的，嘻嘻哈哈疯狂地大喊大叫，谷鸽瘫软在沙发上任人摆布。

大个子一看这样的情景，怒发冲冠，浑身的血液如喷泉般地冲上了头。他一步冲上前去，两只大手一手抓着一人的头发提了起来，把两个人的头狠狠地撞在一起，嘭嘭几声后两人就瘫倒在地，剩余的一个，他揪着衣领一把抓起来，一拳打在那人心口上，那人哎呀一声栽倒在地。

他赶紧扶起谷鸽，看到谷鸽牙关紧咬，身体僵硬地昏死了过去，就大声地吼叫："谷鸽、谷鸽，我是大个子，我是大个子啊，快醒醒啊。"

他叫了半天，谷鸽才慢慢地睁开眼睛回过神来，看清是大个子后，竟然哇的一声哭了起来，猛然扑在大个子的怀里瑟瑟发抖。

"不怕，有哥在这里。"说完，大个子将躺在地上的三个坏人狠狠地踢了几脚，有一个晕乎乎地爬了起来，满嘴酒味地扑向大个子，他一肘子击打过去后，又抬起大长腿，飞起一脚把那小子踢出去好几米。

看到老板匆忙奔过来，大个子大声地说："赶快报案，把这几个流氓统统抓起来。"说完，扛起谷鸽下了楼梯。

老板看了看躺在地上的几个公子哥们，他知道这几个小子都是镇上某领导的儿子，胡作非为的纨绔子弟，哪敢惹得，赶快把他们一个个地扶起来坐在沙发上。其中一位满脸流血，还歇斯底里地吼道："刚才那个人呢？收拾他，走。"说完，拔出一把明晃晃的刀子。

其中两位赶紧劝说："哥们儿，算了，你没有看那将近两米的个子，不说我们仨，就是十个，你能打得过吗？"说完，一个个圪蹴在那里不是摸头上的肿起的大包，就是捂着肚子哼哼。

出了录像厅，冷风吹来，谷鸽彻底清醒了，依偎在大个子的黄大衣里，她这时才想起了胡长宇，惊恐地对大个子说："救救我同学，他是不是还在里面？"

大个子轻蔑地吐了口唾沫，看着谷鸽说："还救他？他妈的早脚底抹油，吓得一溜烟地跑了，亏你还想着他。"

谷鸽一听，心里后悔跟他一起看录像了，泪眼模糊，仰头看着大个子说："哥，我想喝酒，带我去，我心里难受。"

"好，走，有哥在矿上，什么都不要怕。"大个子一把背起谷鸽，朝着饺子馆的方向走去。

饭后，谷鸽喝多了，一会儿哭一会儿笑，抱住大个子就是不松手。

大个子干脆把她扛在肩膀上，背回了自己的宿舍。谷鸽又是吐，又是哭的，可忙坏了大个子，衣服都弄脏了。只是宿舍里的暖气特别的干热，他替谷鸽脱掉外衣，倒掉了脸盆里的呕吐物，用热毛巾替她擦擦脸，盖上被子后，去洗漱间给谷鸽和自己洗衣服去了。

等他回到宿舍的时候，一进门就发现谷鸽已经浑身脱得就剩下一条短裤，嘴里还喊着"热、热、热死我了"。大个子赶紧走上前，急忙给她盖好被子，转身把衣服搭在烫手的暖气片上，一股股热气瞬间冒了起来。

回过身来，谷鸽又蹬开了被子，已经脱得一丝不挂地躺在那里，大个子一看她诱人的胴体，心跳加速，两耳发热，怦然心动。自己朝思暮想的谷鸽，就躺在那里，诱人的身段，丰满的乳房，让他饥渴难耐，真想扑上去抱着她。

他惶恐地走过去，还是想给她先盖好被子，谷鸽蒙眬地看见大个子走近自己，上前一把抱住他的腰，就是不松手，继而号啕大哭，嘴里喃喃地说："哥，你抱抱我，抱抱我。"

大个子有点迟疑，伸开双手不敢抱。谷鸽生气了，大声地吼道："脱了，脱了，搂我！胡长宇不是个东西，是胆小鬼，我恨他，你也是胆小鬼吗？没有你，我今天就被他们糟蹋了，知道吗？"说完，她伏在床上，呜呜地痛哭起来。

大个子犹豫了，慢慢地脱了衣服，躺在床上，慢慢地把谷鸽揽在怀里，搂着她浑身发烫的身体，心里依然紧张得怦怦直跳。他第一次接触女人的身体，更何况是自己喜欢的女人的身体，欲望的冲动使他嗓子发干，浑身滚烫。他紧紧地抱住谷鸽性感绵软的身体，抚摸着她柔软的皮肤。谷鸽闭上眼睛，扭动着身躯，享受着人生第一次强烈的幸福和冲动。

他慢慢地放平谷鸽，翻身伏在了她性感的身上，轻轻地分开谷鸽洁白如玉的双腿，看着她诱人的地方。第一次望着女人的身体，他鼻孔里喘着粗气，只要自己此时俯身下去，一切都会顺理成章，谷鸽的一切都是自己的了，她就是自己的人了，这幸福的一切怎么来得这么快？这样的结果反倒让他有点无所适从。

突然间，他脑子清醒了，这是酒后啊，如果明天谷鸽清醒了，自己和她亲热了，她要是后悔了，不就是乘人之危强奸人家吗？

"强奸"二字忽然出现在他的脑际，如雷轰顶，彻底地惊醒了他。盐碱滩过去枪毙那些强奸犯、杀人犯时瘆人的场面，让他不由得倒吸了一口凉气，激情瞬间如退去的潮水，荡然无存。

他轻轻地合上谷鸽洁白丰腴的双腿，给她盖上被子，自己躺在旁边，搂住谷鸽发烫的身子。想起来严打的时候，那砰砰刺耳的枪声，犯人一个个扑倒在地、脑浆四溅的场景，吓得他两腿哆嗦起来。

谷鸽本来就清醒了，已经下定决心把自己的身体交给大个子，大个子以后就是自己的人了。她睁开迷离的眼睛，看到大个子慢慢地平静了下来，便哀叹了一声，转过身去，背对着大个子抽泣起来，哽咽地说道："大个子，你是不是嫌弃我？在山东庄，我被神经病摸了，在这里被流氓们欺负了。呜呜……"

"不是，不是，谷鸽，你多想了，哥心里非常地喜欢你，能不想要你吗？我想把你最珍贵的东西，留给我们的新婚之夜，过了年我就娶你，你做我的老婆，如何？"

谷鸽听了这话，慢慢地转过身来，满脸泪痕地伏在大个子的胸脯上，心里慢慢地平复了下来，伸手攥着他的大手，慢慢地睡着了。

两人一直睡到肚子饿了，才起床洗漱。大个子踩着厚厚的积雪去食堂买了油条和豆浆，两人吃过早饭后，谷鸽要去办公室加班，临出门的时候，深情地吻了大个子，依依不舍地出了门。大个子站在门口，笑着说："老婆，再见，晚上吃饭我去接你。"

谷鸽转身微笑着看了他一眼，脸上热辣辣地说："贫嘴。"说完，招招手，转身下了楼。

谷鸽回到办公室，第一件事情就是给田菲写了封信，把昨天事情的来龙去脉叙述了一遍，最重要一点就是：认准大个子就是自己这辈子的老公了。她又给胡长宇写了封信，痛快淋漓地把他骂了一顿，告诉他从此和他老死不相往来，因为他就不是一个顶天立地的男人。

谷鸽走后，大个子喜笑颜开，回味着昨晚上突然降临的幸福，拉开被子，摸摸自己的身体，心想，还好及时刹车了，要不然再次弄下烂子，自己会心里不安的。但想到谷鸽温暖而诱人的身体，他满意地笑笑，蒙头大睡，结果一觉睡到了下午。

谷鸽本来在办公室等他下班来接自己，左等右等不见人，心里不放心大个子，回来敲门才吵醒了他。只见他睡得迷迷糊糊的样子，才舒心地笑了，两人相拥去了街上，香喷喷地吃了顿年夜饭。

大个子英雄救美，终于获得了谷鸽的芳心。

二十四

转眼到了第二年的春天，石凹煤矿四周的山梁上，已经披上了绿装，和煦的春风吹来，温暖舒适，经过了一个冬天大衣的包裹，褪去冬装的少男少女们，看起来帅气精神，婀娜多姿。

大个子和谷鸽布置好新房，采购了结婚需要准备的所有东西，婚期定在五月一日劳动节这天。

大个子和谷鸽去煤城照了婚纱照，领了结婚证回来。两人刚刚返回矿上，在路上碰到了小四川与几位工友刚下班回来，他们缠着大个子要吃喜糖。大个子高兴地拉开背包，拿出一把喜糖撒向空中，看到工友们抢着捡拾，他兴高采烈，乐呵呵地跟着谷鸽走了。

小四川嘴里吃着喜糖，两眼直直地看着两人远去的背影，嘴里自言自语地说："怪了，大个子还真是癞蛤蟆吃上天鹅肉了，这家伙真是福星高照，谷鸽咋能看上大个子呢？想不通啊。"想了想，他又大声喊道："唉，大个子，晚上请我们哥几个喝两口喜酒吧！行不？"

大个子听到小四川的呼叫声，转身回答说："今晚不行，这几天都不行，忙得很，结婚那天你们放开喝，喝不醉不准走。"

几个工友逗小四川，看着他说："大个子娶了媳妇忘了娘，也忘了你小四川了，哈哈哈。"小四川听完，把工作服往肩膀上一搭，无奈地摇摇头，气呼呼地低头走了。

五月一日这天，招待所大礼堂里张灯结彩，大个子西装革履，谷鸽穿着大红色的裙子，两人满面春风，兴高采烈地站在大门口，迎接老家来的客人及前来祝贺的各位工友们。

不一会儿，一大早派出去前往山东庄的车，接上大个子和谷鸽亲朋好友回来了，大个子的母亲，老八还有哑巴等都到了。大个子高兴地迎上前去，从哑巴手里接过轮椅，自己推上老八，一直把老八推到酒席桌前，然后一把抱起老八，将他轻轻放在座位上，拍了拍老八和哑巴的肩膀后，就忙着去招呼更多的来宾去了。

婚礼在噼噼啪啪的鞭炮声中开始了，矿工会主席主持这场婚礼，在喜庆的音乐声中，他健步地走到舞台中间，拿起话筒，高声说道："各位领导、各位山东庄的亲友们、各位矿工兄弟们，大家中午好，今天是个好日子，两位新人喜结良缘。

"今天是五月一日，也是我们工人阶级值得庆贺的五一劳动节，真是：佳节遇良缘，幸福加美满。大家共同举杯，祝贺二位新人白头偕老、幸福永远，也祝贺大家节日快乐。吃好喝好！"

到了敬酒的时候，两位新人走到老八和哑巴的面前，大个子慢慢地跪了下去，眼含热泪给两位家乡人一人敬了两杯酒，看着他俩说："好哥们儿，我今天娶了谷鸽，得到了自己的幸福，而两位兄弟失去了自己的幸福，这一切都是我造成的。不过，你们放心，只要我大个子在世一天，我一定会关照好你们的，让老天来做证！"

哑巴赶紧拉起他，老八说："好兄弟，一切都过去了，不要再提了，今天是你的大喜之日，别提那些不高兴的事情，过去的一切就让它烟消云散吧，今天大家同喜同乐，快去招呼别人吧。"

大个子起身擦擦眼泪，深情地看着二位，转身离开了。

他与谷鸽又走到小四川这一桌，给师傅和小四川连端了三杯酒。结果，喝到了最后，小四川真的喝醉了，顺着桌子溜了下去，还尿湿了裤子，被几个工友抬了回去。

听说第二天，小四川酒醒后，大家都取笑他，他确实有点不好意思，但却狡辩说他不是喝醉的，而是被大个子气醉的，小四川最后成了石凹煤矿茶余饭后的笑谈了。

酒席结束后，送走了所有的亲戚和朋友，大个子醉醺醺地揽着谷鸽回到了新房。看着谷鸽粉白透红的脸蛋，高高挺起的胸脯，他关上大门，三下五除二地脱光了衣服，抱起谷鸽把她扔到了床上。谷鸽看着他脱得精光的身子，赶紧起身拉上窗帘，转身说："看你猴急的，讲究一下卫生再说。"

她倒了盆热水，拧干了毛巾，替大个子擦了擦身子，然后又端了盆热水去了帘子后面，自己脱了衣服，擦洗了一下身子，转身看见大个子掀开帘子，直勾勾地瞪着眼睛，色眯眯地看着自己，就笑着说："转过身去。"

大个子欲火难耐，走上前去，一把抱起谷鸽放到床上，盖上被子，紧紧地抱着她温热丰满的身体。他闭上眼睛，心花怒放，心想：有媳妇真好啊，真是好啊，一个翻身就压在了谷鸽的身上，也顾不得欣赏谷鸽美妙的身体了，疯狂地运动起来。谷鸽在他的身下呻吟着，扭动着自己的身躯，双手紧紧地抱着他，迎合着大个子的横冲直撞。

谷鸽从一个姑娘变成了女人，大个子从一个光棍汉变成了有媳妇的男人。新婚之夜，他筋疲力尽，心满意足后，才幸福地抱住谷鸽进入了甜蜜的梦乡。

第三天，两人开始旅行，蜜月第一站是杭州。踏出车站的大门，一阵和风吹来，舒适极了，他们坐上出租车，匆匆地向杭州市区奔去。入住酒店后，两人痛痛快快地在酒店里洗了个热水澡，大个子一把抱起谷鸽，躺在床上，便是一阵激情的香吻，爱意绵绵之中，两人激情澎湃。

下午睡到自然醒，两人手挽手走出酒店来到西子湖畔，清风扑面，绿波荡漾，远处的山峦绿树掩映，亭台楼阁在湖边柳丝的摇曳中时隐时现，好多小船影影绰绰的，远远望去，真是美景如画啊。

他们兴高采烈地坐上小木船，船夫给他们泡了两杯西湖龙井茶，一口喝下去，是那样的香味浓郁，回味无穷，西湖龙井真不愧是茶中名品。泛舟湖上，遥望远方，雷峰塔下的山峦，树木茂盛，天空中白云朵朵，春燕飞翔。

摇船人一边划桨，一边讲述着雷峰塔的故事以及"断桥残雪"的来历，两人相互依偎，专心地听着船夫津津有味地叙说。

前面有一座湖心岛，岛上树木郁郁葱葱，亭台楼阁像海市蜃楼一般，随着小船的摇晃，一切都在薄雾当中若隐若现，十分梦幻。

登上湖心岛，眼前突然出现三座石塔，亭亭玉立地竖立在碧波荡漾的湖面上，岛上的小道被大树和灌木丛紧紧簇拥，阳光洒下星星般细碎的光影。透过灌木丛的缝隙，可以看到外面墨绿色的湖水，阳光照在水面上反射的影子，看起来异常地绚丽，两人在这里留下了几张合影，每次拍照时，两人都笑得十分灿烂。

晚饭后，两人经不住诱惑，又来到湖边，看见好多人在湖边点放莲花灯。谷鸽走了过去，一打听才知道，莲花灯是有讲究的，放在水里，让其慢慢顺水漂流，可以许下自己的心愿，准能实现自己的梦想。

她付了钱，点上一盏莲花灯。夜幕中，莲花灯红红的火焰衬托得谷鸽秀美的面庞更加的诱人。她圪蹴在水边，轻轻地把莲花灯放到水面上，看着莲花灯慢慢漂远，默默地站在那里许愿。

此时，大个子看着谷鸽，心里的怜惜与爱恋突然而生，自己身边的这个女人不但漂亮，而且柔美，再次让他的心灵得到温暖的升华。

谷鸽过来给他说："我刚才许的愿是愿你身体健康，愿你天天平安无事。"大个子听完，从后面紧紧抱着谷鸽，两人看着水中渐渐漂远的莲花灯，久久不愿离去。

最后，两人来到一摄影摊前，又拍了一张合影，大个子站在谷鸽的身后，手搭在她的肩膀上，谷鸽紧紧地贴在他的胸前，脸上洋溢着温馨的微笑。

看着这张照片，两人久久凝视，又回身看看西湖美丽的夜景。这张照片，成了他们两人来到杭州最好的纪念了。

一天不知不觉地过去了，两人兴致盎然地跑了一天，晚上回到酒店的时候，谷鸽觉得小腿都有点肿了，而且人特别困。洗过澡后，她懒洋洋地躺在那里，看着她美丽的胴体，大个子虽然激情四溢，但还是非常心疼谷鸽，轻轻地给她揉捏着腿脚，缓解她的困意，并轻轻地给她盖上被子。谷鸽看了他一眼，慢慢地闭上眼睛，嘴角露出了甜蜜而幸福的微笑，渐渐地进入了梦乡。

旅游结束后，两人带着好多苏杭的特产，一同来到田菲上学的地方。田菲与母亲见到来自家乡的客人，自然非常地高兴，王传福安排了一桌饭，带他们去了古城饭庄，几个人平生第一次吃到了饭庄的一道名菜——葫芦鸡。

"王叔叔，这道菜为啥是古城的名吃啊？"大个子品着美味，问了王传福一句。

王传福放下筷子，笑了笑说："葫芦鸡在古城可历史悠久了，民间流传千年以上了，自古以来号称古城第一味啊。你看它做出来色泽金黄，放在葫芦里盛盘，皮酥肉嫩，香味醇厚，吃起来香不？"

看看大家都点头，他接着说："葫芦鸡相传源于唐代，经历代名厨不断改进，制法日臻完美。拿着筷子一抖，立马骨肉分离，皮酥肉嫩，鲜香可口。这是招待贵客的好菜啊。1936年古城事变期间，为促成和平解决事变，周总理多次在饭庄设下和平宴，用葫芦鸡、黄桂稠酒等招待东北军、西北军的爱国将领张学良、杨虎城等抗日民主人士，最终达成了事变的和平解决，扭转了时局，所以，这道菜的深远意义得到了升华。快，你们趁热吃，别净听我说话了。"

"哦，这道名菜看来还真是意义深远啊，但是不是很贵？"谷鸽问了一句。

王传福笑着说："这道菜确实也很贵，但今天一来是为你们二位接风，二来是为了你们新婚贺喜，当然要吃好了。我祝愿你们比翼双飞，相互关照，幸福美满。来，大家共同举杯。"

"谢谢王叔叔。"大个子和谷鸽站了起来，恭恭敬敬地和长辈王传福碰了杯酒，一饮而尽。

王传福喝得满脸通红，高兴地说："你们都刚刚参加工作，田菲也即将参加工作，一定要好好珍惜当下美好的幸福生活。我们那一代人枪林弹雨里过来，不就是为你们这一代人幸福地生活吗？一定要好好珍惜工作，珍惜来之不易的幸福生活啊。"

"是的，王叔叔，我们都记住了，你也年龄大了，少喝点酒，注意身体啊。"大个子看着王传福，劝慰了几句。

饭后，大个子早早地去休息了，田菲带着谷鸽来到校园的操场，两人一边散步一边聊天，田菲问谷鸽："谷鸽，你觉得大个子怎么样啊？"

"他那人还说得过去，虽然过去有点坏，现在看着粗枝大叶，但心还是挺细的，知道关心人，疼人，和他在一起，我觉得很有安全感。"

"哦，那就好，男人嘛，知道心疼人就行。"田菲说完，抬头看了看天上的繁星和明亮的月亮。谷鸽知道她心里一定想卢阳了，就问道："田菲，你毕业了打算去哪里工作啊？"

"当然是煤城了。"

"是不是因为卢阳在那里？"

"是的。"田菲说完，心里还真是想卢阳了，只要她每次独自一人来到操场，就会想起与卢阳认识的过程，回味那温暖的拥抱和纯情的热吻。现在谷鸽已经结婚了，找到了自己的心上人，她也想早日投入卢阳的怀抱，过上幸福的生活。

晚上，田菲和谷鸽两人几乎聊了一个晚上，等谷鸽鼾声响起时，田菲依然没有困意，心里还是想着卢阳，她的心早已经飞到了煤城。

二十五

又到一年毕业之际，莘莘学子即将告别校园，奔赴工作岗位，迈出自己工作生涯的第一步。

田菲拿到了派遣证后主动要求到煤城工作，今天就要去单位报到了。卢阳天不亮就从煤城出发，中午就赶到了学校，两人依依不舍地告别了王叔叔和母亲，然后一同坐车，风尘仆仆地向煤城疾驰而去。

出了车站，卢阳带田菲品尝了煤城小吃"咸汤面"，田菲有点不解，关中人都知道油泼面、臊子面等，咸汤面她还是第一次听说和品尝。她边吃边和看起来和蔼可亲的老板娘聊了起来，想知道这种小吃的来历。

老板娘笑了笑说："看你也不是当地人，那我就给你说说我们咸汤面的来历吧。"老板娘招呼完吃饭的客人，喝了一口罐头瓶子里泡的浓茶，坐在凳子上给他们聊起了咸汤面的来历。

"在煤城，咸汤面是有悠久历史的，根据民间流传的说法，唐朝时期，煤城耀州一带，河流密布，气候潮湿，人们易患风湿类疾病，唐代名医孙思邈精选了几种既能增加食品美味，又能抵御湿寒的中草药，加工成调料粉，送给当地的人们食用，当时人们主要以面食为主，因此用其做成了咸汤面。

"不过，咸汤面做法也很复杂，发面要从前一天晚上做起，和面时要用适量碱水将面粉反复揉好，扯成或宽或窄的面条，煮熟后捞出，待面凉透后，拌上熟油，储存在盘里待用。

"待到第二天清晨，将下过面的汤烧开，放入食盐、小茴香、大茴香、花椒、胡椒、丁香和桂圆等十几种原料配成的料包，加上豆腐片和捏碎的豆腐块。将白里透黄的面条，用烧开的滚汤接连浸透几遍，将面透热后，浇上原汤，再加上一点生姜末、葱花、韭菜，点缀上一勺油泼辣子，一碗香喷喷的咸汤面就完成了，香气四溢，让食客食欲大增。

"过去咸汤面主要是做苦力的人吃，连汤带面，不但可以顶饱，还可以疏肝理气，健脾养胃。当然，像你们不下苦的读书人，也就是吃个特色和味道，是不姑娘？"

老板娘说了一大堆，他俩早已经饥肠辘辘了。他们听完后，香香地吃完了一碗面，最后连汤也喝了。但今天对田菲而言，这碗咸汤面是她踏上煤城吃的第一顿可口的面食了。

临走时，她又看了一眼厚重的陶瓷老碗，仔细端详后，端起来又放下，笑呵呵地说："卢阳啊，这么大的老碗啊，真是秦人饮食文化的象征啊。"

"这就叫大碗吃面，碗厚不烫手，看着都有胃口嘛！"卢阳高兴地说了几句，擦擦嘴角的红油和脸上的热汗，精神饱满地提着田菲的行李，向田菲单位走去。

下午报到后，一切安排妥当，卢阳想完成自己的一份心愿，便带着田菲来到煤城最大的新风百货商店。他在一楼的黄金珠宝柜台给田菲买了一枚自己早已经看好的黄金戒指，看着田菲戴上了金灿灿的戒指，卢阳深情地望着她说："田菲啊，戒指二字是有含义的，你知道吗？"

田菲听完摇摇头，卢阳看着她继续说："戒指的戒字，它的意思是借你一辈子，戒指的指字，意思是只为和你在一起，是你我对未来最好的宣誓，始于你，终于你。所以，田菲，我爱你一辈子。"

听着卢阳的表白，田菲心里温暖如春，甜蜜而幸福的微笑始终挂在她俊俏的脸上。

晚饭后，卢阳带着田菲来到了人民公园，人民公园沿漆水河而建，四周柳枝婀娜，随风飘舞。后面是巍峨的大山，顺着蜿蜒的台阶拾级而上，半山腰有一座亭子，大红的柱子支撑着伞状的亭面，四周飞檐挂铃，在晚风中叮当作响。

此时，天色渐渐地暗了下来，两人坐在亭子下面，田菲紧紧地靠在卢阳的胸前，卢阳把她抱在怀里，时不时地俯下头，深情吻着田菲。

四周空旷无人，蛐蛐的鸣叫声此起彼伏，偶尔一只小鸟飞进亭子，又扑棱棱地飞向远方。卢阳轻轻地解开了她衬衫的纽扣，抚摸着田菲圆润、丰盈的双乳。

突然间，她一把推开了卢阳，伏在他的耳旁说："你不要动了，再动我就受不了啦，这荒郊野外的，怪吓人的。"说完，赶紧扣上了衬衫的纽扣。

卢阳抬起头来，突然想起了一首元代诗人张劭的两句诗："融酥年纪好韶华，春盎双峰玉有芽。"刚刚读完，田菲就在他的大腿上拧了一把，疼得他啊呀一声后，紧紧地抱住田菲，享受着一份难得的激情与温暖。

一阵清风吹来，凉爽舒适，一钩弯月挂在天边，田菲望着天上的

126

繁星，问道："卢阳，你会对我好一辈子吗？"

"那当然了，不对你好对谁好啊。今晚繁星明月做证，我卢阳这辈子要与田菲女士白头到老，永不分离。"卢阳说完，田菲把头埋在卢阳的怀里，激动的泪水夺眶而出。

"咦，这里怎么还有一对恋人，让老子看看这个小妞长得怎么样？"正当两人沉浸在幸福的氛围中的时候，来了两个留着长发的年轻人。

卢阳听到有人说话，头发根立马竖了起来，还没有等他反应过来，一个长发的家伙一把就把田菲拉了起来，摸着她的脸蛋和下巴露出一脸的淫笑。说时迟那时快，卢阳一个箭步冲过去，扭身一肘击在他的腰部，回身一拳打过去，那家伙扑通一声仰面躺在了地上。

另外一个见同伙倒地，顺手拿起地上的砖块，迎面朝卢阳扔了过来，他立即双拳紧握挡在脸前，砖块就砸在了他的手上，立马鲜血直流。卢阳顺势下蹲，一个扫堂腿过去，那家伙仰面倒在了地上，还没有等卢阳反应过来，刚才击倒的那个抓住卢阳的小腿，狠狠地咬了一口，几乎撕下了一块肉。卢阳大吼一声，奋力跳了起来，落下的时候，双脚踩在了那家伙的肚子上，那家伙惨叫一声昏死了过去。

第二个倒地的又爬了起来，只见卢阳飞起一脚，正中那家伙的裆部，只听啊呀一声，对方便伏在地面上痛苦地扭曲着身体，蜷成一团。

卢阳拉起瑟瑟发抖的田菲，顺着小道一路小跑，奔下大坡，一口气跑出了人民公园。此时，他的手背上、小腿上鲜血直流，田菲惊恐地扶着他去了市人民医院。大夫立即清洗和缝合了伤口，包扎好后，给他挂上一瓶吊针，告诉他必须要消炎，因为天热，又是咬伤，创伤面也大。

躺在病床上的时候，卢阳才觉得腿上疼得有点钻心，紧紧地攥着田菲的手。

田菲用手绢给他擦擦额头上渗出的汗珠，心疼地看着他，眼泪不由自主地流淌了下来。

卢阳看田菲哭了，就笑了笑安慰她说："田菲，你不要哭，也不要怕，我没有告诉你，我年轻的时候跟着爷爷练过武术，不要说他们两个，就是再来两个也不是我的对手。"

"好了，不要说大话了，练过武术自己还受伤了。"田菲说完，紧紧地握着他的手，又替他擦擦额头和鼻尖上的汗水，她心里明白，肯定很痛，尤其还咬掉了一块肉啊。

卢阳真的练过武术，只是他出手很轻，每次击中的都是要害部位，如果下手重了，是会出人命的，自己刚刚走出农村参加工作，如果惹下官司，那就前功尽弃了，他的心里是有数的。

第一天踏入煤城，田菲不但品尝了美食，而且享受了与卢阳相逢的幸福恋情，但也经历了惊心动魄的打斗，让自己的心一会儿飘在空中，一会儿又重重地摔在了地上。等她心里平静下来的时候，才隐隐地觉得，身处煤城，以后的生活必定会让她难以预料啊，人生就是这样，不是幸福就是痛苦，福祸相伴啊。

卢阳出院后，田菲开始了自己的财务工作。真是天有不测风云，工作第五天的时候，保险柜的钥匙不知道被她丢在了哪里，恰好领导出差着急用钱，急得田菲满头大汗，吓得伏在桌子上呜呜地哭了起来。

陈经理知道事情的经过后，来到财务科，一边安慰田菲，一边找人想办法打开保险柜。整个过程中，领导和蔼可亲，从头到尾说话总是笑容满面的，一副佛面慈心、善解人意的样子，让田菲胆怯的心逐渐地平静了下来。

保险柜最终被工人用电钻打眼的方式打开了，重新配了新锁，但领导慈眉善目的外表，言语如慈父般的关切，让田菲心里顿时如春风拂过心头，感激地流下了激动的泪水。

两个月后，田菲和卢阳在煤城饭店举办了婚礼，两人开始了自己甜蜜而幸福的婚姻生活。

谷鸽与大个子经常从矿上来到煤城，四人常常相聚，田菲能调出可口的凉菜，谷鸽能做出筋道的手擀面，卢阳与大个子一见面，总要喝点辣酒，从此以后，田菲与谷鸽两人亲如姐妹，卢阳与大个子两人情同手足，两家人的交往亲密无间，诚挚而和谐。

二十六

　　大个子迷恋上了谷鸽的身体，在井下工作的时候，也会想起老婆身体，情欲特别的亢奋，以至于操作风钻的时候，也会心不在焉，好几次差点酿成事故。回到家里，只要不上班，不论晚上还是早晨，总要把谷鸽折腾得筋疲力尽，他才罢手。

　　但不知怎么了，几个月了，谷鸽始终怀不上孩子。

　　大个子有个嗜好，晚上喜欢裸睡，结婚后，也不允许谷鸽穿一件衣服，哪怕是短裤。他夜里用自己的长胳膊把谷鸽搂在怀里，一开始的时候，谷鸽还觉得自己幸福温暖，可久而久之，自己的身体就吃不消了，小毛病也来了，白天腰疼得厉害。而大个子却精力旺盛，随时起兴，哪怕她在梦中，也会强行夫妻之事，以至于谷鸽上班工作的时候，常常迷迷瞪瞪，设计和画图的时候，往往出错。

　　谷鸽今天受到了科长的批评，晚上睡觉前与大个子发生了争吵。她穿上睡衣，与大个子分床而睡，坚决不让他近身，而且给他立下规矩，每月上班的时候，不允许他来做爱，只有休假的时候，才允许他没完没了地折腾，每次他尽兴了，而谷鸽却强忍住泪水，浑身像散架一样。

　　起初，大个子还有点不太适应，总是纠缠着谷鸽想要发泄一下，在谷鸽强烈的反抗和要求下，他也没有了脾气，干脆睡觉前，拿出一瓶辣酒，咕咚咕咚喝上几口，然后晕晕乎乎地睡着了。

　　自从立下规矩后，两人工作起来都有了精神，尤其是大个子所从事的井下采煤工作，危险系数高，必须全神贯注。这样的生活节奏，一旦形成了习惯，谷鸽也能专心地工作了，对大个子井下工作的安全也就少操心了。

　　可煤矿井下的工作往往充满着危险，今天还是出事了。

　　一位新来的工人攉煤的时候，被落下的巨大煤块砸断了左腿，人被小四川几个刨出来后，赶紧升井送到了医院。而高筒靴子里，留下了半截子砸成肉酱的左腿和左脚，大个子心惊肉跳地提在手里，送到了区队调度室，只能看区队长怎么处理这件事情。

大个子下班的时候，已经是凌晨一点多了，他把靴子放在区队长的桌子旁边说："队长，这是受伤工人的左腿和左脚，你看这咋办？"

区队长凑过来一看，已经是血肉模糊的一团肉酱了，立马发火了，捂着鼻子大骂："你狗日的大个子，都不会多个心眼，扔到回填区不就是了，还提上来干啥？怪瘆人的。"

一股浓浓的血腥味在区队长办公室里弥漫，区队长恶心地呕吐起来。大个子想了想说："队长，我是看能不能把这送到医院去，看能给接上不？"

队长漱了漱口，靠着窗户吐了出去，回过头看着大个子说："你脑子进水了，都砸成肉酱了，还能接上？快把它放到墙角，提在手里怪吓人的。"此时，窗户外面传来了一声火车的汽笛声，区队长立马说："这都成了肉酱了，放这咋办？大个子，快提到外面去，火车装煤过来了，扔到火车上去，拉到电厂烧了最好。"

"哦。"大个子迟疑了一会儿，想了想，这也许是最好的办法了，现在就是埋都不知道该埋到哪里去，干脆提到区队办公室后面，见煤车缓缓地驶过，他一甩手扔到了一节车皮里。区队长和他站在那里，看着火车渐渐地远去，两人回到办公室，都不言语，唉声叹气地整整抽了两包烟。大个子晚上也没有回家，窝在区队长办公室的沙发上似睡非睡地过了一晚。

天亮的时候，他才低垂着头，慢悠悠地回家。走到自己家门口时，大个子掏出一个空烟盒，用火柴点燃后，绕着自己身子前前后后地燎了几下，扔在门口的地面上，然后迈开长腿，从火苗上跨了过去，这才掏出钥匙开了门，谷鸽见他在门口点火，一股烟火味，问他咋了？

大个子什么话没有说，进门抱住谷鸽哭了起来。过了会儿，谷鸽总算安慰他平静了下来，大个子坐在沙发上抽烟，谷鸽走进厨房给他做好两个荷包蛋端了出来，放到茶几上的时候才问他："昨晚夜班怎么了，遇到什么伤心事了，一大早哭得伤心的？"

"唉，昨晚出事了，一位新来的工人腿被砸断了，你没有见那血淋淋的场面，想起来都后怕，脊背后面都发凉。"大个子捻灭了手中的纸烟，把荷包蛋推给谷鸽，"我吃不下去，有点反胃，你自己吃了早早上班去吧，我去睡一会儿。"说完，起身走进了卧室。

但是，和区队长扔靴子的事情，大个子本来想给谷鸽说，但他又怕她骂自己做事粗鲁，没有人性，干脆打掉牙往肚子里咽，就是烂在肚子里，也不与任何人提一个字。

刚刚睡了一会儿，他就做梦梦到自己正靠在城墙角晒太阳，城墙突然间倒塌下来，把他和晒太阳的几个人全部压在下面了。他大口地喘气，只能听到村里人凄惨的号叫声，一摸自己的头和脸，满手的血污。他大吼一声坐了起来，脸上大汗淋漓，胸口怦怦地直跳，这才反应过来，自己是做噩梦了。他干脆不睡了，点上一支烟，倒了一玻璃杯酒喝了，靠在床头上魂不守舍。

谷鸽上班的时候，也听人说昨晚夜班出了事故，想着大个子整天在采煤一线上班，时间长了自然会有安全风险，她寻思着对策，想找个机会去生产矿长那里说说，看能否把大个子调到二线，像运输队或者机电队等，省得他去下井自己老是提心吊胆。

机电公司大院里，田菲认真地登记着现金及银行日记账，快下班的时候，她在楼梯口碰到了陈经理，陈经理笑着问她："丫头，工作适应了吧？"

"适应了，我还要谢谢陈经理，上次出事可把我吓坏了，有时间了我可要去谢谢您的。"田菲边走边和陈经理聊着小心地下了楼。

陈经理走出楼门的时候，对田菲说："好啊，哪天来家里坐坐，你姨在矿区医院上班，认识一下也好，以后有什么事情了，她还能给你帮忙的，是不？"

"那太好了，我一定去拜访您的，陈经理，您慢走。"

陈经理回头看了看田菲，感觉这个小女子挺懂事又有礼貌，是个工作的好苗子，也是个不错的女子。农村长大的娃，都比较朴实能干。想到这里，他回头笑了笑，招了招手，坐着小车出了公司的大门。

周末的时候，田菲买了些苹果和几瓶罐头，带着卢阳，来到了矿区家属院，来拜访陈经理。敲开大门，陈经理一看是田菲来了，呵呵地笑着说："快进门，快进门，这是我爱人，也姓陈。老伴，我们单位小田来了，快倒水。"

"陈经理好，今天是周末，我们俩都休息，我带着卢阳来拜访您，认个门。陈经理，这是我爱人卢阳。"

"好、好，快进门。"陈经理热情地招呼着他们两个进了屋子。

陈经理的爱人和孩子都从屋子里出来迎接他们，一家人看起来特别的热情。

陈经理爱人对孩子说："快叫阿姨和叔叔，阿姨和叔叔都是大学生，你要好好地向他们学习的。"

"阿姨好，叔叔好。"陈经理儿子说完，站在那里看了一会儿，就进屋学习去了。陈经理对田菲说："孩子上高中了，学习也挺紧张的，以后学习上有什么不懂的，你们二位大学生可要给孩子好好辅导辅导。"

田菲看着已经快和陈经理个头一样高的孩子，答应了陈经理："那没有问题，以后每个周末没事了，我们就来给孩子辅导辅导。"

两人在陈经理家坐了一会儿，就推托有事要走，陈经理爱人告诉田菲："女子，我在矿区医院妇产科上班，以后有什么事了只管来找阿姨啊。现在都提倡优生优育，抓紧时间要小宝宝啊。"

田菲听完笑了笑，向他们告辞后，和卢阳一起下了楼，陈经理和爱人一直看着他俩拐过楼梯，才关门进屋。

卢阳边走边问田菲："阿姨让我们早点要小宝宝，是不是该做打算了，不能老是怕怀上小孩，我想当爸了。"

田菲停下脚步，郑重地看着卢阳说："我本来不打算这么早要孩子，我们刚刚参加工作，什么都是刚刚开始，你可要想好啊，要了孩子我们的负担就重了。"

卢阳微笑着说："面包会有的，一切都会有的。"说完，拉着田菲出了家属院的大门。

晚上，卢阳搂住田菲，田菲想起了陈经理爱人的话语，早点要个小宝宝，想到这里她笑了，在卢阳的耳边轻轻地说："卢阳，今晚就看你了，我想好了，今晚要个小宝宝。"说完，她紧紧地抱住了卢阳的腰。

一个月后，田菲发现自己没有来例假，就去矿区医院找了陈阿姨做了检查。检查结果出来后，陈阿姨高兴地说："田菲啊，你要做妈妈了，恭喜你啊。回去要注意营养，不要做剧烈运动，而且不能和你爱人再同房了，记住。"

田菲听完，拿着检查结果看了一遍又一遍，心里非常高兴，似乎想从检查结果里看到美丽可爱小宝宝的样子，她高兴得手舞足蹈。

出了陈阿姨的办公室，她坐在走廊的椅子上，一遍又一遍地轻轻摸着自己还扁平的肚子，竟然流下了激动的泪水。

田菲把自己怀孕的消息，第一个告诉了谷鸽。而谷鸽听到田菲怀孕的消息，虽然也很高兴，但心里却有种难言的惆怅。她摸摸自己平平的肚子，想着正常来的例假，心里替田菲高兴，也怨自己不争气的肚子，始终不能给大个子怀个孩子。想到这里，她算了算日子，也不管大个子明天下井不下井，打算让他过个年。

晚饭后，谷鸽去楼下的澡堂洗净身体，回到家后，披散着湿漉漉的长发，坐在大个子的旁边，浑身散发着一股淡淡的清香。大个子觉得好闻，就凑到谷鸽的跟前，突然间吻了她一下，谷鸽也没有拒绝，微笑着说："大个子，去把你的身体洗洗去。"

"为啥要洗洗？"大个子装作糊涂地问了一句。

谷鸽没有说话，只是微笑着看着他，眼睛里充满着期待的目光。大个子挪了下屁股，歪着头看着她说："今天太阳从西边出来了？今天不是休息日啊，咋了，你想了？"

"田菲都怀孕了，我嫉妒了，你自己看吧。"

大个子哦了一声，接着说："原来如此啊，看来是你破坏了我们的约定了。"

谷鸽嗔怒地说："就这一次，这两天刚好是危险的日子，下不为例。"大个子听完，故意笑着说："那还是算了吧，省得我想了你又

133

不让我碰你，让我憋屈得难受。"

"蹬鼻子上脸，你到底去不去？"谷鸽不高兴了，有点生气地看着他，大个子还算知趣，赶紧端着脸盆到厨房倒热水去了。

这个晚上，谷鸽自觉地投怀送抱，大个子尽情地发泄，直至腰酸腿困，才安宁地倒头大睡。

自此以后，谷鸽期盼着自己能够怀孕，掐着指头算日子，可生活往往就是：有心栽花花不开，无心插柳柳成荫。两个月过去了，谷鸽依然没有怀孕的迹象。

几天来，谷鸽夜不能寐，干脆请了假，带着大个子来到煤城，在田菲的引导下，找陈阿姨帮忙检查一下。可从各种检查结果来看：谷鸽排卵正常，大个子属于精液异常症。

谷鸽悄悄地问陈阿姨："阿姨，什么是精液异常症？"

陈阿姨说："精液异常症医学上分为精液异常和精子异常两类，往往是引起不孕的主要因素。"

"那是什么原因引起的啊？能够治疗好吗？"谷鸽急切地问道。

"这种因素很复杂，比如泌尿系统疾病、性传播疾病、前列腺炎、生活工作因素等都有，目前治疗起来也比较麻烦，先吃点药，好好休息休息，下次再来检查检查，好吗？"陈阿姨说完，接着对谷鸽说，"孩子，不要着急，什么病都是来如猛虎，去如抽丝，你们好好配合，咱慢慢治疗，会好转的，不要有什么思想包袱啊。"

这次来到煤城，谷鸽和大个子也没有心情和田菲、卢阳吃饭，两人闷闷不乐地回到了石凹煤矿。上了公交车，大个子一路无话，看着窗外飞驰而过的树影，不停地唉声叹气。谷鸽看到大个子沮丧的表情更加心烦意乱，眼泪不由自主地流了下来。

回到家里，两人也没有食欲，躺到床上就睡了，大个子心里虽然很不愉快，但他好像就不信这个邪，人类生孩子都是自然现象，咋偏偏他还得上了不孕不育症了。他随即脱光衣服，训斥着谷鸽也脱光衣服，喘着粗气，带着不服输的气势，完成着自己的使命。

谷鸽一边配合着大个子的动作，一边眼泪直流，等他瘫软在自己身旁的时候，还替他轻轻地擦去额头上的汗珠。她想了想说："大个子，不要着急，我们要细水长流，还是听大夫的话，积极配合治疗，好吗？"

大个子没有说话，伏在谷鸽的身上呜呜地哭了起来，心里想着，这该不是老天爷对自己的惩罚吧，要让他断绝子孙后代吧！唉，他太恨自己了，恨自己啊。

谷鸽好说歹说，才平复了大个子低落的情绪。他斜靠在床头上，一根接一根地抽烟，呛得谷鸽直咳嗽，也不想去说他。谷鸽知道他心里难受，就一切由着他，哪怕他想再和自己亲热一次，她也愿意配合。

二十七

十月怀胎，一朝分娩。早晨，田菲在矿区医院产下了一女婴，初为人父的卢阳感到从未有过的骄傲和自豪，给孩子取名叫卢薇。

卢阳静静地站在床边，新奇地看着躺在田菲怀里的女儿，她闭着眼睛，脸色黑红，皮肤皱褶得厉害，小嘴轻轻地蠕动，他怎么也不能把她和一个女孩联系起来，看起来像个小老头。

突然，一股臭味飘过，孩子呢喃地哭了两声。田菲说："估计是孩子大便了，臭得很。"

卢阳小心地解开包裹的小被子，果然是女儿大便了。他给女儿换上了干净的尿布，提着换下的去了水房，细心地清洗女儿的尿布。虽然闻起来很臭，但女儿的到来，却给他带来了成为一名父亲的喜悦。

处理完毕，看着孩子含着田菲的乳头吸吮，他笑着说："我们的孩子来到人世间，你我都升级了，一个是爸爸，一个是妈妈了。"

田菲脸上露出了幸福而自豪的微笑，卢阳高兴地出了医院的大门，匆匆忙忙来到邮电局，给家里的父母拍了封电报："田菲已生，母女平安。"

卢阳父母接到电报后，却怎么也高兴不起来，母亲看着男人说："咋是个丫头片子啊，干脆把娃偷偷地接回农村，让田菲再生一个儿子，我们老卢家不就后继有人了，老头子，你说怎么样？"

"现在计划生育政策这样严，那得处理好，弄不好他们两人会丢了好不容易到手的工作啊。"卢阳父亲一边抽着呛人的旱烟，一边回答。

"那有啥，晚上偷偷抱回来，农村有羊奶，还能把孩子饿死不成？城里人问了，就说孩子夭折了。"卢阳母亲坚定地说完，就去收拾行李，准备带着女儿卢花一同去煤城，把孩子抱回来养着。

临出发的头天晚上，父亲烧火，母亲赶制了一大包石子馍，又从陶瓷罐里拿出所有的鸡蛋，小心地存放在篮子里，撒上细细的麦草，准备第二天动身去煤城。

三天后，田菲出院，卢阳的母亲带着女儿卢花来到煤城。当母亲说出自己想法的时候，田菲顿时火冒三丈，抱着自己心爱的女儿大哭起来，愤怒地吼道："谁也别想带走我的卢薇。卢阳，让你妈带着你妹妹回农村去，我不想看到她们，快去。"

卢阳的母亲坐在客厅里，听到了儿媳妇痛哭流涕的怒吼。她起身站在厨房里，唉声叹气了几声，放下带来的石子馍、鸡蛋等后，拉着女儿卢花的手就出了门。两人下楼后，头也不回，径直去了汽车站，一路无话，含着泪水回到了农村。

田菲正在月子里，因为怄气和心情的极度悲伤后，没想到第二天就没有了奶水，孩子饿得不断啼哭。卢阳心急如焚，赶快跑了多家综合商店，买了最好的奶粉，一边照管孩子，一边好话成筐地劝慰田菲，让她不要与农村的父母计较，毕竟农村人比较封建，想法也简单，希望她能够理解。

田菲听着卢阳的话语，转身紧紧地抱住女儿，生怕谁从自己的怀里夺走女儿。她心疼地看着孩子可爱的面庞，眼泪扑簌簌地往下落，滴在孩子粉红的小脸上。

卢花与母亲回去后不久，在农村嫁了人。因为婆媳关系很僵，田菲没有回去参加卢花的婚礼，但还是安排卢阳给妹妹买了一件红色的大衣。因为卢阳常在她的面前提起，上高中的时候，都是妹妹给他送馍、洗衣服等，本来妹妹学习很好，可因为父母重男轻女的顽固思想以及当时家庭条件的艰苦，卢花只得放弃学业回家务农，对妹妹的亏欠，是卢阳一生的遗憾。

一年之后，卢花第一胎也生了个女孩，她的婆婆与公公很不高兴，鼻子不是鼻子，眼睛不是眼睛的。孩子刚刚满月，妇女队长与村干部就来到她家，给她宣讲国家的计划生育政策，一对夫妻只能生育一个孩子，每个村都有硬性的任务和指标，所以，卢花面临情况必须得去医院上环，不能再生育二胎。

卢花的公公是村子里有名的二杆子和难缠的人，卢花要是上了环不能生育了，这不是断了他家的子孙后代吗？他心里能舒服吗？看着这些村干部蛮横的态度和不容商量的余地，他立马火冒三丈，拿起家里的铁叉把村干部等人赶出了院子。

他成了阻碍实行计划生育政策的典型，派出所、乡干部进了村，在手扶拖拉机上架着高音喇叭，一边播放着国家的计划生育政策，一边嘟嘟地开到了卢花的家门口。

卢花的公公勃然大怒，一直不停地破口大骂，突然间躺倒在地，口吐白沫，翻起了白眼。婆婆一看老汉成了这个样子，拿起一截麻绳，寻死觅活地要上吊。

村干部一看事情弄大了，弄不好会出人命的，赶紧把卢花的公公和婆婆抬到手扶拖拉机上，手扶拖拉机冒着浓浓的黑烟出了村子，把两人送往乡镇医院。

经过公公婆婆寻死觅活地闹腾一番后，村干部也软了下来，只好让卢花写了保证书，按了指印，保证以后不会再生二胎，这件事情就这样草草收场。

石凹煤矿，大个子不能生育的消息传遍了全矿，真是好事不出门，坏事传千里，弄得大个子和谷鸽走路低着头，好像做了什么见不得人的事情。大个子首先没有了底气，随着时间的推移，他虽然心里无奈，但也慢慢地认命了。

澡堂洗澡的时候，小四川就觉得奇怪，眼睛不停地瞅着大个子，好好的为什么就不能生育，奇怪得很。他的眼神和举动，惹得大个子一下子来了气，看着小四川骂道："狗日的看啥，你自己的东西看不够吗，再看把你那东西连根拔了。"

大个子怒目圆睁地吼叫，吓得小四川赶紧跳出热水池，心里一紧张，滑了一跤，跌了个仰面朝天。大个子看见小四川摔倒了，嘴里骂了一句："活该。"

小四川艰难地爬起来，回应了大个子一句："你才活该，活该没有儿子。"

话音刚落，大个子跃出池子，上前给了小四川几个巴掌，打得小四川蹲在地上，抱头哇哇大哭。

老安师傅赶紧跑过来，一把推开了大个子，拉起小四川，把两人劝开了。他瞪着小四川骂道："你个龟儿子，真是没事找事，人常说打人不打脸，骂人不揭短，我看大个子收拾你还轻，洗完澡你俩都不准走，跟我去吃饭。"

饺子馆里，小四川摸着红肿的脸，不敢抬头看大个子，他心里泛虚，额头冒汗。

师傅给两人都倒上酒，看着他俩说："都把酒给我端起来，你们两个当哥的不像当哥的样子，当弟的不像当弟的样子，我老安的脸都让你俩丢尽了，把这酒喝了，两人握手言和，快，干杯。"

三人碰了一杯酒后，小四川怯生生地看着大个子说："兄弟，原谅哥哥说话伤了你的心，哥哥给你道歉了，你不要往心里去啊。"

大个子一言不发，端起面前的酒杯，和小四川碰杯后，一饮而尽。他突然间伏在桌子上，呜呜地大哭了起来，一边哭一边说："你小四川不够哥们儿，看我的笑话，呜呜。"

大个子一哭，老安和小四川看得愣了起来，不知道该怎么样规劝他才好，过了一会儿，还是老安说话了："哭就哭吧，一个大男人看你那出息，有病就去治疗嘛，等治疗好了，生他十个八个的，是不？"老安说完，突然间想起来农村的例子，告诉大个子说："大个子，别哭了，我给你出个主意，农村好多人家几年不生孩子，先抱养一个孩子后，就会不停地生娃，这叫引娃，你知道不？"

大个子听完，擦擦眼泪不哭了，端起酒杯又碰了杯酒。小四川轻声地说："兄弟，你要是不嫌弃我，我把二儿子送给你，我还想再生个女子哩，两个光葫芦，也不好养，咋样，大个子？"

"好，是个好主意，大个子，咋样？"师傅老安用期待的目光看着大个子。

大个子一听，觉得小四川都愿意把儿子送给自己了，自己还有什么不能原谅他的。大个子想了想，端起酒杯看着小四川说："老兄，弟弟对不住你了，打你也不对，你也原谅我吧，来，喝酒。"两人碰了杯酒，总算握手言和了，老安脸上泛起了微笑，高兴地和两位徒弟接连碰了好几杯酒。

至于小四川的想法，老安最后说："送儿子给大个子也不是一件小事，小四川得回去和老婆好好商量下，抱养孩子也是件大事情，大个子回去也和谷鸽商量商量，以后再决定吧。"

结果，回到家里，小四川老婆死活也不愿意把自己的亲骨肉送人，而谷鸽也不愿意收养别人家的孩子，这个事情从此告一段落。

有苗不愁长，转眼卢薇已经三岁多了，今天要去幼儿园上学了。她从早晨起来到下楼，一直哭闹得不行，卢阳连哄带说，以买好吃的为条件，才把她背在身上送到幼儿园门口。谁知刚到大门口。卢薇就哭闹得不行，紧紧地抱住卢阳的脖子不松手。还是幼儿园园长有经验，一把抱在怀里，对卢阳说："你走吧，刚入园的孩子都这样。"

卢阳转身离开了，走了好远还能听到女儿凄惨的哭叫声。上了一个大坡后，他躲在一棵大树后面，看着女儿被院长领着进了教室，站在那里好久都没离开原地，觉得有点眼热，泪水慢慢地流淌了下来。

卢花又怀孕了，村干部知道后，立马又坐不住了，带着好几个人要到她家去。这次他们商量，就是绑也要把卢花绑到医院去流产，破坏了计划生育的大政方针，谁也担当不起。

卢花的婆婆正在门口喂羊，看到村干部几个人匆匆忙忙向她家走来，回身赶紧进院子，关上大门，急忙让卢花到后院躲在红薯窖里，不叫她坚决不要上来。

结果村干部来到卢花家里扑了个空，翻箱倒柜地折腾了一番，也没有见到卢花，就对卢花的婆婆讲："这次生二胎轻者不但要罚款，重则扒房铲地，你们自己掂量着看。"说完带着几个小伙子扬长而去。

卢花一直在红薯窖里待到晚上，才被老公吊了上来，她感到又渴又饿，接连吃了两大碗捞面，还喝了一碗面汤。

晚上，一家人商量，老是在村干部的眼皮底下也不好，迟早都要被他们发现而被强制带到医院的，最后决定让卢花去她哥卢阳那里躲一段时间，等孩子生下来再回来。她公公说："孩子生下来了，我就不信那些干部还能把孩子掐死不成。"

第二天拂晓，冒着小雨，一家人护送着卢花来到公路边。临走的时候，看着睡梦中熟睡的女儿，卢花强忍住悲伤，眼泪汪汪的。上车前，她告诉老公一定管好孩子，接连叮嘱了好几遍，才恋恋不舍地上了车，逃亡似的离开了农村，踏上了去煤城的公共汽车。

卢花坐上车后，眼泪不停地流淌，希望自己这次能够生个儿子，要是再生个丫头，公公婆婆不但会送人，还会让她再生的，生不出儿子他们肯定不会善罢甘休的。唉，做女人咋就这么难啊，这时，她才理解了嫂子田菲的倔强和固执。

到了煤城，卢花被田菲联系安排到了幼儿园干临时工，正好就是卢薇所待的幼儿园。她给孩子们做饭，管孩子的午休，也解放了卢阳和田菲，不用天天接送卢薇了，可以正常上下班，不影响工作了。时间长了，卢薇也习惯去幼儿园了，而且喜欢和小朋友玩耍，每天早晨，都是高高兴兴地跟着姑姑去幼儿园；放学回到家中，总是念叨着小朋友的名字，说着孩子们之间高兴的事情；临睡觉前，还能给爸爸妈妈背上几首唐诗，有女初长成的喜悦让田菲和卢阳心里非常地高兴。

卢薇四岁的时候，卢花在矿区医院生下一个大胖小子，公公和婆婆总算如愿以偿了，三天过后，卢阳借了辆北京吉普车，把卢花送回了乡下。

二十八

20世纪90年代末期，受市场经济的冲击，煤炭行业经历了十年困难时期。所有煤矿煤炭滞销，工资长期拖欠，大量的管理人员与一线工人都面临着下岗的危机，"破三铁"的特殊政策在生产经营困难的煤炭企业开始实行。

煤城集团，部分农民协议工办理手续后，陆续离开煤矿回到乡下，石凹煤矿生产的煤炭堆积如山，职工拖欠工资已经超过半年，广大干部职工的生产积极性受挫，人们对自己企业的发展前景表现出了悲观的情绪，看不到起死回生的任何希望和曙光。

"下岗分流"成了困难企业的主流。谷鸽同样也面临着下岗或者分流，因为每个科室都要裁人，实行定员定岗。此时，她十分惶恐，担心自己被下岗。一旦失去了铁饭碗，以后自己怎么去生活啊？

大个子信誓旦旦地给谷鸽打气说："你不要整天杞人忧天的，你是大中专院校毕业的学生，能把你裁了？放心吧，谁敢把你裁减了，我就和他们拼命去。"

"你二杆子劲又上来了，自己这辈子吃的亏还少吗？就是我被裁减了，不还有你在一线上班吗？现在一线缺人，不在下岗范围内，主要是我们管理人员富裕啊。"谷鸽教训了大个子几句。

可最终的结果与大个子想的事与愿违，矿上考虑谷鸽毕竟是大中专院校毕业的学生，没有让下岗，而是分流到了劳动服务公司，工作由公司经理自己安排。从此以后，谷鸽不在气派的办公大楼里上班了。谷鸽在思想上受到打击，情绪上有点低落。

周末下班后，老安与小四川约大个子去喝酒，酒场快结束的时候，小四川对大个子说："大个子，听说你媳妇给裁减了，去下面劳动服务公司上班了？"

"是的，你也听说了？"

小四川看着他说："这谁不知道啊，名单就在报亭那儿贴着。咋能去那儿的烂摊子啊，可惜了一位美女人才了。"

大个子一听，气就不打一处来，拿起酒瓶咕咚咕咚地喝了几大口，头也不回地走了。

老安看着大个子气呼呼地走了，就指着小四川说："你这个人啊，什么都好，就是管不住你这张嘴，你刺激他干啥？"说完，回头往门外看了一眼，望着大个子匆匆行走的背影，感觉到了事情的不妙。

可谁也没有想到，大个子径直去了办公大楼，走进值班矿长的办公室，红着眼睛责问矿长："为什么让我老婆谷鸽下岗分流，难道她工作干得不好吗？"

值班矿长看他喝酒了，满嘴的酒味，也没有多说，赶紧给他泡茶递烟，可大个子已经失去理智了，拿起值班矿长给他的茶杯狠狠地砸在办公桌上，桌面上的一层玻璃瞬间被砸得粉碎。

他觉得还不解恨，冲出值班矿长办公室，又去谷鸽以前上班的科长办公室，一脚踹开办公室的门，把科长的办公室砸得一片狼藉，自己的右手也被破碎的玻璃划伤了虎口，鲜血直流，地测科长办公室的地面上，到处洒的都是鲜血。

等他刚走出地测办公室的大门，保卫科的人赶到了，四五个小伙子一起上手，才制服了大个子，把他关在保卫科，听候组织的处理。

大个子酒气冲天，在保卫科里大声地咆哮："你们把我放了，要不然等我出去了，杀了你们全家，你们谁告诉我矿长家在哪里，我要去找矿长算账，为什么让我媳妇下岗分流。"说完就要往外冲，几个人上前阻拦也挡不住他，大个子把脑袋往墙上不停地撞去，额头上被撞得头破血流，直到科长大喊一声："大家闪开。"顺手拿起电警棍照着他的后背戳了几下，大个子才啊呀一声瘫软在地，停止了疯狂的自残行为。

几个人见大个子瘫软了，赶快把他抬到床上，拍拍身上的脏土说："这下该老实一会儿了。"

谷鸽听到消息，惊慌失措地来到了保卫科，知道大个子这次又闯祸了，而且是酒后闹事，听别人说估计得判上两三年。

谷鸽来到矿长办公室，知道真相后，气得嘴唇发青，回到保卫科，照着躺在床上昏睡的大个子就是几个嘴巴子。打完之后，她才想起卢阳，卢阳在集团机关已经是处长了，出门找了个电话，急忙给卢阳打过去，说明了情况。

卢阳放下电话，赶紧来到集团书记办公室，给书记说明了情况，因为书记是自己的老乡，就希望他能够帮帮大个子，毕竟大个子喝酒了，也没有造成人身伤亡事故。

书记听完后，笑了笑说："现在各矿都在下岗分流，这样的事情太多了。"书记说完，立马给石凹煤矿矿长拨通了电话，了解了具体情况，最后给矿长说："老王啊，最近职工下岗分流，那是打破自己铁饭碗的大事情啊，职工情绪不稳定可以理解，要做好宣传和教育工作，鼓励有能力的人去下岗，去自谋职业，困难职工还是要区别对待的，像大个子这样的情况，矿上内部处理，给予批评教育、赔偿财产损失的处分，找个机会在全矿大会上让做检讨。"

矿长接到老领导的电话后，来到保卫科，看到大个子不但右手受伤了，而且头破血流的惨状，就让保卫科赶快送大个子到医务所包扎处理，并叮咛保卫科科长，给大个子醒醒酒。

大个子一直睡到第二天早晨才迷迷糊糊地醒来，知道自己为了老婆，闯下大祸。谷鸽哭哭啼啼地骂他："你大个子啊，真是狗改不了吃屎，我不和你过了，我和你离婚，在矿上我丢不起这人。"

大个子听完，扑通一声跪在谷鸽面前，不停地扇自己的耳光，痛哭流涕地说："谷鸽，你原谅我啊，我不是人，给你丢人了，从今往后，我一滴酒都不喝了，我向你发誓，你要和我离婚，我今天就从这窗户上跳下去，我也不活了。"

谷鸽没有再说什么，看着眼前这个混蛋老公，低下头捂住脸，呜呜地哭起来。

大个子头上缠着绷带，手上缝了三针，就是这样，他又去了办公大楼。谷鸽在后面追着他，哭喊着说："大个子，你不要再胡整了，卢阳已经给你协调好了，知道吗？"

大个子回头看着谷鸽说："老婆，你放心，我给领导赔礼道歉

143

去。"说完头也不回地去了办公大楼。结果被保卫科的人把他挡在了楼下，他又跪下，求保卫科科长让他去给领导赔礼道歉，要不然他就没有脸面再在矿上干了。

保卫科科长征求了矿长的意见后，陪着他来到了矿长的办公室，大个子一进门就跪在矿长的面前，狂扇自己的耳光，给矿长赔礼道歉，请求处分和赔偿。

矿长批评了他几句后，又安慰他回去好好养伤，毕竟他在一线干得挺好的，就是性情冲动，酒把人害了。谷鸽的事经过矿上领导商量，煤矿目前正赶上需要技改，谷鸽毕竟也是识图的专业技术人员，最后决定把她继续留在原科室工作。

大个子千恩万谢，临走的时候，又是鞠躬又是磕头的，把矿长都惹笑了。看着即将出门的大个子，矿长挠挠头说："这才像个男人，能屈能伸的，唉，就是太爱喝酒，以后不准喝酒了，好好工作，接受批评教育。"

大个子今天几个头磕的，额头上又渗血了，洁白的绷带上有两块渗出的血印，看起来挺吓人的。大个子知道这次保住了谷鸽的工作，心里也轻松了。他刚走出办公大院就遇到了师傅老安，正想开口向师傅问好，结果被师傅连珠炮似的骂了个狗血喷头。

老安临走时气愤地说："谁今后再和你大个子喝酒就不是个人。"说完，头也没回地走了。大个子怔怔地站在那里，低头唉声叹气了一会，此时，才感到额头与手上的伤口一阵阵钻心的疼，只得咬着牙，拖着沉重的步伐，沮丧地往回走去。

他刚走到小区门口，碰到了小四川。小四川一看大个子像个下了战场的伤兵一样，自己心里也胆怯了，打算绕道而走，谁承想大个子喊了一声："小四川，过来。"

他战战兢兢地走了过去，嘴里含含糊糊地说："大个子，对、对不住你了，疼吗？"

"有啥对不住的，我一人做事一人当，和你没有关系，只是给你说一声，从今天开始我戒酒了，以后喝酒不要叫我了，记住。"大个子说完，转身就走，刚走两步，又站在原地回头说，"记住啊！"

小四川站在那里哦了一声，看着大个子渐渐地远去，不自觉地摸摸自己的额头。

这次，大个子赔偿了矿上的公共财产损失，在职工大会上做了检讨，工资降了一级。但时间不长，他又被矿上任命为采煤队副队长，谷鸽也被提拔为地测科的副科长。所有的这一切，只有谷鸽心里明白，这都是卢阳在上级领导那里协调后，才有了机会，两人终于可以出人头地了。她有时也在想，田菲真是幸福，拥有卢阳这么优秀的老公，又想想大个子，头脑简单，四肢发达，还不能生育，让她的心一下子凉了个大半截子，而卢阳在她的心里，却渐渐地高大起来。

在煤城，田菲的单位也开始下岗分流，但因为陈经理对田菲工作的欣赏和陈阿姨对她的信任，她的工作没受什么影响。好多下岗分流的女工，流着眼泪收拾办公室的东西，看得田菲心里非常地悲伤，都不知道该如何去劝说一下这些朝夕相处的好姐妹，但这是目前执行的政策，她也无能为力，大家都无言以对，她也只好默默地帮助这些姐妹们收拾东西。

一直和她对桌子的老大姐，和她一起工作六七年了，收拾完东西要走的时候，田菲终于忍不住自己的情绪说："大姐，我真舍不得你走，你回家了怎么办啊？想好了吗？"

大姐擦擦眼泪，看着田菲说："田菲，你是大学生，你好好干，我是接班的，也没有多少文化，年龄也大了，将来回去接个办公用品店，再卖点孩子的书包文具之类的东西，那里靠近学校，我和你哥都已经看好了，以后孩子上学需要什么，只管来找大姐，我不要钱送给你。"

田菲听完，上前抱住大姐哭了起来。过了好一会儿，她才帮助大姐把东西提下楼，看着大姐一步三回头地走了，她站在那里不住地给大姐招手，泪水渐渐地遮挡住了视线，此时，她的心里非常地难受与不舍。

二十九

时间一晃十年过去了，卢薇已经长成十四岁的大姑娘了。每每看着女儿秀美的面庞和婀娜的身段，田菲心里都为有这么可爱漂亮的女儿而感到骄傲和自豪。

因为两年前王伯伯因病去世了，给母亲留下了一笔财产，母亲给田菲在煤城买了新房，来到煤城与田菲一同生活，平常的一日三餐，都是母亲亲自下厨，每顿都能吃上可口的饭菜，此时的田菲和卢阳过上了别人羡慕的幸福生活。

卢薇早晨刚刚起床，不知怎么流了很多鼻血，过了好一会儿才止住了。田菲有点担心，亲自把孩子送到了学校，并给老师留下了电话，因为孩子从来没有流过鼻血，卢薇的身体状况还是让她特别担心。

来到办公室后，她给在外出差的卢阳打了电话，说孩子流鼻血的事情，卢阳安慰她说："小孩子流鼻血也正常啊，看是不是上火了，或者吃了什么上火的水果了吧？"

挂了电话，她开始忙碌地处理业务，突然间老师打来电话，焦急地说："田菲，你快来学校吧，卢薇鼻血流得止不住，孩子有点晕了，快！"

田菲放下电话，腿都吓软了，哆哆嗦嗦去陈经理的办公室说明了情况。陈经理赶快给爱人打电话，提早安排孩子去医院的事情，并派了自己的专车，让司机去送田菲，尽快赶到学校把孩子送到医院。

田菲跌跌撞撞地到了学校，看到孩子脸色苍白地躺在老师办公室的沙发上，一下子扑到了卢薇的身上，抱住孩子就哭。卢薇慢慢地睁开眼睛，绵软地叫了声妈妈后就晕了过去。

司机小李一看孩子的情况，上前一步抱起孩子出了办公室，放到车上，快速地往医院开去。田菲抱住卢薇，一遍又一遍地叫着孩子的名字，哭泣着说："孩子，你不要吓妈妈啊！卢薇，你醒一醒啊！看看妈妈，卢薇、卢薇！"

卢薇脸色苍白，紧咬嘴唇，软软地躺在妈妈的怀里，田菲惊恐紧张得浑身不住地打哆嗦，不停地哭着说："我的宝贝女儿，你这是怎么了啊！你别吓妈妈啊！卢薇！卢薇！"

到了医院，陈阿姨赶紧给孩子验血、输血，开始急救。一个多小时后，卢薇清醒了，慢慢地睁开眼睛，看到妈妈的那一刻，她哇的一声哭了，眼泪汪汪地说："妈妈，我难受，我难受。"

田菲看到孩子清醒了，把孩子紧紧地抱在怀里，给卢薇擦擦眼泪，抚摸着她的头。看到孩子难受的样子，此时此刻，就是把自己的心掏出来给孩子她都愿意，要能代替孩子的病痛该多好啊！她越想越难受，心里如刀割针刺般地难受。

检查结果出来了，孩子得了急性淋巴细胞白血病。田菲战战兢兢、心情忐忑地接过化验单，擦擦眼泪、揉揉眼睛，仔细地看了好几遍，突然抓住大夫的胳膊说："大夫，不会是弄错了吧，她还是个孩子啊，正在健康成长的孩子啊，怎么会得白血病啊，不会吧？"

"我们已经做了各种检查和分析，孩子确实得的是白血病。"大夫刚刚说完，田菲觉得眼前一黑，突然就晕了过去。

等她逐渐恢复意识的时候，大声地叫道："卢薇，我的卢薇在哪里？"听到母亲说孩子在急救室，她突然站起来，跌跌撞撞地向急救室奔去。

卢薇躺在病床上输液，迷迷糊糊地感觉到妈妈来到自己跟前，她伸出手，紧紧地攥着妈妈的大手，哭着说："妈妈，我好害怕，也很难受，喘不上气。"

"宝贝不怕，有妈妈在，你会好起来的，会好起来的。"田菲伏在孩子的脸上，两手轻轻抚摸着孩子的脸庞。这时候她要坚强，不能让孩子看到自己哭哭啼啼的样子，影响孩子的情绪。只要对孩子治疗有利，她做什么都愿意。

田菲被大夫叫到办公室，她急切地想知道孩子的白血病是怎么得的。大夫看着她焦急的神态，轻声说："你先不要着急，既然查出了病，我们会对症治疗的，现在白血病治疗成功的案例也不少，比如骨髓移植、化疗等都是治疗白血病的方法和手段。当然，白血病有遗传因素、环境因素，比如劣质的装饰材料等，含甲醛量大，尤其成长期的孩子，就容易得白血病。"

田菲听明白了，孩子的白血病很可能就是新房装修的时候使用了便宜的材料造成的。按照大夫的安排，下一步要对亲属做一次骨髓配型，如果有合适的配型，就可以进行造血干细胞的分离，然后输给病人，这也是目前国内外治疗白血病最好的办法了。

卢阳听说孩子病了，匆匆忙忙地从外地赶了回来，全家一同做了骨髓配型，包括妹妹卢花和卢阳父母等，期待能有个好的结果。

在医院治疗的这一段时间，女儿经过输血和治疗后，脸色渐渐地红润起来，不再像刚入院时脸色惨白如纸了。田菲的心情也随着孩子病情的变化慢慢地好起来，但白血病确诊的事实还是让她彻夜难眠，头发大把地脱落，不到一个月，人明显地消瘦了一圈。

卢薇住院第二次化疗后，一直低烧不退，大夫把田菲悄悄叫到一边说，孩子的病情有可能会恶化，田菲刚刚好转的心情一下子又跌到了深渊，她六神无主，惶恐不安。

下午，卢薇的五个同学来到医院，孩子们也不知道她得了什么病，带着一束鲜花放在她的床头，高高兴兴地聊着、说着，希望她早日好起来，回到学校和大家一起玩耍。

等卢薇的同学离开的时候，田菲送她们下了楼，看着孩子们快乐活泼、打打闹闹地离去，想着躺在病床上的女儿，田菲走到楼道的拐角处，手里扶着暖气片，面向窗户，呜呜地哭泣起来。她心想，自己的命怎么如此地苦啊，女儿是自己今生的全部，如果没有了女儿，自己活着还有什么意思啊？她越想越伤心，越想越难受，伏在暖气片上哭得撕心裂肺。

过了一会儿，她才擦干眼泪进了病房，卢薇看到妈妈哭了，懂事地抓住妈妈的手说："妈妈，不要难过，我会好起来的，就是我治不好了，死了，你和爸爸一定要再要个妹妹或者弟弟，他们长大了也会照看你们的。"孩子说完，眼眶里涌出泪水，顺着脸颊流淌了下来。

田菲再也控制不住自己的情绪了，抱住卢薇呜呜地哭起来，边哭边说："我不能没有你啊，没有了你，妈妈活着还有什么意思啊，呜呜呜。"这时，卢阳进了病房，看到母女俩抱头痛哭的样子，轻轻地走过去俯下身子，抱住自己生命中的两个亲人，眼泪唰唰地滚落。

周末，谷鸽听说卢薇住院了，与大个子来到了煤城看望孩子。看着漂漂亮亮的小姑娘憔悴地躺在病床上，已经被病魔折磨得奄奄一息的惨状，谷鸽眼睛湿润起来，虽然自己没有孩子，上苍剥夺了她做母亲的权利，但她非常喜欢孩子。她曾经给田菲说过，希望自己老了，让卢薇也给自己养老，她是卢薇的干妈。想到这里，谷鸽攥着卢薇瘦弱小手，放在自己的手心里，看着从小就喜欢不够的卢薇说："小姑娘，你要坚强起来，阿姨将来还指望你照顾呢，你看过《钢铁是怎样炼成的》那本书吗？"卢薇点点头，谷鸽接着说："要学习保尔的精神，勇敢地面对病魔，做一个坚强的革命战士，你也要做一名勇敢坚强的姑娘啊。"

谷鸽说完，卢薇脸上露出了一丝微笑，轻声地说："谢谢阿姨。"谷鸽看着卢薇的眼睛说："要叫干妈，你忘记了！"

"呵呵，谢谢干妈。"卢薇说完，谷鸽紧紧地抱住她，希望自己的干女儿健康成长，早日康复。好长时间没有看到田菲，她走出病房，看到田菲坐在二楼的楼梯口，不住地抹眼泪。她慢慢地走到田菲跟前，拍拍她的肩膀，两人相视无语，谷鸽示意田菲一定要坚强起来。

而卢阳带着大个子走到楼道的尽头抽烟，两个人点上烟后默默地抽起来。大个子对卢阳说："卢阳，上次我和谷鸽的事情得好好地谢谢你啊，你给我们帮大忙了，对了，卢薇怎么会得白血病啊？感觉有点奇怪啊。"

"唉，自己人，不必言谢，孩子的病大夫初步分析与新房的装修有关系，现在就是看骨髓配型了，做骨髓移植，也许会有希望治疗好她的病。"卢阳说完，看着窗外蔚蓝的天空，重重地抽了一口烟，浓浓的烟雾随风而去。

"卢阳，你放心，给孩子治疗，需要钱就吭气，反正我们也没有后代，卢薇就是我们的女儿，救孩子要紧。"大个子握住卢阳的手，急切地看着他。卢阳点点头，拍拍大个子的肩膀说："谢谢、谢谢你。"说完，眼眶里已经噙满了泪水。

谷鸽和大个子也做了骨髓配型，等待结果出来。只要有一线希望，他们都希望救活孩子，让她健康成长，毕竟卢薇还是个孩子啊。

山东庄的秋收已过，黄土地上种下的冬小麦已经发芽，绿油油地铺满大地。老八知道了田菲女儿得白血病的消息，是大个子打电话告诉的，他着急地找到哑巴，连写带比画给哑巴说明了情况，哑巴明白后，急得抓耳挠腮，两人打算明天坐车去煤城，去看看孩子。

一天的时间，山东庄的人都知道了田菲女儿得了白血病，知道的人说那是不治之症，不知道的人也弄不明白白血病到底是啥病，反正听说是不好的病。左邻右舍凑了不少钱，让老八和哑巴带上现金，给行李袋里装满了红薯、绿豆、大豆、玉米糁等农家土特产，竹篮子里盛满鸡蛋让他们带给田菲。老八抱着竹篮，哑巴背着特产，推着老八来到公路边，两人坐车去煤城。

两个小时之后，他俩来到煤城，大个子在车站迎接他们。两人出了车站，饭也顾不上吃，让大个子赶快带路，直接去了医院。

田菲怎么也没有想到会看到哑巴推着老八进了病房。她赶紧迎上前去，给两人倒茶，剥香蕉吃，老八从包里拿出一个信封，交给田菲说："田菲，这是咱山东庄的乡亲给你凑的钱，有五千多，哑巴拿的最多，都是自己在山东庄附近打零工挣的，村里的大妈和大爷们都希望孩子早点康复啊。"

田菲拿着乡亲们凑的救命钱，感动得双手不住地哆嗦，连声说："谢谢大家了，谢谢大家了，回去一定替我向乡亲们问好啊。"说完，眼泪扑簌簌地流下来。

老八和哑巴来到卢薇的病床前，卢薇也不认识他们，迷茫地看着两人，妈妈告诉她："卢薇，这是老八和哑巴叔叔，都是妈妈从小在一起玩大的好伙伴，今天他俩代表妈妈村上的父老乡亲们来看望你来了，希望你早日健康出院。"

卢薇看了看两位陌生的叔叔，喃喃地说："谢谢叔叔，也谢谢妈妈村上的奶奶和爷爷们。"

老八和哑巴看着病床上疲惫而消瘦的孩子，漂亮的小姑娘已经让病魔折磨得失去了原形，哑巴心头一软，背过人去偷偷地擦眼泪。

看望了卢薇后，大个子带着老八和哑巴两人来到民族饭店，要了四个凉菜，喝了几瓶啤酒，一人吃了一大碗羊肉泡馍。饭后，大个子又带着他俩来到新风综合商店，给哑巴买了双皮鞋，给老八买了块手表，直至日落西山，两人才依依不舍地坐上了最后一趟返程的长途客车。

坐在车上，哑巴不停地看着自己穿在脚上的新皮鞋，一会儿用手捏捏，一会儿弹去上面的灰尘。但皮鞋穿在脚上，有点夹脚，还真不如布鞋舒服，要是能买上几双布鞋该多好啊。皮鞋只是看着好看，但穿着不舒服，他身在农村，还用处不大，尤其翻地踏铁锹肯定不如布鞋实用。

老八看着手腕上明光锃亮的手表，遗憾地摇摇头，小心地取了下来，装进盒子里。哑巴示意他戴上，他比画着说："想回去把表卖了，还能给卢薇凑点医药费啊，咱们在农村，手表有什么用处啊。"不过这也是大个子的一片心意，在现场的时候，他们都不好意思拒绝的。

卢薇得的病，哑巴和老八在农村从来也没有听说过，返程时，二人心里特别的沉重和不舒服。

三十

周末的夜晚，卢薇的病情进一步恶化，始终高烧不退，偶尔会出现昏迷的状况。

大夫把田菲叫到办公室，看着田菲焦虑的表情，心情沉重地对她说："田菲女士，你要做好思想准备啊，我想告诉你两个不好的消息，一是孩子的配型所有的亲属们都不合适，二是孩子的病情已经开始不断恶化了，你要有个思想准备啊。"

田菲如五雷轰顶，瞬间感到天旋地转，差点从凳子上跌落在地。大夫扶了她一把，她强忍住悲痛和打击，用力攥紧椅子扶手，慢慢地镇定下来，眼里含着泪水说："大夫，那你们没有和省城的大医院联系联系，看看还有什么治疗的好办法吗？"

大夫想了想说："我们的治疗方案一直都有和省城大医院沟通，目前这也是最好的治疗方案了，我们已经尽力了。"

田菲和大夫沟通完毕，没有说话，艰难地站了起来。她晃晃悠悠地出了大夫的办公室，拖着沉重的脚步，一步一步地挪到楼梯口，出了住院部的大楼。等走到一个拐角处，她失望地把头靠在冷冰冰的墙面上呜呜地大哭起来。她在心里暗叹，上帝啊，你为什么对我这么不公平啊，这么漂亮的姑娘，为什么要硬生生地从我的怀里夺走啊，我的命咋就这么苦啊！

她越想越难受，哭得伤心欲绝，恨不能一头撞死在这里。她宁愿替女儿去死，也要让女儿好好地享受人生，女儿毕竟还是个十四岁的花季少女啊。

田菲哭完回到病房的时候，女儿慢慢地清醒了，看着妈妈红肿的眼睛，苍白的面容，半天没有说话，静静地躺在病床上，攥着妈妈的手，两行热泪顺着脸颊慢慢流淌了下来。

田菲不知道该说什么，也不知道该怎么样去安慰女儿，目不转睛地看着女儿，轻轻地抚摸着女儿因为化疗已经稀疏的头发，心如刀绞般地难受。

卢薇看着妈妈，紧紧地攥着妈妈的手，想了会儿说："妈妈，我很难受，我知道自己没法救治了，你不要太悲伤，我想好了，等我不在了，你把我的眼角膜和身上的器官与大夫商量下，都给捐了吧。"

听到女儿说完，田菲惊讶地啊了一声，看着卢薇问道："宝贝女儿，你这是从哪里看到和想到要捐献自己的眼角膜及器官啊？"

"妈妈，我曾经看过一本叫《假如给我三天光明》的小说，我知道失明孩子的痛苦。假如我无可救药了，就把我的眼角膜捐献给他们，让他们代替我重新看到世界，看到妈妈、看到爸爸，看到我想看到的同学和美丽的景色，希望妈妈能完成我的心愿。"卢薇说完，无力地闭上眼睛，一颗颗泪珠再次顺着脸颊流淌。

田菲再也忍不住了，她扑在孩子的身上，嘤嘤地哭泣起来。她抚摸着孩子的脸颊，不知道该怎么样去面对孩子想到的一切。

饭后，田菲在楼道里哭着把孩子的想法告诉了卢阳，他听了先是一惊，继而想了想，然后泪眼模糊地告诉田菲："既然孩子有这种想法，那我们就满足孩子的愿望吧。"

"就是太残忍了，卢阳，你知道吗？"

"是的，我也觉得残忍，但这也许是孩子生命的另一种延续吧，我们和大夫商量一下，看需要办理什么手续吧。"卢阳说完，转身下了楼，因为他一看到女儿躺在病床上的状况，心里就难受。他常常一个人坐在住院部大门外的桐树下，一根接一根地抽烟。

医院经过咨询和联系，满足了卢薇的心愿，约好了市红十字会，按照流程办理了器官捐赠的各种手续。几个工作人员临出门的时候，几个人整齐地站成一排，向躺在病床上已经奄奄一息、枯瘦如柴的小姑娘，深深地鞠躬后才轻轻地走出了病房。

凌晨，卢薇病情再次恶化，不论卢阳与田菲怎么呼唤，孩子已经处于重度昏迷了。两人紧紧地攥着卢薇的手，田菲痛苦地呼喊着："卢薇，卢薇，你不要吓妈妈啊，卢薇，你醒一醒啊！"

凌晨六点，卢薇心脏停止了跳动，在众人的千呼万唤中离开了，田菲紧紧地攥着卢薇的小手，感觉女儿的手渐渐地失去了温度，慢慢地凉了下来。她一头扑在孩子的身上号啕大哭，几乎昏死了过去。卢薇走了，女儿真的走了，永远地离开了自己，从孩子有病的时候起，她坚信女儿一定会康复的，可最终还是走了，她万念俱灰，悲痛到了极点。

病房里，大夫与红十字会的人站成一排，向着白布覆盖的卢薇遗体深深地三鞠躬后，开始了眼角膜、肾脏等的摘除手术。手术结束后，他们再次向幼小而高尚的遗体三鞠躬，大家一起动手，轻轻地抬起孩子的遗体下了楼。楼道里站满了卢薇的同学和亲属，病房里的病人纷纷走出房间，站在门口目送孩子的离去。人们纷纷落泪，尤其是卢薇那些同学们哭声一片，跟在担架后面，看着卢薇的遗体送上了灵车，缓缓地向殡仪馆开去。孩子们一路呼叫着卢薇的名字，跟着灵车跑了很远的一段距离后，才相互拥抱着呜呜地大哭起来。

田菲和卢阳坐在灵车上，护送着孩子去了殡仪馆，两人几乎哭干了眼泪，田菲伏在孩子的身上，痛哭流涕地哭了一路。

第三天，卢薇的追悼会由市红十字会组织召开，大个子、谷鸽以及山东庄的老八和哑巴都来参加了孩子的追悼会。在悲伤的哀乐声中大家哭声一片，卢薇静静地躺在鲜花丛中，如同睡美人一般，她走完了自己短暂的一生。

"孩子，你是美丽的天使，安息吧，一路走好！"随着主持人最后的告别，大家在哀乐声中搀扶着卢阳和田菲绕场一周，向卢薇告别，然后目送她缓缓地被推进了火化室，追随着自己孤独的灵魂，悄然而去，给亲人们留下了无尽的悲伤。

安葬卢薇骨灰的时候，田菲把孩子的书包、文具盒、书籍以及孩子喜欢的毛毛熊玩具等一并放入，一切安顿好后，田菲泪眼模糊地看着碑文：爱女卢薇之墓。她伫立在寒风中，久久不愿离去。

卢阳招呼大家离开陵园，田菲在谷鸽的陪伴下，一直坐到日落西山，直至陵园关门之际，才起身说："卢薇，你一个人害怕了，就给妈妈托梦，妈妈来陪你，你需要什么了，也给妈妈托梦，我给你送来。孩子，你走得太早了，扔下妈妈，让妈妈怎么活啊？呜呜……"

清冷的月光碎银般地洒满大地，谷鸽搀扶着田菲，她边走边哭，一步三回头地离开了陵园。

一个多月后，接受卢薇角膜移植和肾脏移植的两位年轻人来到了煤城。他们在父母的陪伴下，跪在田菲和卢阳的面前说："叔叔、阿姨，卢薇妹妹走了，她给我们带来了光明和生命，她的生命将在我们身上延续，以后你们就是我们的再生父母，我们将来一定会很好地关照你们的，请接受我们一拜。"

憔悴的田菲，没有想到他们会来，看到他们健康地成长，想着孩子的生命正在他们的身上延续，她激动地抱住两个孩子，如同抱住自己亲爱的卢薇，始终不想松手。

后来，他们手持鲜花，来到了陵园，站在卢薇的墓碑前，深深地鞠躬后，跪在地上磕了三个头，感谢这位逝去的妹妹，她是美丽的天使，让自己的生命得以延续，感恩卢薇虽然生命短暂，但人格魅力却如此的伟大。

从陵园回来，田菲静静地坐在阳台上，点上一炷香，倒上一杯茶，看着天上飘走的朵朵云彩，嘴里喃喃地说："卢薇，妈妈看见你在天上，妈妈想你，你渴了吗？渴了喝杯茶，女儿，你想妈妈没有啊？孩子，你咋不说话呢？"

卢阳站在客厅，看着田菲，无奈地摇摇头，轻轻地走过来，给她披上外衣。他知道，田菲是不会回屋里的，她经常白天和晚上坐在阳台上，痴痴地看着天空，晚上看着月亮和星星，白天看着天空中的云朵，不住地喃喃自语。

三十一

时间一晃到了年底，寒风肆虐、大雪纷飞的早晨，大个子在井下出事了。正在井下指挥采掘的大个子，由于通风道冒顶，瞬间就被落石砸中和掩埋，老安紧急组织营救，大个子被挖出来后，小四川不停地给大个子做人工呼吸。

将大个子送到井上后，虽经医护人员全力以赴的抢救，但还是无力回天，宣布死亡。最后，矿上派专人负责和处理完大个子的后事，办理了抚恤待遇等，大个子被送回了老家山东庄进行安葬。谷鸽回到矿上后，感谢和招待了大个子伤亡事故中所有关心和帮助的工友们。送走客人后，谷鸽拖着疲惫的双腿回到了家。

家里寂静得如一潭死水，谷鸽坐在沙发上，看着空荡荡的屋子，望着大个子微笑着的遗像，想着自己这辈子也没有给大个子留下一个后代，让他带着牵挂孤独而去，让谷鸽越想越心痛。

回想与大个子走过的日日夜夜，想着大个子对她的保护和无微不至的关怀，谷鸽犹如生活在蜜糖罐中一样。如今，一切都成了过去，都成了回味，自己下一步到底怎么办？她没了主意，不知道该何去何从。谷鸽休息了几天后，决定抽时间去煤城找田菲，和她好好商量商量。

一个礼拜过后，小四川晚上喝醉酒后想大个子了，哭得昏天黑地，竟然晃晃悠悠地来到了大个子家门口。小四川嘭嘭的敲门声把谷鸽吓得胆战心惊，自从大个子死亡后，每个孤独的夜晚她都担惊受怕，难以入眠，哪怕听到小小的动静，浑身都会颤抖不已。

她通过猫眼一看，是小四川来了，这才放心了。她刚打开门，小四川满嘴酒气地扑通一声趴在了大门口，他爬起来，对着大个子的遗像，不断地磕头作揖，痛哭流涕。

谷鸽赶紧上去搀扶他，谁知小四川猛然转身，一下子把谷鸽抱在怀里，翻身把谷鸽压在身子下面，用臭烘烘的嘴去亲她。

谷鸽吓得大喊救命，小四川三五下扯开了她的睡衣，伸手乱摸乱捏，嘴里急促地说："大妹子，让哥亲亲你，大个子不能生育，你不能没有后代啊，我们生一个，以后哥哥会关照你的。"

"救命啊！救命啊！流氓！流氓！"谷鸽的呼叫声，引来了邻居周大爷和周大娘。他们推开门一看，发现有人正在欺负谷鸽，拿起笤帚就奔了过来，狠狠地打在小四川的身上。

小四川抬头一看来人了，慌慌张张爬起来夺门而出，没命地逃了，周大爷跟在后面追了过去。

周大娘扶起谷鸽，嘴里骂着："小四川不是个东西，该杀，欺负一个弱女子，算什么本事，就那还是大个子的好朋友，畜生一个。"谷鸽扑在周大娘的怀里，吓得浑身哆嗦，呜呜地哭个不停。

当晚，保卫科就把小四川抓了起来，移送司法机构，最后送去劳动教养了。那些想到寡妇门前找刺激的人，才收敛了自己的想法。

而在煤城的田菲怎么也没有想到，常常关照自己的陈阿姨，两个月前竟然查出子宫癌，在与病魔抗争了两个月后，终因病情恶化，离开了自己心爱的医学事业，离开了丈夫陈经理和生活在美国的儿子，溘然长逝。

田菲还没有从失去卢薇的痛苦中走出来，还没有从失去大个子的现实中缓过劲来，又一个噩耗传来，让她想也想不明白，人的生命咋就那么的脆弱？

如今，大个子走了，撇下了孤单的谷鸽，谷鸽生活在山沟里需要帮助，陈阿姨走了，孩子去了美国，陈经理也变得孤苦伶仃，吃饭都成了问题，和蔼可亲的陈经理，如同慈父一般，给了自己许多的温暖，她一定要承担起照顾的责任。

晚上吃饭的时候，她说出了自己的想法，卢阳表示全力支持她。但她静下来想想，觉得身上的重担和压力太大了，以至于彻夜难眠。

失眠让田菲痛苦不堪，对田菲来说是生不如死的煎熬。多少个寂静的夜晚，如同万千蚂蚁撕咬着她娇弱的身心，她在痛苦和煎熬中，消磨着自己生命中的日日夜夜。

第二天，雪过天晴，太阳映照得白茫茫的积雪有点耀眼，田菲穿上厚厚的羽绒服，昏昏沉沉地来到办公室，打开电脑，突然间感到自己的眼睛有点花，模模糊糊地看不清字了。她哀叹一声，回头得配一副花镜了。她突然间想起陈阿姨了，便打算去看看陈经理，到他办公室坐坐，问候一下他老人家。

她来到陈经理的办公室，看到陈经理孤独地坐在沙发上，静静地端详着老伴的相片，眼眶有点湿润。

"陈经理，我来上班了，来看看你。"

"哦，小田来了，快坐。"陈经理说完，擦擦眼泪，起身要给田菲倒水。田菲忙说："不用忙了，我刚才在办公室喝过了，刚才想起阿姨了，心里难受，来您这坐坐。"

陈经理唉了一声，接着说："田菲啊，我真的没有想到你阿姨会走得那么快，我想着她是学医的，会把自己的病情调理好的，没有想到病情会来得那么猛啊，唉，人还没有退休，就撇下我走了，唉。"

陈经理拿起纸巾擦擦眼泪，转身看着田菲说："田菲啊，你也要想开点，我看你最近的气色特差，脸色也不好，一定要注意身体啊，你还年轻，以后的路还长着呢，知道吗？"

听陈经理说完，田菲觉得自己能得到长辈的关心，心里如春风拂过，但转念想起自己的女儿卢薇时，她的眼泪还是不由自主地滚落下来。

她心里难受，陈经理心里也难受，也不便在陈经理办公室久留，就眼泪汪汪地安慰陈经理说："陈阿姨走了，您要多多保重自己，孩子也在国外工作，不在您身边，您有什么事情，就给我和卢阳打电话，一定要注意身体啊，我走了。"

陈经理一直送她到办公室门口，看着她上了楼，才回到办公桌前，又端详起爱人微笑的照片，回想着和爱人在一起的幸福时光，越想越伤心，竟低头抽咽起来。

周末的早晨，谷鸽从矿上来到了煤城，先去集团办事，忙完后来到卢阳的办公室。卢阳正在办公室里写材料，看见谷鸽进了门，赶紧招呼让座，倒了杯热茶递给她。

谷鸽问道："卢阳，田菲最近身体怎么样啊？"

卢阳扶了下眼镜，看着谷鸽先是唉了一声后，才为难地说："一言难尽啊。"

"咋了？"谷鸽关切地问道。

"田菲一天到晚不睡觉，常常一个人坐在阳台上，点上香，倒杯茶，看着夜空，自言自语地和孩子说话。现在脾气也变得暴躁，动不动就歇斯底里地发脾气，我实在受不了啦，有时来办公室迷糊一会儿，实在没有办法，现在和她都没法正常沟通了，唉……"卢阳说完，低下了头，唉声叹气。

谷鸽看卢阳伤心无奈的样子，自己也不知道该怎么去安慰他，就关切地说："卢阳，田菲是爱女心切，失去孩子对她的打击太大了，我们都是女人，我能理解她的苦衷,你一定要多关心她，多开导开导她。"

"是的，我会的。对了，大个子工亡的事情都处理好了吗？"卢阳问道。

"都处理好了，他是工亡，所以都是按照国家规定走的，该赔偿的都给了，该给他母亲的我都给她妹妹了。唉，卢阳，你看我和田菲这命，她中年丧女，我中年丧夫，你说我们的命运咋就那么凄惨啊。上学时知道有个成语叫命运多舛，人到中年才真正理解了成语的含义了。"谷鸽说完，低下头抹眼泪。

卢阳看谷鸽伤心了，就过去给杯子里添了点水，将纸巾递给她，说："谷鸽，你还年轻，以后有合适的再找一个，再生一个孩子，我们都没有孩子，以后老了咋办啊，是不是？"

"唉，走着看吧，以后的路都是黑的，谁知道会是什么样，不说这了，等你下班，我们去看看田菲吧。"

"走，不用等下班，我们走吧。"卢阳说完，收拾了一下办公桌，关掉电脑，带着谷鸽下了楼。

卢阳与谷鸽回到家，田菲一看谷鸽来了，就拉着她的手说："谷鸽，我想女儿了，你陪我去看看吧。"

卢阳听了心里就不高兴了，对田菲说："谷鸽是客人，来家里还没有喝一口水，都不问她饿不，吃啥不，就知道往陵园跑。"

"饭你做，我们俩去一趟，我刚刚迷糊了一觉，梦见孩子了，娃说她穿的单衣，有点冷，我正准备去给娃烧点棉衣去，走！"田菲一边说，一边穿衣服，拉着谷鸽出了门。谷鸽理解田菲此时的心情，跟着田菲下了楼。

卢阳站在门口，看着她俩下了楼，摇摇头，叹息一声，关上门，系上围裙，开始和面做饭。

田菲在谷鸽的陪伴下，一步三滑地来到卢薇的墓碑前，一句话还没有说，一屁股就坐在雪地上哇哇地哭起来，伤心凄惨的哭声在山坳里回荡。她哭了一会儿，对谷鸽说："谷鸽，我在家憋得快疯了，想大哭一次也不敢哭，怕影响邻居，我就是想来到女儿的墓前，大哭一场。快过年了，我想女儿啊！唉，卢薇啊，你把妈妈的魂都勾走了，妈妈想你啊！"

田菲哭着，谷鸽心想，唉，就让她好好地哭吧，田菲的压力太大了。她慢慢地拿出塑料袋里装着的东西，打开一看，全是田菲自己亲手做的棉衣、棉裤，还有马甲等。田菲一边烧着，一边想着卢薇漂亮可爱的模样，眼泪扑簌簌地滚落在洁白的雪地上。

从陵园回来的路上，两人坐上五路公共汽车，车上比较拥挤，好不容易有个座位，谷鸽看田菲疲惫的样子，让她赶紧坐着，自己则站在过道的中间，手拉着扶手，不住地回头看一眼满脸泪痕的田菲。

突然间，田菲发现一个不怀好意的人看了一眼谷鸽的背影，趁人多拥挤的时候，挪到谷鸽的后面，紧紧地贴在谷鸽的身后，随着车辆的晃动耍流氓，怡然自得地陶醉其中。

田菲实在看不下去了，一股怒火从胸中爆发而出，大喊了一声"流氓"，站起身来，一只手就向那个男子的脸上抓去，另一只手打掉了他的帽子，还扯下了一小撮头发。那个中年人猛然一惊，吓得急忙往车的前面走去，田菲撕扯着他的外衣，大喊："你在公交车上要什么流氓，不要脸！"跟上去就是一脚。

　　田菲疯狂的举动，吓蒙了那个中年男人，车刚到站，那人逃命似的挤下了车，飞奔而去，还在雪地上摔倒了，爬起来后没命地跑了。

　　田菲站在车门处，还在大声地指着那破口大骂，回到座位上，她瞪了谷鸽一眼说："那个流氓在你后面不停地晃动，你难道没有感觉吗？不会给他两个耳光，胆小鬼！"

　　谷鸽遇袭的事情发生过太多次，那些经历和打击让她已经变得胆小怕事了，她感觉后面有人紧靠自己，以为车上人多也没有太在意，才让那个不怀好意的男人更加地肆无忌惮。田菲愤怒的呼喊和疯狂的举动，不但吓跑了坏人，也让车上的人都对她投去了敬佩的目光。

　　下了车，田菲故意让谷鸽走在前面，从后面观看她的背影。谷鸽腰细臀大，个子适中的体型，从后面观察，还多少有点性感，怪不得那个中年男人会寻求刺激。

　　田菲想了想，看着谷鸽说："谷鸽呀，你天生就是个美人坯子，女人的优点都让你占完了，唉，你以后不能太懦弱了，要学得厉害点，尤其你现在的情况，要不然你吃亏的日子还在后面呢！"

　　两人路过市场的时候，买了些蔬菜，田菲又回头看了一眼谷鸽的背影，嘴里嘟囔，现在的男人都不知道怎么了？自己明明都有老婆，还在别的女人身上蹭，真该杀了这些可恶的渣男。

　　回到家里，卢阳已经把菠菜面擀好了，看到两人进门了，就开始揪面片，煮熟后，放上盐、味精、葱花、红辣椒面，再用热油一泼，顿时厨房里辣香四溢。

　　吃饭的时候，田菲给卢阳说了谷鸽遭遇流氓的事情，卢阳笑笑说："谷鸽看来还是挺有女人魅力的，不过，你也挺厉害的，性格大变了，流氓也被你制服了，敬佩。"

　　"怎么就变了？"田菲放下筷子看着卢阳问道。

卢阳笑了笑说："你以前是个胆小的淑女，弱不禁风的，谁看了怕你？看你现在，发起脾气来，流氓都能被你吓跑，你说你厉害不？"

田菲听完唉了一声，转身看着阳台外面的天空，自己现在就是变得烦躁不安，就是想发脾气。不过，今天陵园大哭一场后，回来的路上又歇斯底里地发了一通火，倒觉得自己心里轻松了许多。

吃完饭，谷鸽主动到厨房里去洗锅刷碗，卢阳走进厨房，特意地看了看谷鸽的背影，偷偷地笑了，谷鸽问他："你笑啥？"

卢阳靠近她的耳根说："你的背影还真的很迷人啊。"说完，转身出了厨房。谷鸽收拾完毕，想想自己现在孤单的情形，体型再好，再怎么能吸引男人，又有什么用呢？

几个月过去了，田菲一直都和卢阳分床睡，她独自一人睡一会儿，床上坐一会儿，然后阳台上站一会儿，始终不想让卢阳靠近自己。在她的世界里，只有孤独的自己，脑子里整天想的是自己的女儿，对女儿深深的思念，让她彻夜无眠，于是，精神状况越来越差。

卢阳时不时用电话把谷鸽邀请来，让她陪陪田菲说话、到附近转转，久而久之，谷鸽只要休息，就坐车到煤城，悉心陪伴田菲，为她宽心，开导她想开点。

而卢阳一直一个人睡在另外一个屋子里，只要谷鸽来到家里，他就有点兴奋，脑子里会不断地闪现谷鸽的诱人的背影。有次他竟然做梦梦到与谷鸽不是亲吻，就是做爱，酣畅淋漓地宣泄让他兴奋不已，猛然惊醒后，他心跳加速，脸面发热。

三十二

大年三十的晚上，卢阳带着田菲去了陵园，在孩子的墓碑前摆上两盘饺子，烧了火纸及冥币，点上三炷香后，两人才依依不舍地离开了陵园。

临走的时候，田菲眼泪汪汪地说："卢薇啊，跟妈妈和爸爸回家吧，我们回家过年，全家团圆啊，女儿。"说完，站在那里发呆。卢阳不想让田菲待的时间太长，尤其到了年关，每逢佳节倍思亲，如果她过于悲伤，身体就会每况愈下，他好说歹说、连拉带拽地将她带出了陵园。

回到家里，田菲在女儿的遗像前点上香后，看着卢阳说："卢阳啊，我们两个去看看陈伯伯吧，陈阿姨走了，他孩子又在国外，大年三十的晚上，他是个孤独的老人啊，我们去看看他吧！我把饺子煮好，做两个菜，你去陪陈伯伯喝几杯，我们一起吃个年夜饭吧。"

"好的，我准备好了我们就去。"卢阳说完，走进厨房准备去了。两人临出门前，田菲望着女儿的相片说："女儿，跟我们去陈爷爷家过年吧，走。"

距离田菲不远的另外一个小区，陈经理孤独地在屋子转了几圈，当他走进厨房，看着眼前冰锅冷灶的一切，心彻底地凉透了。要是老伴在的时候，大年三十的晚上，准会准备几个菜，全家热热闹闹过个除夕，而今，唉，他哀叹一声后，转身出了厨房。

窗外的鞭炮声不断响起，他来到客厅，看着桌子上儿子从国外邮寄来的一沓子美元，又抬头看着老伴的遗像，感觉老伴似乎正专注地盯着自己。他踯躅徘徊，孤独、寂寞、思念、悲伤的情绪笼罩了他的心，两行热泪随即溢出眼眶。

他拿起火柴，抽出一张美元，慢慢地点燃，声音嘶哑地说："老伴啊，过年了，你撇下我走了，让我一人咋办啊？儿子寄来这么多外国的钱，我给你烧一些，你好好花吧，想买什么就买什么吧，我要这有什么用啊？有你陪着我，这才叫过年啊，现在这叫过的什么年啊，简直就是活受罪啊，老伴啊，你知道吗？"

他一张接一张地烧着美元，直至听见有人敲门，才停下手里的动作。他开门一看，竟然是田菲和卢阳来了，他不好意思地擦擦眼泪，让两人进屋。

田菲看到陈经理哭了，就走过去揽着他的胳膊，扶着他往客厅走去，卢阳则把饺子和菜摆放在茶几上。陈经理回头看到两人给自己带的饺子和菜，激动地连声说："谢谢你俩啊，大过年的还能记得起我啊，这个年三十，可以和你们团圆地度过，我就不孤单了。"

他小心地端起一盘饺子，放在老伴的遗像前，看着遗像说："老伴啊，这是田菲和卢阳送来的饺子，你多吃几口啊，这是孩子们的一片心意啊。"田菲听陈经理说完，望着阿姨的遗像，眼泪扑簌簌地涌出眼眶，哽咽地说："陈阿姨，我来看看陈伯伯，你放心，我会和卢阳好好关照陈伯伯的。过年了，你也尝尝我们做的饺子，在那边替我照看好卢薇，有事让孩子伺候你。"田菲说完，已经泣不成声。

田菲和卢阳的到来，让陈经理顿时觉得清冷的家里温暖起来。他拿出柜子里最好的酒，给卢阳和谷鸽倒进酒杯，三个人碰了一杯。陈经理吃了一个饺子，连声说："好吃，香、香。"他一边吃着，一边流泪，田菲不停地安慰他。

临走的时候，陈经理抓起桌子上的美元，硬是装进田菲的兜里，田菲怎么也推辞不掉。陈经理拍拍卢阳的肩膀说："卢阳啊，你要好好珍惜田菲啊，我观察田菲的气色和身体状况很差，要好好地关照她！你看陈阿姨走了，剩我一个多孤单啊，两人在一起生活，相互关照，是多么幸福的事情啊，过去我没有这种感觉，等失去了你阿姨，我才觉得在一起的时光是多么的宝贵啊。明白吗？孩子。"

"明白，谢谢陈伯伯。我一定会好好照顾田菲的，您放心，您老也要保重自己，注意身体啊。"

田菲走到门口的时候转身说："明天是大年初一，早晨我让卢阳给您送饺子来，您早点休息啊，陈伯伯。"

送走了卢阳和田菲，陈经理走到老伴的遗像前倒了两杯酒，自己端起一杯，碰了一下后一饮而尽，接着又碰了几杯。晕晕乎乎中，他一屁股坐在老伴遗像旁边的凳子上，伏在冰冷的桌子上，呜呜地哭起来。哭了一会儿，他又拿起一张美元，烧了起来，嘴里喃喃地说着含糊不清的话语，到最后他喝多了，伏在桌子上睡了一晚上。

初一的早晨，鹅毛大雪下个不停，湿滑的街道上行人稀少，只有几个孩子在雪地里玩耍放炮。田菲提着保温桶，走在积雪覆盖的街道边，刚刚煮好的热饺子必须尽快给陈经理送去。一路上看着孩子们嬉闹玩耍，她想起了卢薇，想起了与卢薇在雪地里打雪仗、堆雪人的情景，一股热泪涌出她的眼眶，冷冰冰地顺着脸颊流淌。

到了陈经理家，田菲首先向他问声新年好，然后把热气腾腾的饺子倒在盘子里，又进厨房拿了碗，倒出一碗热面汤，调和好醋汁，看着陈经理吃饺子。

田菲笑着问："陈伯伯，饺子香吗？好吃不？"

陈经理低下头，连声说："香，好吃、好吃。"说完，似乎有热泪欲溢出眼眶，他不想让田菲看到自己脆弱一面，抹了一把眼泪，低头又吃了一个饺子，慢慢地在嘴里咀嚼起来，时不时回头看一眼老伴的遗像。

田菲发现陈经理红肿的眼睛，安慰了陈经理几句后，与他告别，心情沉重地下了楼。

路上，她想到了陈伯伯一生待人和善，事业有成，但陈阿姨早早去世，儿子又在国外，逢年过节的时候，肯定心情难受，自己要多关心他。毕竟在工作上、生活上，陈伯伯和陈阿姨给了自己莫大的支持和帮助，也算是自己生命中的贵人，是自己应该感恩的人。

出了矿区家属院的大门，四周震耳欲聋的鞭炮声此起彼伏，孩子们穿着鲜艳的新衣服，嬉笑着从自己的眼前跑过，高高兴兴地在雪地上打雪仗。此情此景，让她又想起了女儿，她脚下不自觉地向着陵园的方向走去。

一个多小时后，她来到了陵园，一步三滑地来到了卢薇的墓碑前。她打开保温饭盒，放在墓碑前，用手轻轻地拂去上面的积雪，嘴里喃喃地说："孩子，你冷吗？妈妈来陪你过年，给你带了热饺子，你慢慢吃，妈妈看着你吃，啊。"

说完，她环顾四周，空旷的墓园空无一人，便不由自主地放声大哭，边哭边说："卢薇啊，妈妈想你啊，你咋这么心狠呢，扔下妈妈就走了啊，你让妈妈以后怎么活啊，我的卢薇啊，呜呜呜。"

旁边的柏树上突然飞来几只麻雀，叽叽喳喳地叫着，扑棱地飞舞着，树冠上的积雪纷纷落在地面上。此时，空旷清冷的陵园里，只有几只麻雀陪伴着田菲，田菲停止了哭泣，抬头看着树上的麻雀说："鸟儿、鸟儿，你听话，我给你饺子吃，你就在这树上筑巢吧，以后陪陪我的女儿吧。"说完，她取出几个饺子放在树下面，鸟儿被饺子的香味吸引得纷纷下了树，竟然不顾她的存在，叽叽喳喳地叫着，跳跃着，你争我抢地吃起来。

雪又下大了，陵园四周的山头已经白雪皑皑，远近的山峦及树木，都被白雪覆盖，看不到昔日的荒草和灌木丛，冰冷的雪花随着寒风纷纷落进田菲的脖子里，带来一丝丝的凉意。

她用手轻轻地拂去墓碑上、盖板上刚刚落下的积雪后，才流着眼泪离开了孩子的墓碑前。

下坡的时候，她脚下一滑，重重地摔了一跤，一屁股坐在雪地上，脚腕处感觉到刺骨的疼痛，折腾了半天也没有站起来。今天的感觉真像大学时遇到卢阳那次一样的刺疼，无奈之际，她干脆坐在地上默默落泪。

卢阳计算着时间，田菲一个中午都没有回来了，心里放心不下，给陈伯伯打过电话，才知田菲早就走了。卢阳猜想今天是大年初一，她肯定去了陵园，就急急忙忙地往陵园赶去，结果刚刚走到沟口，发现田菲正拄着一根树枝，一拐一拐地往前艰难地挪动着。

他赶快走过去扶着她，着急地问："是不是崴了脚？这么大的雪，陵园又那么高，你跑到这干啥？"

"干啥，我想女儿了，想给孩子一口热饺子吃，咋了？"

"唉，真犟，赶快去医院吧。"卢阳低头看看她的脚腕，伸手摸了摸。

"不用，回家抹点活络油就行了，回吧。"田菲知道不太严重，就拒绝去医院。恰好一辆出租车开了过来，卢阳急忙拦下，扶着田菲坐上车。回到家里，他帮田菲脱了袜子，用湿毛巾冰敷了一会儿脚腕，抹了点活络油。看她眼睛红肿地靠在沙发的靠背上，疲惫地闭上眼睛唉声叹气，卢阳无奈地摇摇头，转身走进厨房开始煮饺子。

田菲只吃了两个饺子就放下筷子，给卢阳说："卢阳，你给孩子的遗像前放一碟饺子，孩子不吃，我吃不下去啊。"

"早放过了，你赶快趁热吃吧。"卢阳说完，转身给她端来一碗热面汤，田菲喝了几口后，才慢慢觉得身上温暖起来。吃完饺子，卢阳搀扶她上床去休息，躺在被窝里，看着窗外纷飞的雪花，她又想起了女儿，靠在床头边，眼泪吧嗒吧嗒直流。

山东庄，大年初一的早晨，谷鸽吃过母亲煮的饺子后，提上带回来的两瓶酒、大块的牛肉，还有两套耀州茶具，先去了哑巴家。看过哑巴后，她就和哑巴一起来到了老八的小卖部。

老八见谷鸽和哑巴来了，让两人赶快上炕，谷鸽伸手一摸，土炕热乎乎的，就坐了上去。她把自己带来的牛肉拆开包装纸，白酒也打开，放在小炕桌上，拿过几个黑瓷碗，斟满了酒，对老八和哑巴说："今天是大年初一，我来陪你们两个哥哥过个年，一来是替大个子谢谢你们，二来是来看望你们，大家碰一杯，来。"

提起大个子，老八心里难受起来。老八过去曾经恨他，现在又可怜他，他也真命短，年纪轻轻地撇下谷鸽走了。一口辣酒下肚，老八想起了大个子在这里向自己赔罪，在煤城招待自己，慷慨地给自己买手表等事，一切都历历在目。老八不由得低声叹息了几声，看着谷鸽说："谷鸽，大个子走了，留下你一个人，以后的路还长着呢，你也要有个打算啊。"

谷鸽咽下了一口辣酒，不一会儿就觉得脸上有点发烧，也有点头晕目眩，她伸手摸摸老八的残腿，看看哑巴额头上的伤疤，说："大个子走了，是他没有福气，过去他犯过糊涂，也害得你俩不浅，你们两位大哥最后还是原谅了他，我心里也是挺敬佩你们的。大过年的，我们不想过去的事了，祝你们二位新年好，大家健康地活着比什么都好。来，干杯。"

三个人碰了杯酒，哑巴拿起一块牛肉递给谷鸽，示意她吃点再喝。谷鸽看着哑巴大哥，鼻子一酸，就觉得眼热，端起黑瓷碗，和哑巴碰了一下，一会儿工夫就喝多了。她想起和大个子在一起的幸福时光，又想到这些时光已荡然无存，便伏在小炕桌上，竟然呜呜地哭了起来。

老八拍拍她的肩膀，知道她想大个子了，安慰了她几句，哑巴和老八对视了一眼，又看着谷鸽肩膀抖动着，不断地哭泣，顿时没了主意，不知道该怎样去劝说和安慰谷鸽，只能无奈地面面相觑。

过了一会儿，谷鸽擦擦眼泪说："算了，我不伤心了，省得影响你俩喝酒的兴致，你看咱们山东庄，过去就我和田菲考学走出了黄土地，当时都是骄傲的天使。唉，你看看现在，田菲失去了女儿，我死了大个子，这好好的日子一下子像天塌下来一样，这也许就是咱农村人说的，命不好吧！可能我克夫，是不？"说完，她端起瓷碗和他俩又碰了一下，喝了一大口酒。

"你看现在，我和田菲命苦，你俩也命苦啊，现在我们三个都成光棍了，嘿嘿。"吃了一块牛肉，田菲苦笑一声后说，"我想给两位哥哥唱首歌。"

"你唱吧。"老八脸色泛红，眼睛里也布满了血丝，说完，也给哑巴比画了一下要唱歌，又指了指谷鸽。

"我想唱《红楼梦》里的葬花吟，你听听：花谢花飞飞满天，红消香断有谁怜？游丝软系飘春榭，落絮轻沾扑绣帘……一年三百六十日，风刀霜剑严相逼。明媚鲜妍能几时，一朝漂泊难寻觅。花开易见落难寻，阶前愁煞葬花人。独倚花锄偷洒泪，洒上空枝见血痕……愿奴胁下生双翼，随花飞到天尽头。天尽头，何处有香丘！

"试看春残花渐落，便是红颜老死时。一朝春尽红颜老，花落人亡两不知！花落人亡两不知！"

谷鸽刚刚悲戚戚地唱完，老八就哇哇地哭了起来，谷鸽的歌声深深地刺疼了他的心灵。哑巴也不知道发生了什么，看着两人都在掉眼泪，自己也眼泪汪汪地看着他俩哭起来。

谷鸽又喝了几口酒，走到老八的跟前，眼色迷离地看着他说："老八哥，你不要哭了，我替大个子给你赔罪，是大个子让你失去了自己一生的幸福，我想抱抱你，老八哥。"她说完，走过去伸开胳膊，紧紧地抱住老八，老八长这么大，从来还没有抱过女人。当谷鸽扑在他怀里的时候，他抚摸着谷鸽的后背，两人抱头痛哭，都哭成了泪人。

临走的时候，谷鸽又拥抱了一下哑巴，她用手轻轻地摸了摸哑巴额头上的伤疤，拍打了两下哑巴的肩膀后，告别了两位兄长，踉踉跄跄地出了门。哑巴急忙跳下炕，搀扶着谷鸽往家里走去，老八坐在轮椅上，看着二人渐渐地消失在雪花飞舞的街道上，眼泪逐渐地模糊了自己的视线。

谷鸽回到家里，倒头就睡，一直睡到半夜时分，嗓子冒烟地难受。她起床喝了杯开水后，没有了睡意，想起了大个子，怀念大个子温暖的怀抱，心里突然间觉得有点遗憾，出事的那天早晨，大个子需要自己的时候，自己反而没有让他满足。她遗憾无奈地叹息了几声。

三十三

又是一年春来到，春雨过后，万物复苏，清新的空气中弥漫着花香。卢阳匆匆地行走在回家的路上，田菲最近的变化让他觉得有点头疼。路边花坛里月季盛开，散发着清香，四周美丽的景色，也没有给他带来一份好的心情。

卢阳越发感觉田菲有点精神失常，她晚上常常不睡觉，偶尔头疼难忍，不住地往墙上撞。有时卢阳半夜三更醒来，家里就不见田菲了，天亮后准能在卢薇的墓前找到她，她披头散发地靠在女儿的墓碑上呼呼大睡，好像在田菲的意识里，根本就不知道什么是害怕二字。

无奈，卢阳只得去单位给她办理了病休，并把她的母亲接到煤城来照看田菲，最起码白天和晚上能够看住她，不至于疯跑到失踪。

下午，卢阳正在上班处理业务，突然接到岳母打来的电话："卢阳，快回来吧，田菲闹腾着非要出门，我不让出去，连我都打啊，快回来看看吧。"

卢阳急急忙忙地赶回家，家里一片狼藉，饮水机、电视机摔在地上，衣服被扔得满地都是。田菲上身赤裸，披头散发地坐在阳台上，被母亲紧紧地攥着胳膊，如果没有母亲拉着，她早从二楼阳台上跳下去了。楼下站了好多人都在大声地规劝她，一楼的邻居甚至从家里把被子抱了出来铺在地上，以防田菲突然跳下来摔伤。

卢阳慌了，大步上前，把田菲从阳台上抱了下来，田菲挣扎着，怒吼着，撕咬着他的胳膊，并一把推倒母亲，嘴里吼叫着："我要去看女儿，你们放我出去，放我出去。"

卢阳无奈，打了田菲一巴掌，拽着她来到卧室，逼迫她穿上衣服，田菲死活不穿，趴在床上号啕大哭。

卢阳看着田菲，随即告诉岳母说："妈，你整理下衣服和洗漱的东西，我看得送田菲去精神病院了，这样下去，说不定哪天会出大事的。"

"好，我去整理和准备。"田菲母亲说完，赶紧去整理女儿的衣服等生活用品，一边整理，一边默默地落泪。

田菲被送到了精神病院，大夫告诉卢阳说："你爱人的病主要是伤心过度，长期的失眠和精神压抑，造成了轻度的精神分裂，需要住院治疗。我们医院白天不用家属陪，但晚上需要家属陪护。"

田菲吃过镇静药后，迷迷糊糊地睡着了。趁此机会，卢阳带着岳母去了一趟骨科医院，她被田菲推倒后，膝盖肿了，走路有点艰难。好在片子出来后，没有什么大碍，只是扭伤，卢阳这才放心了，要不然他一个人来照顾两个病人，怎么能伺候得过来？

田菲醒了，一个人来到院子里，环顾四周陌生的环境，她想出去，可大门紧锁，门房值班的大夫把她劝了回去。无奈，她只好坐在一棵柿子树下的长条椅子上，呆呆地看着蔚蓝的天空，几只春燕蹁跹飞舞，一朵朵白云飘来，她立即站了起来，是不是卢薇就在白云后面看着她，是不是？想到这里，她大声地边跑边喊："卢薇，妈妈在这呢，你下来看看妈妈吧，卢薇啊。"

几个大夫站在二楼的楼道上，看见田菲在院子里吼叫疯跑，遗憾地叹息一声，转身忙别的事情去了。不一会儿，院子里又过来几位病人，也跑到田菲跟前，仰头看着天上飞舞的春燕和洁白的云朵，也哇哇都喊了起来，有的甚至手舞足蹈地边跳边唱，院子里顿时热闹了起来。

经过三天治疗后，田菲的精神状况有所好转，母亲帮她洗头、剪指甲，和她坐在长条椅子上晒太阳，并让田菲躺在自己的怀里，给她轻轻地揉捏着太阳穴。田菲躺在妈妈的腿上，不一会儿就睡着了。

谷鸽听卢阳打电话说田菲住院了，她母亲腿脚扭伤，干脆请了几天假，来到煤城看望和照顾田菲。

这几天，一年一度的春季大检查开始了，新建成的一座大型国有煤矿进入最后的竣工验收阶段，卢阳一直住在矿上，也不在家居住。谷鸽每天买菜做饭，早晨先去市场杀了一只土鸡慢火炖上，中午蒸好米饭后，一同送到精神病院。看到田菲非常喜欢吃自己做的饭，尤其喜欢喝鸡汤，她非常高兴。经过几天的营养补充，田菲容光焕发，精神状况大有好转。

谷鸽每天下午与田菲母亲陪护着田菲散步和综合治疗，直到晚上才回到田菲家里休息。

晚上，谷鸽洗了澡，换了睡衣，刚刚躺下，突然听见有人咚咚地敲门。谷鸽透过猫眼一看，是卢阳回来了，打开门才发现卢阳喝多了，被两个年轻人搀扶着送了回来。

两个年轻人把卢阳搀扶到沙发上，他一头栽倒在沙发上呼呼大睡起来，两位年轻人不好意思地看着谷鸽说："阿姨，不好意思，今天矿上验收，卢总今晚喝得有点多，给您添麻烦了，我们走了。"

送走两个年轻人，谷鸽看卢阳匍匐在沙发上，一双沾着泥水的皮鞋已经弄脏了沙发，衣服也脏了，只好给他脱去皮鞋放到阳台上，挪动他躺好，然后拿出被子给他盖在身上，取过一个脸盆放在一边，省得他呕吐的时候弄得到处都是。这也是她过去招呼大个子醉酒时的经验和做法。

谷鸽刚进屋子睡了一会儿，迷迷糊糊地听见卢阳要水喝，赶紧起来，倒了杯温水端过去。谁知卢阳刚喝下去，就喊着要吐，她赶紧拿过脸盆，卢阳哇哇地吐起来，也给她喷溅了一身。

卢阳又躺在沙发上，嘴里不住地呕吐，难闻的脏物顺着脖子往下流，恶心得谷鸽不住地反胃。

等卢阳不吐了，谷鸽收拾干净，累得腰酸背痛。她好不容易才换下了卢阳的衬衫和裤子，泡在水里准备洗一洗。谷鸽的一身睡衣，也弄脏了，只得翻出田菲的睡衣穿在身上。她打开热水器，冲洗了一下头发，换上了田菲的睡衣，虽然穿在身上有点大，但最起码没有了难闻的酒味。

她洗好卢阳和自己的衣服后，甩干挂在阳台上。卢阳迷迷糊糊地睡醒了，摇摇晃晃地要去厕所，谷鸽赶紧扶住他，生怕他跌倒或者撞伤。卢阳眼神迷离地看了一眼，哇的一声哭了，紧紧地抱住谷鸽，竟然哭得浑身打战。

谷鸽知道卢阳最近太苦了，家里遇到了这些事情，还要忙碌单位繁重的工作，也真是辛苦了他。想一想卢阳过去为了自己、为了大个子所付出的关心和照顾，她落泪了。当卢阳紧紧地抱住自己哭泣的时候，她也抱紧了卢阳，只要他心里好受，让他哭吧，哭出心中的压抑和难受，她也心里高兴。

"卢阳，你去洗个澡吧，你身上太难闻了，衣服我都给你洗了，你洗完澡后换上干净的睡衣，好好地休息休息吧，看你最近太累了。我这几天请假了，替你照顾田菲和阿姨。"谷鸽说完，松开了卢阳，扶着卢阳进了卫生间。

卢阳仔细一看是谷鸽，就说："那你把我的睡衣拿来，我冲洗一下，谢谢你啊，谷鸽。"卢阳有点清醒了，晃了两下，慢慢地走进卫生间，关上门开始冲洗起来。

洗完澡换好睡衣，谷鸽给他泡了杯热茶端了过来，卢阳喝了几口热茶，这才定眼看了一眼谷鸽。谷鸽身上穿的那身大红睡衣是田菲的睡衣，一股清香的味道飘来，那是田菲过去洗完澡坐在自己身边熟悉的味道。他再也按捺不住自己的冲动了，起身抱紧谷鸽，贴近谷鸽的脸蛋，嘴里轻声地说："谷鸽，让我抱抱你，半年了，我都没有挨过田菲的身子，你让我抱你一会儿，我需要温暖啊。"

谷鸽被卢阳突如其来的举动一下子搞蒙了，使出全身力气想推开卢阳，却怎么也推不开，唉，就让他抱一会儿吧。她自从大个子走后，一个人孤苦伶仃，此时被卢阳紧紧地抱在怀里，一股股暖流从自己的身上流过，她停止了反抗，干脆闭上眼睛，享受着这份难得的温暖。

卢阳抱了一会儿谷鸽，想起了自己以前做的春梦，浑身一下子燥热了起来。他一把抱起谷鸽，转身进了卧室，伏在谷鸽的身上，慢慢地解开睡衣上面的纽扣。

"不要，不敢这样，卢阳，卢阳，你这样我就对不住田菲了，不敢！"谷鸽想推开卢阳，让他从自己身上下来，但卢阳紧紧地抱住她，把她死死地压在身子下面。作为一个女人，她也好多年没有这种感觉了，她的反抗渐渐地软了下来，等卢阳把温热的舌尖深入她嘴里的时候，谷鸽已经不由自主地呻吟起来，扭动着身躯，抱紧了卢阳，身子不停地扭动起来。

卢阳脱掉了自己的衣服，也脱掉了谷鸽身上的衣服，强烈的冲动使他占有了谷鸽。谷鸽也不知道是痛苦还是舒服，不停地大声呻吟着，嘴里还不停地喊着："不要、不要。"眼泪顺着她的脸颊流了下来。

卢阳一个侧身，看见谷鸽流泪了，用手轻轻地拂去她脸颊上的泪痕，拉过被子，盖住了谷鸽赤裸的身体，顺势把她揽在怀里。

谷鸽睁开眼睛看了卢阳一眼，见他满头大汗，拿过纸巾，替他擦了擦汗，看着他说："卢阳，你说我们这是干什么啊？我是来伺候田菲的，你让我以后怎么面对她啊，我们是从小一起长大的闺密啊。"

谷鸽说完，用手掌捂着自己的脸，唉声叹气地哭起来。卢阳看到谷鸽难为情的样子，自己长长地叹了口气说："谷鸽，我已经压抑好长时间了，实在是太冲动了，主要是你穿着田菲以前常穿的睡衣，一下子勾起了我的情欲，我谢谢你啊，你让我得到了久违的满足，心理上的愉悦，和你在一起，我觉得很舒服。"

谷鸽没有说话，卢阳的抚慰和拥抱，使她从生理上也得到了满足，她觉得身心轻松，但就是这样的做法实在有违伦理道德，自己今后将如何面对田菲？想想她都觉得后怕。

休息了一会儿，卢阳把她揽在怀里，那种舒适是她失去温暖后未曾有过的感觉。卢阳轻轻地抚摸着她的后背，呼出的热气，扑在她的耳根上，当卢阳温热的手掌抚摸她的时候，她又开始浑身颤动，身体不由自主地扭动起来。

卢阳来了兴致，翻身把她压在身下，这次她没有拒绝，喘着粗气迎合着卢阳的冲撞。他们沉浸在情欲激昂的漩涡中，已经无法回到平静的水面了，生理的冲动战胜了理智，让他们在情欲的漩涡中越坠越深，终于沉入了无尽的深渊。

打开灯，谷鸽疲惫地伏在床上，卢阳看着她光滑如胭脂的皮肤，他忘记了疲惫，轻轻地揉捏，慢慢地抚摸，此时，属于他们二人的世界是那么的美妙，那么的让人心动。

天不亮，谷鸽就起了床，走进浴室，想洗净自己的身体，洗净自己心灵的污浊。但她明白，怎么洗也无法洗净自己的身体了，她落泪了，感觉自己变了，彻底地变了。

谷鸽走进厨房，开始准备早餐。卢阳依然满足地酣睡，准备好了早餐后，谷鸽收拾好了自己的行李，打算给田菲送去早餐后，就回矿上去。虽然还有两天假期，但她不想在这待了，想趁早地逃离这里，回到矿上，让自己的纷繁复杂的心绪慢慢地平静下来。

来到精神病院，谷鸽始终不敢正眼看田菲，看着田菲病态的样子，她眼眶湿润了，低下头不敢再多看一眼。

谷鸽悄悄地给田菲母亲说："婶子，看着田菲姐消瘦的样子，我好心疼啊。"

田菲静静地听母亲和田菲对话，脸上始终洋溢着微笑。当谷鸽与田菲四目对视的时候，虽然田菲流露出的是幸福温暖的微笑，但在谷鸽的心里，田菲那慈善无邪的眼光却如同万千利箭刺向她的心里，她苦笑了一下，转身离开了田菲的视野。

谷鸽想了想，拉着田菲的手说："田菲姐，你要想开点啊，你还有母亲，还有卢阳，你比我幸福啊，一定要想开，把自己身体照顾好啊。"她停顿了一下，转身看着田菲母亲说："阿姨，矿上下午有点事情，我一会儿要回矿上了，你多辛苦点，我有时间再来看望您和田菲。"

坐了一会儿，她告别了田菲，走到院子里的时候，抬头看见田菲依然站在二楼的过道上向她挥手，她也挥了挥手。走出大门的时候，她再也控制不住自己的情绪，呜呜地蹲在路边大哭起来。

卢阳醒来的时候，看见谷鸽放在餐桌上的煎鸡蛋、油炸馍，还有稀饭，他没有吃，而是泡了一杯茶，点上一根烟抽起来。他心里总觉得惶恐不安，怎么也理不出个头绪来，想着昨晚上发生的事情，望着墙上挂着的全家福，田菲和卢薇喜气盈盈地看着自己，他羞愧地低下了头。他闭上眼睛，靠在沙发上，长长地叹息了几声，想着自己这几年的遭遇，眼泪顺着脸颊慢慢地流淌了下来。

三十四

迷迷糊糊的睡梦中，田菲梦见卢阳出事了，被警察带走了，她眼看着卢阳被塞进警车，自己跟在车的后面，边哭边喊："卢阳、卢阳。"只见卢阳从车窗户里伸出双手，叫着她的名字，猛然间她被惊醒了，一下子坐了起来，嘴里还不停地喊着："卢阳、卢阳。"

田菲母亲靠在床头犯困，听见田菲大喊卢阳，赶紧坐起来，拉着田菲的手问道："娃，你咋了？做噩梦了？"

"妈，卢阳出事了，被警车带走了，快去救他，我不能没有卢阳啊。"田菲抓住母亲的手左右晃动，慌忙下床穿鞋去找卢阳。

母亲正要拦她的时候，卢阳进门了，田菲一下子扑到卢阳的怀里，继而又抬起头左看右看、上下打量了卢阳一番，仔细地端详着卢阳的脸，然后扑在他的怀里，呜呜地哭起来。

此时，大夫通知田菲要去治疗。

卢阳看着大夫给田菲戴上仪器，开始治疗，他只能坐在一旁，心疼地看着。突然间，他想起了谷鸽，想起了和谷鸽在家里翻云覆雨的过程，于是起身走到治疗室的窗前，看着远方碧绿如毯的田野，想换一下思绪，不要再去想那些事情，但他就是没法忘掉，脑子里像过电影一样，一幕又一幕地重播。

田菲治疗完毕，被母亲搀扶着回到病房，母亲招呼田菲吃饭，他端起脸盆，去打了一盆热水端进来。此时的他多么想多做一点事情，来弥补自己对田菲的亏欠。

吃完饭，他拿着饭碗去了水房，洗净了饭碗。等他回到病房的时候，几个陪护的家属都在表扬他，说他文文气气的，像个国家干部，还没有架子。

卢阳听完，低下了头，而田菲母亲的脸上露出了满意的微笑。

经过一段时间的治疗后，田菲的病情有所好转，今天要出院，卢阳打车把她接回了家。晚上，田菲放心不下陈经理，要去看望一下，卢阳不放心，跟着田菲一同来到了陈经理家。

进了门，田菲发现陈伯伯不住地咳嗽，再看他的脸色有点潮红，就问道："陈伯伯，你是不是感冒了？"

"不要紧，感冒几天了，吃点药就好了。"听陈伯伯说完，田菲上前摸摸他的额头，有点发烫。在田菲的再三劝说下，陈伯伯才同意让田菲陪着他来到了医院，经过诊断，他不但发烧，而且血压也高。挂上吊针后，陈经理才仔细地看着田菲说："孩子啊，你最近瘦了，要注意你的身体啊，我年龄大了，可你还年轻啊。卢阳，以后你要多关照田菲啊，单位的事情我会处理好的，你放心。"

"不，陈伯伯，你一个人才要注意自己的身体，如果身体有什么不舒服，一定要给我们打电话啊，陈伯伯。"田菲攥着陈伯伯的手，心疼地看着他。

护士让家属去拿药，田菲出了门，陈经理看着卢阳说："卢阳啊，田菲是个好娃啊，实在踏实，对人有情有义，你一定要好好关心她啊。她打孩子走了以后，一直走不出心里的阴影，我观察她现在的精神状况很差，你要体谅她。"

卢阳听完点了点头，但心里知道自己已经对不住田菲了，看着陈伯伯慈祥的面容，期待的眼光，他心里十分复杂。

他告诉陈伯伯："田菲早晨才刚刚出院，她患有精神分裂症，治疗了一段时间后，有所好转，下午在家好好休息了一会儿，到了晚上就不放心你，要过来看你，没有想到你却生病了。"

陈伯伯听完，恰好田菲回来了，就说："孩子，你和卢阳回去吧，你身体也刚刚恢复，早点回去休息吧，这里有护士，我打完针就回去了。"

"那不行，你在这里打针，我们咋能回去呢？一会儿您挂完针我们一同回去。"田菲坚定地说着，怎么也不愿回去，就和卢阳留在医院陪伴陈伯伯。陈经理心里感激两个孩子的照顾，闭上眼睛，感激的

175

泪水在眼眶里打转转。他不想当着两个孩子的面流泪，就背过他们偷偷地擦眼泪。

　　陈经理挂完吊针的时候，已经是凌晨一点多钟了，打车送陈伯伯回家后，两人才安心地回了家。田菲冲完澡后，换上了那身紫红色的睡衣，卢阳心里如同过电一样刺激，麻溜溜地不知所措。

　　等田菲吃过药，安静地休息了，卢阳躺在床上彻底失眠了，翻来覆去地难以入睡，他虽然心里有所愧疚，但每当他一个人静静地躺在床上的时候，谷鸽温暖柔绵的身体，依偎在他怀里的感觉，让他异常地冲动和难以忘怀，这样的事情，如同吸食鸦片上瘾一样，让他难以自拔。

　　一个多月以后，卢阳正在办公室看文件，桌子上的电话突然响起来。他拿起电话一听，是谷鸽打来的，谷鸽有点紧张地说："卢阳，我好像怀孕了，咋办啊？"

　　"啊，检查了吗？"真是怕什么来什么。

　　谷鸽说："还没有，只是我的月经平常都很正常的，这次推后一个多礼拜了，还没有来，不知道是不是怀孕了，我明天请假去煤城医院检查一下。"

　　放下电话，卢阳心里惶恐起来，自己也没有了主意，神色慌张地在办公室里转圈圈。他拿起香烟，一根接一根地抽着，想着以后该怎么办？谷鸽真的怀孕了，她一个人怎么办？打掉孩子，太可惜了，本来他们就没有孩子，不打掉孩子吧，自己又该怎么办？

　　想来想去，卢阳还是希望她没有怀孕，这样大家都能清净一点。

　　第二天早晨，谷鸽从医院检查后，直接来到了卢阳的办公室，把检查结果放在他的桌子上。卢阳一看结果，两腿有点发软，坐在凳子上，望着低头叹息的谷鸽。两人面面相觑，谷鸽却用期待的目光看着他，她是一个女人，遇到这样大的事情，多么希望卢阳能有个主意啊。

　　"你，你打算怎么办？"卢阳已经六神无主，惶恐地看着谷鸽。

　　谷鸽想了想说："孩子，我要生下来。"

　　卢阳惊讶地啊了一声，心想，纸里是包不住火的，孩子要是生下来，自己是孩子生身父亲的秘密一定瞒不住。要是大家知道了，田菲肯定要和自己离婚，以田菲的性格和身体，那不就是要了她的命吗？

正在卢阳苦思冥想的时候，谷鸽看着卢阳惶恐和左右为难的样子，想了想，坚定地说："卢阳，错是我们两人犯的，以前是大个子身体有问题，所以我和你在一起的时候忽略了自己的身体是正常的事实，我这才怀孕了。不过，你不要担心，我不会缠着你的，我想好办法了。"

"什么办法？"卢阳站起身来，给谷鸽杯子里加了点热水，他急切地想知道谷鸽心里的答案。

"我明天就回家，我要和老八结婚，大个子毁了老八的一生，我要替他去赎罪，孩子的事情也就好说了，你看如何？"谷鸽说完，喝了口水，用期待的目光看着卢阳。

"那不行，老八是残疾人，这样不是毁了你自己吗？不行、不行。"卢阳在办公室里转着圈，坚决地反对。谷鸽看了卢阳一眼，接着说："我现在怀了你的孩子，找一个正常的人能要我吗？能对你的孩子好吗？你考虑过没有啊？"

卢阳无语了，他也没有了主意，也许谷鸽这样的做法是最好的办法了。谷鸽又说："我回去就给老八哥说清楚，我要这个孩子，让他当这个孩子的父亲，老八哥会答应的。"

"那你决定了？"

"决定了，我明天就回家。"

"哦，那我们两个中午一起吃顿饭吧。"

"好的，吃完饭我去看看田菲，下午就回老家，我已经办理好了请假手续。"谷鸽说完低下了头，眼泪流了出来。

卢阳走过来，反锁了办公室的门，拉起谷鸽，紧紧地将她抱在怀里。他不能给谷鸽一个名分，也不能给孩子一个家庭，谷鸽是善良的女人，她理解他，替他担起了一切。他抱在怀里的女人，也许是他今生的福分，但却没有福气去拥有她，他闭上眼睛，紧紧地抱住她不想松手。

吃饭的时候，卢阳告诉谷鸽，两人是酒后发生的关系，担心孩子将来的健康，谷鸽回答说："大夫检查后说了，一切指标都正常，你喝酒了，说不定还会生出一个英雄好汉。"

卢阳听了，苦笑了一下，给谷鸽的碗里夹了几块肉说："以后吃好点，不要亏待了自己，也是为了孩子，我得谢谢你。"

谷鸽笑了笑说："我们都没有孩子，将来老了怎么办？这个孩子我一定会生下来，而且一定要培养成人，所以，从今往后，我们正常交往，不要再提这个事情了，天知地知，你知我知，等我和老八结了婚，你来喝喜酒就是。"

卢阳心里五味杂陈，一会儿难受得想哭，一会儿高兴得想笑。难受的是有了自己的亲骨肉，却让别人去养，让谷鸽一人遭罪，高兴的事情是自己今生有了后代，不至于孤独终老。

吃完饭，谷鸽要去看望一下田菲，卢阳站在原地，看着谷鸽走远。望着她渐渐远去的背影，他鼻子发酸，喉头发哽，眼眶里涌出热泪，渐渐模糊了视线。

三十五

谷鸽回到山东庄，还没有进村，就看到母亲正在田地里栽红薯苗，就过去帮母亲干活。母亲见她回来了，竟然好奇地问她："谷鸽，现在又不是什么节假日，你咋回来了？"

谷鸽笑了笑说："女儿想你了，就不能回来看看你吗？"

"我才不信，你想吃什么，回去妈给你做好吃的。"母亲一边说着，一边浇水栽苗子。

干完了地里的活，二人一起回到了家里。母亲动手给女儿做臊子面，饭刚端上桌子，谷鸽闻见臊子面的辣香，突然间，胃里一阵翻腾，恶心得不行，赶紧圪蹴在羊圈里，哇哇地呕吐起来。刚回到饭桌前，还没有吃一筷子面，她又是恶心得反胃，跑了出去。

他母亲觉得不对劲，就问谷鸽："你到底咋了？"

"妈，我怀孕了。"谷鸽一边洗手一边说。

母亲听完，睁大眼睛问道："谁的？咋回事，没有听说你再找人嘛！咋怀上了？"

谷鸽也不想隐瞒母亲，就说："妈，是田菲老公卢阳的。"母亲一听，筷子一摔，气呼呼地说："你这娃咋会这样，偷情偷到自己人的老公身上了，农村人说的话，这叫不要脸啊！"母亲气呼呼地喝了一口面汤接着说："田菲和你关系那么好，你们俩从小亲如姊妹，田菲没有了女子，何况还在病中，你这样做，以后咋面对人家娃啊？我的瓜女子啊！"

谷鸽示意母亲声音小点，怕父亲听见了她更加为难。母亲气呼呼地看了她一眼，用手指在她的额头上狠狠地戳了几下，牙齿咬得咯嘣响。

谷鸽哭了起来，悄悄地告诉母亲，自己伺候田菲的时候，在她家里住的，结果卢阳那天晚上喝多酒回家，把自己当成了田菲，发生了不该发生的事情，谁知道就那一次，自己就怀上了。

"丢人死了，丢人死了，要是让山东庄的人都知道了，我们娘俩的脸面往哪放啊，这到底咋办吗？唉！"

谷鸽没有办法，说了自己的想法，这次她回来就是为了这事，母亲也没有办法，只能说："那你去和老八商量下，看人家愿意不？更何况你怀了孩子。"

谷鸽说："他能不愿意吗？如果真的不愿意，我就嫁给哑巴哥，反正铁定心了，重要的是我想当妈，我不能到老了没有个孩子啊，妈妈。"

母亲无奈地摇摇头，又狠狠地在她的额头上戳了一下，气呼呼地转身走了。

吃完饭，谷鸽来到了老八的小卖部，坐了一会儿，看着老八说："老八哥，我有个事情想让你帮忙，看你答应不？"

"什么事情你说，只要哥能办到。"老八斩钉截铁地说。

没有想到谷鸽扑通一声跪倒在他的面前，仰头看着他说："我们结婚吧，老八哥。"

"啊，谷鸽，你这不是开玩笑吗？你哥可是个残疾人，废人一个，找我结婚，那不行，这害了你啊！"老八着急了，赶紧去扶谷鸽。

谷鸽落泪了，看着老八说："老八哥，我是认真的，我是让你救救我啊。"

"为啥？"老八丈二和尚摸不着头脑，急切想知道答案。谷鸽把自己的处境和想法给老八全说了，老八听完，拍拍脑门说："谷鸽啊，你只要不嫌弃哥，我答应你，为了你肚子中的孩子，我愿意帮助你。"

谷鸽听完，心里释然了，她站起身来，扑在老八的怀里，紧紧地抱住老八，哭出了声，一边哭一边说："谢谢哥，谢谢哥，这也算我替大个子给你这辈子还债吧。"

谷鸽和老八在山东庄办了简单的婚礼后，带着老八回到了石凹煤矿，将小卖部交给了哑巴代为管理。

回到矿上后，她和老八摆了一桌饭，请了科室的几位同事，也叫了大个子的师傅，包括劳动教养回来的小四川等。虽然小四川欺负了自己，但一定要让他知道自己有了丈夫，以后让他也好自为之。饭桌上，她告诉大家她与山东庄的老八哥结了婚，主要是替大个子赎罪，余生好好地照顾老八哥。

小四川却怎么也想不通，就低声地给师傅说："师傅，谷鸽那么漂亮，矿上单身汉多的是，她咋找了一个残疾人过日子？这对她来说，太亏欠自己了吧。"

师傅喝了几杯酒后，红着脸对小四川说："这你就不懂了，文化人追求爱情，明白不？"小四川听完又看了一眼谷鸽白里透红的皮肤，微微挺起的胸脯，摇摇头心里直犯嘀咕，大个子都是癞蛤蟆吃了天鹅肉，那这老八算是什么吃了什么，自己都没法比喻了，简直就是鲜花插在牛粪上了，唉，可惜了。

酒席散后，谷鸽推着老八回到家里，帮他洗了澡，替他换上了一身干净的睡衣。抱起老八躺在干净的床上，伏在老八的怀里，抚摸着老八的残腿，心里却想起了卢阳，不知是恨他还是要感激他，也不知道该怎么样去想这件事情，去理解怀孕的结果。总之，是卢阳让他这辈子做了母亲，现在和老八结了婚，她倒不怨恨卢阳了。

老八见她不说话，想把谷鸽抱在怀里，手刚放在谷鸽的脊背上，又不好意思地拿了回来。谷鸽看着老八说："老八哥，我们已经是夫妻了，你也别不好意思，你想怎么样我都答应你的。"说完，他把老八的手放在自己的身上说："老八哥，你想摸就摸吧，从今天开始，我就是你的老婆了。"

老八四十多岁的人了，从来没有挨过女人的身子，也没有见过女人的身子，自己重度残疾，腰椎以下没有任何感觉，谷鸽这么漂亮的女人躺在自己的怀里，也是老天对自己的眷顾了。他心里一阵激动，心口咚咚地直跳。

谷鸽看见老八羞怯的样子，自己坐了起来，脱光了衣服，光溜溜地躺在那里。她光滑如胭脂般的皮肤，白皙细腻，看得老八眼睛都直了。

他小心地抚摸着她的乳房，又抚摸着她白皙细腻的腹部，谷鸽伏在老八的胸前，闭上眼睛，任凭老八抚慰，两行热泪顺着脸颊慢慢地流淌了下来。

第二天早晨，谷鸽还在迷迷糊糊地酣睡，老八坐着轮椅进来叫醒了她。他冲好了奶粉，又蒸了一碗鸡蛋糕让她吃。第一次吃着老八做的早餐，谷鸽心里觉得热乎乎地舒坦，自己给不了老八什么，老八也给不了自己什么，搭伙过日子，生下这个孩子，也就是自己今生的希望了。

她微笑着说："谢谢你，老八哥。"

老八傻乎乎地笑了笑，只说了一句话："趁热吃吧。"

第三天，卢阳来矿上检查，特意来到了谷鸽家。老八见卢阳来了，就告诉谷鸽，自己去买点卤肉，中午和卢阳喝点酒，说完，摇着轮椅出了门。

卢阳问谷鸽："我知道你和老八结婚了，来看看你，你告诉老八我们的事情了？"

"没有，我说的是别人，你放心吧。"谷鸽说完，转身去给卢阳倒水。卢阳从后面一把抱住谷鸽，用手轻轻地抚摸了一下她的腹部。当卢阳的手轻触到谷鸽腹部的时候，谷鸽闭上眼睛，眼泪不由自主地流了下来，她慢慢地转过身来，泪眼迷蒙地看着卢阳。自己肚子中的孩子是卢阳的，卢阳是孩子的亲生父亲，就是自己不想搭理他，但孩子是感情的纽带，自己的理性完全左右不了自己的动作。她看着卢阳，伏在他的怀里，泪如泉涌。

卢阳俯下身子，亲吻了谷鸽，她没有拒绝卢阳的冲动。卢阳眼含热泪，深情地看了谷鸽一眼，又在她的额头上轻吻了一下，然后拍拍她的肩膀，从怀里掏出五百元钱递给谷鸽。谷鸽死活不要，卢阳放在茶几上说："注意身体和营养，饭我就不吃了，矿上领导已经安排了，等老八回来告诉他一声，我走了。"说完，他转身又紧紧地拥抱了谷鸽一下，回头又看了她一眼，依依不舍地出了门。

谷鸽送卢阳到大门口，倚着门框看着卢阳渐渐地远去，热泪盈眶，其实，她多么希望卢阳能多陪伴自己一会儿啊。

过了一会儿，等老八买了卤肉回来，谷鸽告诉老八："卢阳是来检查的，矿上安排的有饭，他不去吃饭也有点不合适的，我们两个吃吧，你自己倒点酒，自斟自饮吧。"

老八哦了一声，接着说："那倒是，吃公家饭的人不比我一个老农民自由自在。"说完，谷鸽把他推进了门，切好卤肉后，老八给谷鸽夹了两块瘦肉，往自己茶杯里倒满酒，自斟自饮起来。谷鸽看着老八，嘴里咀嚼着卤肉，怎么也吃不出卤肉的香味。此时，她心里难受，嘴里也不知道是什么滋味。

田菲知道了谷鸽怀孕的消息后，就好奇地问卢阳："卢阳，老八一个残疾人，坐在轮椅上的人，怎么能使谷鸽怀孕？我咋就想不通。"

卢阳听田菲这样一问，突然间觉得脊背后面冷汗直流，想了想说："老八虽然残疾了，不一定身体全残疾啊，这个问题你去问问谷鸽，不就知道了。"

"看你说的，我能去问谷鸽这个吗？怀上就怀上吧，谷鸽与大个子也没有个后代，有个孩子以后也好照顾她啊。"田菲说完，心里又想起了女儿卢薇，低下头哀叹了一声后，再也不想多说一句话。

卢阳敏锐地感觉到田菲的心理变化，就示意她躺沙发上，把她的腿脚放在自己大腿面上，轻轻地揉捏起来。田菲闭上眼睛看似享受的样子，心里却总觉得谷鸽怀孕的事情有点蹊跷。卢阳心不在焉地给田菲捏着脚，而心早已经飞到了谷鸽那里。他牵挂着谷鸽和自己的亲骨肉，想着昨天见谷鸽的情景，脑子里一遍又一遍回味着拥抱、亲吻谷鸽的一幕。他回头看看已经睡意袭来的田菲苍白而疲惫的面容，又觉得很心酸，矛盾的心理让他左右为难。

早晨，老八摇着轮椅来到了菜市场，今天他要杀只老母鸡，买点党参、香菇炖上，给谷鸽好好补一补，谷鸽最近饭量大增，人也看着精神了许多。

他将一切采买好，快要走出菜市场的时候，听到了后面几个卖菜的女人在议论他："这瘫子还能让老婆怀上娃，不简单啊。"另一个接着说："那么漂亮的媳妇，可要看好啊，可他咋能看住呢？不好说。"

老八听到了，停在菜市场门口，回头看了看那些议论的人，后面的人都不说话了，他气愤地说："你们咋那么多事呢！我就是身残人不残，不信你们谁想试一试？"老八看到后面人都只顾忙自己的生意了，就说了句，"毛病！真是狗拿耗子多管闲事！"他吐了口唾沫，摇着轮椅回家了。

看着老八走了，几个卖菜的女人面面相觑，继而又哈哈大笑起来。

老八心情不爽地回到家里，炖上鸡后，拄着双拐来到门外，抬头看着深蓝的天空。一朵洁白的云彩向远方飘去，他想哑巴了，要是在山东庄，唯一能安慰他的人就是哑巴了，憨厚的哥们儿只要坐在他的面前，喝上几杯烧酒，一切都会被他抛到九霄云外的。

他想哑巴了，真想对哑巴说："哥现在这个角色不好当啊，做人难啊，哑巴老弟啊，你知道不？唉！"他自言自语地说完，又抬头看看远处漫山遍野五颜六色的秋叶，长长地叹息了一声后，点上一根烟，闭上眼睛想心事，只顾低头抽烟。

三十六

山东庄，秋日的阳光普照大地，秋收已经结束，冬小麦已经播种完毕。下种早的庄稼地里，绿油油的麦苗已经长出地面，露珠点点地挂在翠绿的叶子上，在金色的晨光照耀下，闪闪发光。

哑巴独自一人来到田间地头，自从老八走后，他整日忙碌在田地里，田菲家的、老八家的，还有自己家的土地，都是他一个人忙活。清晨，他扛着耙子，把四周的地垄刨好，就坐在田间地头休息会儿，卷上一支旱烟，吞云吐雾地抽起来。

邻村的神经病来了，站在他的旁边，伸手跟他要烟抽。哑巴看了他一眼，随即掏出烟布袋放在地上，递给他一片纸。神经病熟练地卷好一支烟，对上火后猛吸几口，然后从两只鼻孔里喷出浓浓的烟雾，一副陶醉的样子，倒把哑巴惹笑了，神经病看哑巴笑了，自己也高兴地大笑起来。

神经病其实是个文化人，也是山东庄里为数不多读到高中的人。他接连高考了五年都没有考上大学，主要还是英语成绩太差，最后一次高考落榜后，听见村上的妇女们在他背后指指点点，回到家又挨了哥哥的一顿臭骂。他号叫着跑到水库边，大哭小叫地折腾一会儿后，不想活了，扑通一声跳进水库里。可因为他会游泳，怎么扑腾也淹不死，于是又跳进井里，还是没有被淹死，到最后就变得疯疯癫癫，欺老打小。他尤其喜欢欺负女人，只要看见漂亮的小媳妇或者风韵犹存的少妇，他都敢压倒在地上摸上几把，然后高兴地跳着、蹦着跑远了。时间长了，小孩妇女见了他都得绕着走，在人们的嘴里，他渐渐地成了远近闻名的花痴神经病了。

两人抽了几根烟后，神经病拉着哑巴要去他的家。父母早亡后，哥哥和嫂子另外要了一院庄子，盖好房子后搬了出去，父母留下的宅子自然留给了神经病。

哑巴回到小卖部，拿了瓶西凤酒、两包花生米后，跟着神经病来到了他的家。进门时哑巴却发现他家的墙面上贴了不少毛笔写的大字，哑巴虽然不识字，但他知道这是毛笔写的大字。

神经病看着哑巴对自己写的大字很感兴趣，就看着哑巴说："哑巴，这是我写的书法，这是'理想'二字，这是'腾飞'二字。腾飞，知道吗，我的理想就想飞到月球上去，找嫦娥去，嫦娥太可怜了啊，一个人待在那么大的月球上，种地都没有人帮忙，我要去，我要去的。"

哑巴听不到他在说什么，他说他的，哑巴只管打开辣酒，拆开一包五香花生米倒在桌子上，拿过神经病家里的茶碗，倒上白酒。两个人傻笑着，痛痛快快地喝起来。

刚刚喝了几杯，神经病就满脸通红、豪气冲天地拉着哑巴来到书桌旁，挽起袖子，拿起毛笔潇洒地写起大字来。神经病写完，看着"嫦娥""月亮"四个大字哈哈大笑，继而大叫："我要上月亮，找嫦娥去，来，哑巴，和我干一杯，让我飘然而去。"

喝完半瓶酒后，神经病不喝了，突然号啕大哭起来。他放下酒杯，跑进屋子里，抱出来一大堆书扔到地上，满嘴喷沫地号叫着："我要这些语文、历史、地理、英语书有啥用处啊，高考啊高考，把我害了，我要烧了这些书，无用的东西。"说完，他拿起火柴，在院子的天井里点着了所有的书籍，一会儿工夫，浓浓的烟雾就从他家的院子飘向天空。

火在燃烧，两人一边看着，一边喝着，神经病一会儿哭，一会儿闹，一会儿又是写大字，哑巴喝着酒，看着神经病又是跳又是闹的，自己倒乐得开心大笑起来。

两人折腾够了，就倒在土炕上呼呼大睡。日落西山的时候，哑巴先醒了，转身走进神经病家的厨房。他看到地上一堆红薯，就洗净几个蒸在锅里，然后帮助神经病清理了还没有燃尽的书籍，擦洗了桌子上的墨汁，泡了壶茶，一个人静静地坐在院子里抽烟喝茶。

直到红薯熟了，香味传来，哑巴才把神经病叫起来。吃完红薯后，哑巴看着满墙贴的毛笔字，对神经病竖起大拇指，笑了笑，拍了拍他的肩膀就出了门，他要赶快回去照看老八的小卖部。

谁知哑巴前脚刚走，神经病转身进门看见还没有喝完的西凤酒，咕咚咕咚地全灌进了肚子。不一会儿神经病浑身开始发热，他脱掉上衣，光着膀子撕扯满墙贴的毛笔字，将撕下来的纸抱到墙角处。他知道那里有一窝黄蜂，点燃纸后，大火烧得黄蜂嗡嗡地飞舞，满院子追着神经病蜇。

神经病却手舞足蹈地唱着："翻身农奴把歌唱，嘿，把歌唱。"黄蜂蜇得他忘记了疼痛，他不是唱就是跳地自得其乐。

神经病的哥哥听说这件事，赶快跑过来一看，只见弟弟光着身子，又抱起一捆玉米秸秆扔进火堆，大火顺着土墙噼噼啪啪地燃烧，烈焰腾腾地卷起黑灰飘向远方。

哥哥赶紧把弟弟从火堆旁拉过来，弟弟却哭叫着要往火堆里跳，哥哥紧紧抱住弟弟说："弟啊，不要闹了，再烧房子就着了，你晚上往哪睡呢？"

弟弟胡言乱语地吼叫，哥哥实在没有办法，看着可怜的弟弟疯狂的举动，实在没有办法管他了，上前就给了他两个嘴巴，打得弟弟一屁股坐在地上，捂住自己的脸呜呜地哭起来。

哥哥慢慢地蹲下身子，把弟弟揽在怀里，眼眶里瞬间涌满了泪水。自从父母双亡后，他本指望着能把弟弟供着考上大学，自己日后还能享受弟弟的福，谁知道弟弟五年高考都名落孙山，急火攻心后变成了现在疯疯癫癫的样子，没少给附近的村子惹事，唉，这也许就是一个人的命吧。

神经病身子上到处都是黄蜂蜇的肿块，哥哥将他扶进屋子后，剥了几头蒜捣成糊状，一边给神经病身子上涂抹着，一边流着眼泪不住地摇头叹息。

哥哥知道弟弟是和哑巴喝的酒，也没有办法去找哑巴算账，一对苦命的人遇到了一起，自己又能怎么样啊。灭了火后，让儿子回家给弟弟端了一碗臊子面，一直看着弟弟吃饱，去炕上躺下休息了，才闭上门回了家。

煤城，卢阳吃过早饭后，借了朋友的轿车，开到石凹煤矿一处僻静的地方，下车来到传达室，给谷鸽打了个电话。谷鸽忙完工作后，在一棵大树下看到了卢阳开的桑塔纳轿车，卢阳让谷鸽坐到后排，看四周无人，也坐进了后排。

他一上车就搂住谷鸽，深情地亲吻起她来，过了一会儿他松开谷鸽，从钱包里拿出一沓钱交给谷鸽："我给你点营养费，你把咱的孩子一定养好，我这辈子的希望就在你和孩子的身上了，你要保重好自己，明白吗？"

"我不要你的钱，我有钱。"谷鸽坚决不要，但卢阳硬是把钱塞到了她的大衣兜里。卢阳这次把谷鸽揽在怀里，先是抚摸着她温热的脸蛋，接着又轻轻地抚摸着她渐渐隆起的小腹。重新做父亲的兴奋一下子让卢阳心里愉悦起来，不由得抱住谷鸽亲吻起来。

突然，谷鸽发现老八在不远处摇着轮椅，腿上放着一包蔬菜，渐渐地远去，就给卢阳轻声地说："你看，那不是老八嘛！估计是去菜市场买菜回来了。"

卢阳透过玻璃往远处看去，看到了老八匆忙离去的背影，回过头给谷鸽说："真是一位好老兄啊，我也不知道该怎么样去好好地感谢他啊。"

谷鸽想想说："要想好好地感谢老八，我还是希望你今后少来找我，见了面你不是亲就是抱的，将来让田菲和老八知道了，我该怎么样做人啊，想一想我都觉得害怕。"

卢阳听完，没有说话，他望着车窗外，心里错综复杂，也不知道该怎么样去回答谷鸽说的话。谷鸽见他不高兴的样子，规劝卢阳："卢阳，我知道你喜欢我，也爱孩子，但我们这样毕竟不好，长此以往，会出事的，要想人不知，除非己莫为啊，你明白吗？"

卢阳转过身紧紧地抱了一下谷鸽说："我知道了，你去上班吧，自己保重。"

谷鸽下了车，向着办公楼的方向走去，临近大门的时候，回头看了一眼远处的小车，才转身走进了大门。卢阳伏在靠背上，想着这几年发生的一切，竟然抽泣起来，他压抑着自己的情绪，不敢放声大哭。

回到煤城，还了朋友的车后，他没有回办公室，而是直接去了餐馆，要了一荤一素两个凉菜，半斤辣酒，自己一边喝一边想着心事，虽然他心里放心不下谷鸽和即将出生的孩子，但谷鸽说的话还是一遍又一遍地在他耳边回响。为了谷鸽，为了田菲，也是为了自己的前程，谷鸽说的话是有道理的，他今后只有少打扰谷鸽的正常生活，也许一切才会平安无事。

回到家里，卢阳休息了一会儿，睡醒后看看时间，赶快去准备晚饭。田菲回来了，说自己去看了陈经理，卢阳就问："听说陈经理退休了，一切都好吗？"

田菲边洗手边说："陈伯伯刚从领导岗位上退下来，情绪不太稳定，一个人整天孤独地窝在屋子里，不是喝酒就是唉声叹气，一个人也不下楼转，就怕看见熟人。"

卢阳听了笑着说："当领导时间长了，刚退下来，都有个适应过程，过上一段时间就好了，你不用太担心他。"

"我开导他了，没想到他反而开导起我了，让我心静下来，承认事实，保护好身体，身体恢复好了早日去上班。"

"哦，哪天我们俩去看看陈经理吧，请他吃顿饭，和他聊聊。你想，上班的时候，单位那么多人陪着，有大量的工作需要忙碌，突然闲下来，孩子又不在身边，长期孤独也很可怕，会让人受不了的。"卢阳一边端菜，一边说着。

吃过晚饭后，卢阳陪着田菲来到河边，沿着河堤走了好长的一段路。河边有几棵高大的银杏树，金黄的叶子落下，铺满了一地，田菲捡拾了一片金黄的叶子，看了一会儿后说："卢阳，看着手里的银杏叶，我想起了校园操场的长排椅，那片落在我身上的梧桐树叶，让我遇到了你，这是天意吗？"

"是天意，我相信。"卢阳说完，捧起不少银杏树叶，走到河堤边，高高地抛起，看着一片片金黄的树叶犹如蝴蝶翩翩起舞，纷纷落入水面上，飘向远方。但此时，卢阳却想起了谷鸽，她为了自己的孩子，失去了太多，忍受了多少难熬的日日夜夜啊！想到这里，他叹息一声，点上一根烟，俯在河堤边的栏杆上，抽着烟，烟雾随风飘逝。

田菲敏锐地感觉到卢阳有什么心事了，就过来问道："卢阳，你想什么呢？"

卢阳想了想回答道："我在想，时间过得太快了，我们从认识到现在，一晃十几年过去了，岁月犹如这滔滔的流水，一去永不复返了。"

田菲听了，靠在卢阳的身边，望着河水，却想起了女儿，每次只要想起女儿，她就想哭，今天，她强忍住自己悲伤的情绪，让眼泪在眼眶里打转转，也没有掉落下一滴。

最近，卢阳一直被矛盾的心理折磨着，为了不让田菲看出自己的心理变化，他拉起田菲的手，沿着河堤，心事重重地继续向前走去。

三十七

天色渐晚，秋风带着丝丝的凉意迎面吹来，田菲挎着卢阳的胳膊继续沿着河堤的道路，慢慢地往家的方向走去。

刚刚拐过一个弯，她就看见一个高大的身影手扶栏杆，静静地注视着河道里潺潺的流水。走近一看，竟然是陈经理，田菲赶忙走过去说："陈伯伯，天气这么冷了，你怎么这个时候还在河边啊？何况河边风也大，快回去吧。"

陈经理一看是田菲和卢阳，低声地说："唉，我一个人待在屋里憋得慌，出来转转透透气。"

田菲摸摸陈伯伯的胳膊，觉得他穿的有点薄了，就说："陈伯伯，现在早晚都冷了，你要穿暖和一点，以防着凉啊。"

"没事，我身体很好，趁着夜色出来转转，也锻炼锻炼身体。"说完，他活动了几下胳膊和腿脚。

卢阳听了觉得有点不理解，就说："陈伯伯，你这个年龄了，应该中午出来，等天气暖和了出来锻炼才好。"

陈经理笑笑说："卢阳啊，你也是中层领导，等你退休或者离岗了，也会和我有一样的心理，就是怕见单位的同事啊。你想一想，当了多年的领导，能不得罪些人吗？好了见你打个招呼，不好了见你吐一口唾沫的人大有人在，唉，人是高级动物，有时真的捉摸不透。所以，我也怕见人，晚上清净，熟人少，出来转转心情也好。"

卢阳听罢，还是觉得陈伯伯心理上有问题，一个人在位几十年，免不了要得罪人。常言道，九次好一次不好，就把人得罪了。但年龄大了，早晚寒气袭人，对身体还是不好的，想到这里，他说："陈伯伯，晚上天冷，我们去喝几杯怎么样？暖和一下身子。"田菲也邀请道："陈伯伯，好长时间也没有请你吃饭了，我们去美食城吃饭，走吧，陈伯伯。"说完田菲揽上陈经理的胳膊慢慢地走上台阶，离开了河堤边。

三人来到美食城，在一家羊肉泡馍馆坐了下来，点了两个凉菜，要了一瓶辣酒，陈经理对服务员说："女子，我的胃不太好，你去把酒给我们温一下再拿来，我喜欢喝温酒。"陈经理又看着卢阳说："卢阳，天凉了，要想喝酒最好用开水温一下，对胃好。过去我经常去南方出差，南方人吃饭的习惯是先喝汤再吃饭喝酒，所以南方人得胃病的少，我们北方人的饮食习惯也得改改。"

"哦，我没有研究过，看来陈伯伯对饮食还颇有研究，是个美食家。"卢阳边倒茶边说。田菲也说："陈伯伯只要身体好，孩子也就少操心，才能专注自己的事业啊。"

陈经理一听田菲说到孩子，脸色立马阴沉了下来，叹息一声后，慢慢地说："唉，我都后悔让孩子出国了，我们这个年纪了，谁不希望儿孙绕膝，颐养天年啊，人家还是什么丁克家族，不要孩子，你说这对吗？"

卢阳听罢，再看看陈经理的眼眶湿润了，就劝解他："陈伯伯，现在的年轻人有自己的想法，尤其是以事业为重的年轻人，人家提倡晚婚晚育的，不可能不要孩子，你不要多想就是了，来，我们喝酒。"

田菲听罢，心情沉重起来。只要提起孩子，她就会想起卢薇，儿时的卢薇活泼可爱，长大了听话懂事，学习成绩也好，站在自己面前，活脱脱一个漂亮的小姑娘。但老天爷不睁眼，让她的女儿早早夭折，割掉了自己的心头肉，她想起来就伤心。为了不影响陈经理的情绪，田菲不愿表露自己的思想，起身给陈经理的茶杯里添了一点热水。

吃饭的时候，陈经理还是担心田菲的身体，关切地说："田菲啊，你还是要注意自己的身体啊，卢阳，在生活中要多关心田菲的身体，工作嘛过得去就行，这是我退休后的感悟，对家人好点才对。等你到了我现在的年龄，你就会明白的。"

卢阳听完点点头，但脸色一下子就红了。只是正在喝酒，大家也看不出他的情绪变化。他明白自己所做的亏心事，是对家庭的背叛，是对田菲的不公，自己心里犹如刀割般的难受，但世界上没有卖后悔药的，一切只能顺其自然了。

陈经理喝酒的时候，看着田菲说："田菲啊，自从你来到单位的那天起，我就觉得你是个心地善良的孩子。你陈阿姨在世的时候，老在我的面前说，我们要是再有一个像田菲那样的女子该多好啊，今天我要当着你俩的面说，田菲以后就是伯伯的干女儿。你弟弟在国外，以后不会回来了，等我百年了，我的一切都是你的。我这个想法也和你弟弟沟通过，他完全同意我的想法，田菲、卢阳，你俩同意吗？"

田菲听陈伯伯这样一说，自己心里觉得温暖如春。对着这样一个孤独的老人，自己所做的一切也都是为了感恩，没有想到陈伯伯这么看重自己，她端起酒杯郑重地给陈伯伯敬了杯酒，眼含热泪地说："陈伯伯，我没有了父亲，您今后就是我的父亲，弟弟不在您身边，我和卢阳一定会把您照顾好的，以后叫您陈爸爸。"

三人共同碰了杯酒后，陈经理看着坐在面前的卢阳和田菲，脸上露出了久违的微笑。

回家的路上，卢阳没话找话说，突然想起了老八，也想起了哑巴，就问田菲："田菲，最近有没有哑巴大哥的消息，哑巴和老八两人都很好，是朴实的农民老大哥的代表啊。"

"是啊，哑巴大哥在家辛苦地给我们种地，自从老八来到煤矿和谷鸽生活在一起后，他在老家的担子就更重了。"田菲边走边说。

自从老八走后，哑巴就和神经病成了好朋友。神经病常常光顾小卖部，只要看到小卖部来了年轻漂亮的姑娘或者丰满的少妇，他就会眼冒绿光，站在门口直勾勾地看着人家远去。但因他害怕身强力壮的哑巴，便不敢轻举妄动。

哑巴看出神经病的心思，就指了指远去的人，又在他的面前举起拳头，恶狠狠地看着他，他就老实了，静静地坐在炕边嗑瓜子。两人吃过午饭后，哑巴锁了门，带着神经病来到一片红薯地，哑巴割藤，神经病挥舞着镬头挖红薯。

劳动的时候，突然间蹿出一只野兔，神经病大吼一声，扔下镬头，就追赶野兔去了，再也没有回来。看着神经病绝尘而去，哑巴笑笑，无奈地摇摇头，自己一个人低头干起活来。

石凹煤矿，谷鸽上班走后，老八摇着轮椅来到离矿区不远的一条河边，看到几个小孩在清冷的河道里翻着溪水中的石头，说说笑笑在抓螃蟹。这时，他想起了儿时的事情。儿时在山东庄的水库里，自己与哑巴、田菲和谷鸽在水库里玩耍，他和哑巴挽起裤腿，在浅水区来回地奔跑，搅浑水后，一条条泥鳅露头呼吸，哑巴手里举起棍子眼尖手快地砸下去，泥鳅泛起肚皮漂浮在水面上，他便抓起来扔进草笼里，一会儿工夫就能抓到几十条泥鳅。回到家里，找个铁钉钉在木凳子上，把泥鳅头部挂在钉子上，划开泥鳅的肚皮，清洗干净后切成段，再到院子的菜地里摘几个红辣椒，放进油锅里一起爆炒，那种又香又辣的感觉，现在想起来嘴角都会流口水。

他压根也没有想到会和谷鸽是这样的结果，自己是一个残疾人，从来没有想过会和谷鸽组成一个家庭。晚上有谷鸽陪着，抱着她温暖的身子，自己也是幸福的。虽然，跟随谷鸽来到了矿上后总会听到各种风言风语，他也权当是耳旁风。

办公室里，谷鸽正在绘制图纸，接到了田菲打来的电话。田菲语气温柔地问道："谷鸽，最近身体怎么样啊？怀着孩子，不要太劳累了，该休息的时候一定要休息啊。"

谷鸽回答说："田菲姐，我好着呢，你把自己的身体保重好，你，你现在啥都好吗？我有时间了就来煤城看你。"只要接到田菲的电话，谷鸽就会觉得脑袋发蒙，说话前言不搭后语，心里紧张得要命，脑子里会出现与卢阳缠绵的情景。她唯恐哪一天温柔的田菲姐姐会突然变成咆哮的雄狮，把自己吃了，甚至撕咬得粉身碎骨。

谷鸽正胡思乱想的时候，耳边又传来田菲的声音："谷鸽啊，你现在也不要乱跑了，自己有身子要保护好孩子，等你快生的时候，早早来煤城医院，你男人不方便，我来伺候你，把你和孩子照顾好了，说不定我们老了，还要靠你孩子为我们养老呢，你看怎么样？"

"那一定，那一定的，我们俩谁跟谁啊。"谷鸽嘴上回答着，但心里发虚，脸上渗出了许多汗珠，也不知道该说些什么。

"不过你放心，我和卢阳的钱以后都给你孩子，咋了？咋不说话了？把你吓着啦？我不会让你白养孩子的。呵呵，你忙吧，有事就给我们打电话。"等田菲说完，谷鸽放下电话，心口怦怦直跳，紧张地坐在办公桌前，端起水杯不住地喝水。她岂止是紧张，更是无法面对善良的田菲姐姐，想到这里，她抚摸着自己渐渐隆起的肚子，长叹了好几声。

田菲放下电话，离开单位后直接去了美食城，买了份烤鸭，又要了份扬州炒饭，直接去了陈经理家。等她敲开大门的时候，看到陈伯伯眼眶里泪花点点的，就问："陈伯伯，你又怎么了？伤心了？"

陈经理接了杯水递给田菲，转头看着方桌上老伴的遗像，声音低沉地说："田菲啊，今天是你阿姨的祭日，我给她烧了点纸钱，还有儿子寄来的美元。你说到我这个年龄了，现在要那么多钱干啥啊？我早晨给你取了点钱，孩子，拿去花吧，现在我在这里生活，你就是我唯一的亲人了，你像亲女儿一样地照看我，你弟弟也让我对你好一点，让我转告你一定注意身体，心情放宽点。"说完，拿出一个大信封，递给田菲。

田菲连忙推辞，陈伯伯硬是把信封塞到了田菲的手提包里。田菲回头看着阿姨的遗像，心情沉重地走到方桌前，点上香，然后跪在地上磕了三个头，心里默默地说："陈阿姨，你放心，我一定会照看好陈伯伯的。"陈经理看到田菲买了饭菜，就端到老伴的遗像前说："老伴啊，孩子买了烤鸭，也是你生前爱吃的东西，你尝尝吧，这是孩子的一片心意啊。"说完，他两眼溢满了泪水。

陈经理打开一瓶好酒，给自己倒了一杯，给老伴的遗像前放了一杯，又给田菲倒了一杯。陈经理看着田菲说："田菲啊，我到这个年龄才明白，钱财都是身外之物，人只要健康地活着，每天早晨能看到升起的太阳，这就是最简单的幸福。别人到了我这个年龄大多儿孙绕膝，颐养天年，可我，唉，不说了，现在有你陪着，伯伯就高兴和满足了。来，我们父女俩喝一杯，伯伯谢谢你和卢阳。"

田菲从来不喝酒，每次陈伯伯碰杯，她就抿一点，只要陈伯伯心里高兴，自己的陪伴和关心，能赶走他生活中的寂寞和孤独她也高兴。

最后，陈伯伯有点喝多了，田菲安排好陈伯伯回屋休息后，洗涮了碗筷，转身来到陈阿姨的遗像前，又续上三炷香后，默默地注视了一会儿，然后轻轻地带上门，离开了陈伯伯的家。

初冬下了一场小雪，山东庄绿油油的麦田，披上了薄薄的一层霜雪。神经病早早起床，热了两个红薯吃了就去找哑巴玩。凛冽的寒风中，他戴上狗皮帽子，裹紧棉袄，两手抄在袖筒里，连蹦带跳地来到老八的小卖部门前。看见还没有开门，他就知道哑巴还在睡懒觉，便把门闩摇得当当脆响，但不见哑巴来开门。

神经病急了，推开一道门缝，隐约看到哑巴趴在冰冷的地面上，门缝里透出一股呛人的烟味。他慌了神，大喊："救人了，救人了。"边喊边抬起门扇，取下了一扇门就进了屋子。他急急忙忙扑到哑巴身旁，抱起哑巴大喊："哑巴，哑巴！"他边喊边狠狠地掐哑巴的人中。

邻居听到喊声纷纷跑了过来，一看屋子里满是呛人的烟味，便知道哑巴是煤烟中毒了，赶紧说："快，把哑巴往乡镇医院送。"神经病一听，背起哑巴，放在架子车上，拉上车子就往医院奔去，几个邻居一路小跑地跟在后面。

经过大夫的全力抢救，哑巴清醒了，不停地敲打自己的脑袋。他感到头晕头疼。神经病一看哑巴清醒了，扑上去抱住哑巴哇哇地大哭起来，满脸的汗水蹭在了哑巴苍白的脸上。

挂了两天吊针后，哑巴出院了，神经病用架子车把他拉了回来。他上到房顶一看，烟道被鸟窝堵了。估计老八这几年也没有让人检查过土炕的烟道，结果哑巴生火取暖，煤烟中毒后差点丢了性命。

从此以后，哑巴不再嫌弃神经病了，村上的人都知道是神经病救了哑巴的命，都对神经病改变了看法，也有人遗憾地说："唉，娃念了一肚子的书，没有考上大学，落得了这样的下场，也怪可怜的。"

从此以后，哑巴和神经病成了形影不离的好伙伴，他搬来铺盖与哑巴住在小卖部里。地里有农活了，神经病总是抢着去干，也给哑巴减轻了劳动的负担。

三十八

五月的煤城，早晚凉爽，空气清新，周六的早晨，谷鸽住进医院，第二天就临盆了，一个健康的男孩呱呱坠地。

谷鸽母亲看着粉嘟嘟的小外孙，高兴地说："这孩子将来有福气，生在五六月份，大麦已经入仓，小麦即将收割，有吃有喝的季节，是个福宝宝。"

卢阳知道谷鸽生了，只是没有办法去探视，最后听田菲从煤城医院回来告诉他谷鸽生了个儿子，他心里一阵喜悦，悬在心中的忧虑和牵挂，一下子都落地了。

自从失去女儿卢薇后，他虽然看起来不再伤心，但只要想起女儿，心里还是一阵阵揪心、难受。谷鸽生孩子了，他有了亲生儿子，未来有了依靠，财产也有了继承人，满意的微笑始终挂在他脸上。

吃饭的时候，他把自己想收这个孩子为义子的想法告诉了田菲，田菲听了，也觉得有道理，到了这个年龄，想再生已经是很困难的事情了。这个孩子的到来，给大家带来了希望和喜悦的心情。

卢阳听到田菲同意自己的想法，心里一阵高兴，就拿出一瓶酒，倒了一茶杯，香香地喝了一大口。等他咽下一口辣酒的时候，抬头却看见田菲一脸疑惑地看着他，田菲笑了笑问他："老八生了儿子，你高兴地喝酒，而我心里却高兴不起来，很难受。"

卢阳有点心惊，不知道田菲难受什么，就怯生生地问道："老婆，你难受什么？"

"你高兴什么？"田菲目光如炬地反问他。

卢阳想了想，自己该说些什么才能既不会让田菲多想，也不会让她再受刺激。他脑子飞速旋转，想着对策，突然间来了灵感说："田菲，你看我们现在无依无靠的，这个孩子降生后，我们成了他的干爸和干妈，老了不就有依靠了吗，对不？"

田菲哦了一声，也想到了自己那次打电话给谷鸽说的话。她抬头看看墙上女儿的照片，眼眶顿时湿润了，说："卢阳，你还记得女儿刚出生的情景吗？我今天想到了女儿在襁褓中可爱的样子，所以心里难受啊。"

卢阳明白了，田菲触景生情了，就给她的碗里夹了块肉，声音柔和地说："别多想了，吃饭吧。"看着坐在面前善良而疲惫的田菲，满脸泪痕、可怜兮兮的样子，他刚才高兴的劲儿瞬间被浇了瓢凉水，冷静了下来，心口突然间又压了块大石头，慢慢地沉重起来。

下午，田菲吃了一片安定后，沉沉地睡着了。卢阳上班前拐到了煤城医院，来到谷鸽住院的病房，进门看见谷鸽正疲惫地靠在床头闭目养神，孩子安静地睡在一旁。

谷鸽母亲看见卢阳来了，轻声地和他打了个招呼。谷鸽听见动静后慢慢地睁开眼睛，突然看到卢阳走到床前，先是一惊，继而微笑着望着他。

卢阳慢慢地走到床前，仔细地端详着襁褓中的孩子，想看看他到底像不像自己。卢阳用手轻轻地抚摸了一下孩子细柔的头发，从包里拿出一千元钱，放在孩子的枕头下面，看着谷鸽说："给孩子放点钱，也算是干爸的一点心意。"

听了干爸二字，谷鸽抬头看了他一眼。两人目光再次碰撞的时候，卢阳真想上前紧紧地拥抱一下谷鸽，是她给自己带来了生活的希望和生命的延续，他今生虽然失去了爱女，可谷鸽给他又送来了一个儿子，真是老天不让他卢阳断子绝孙啊。

他欣慰地看着谷鸽，心想，虽然现在还不能相认，但毕竟孩子来到了世上，自己又重新做了爸爸。谷鸽看着卢阳满脸的喜悦，也明白了卢阳的意思，当了孩子的干爸，以后照顾孩子起来就理所当然了。想到这里，她笑着问道："你想当孩子的干爸，孩子的干妈愿意吗？"

卢阳扶了一下眼镜，看着谷鸽说："田菲同意，很乐意当孩子的干妈，只是这个干儿子以后负担就重了，要照看四个老人了。"卢阳说完，脑子里突然间又冒出个想法，轻声地看着谷鸽说："谷鸽，你应该再生一个孩子，不管是儿子还是女子，将来孩子有个帮手啊。"

谷鸽瞪了一眼卢阳，卢阳看见谷鸽变了脸色，嘿嘿地笑着说："和你开个玩笑，呵呵。"说完便再也不敢多说话了。

谷鸽母亲坐在一旁，她早已经知道这个孩子的来历，但卢阳毕竟大小是个领导，今后有他关照，母子二人也吃不了什么亏的。老八是一个残疾人，虽然名义上是孩子的父亲、谷鸽的老公，但他又能给他们母子带来什么幸福呢？

想到这里，谷鸽母亲起身给卢阳倒水，卢阳推辞了，他看了看手表，快到点上班了，转身看着谷鸽母亲说："阿姨，这几天你辛苦了，麻烦你照顾好谷鸽，等出院的时候，我找车送你们回去。"

"我和谷鸽商量好了，出了院先回农村住一段时期，让谷鸽好好休养休养。农村有奶山羊，孩子就是奶水不够吃了，还能补充营养，大人孩子只要每天喝点羊奶，营养好。"听谷鸽母亲说完，卢阳干脆地说："没有问题，阿姨你放心，你们回农村时我找车送你们。"他转身又看看谷鸽说："谷鸽，你好好休息，我上班去了。"

临走的时候，他摸摸孩子可爱的小脸蛋，脸上挂上了灿烂的微笑。

谷鸽听完，点点头，看着卢阳转身出了病房。望着他瘦高的背影，谷鸽慢慢地闭上眼睛，靠在床头有点心乱。她又转身看看躺在身旁的儿子，儿子来到世上，是她压根也没有想到的事情，就和卢阳一次犯错，造成了今天这样的结果，唉，自己难道是因祸得福吗？

自从谷鸽和孩子回到山东庄，转眼三个月过去了，老八的母亲和谷鸽的母亲商量好了，要给孩子过百天，大摆宴席庆贺一下。日子定下来后，老八找来哑巴帮忙，哑巴又叫来神经病，两个人打扫和整理了院子，又借来电管站的大帐篷，把院子整个覆盖了起来，就是天阴下雨也不用担心了。

喜宴前一天早晨，哑巴带着神经病，早早来到谷鸽家里，要杀一头大肥猪。两人先去村上的豆腐坊，抬来一口大铁锅支撑在谷鸽家门口，哑巴挑水，神经病找来柴火，放进锅底噼噼啪啪地燃烧起来。

老八坐在轮椅上，也帮不上什么忙，就用大铁壶泡了壶茶提了过来，倒在缸子里。哑巴和神经病渴了，就咕咚咕咚地喝上几口，又开始忙活起来。

一切准备就绪，哑巴一不留神就看见神经病抽出杀猪刀在那里玩耍起来。他手里举着明晃晃的杀猪刀，一会儿蹦跶，一会儿金鸡独立，扬起刀唱起："临行喝妈一碗酒，浑身是胆雄赳赳……"吓得哑巴大吼一声，上前把刀子夺了过来，将刀装进袋子里后放在屁股下面。哑巴惊得脸色都变了，万一神经病伤了人怎么办？想想都后怕，而神经病正玩到兴头上，被哑巴训斥了一顿，快快不乐地坐在地上，低头喝茶。

休息了一会儿，哑巴用手指了指猪圈里的大肥猪，神经病就兴奋地跳起来，高高兴兴地蹦到猪圈里，拉着大肥猪的后腿就拖了过来。哑巴手提杀猪刀跳进猪圈，两人按住大肥猪，只见哑巴一手攥住猪嘴，一手拿着杀猪刀对准大肥猪的喉咙，一刀就捅了进去。随着大肥猪的嚎叫声，一股浓浓的鲜血喷涌而出。不一会儿工夫大肥猪就断了气。

哑巴先把杀猪刀上的血迹用抹布擦净，小心地放进包里，才与神经病把死猪抬出猪圈，放到滚烫的大铁锅里开始浇水烫毛。不一会儿的工夫，猪毛全部刮净，接着就是上架开膛、处理内脏等，一个小时后，一切处理干净，大肥猪被哑巴大卸八块后送到谷鸽家里，老八早给他们凉好了茶水，两人坐在地上大口地喝起来。

休息了一会儿，神经病比画着给哑巴说，想拜他为师，让他教自己今后杀猪。哑巴明白了他的意思，但哑巴也明白，他是神经病，精神时好时坏的，怎么敢教他杀猪啊，要是神经病犯了，谁惹了他，他人都敢杀，何况猪呢？

哑巴想了想，还是点了点头，但教与不教是自己的事情，只是今后谁再叫自己去杀猪，都把他带上，好赖也是个帮手。神经病一看哑巴答应了，就端着茶水跪在哑巴面前，敬上一杯茶水，哑巴接过茶水一饮而尽，神经病高兴地磕了三个响头，算是认师礼了，惹得老八和哑巴哈哈大笑。

谷鸽母亲抱着猪头走了过来，想把猪头煮熟了，做成下酒菜，让几个人好好吃一顿。神经病腿脚勤快，接过猪头放在一块木板上，拿起斧子乱砍起来。哑巴实在看不下去了，就走了过去，把猪嘴掰开，示意他从耳朵的地方去砍，但他砍了半天也没有砍开，干脆一屁股坐在地上大喘气。

哑巴喝了几口茶，起身走了过去，感觉斧子不锋利了，就拿起一把明亮的馒头，示意神经病坐远点。哑巴两馒头下去，猪头就成了两半，放在脸盆中后，神经病高兴地端到厨房，交给了谷鸽母亲。

老八看见岳母忙前忙后地张罗，就问道："妈，后天的厨师定好没？"

岳母一边忙活一边说："定好了，就是卢花的女婿，一会儿就来了，等肉煮好了，你们边吃边喝酒，听他安排后，再做各项准备。"

厨师是卢花的老公，也就是卢阳的妹夫，听说这个人过去当过兵，在部队炊事班待了几年，做菜做饭在山东庄这边还颇有点名气。

卢花在家招呼两个孩子吃饱饭，恰好老公要去山东庄谷鸽家，便让他顺路带上孩子捎到学校门口。老公推来自行车，捏了捏轮胎，把儿子抱起放在自行车大梁上，骑上车子后待女儿蹦到后座上就使劲蹬着自行车出了村子。

刚到谷鸽家，他就闻见一股肉香飘来，谷鸽母亲看见他来了，就喊道："厨师来了，过来看看我煮的猪头肉味道怎么样？"

卢花老公走了过去，用筷子插了几下，俯下身子闻了闻，就笑着给谷鸽母亲说："大姨，花椒有点少了，肉已经煮好了，调点胡椒粉，味道就可以了。"

谷鸽母亲按照他的说法重新调了一下味道，尝了尝感觉就是不一般。她捞起一大块肉，切好后拌上葱丝、辣椒油、香醋，端了出来。

神经病肚子早就饿了，看见猪头肉端上来，拿起一块肉就塞到嘴里。他还想伸手去拿第二块，被哑巴用筷子敲了一下，就缩回了手。

老八拿出两瓶酒，交给哑巴，哑巴打开瓶盖给四人一人倒了一茶杯，几个人吃着肉，喝着辣酒，商量着后天的事情。

一瓶辣酒喝完，老八有点轻飘飘，顿觉头晕脸红，卢花老公看他不能喝了，就劝说他少喝点，怕他喝多摔着。老八喝了几口酒后，思维也有点乱了，瞪着血红的眼睛，看着坐在面前的卢花老公，想着矿上的风言风语，哀叹了几声后，端起茶杯里剩余的辣酒一饮而尽。

老八瞪着血红的眼睛，看着卢花老公说："兄弟，你来做菜收钱不？"

卢花老公低头想了想，看着老八说："老八哥，象征性收点，两个孩子还要上学，近来我手头也有点紧啊。"

老八听他说完，心里就不高兴了。大家劝他不要喝了，他也听不进去了。想起自己这么多年的遭遇，他哇哇地哭了起来。卢花女婿看到这样的情形，一把抱起老八往小卖部里走去，路上，老八哭着说："你是卢花的老公，也不是外人，我所做的一切都是为了你妻哥啊，你还收钱，应该帮忙还差不多。"

"我妻哥，为什么是为了我妻哥啊？"

老八大声地说："你不知道啊，这个孩子是你，是你妻哥和谷鸽生的啊，我他妈的就是个替罪羊，你知道吗？"老八喝多了，说出了自己的心里话，真是说者无心，但听者有意，神经病提着拐杖跟在后面，听见老八说的话，吐了几下舌头。

听到这里，卢花老公惊讶地叫了一声。走到小卖部门口后，神经病麻利地开了门，大家把老八放到土炕上，看他睡着了，才离开小卖部。

几个人又回到谷鸽家，卢花老公、哑巴、神经病三人把剩余的酒全喝完了。卢花老公转身进了谷鸽家里，从裤兜里掏出二十元钱，放在孩子的枕头旁，说自己第一次见孩子，这是他的一点心意。既然事情是这样的，自己做菜还收什么钱啊。

他出了谷鸽家门，摇摇晃晃地蹬着自行车回到家里，把听到的这个消息第一时间告诉了卢花。卢花听老公这么一说，站在那里愣了半天，过了好一会儿才说："我知道这个事情了，我们要保密啊，我嫂子的身体又不好，要是知道了，我哥就会麻烦了，明白吗？"

老公疑惑地看着卢花，然后点点头，脱了鞋，躺炕上伸伸懒腰，一会儿工夫就睡着了。

煤城，田菲接到陈经理打来电话，说有重要的事情托付，让她来家里一趟。田菲急忙包了鸡蛋韭菜馅的饺子，煮好后拌上点熟油，放进饭盒，匆匆忙忙来到了陈伯伯家。

田菲一进门就奔向厨房，先调制好辣子醋水，与饺子一同放在陈伯伯面前，让伯伯趁热赶紧吃。香喷喷的素馅饺子，陈伯伯一会儿就吃完了，田菲赶紧给伯伯的茶杯里续上开水，看着陈伯伯说："陈伯伯，要是在我家我就给你盛一碗热面汤，喝了那才舒服，原汤化原食嘛。"

陈伯伯吃得满头大汗，擦擦汗水，笑了笑说："女子，你知道什么叫原汤化原食吗？"

"不知道，您知道就给我说说吧。"田菲好奇地看着陈伯伯，经常听家人和别人这样说，但其中的缘由她还真的不知道。

陈伯伯笑了笑后说："原汤化原食是有个传说和典故的，我给你说说，反正我们也是闲谝。传说过去啊，有一个下苦的人最喜欢吃面条，而且多年来就特别喜欢吃一滚面。所谓一滚面，就是面条下到锅里，水滚开就捞起面条。他就喜欢吃那股半生不熟的面味，而且经常在街口一家面馆吃面。刚开始吃饭之前他就反复叮嘱老板，到后来常在这里吃饭，自然就和面馆老板熟悉了。但老板知道，这个人这样吃下去，肯定会积食的，胃一定会出毛病的，就在他吃过面走后，把热面汤装进一个坛子里封好，埋在后院里。可真不出老板的所料，没有过几个月，那人再来面馆的时候，已经是面黄肌瘦，走路一阵风都能吹倒的样子，而且还是在老父亲的搀扶下来吃面的。老板一问他父亲，才知道他最近吃什么吐什么，也不知道得了什么大病，感觉都活不长了。但他还想来这里吃口面，自己就来满足一次他的愿望。

"老板一听，煮好面条后，赶快去后院把埋在地里的面汤挖出

201

来，给他盛了一碗，并告诉他把这碗发酸的汤喝了，他的病就好了。那人将信将疑地把汤喝了，老板就让他把这坛酸汤带回去，连喝五天。结果回去时间不长，那人就胃口大开，饭量大增，身体也逐渐地恢复了健康，精神状况也好多了，高兴地和父亲提着礼品来感谢面馆老板，并好奇地问老板，给他喝的什么偏方，治好了他的胃病。

"老板告诉他，也不是什么偏方，那是他吃过一滚面后的面汤，他爱吃这半生不熟的面条，迟早胃会出现问题的，喝了这面汤，自然就会化食开胃，这就叫'原汤化原食'。这就是民间流传的说法，你没有听过吗？"

田菲听完，高兴地说："没有，看来陈伯伯知识还是挺渊博的，佩服啊佩服。"

陈伯伯高兴地大笑，说："我也是书上看来的，现蒸现卖的啊。"

"书上的东西也不能全信的，你看秦腔《三滴血》上那个糊涂县官晋信书，就是从书上看到的滴血认亲，害了多少人啊。"田菲说完，陈伯伯又高兴地笑了。他看着田菲说："看来你也知识渊博！"

两人说说笑笑中吃完了饭，陈经理看着田菲忙忙碌碌收拾碗筷的身影，心里感觉到挺温暖的，心想，生个儿子有什么用啊，执意留在国外工作，把孩子养大了，不在自己的身边，自己老了留下孤身一人，唉，要不是田菲一天照顾自己，自己连口热饭都吃不到嘴里啊，这个干女儿特别孝顺，是个善良的好娃，自己今后的一切都会留给她，想到这里，他打定了主意。

田菲忙完厨房的活后，给陈伯伯沏了杯茶端过来，陈经理看着田菲说："田菲啊，今天叫你过来是要和你商量个事情，伯伯后天就飞美国了，要去看看儿子去，一切手续都办好了。估计去了美国要住一段时间，家里的钥匙我就给你留下，你过一段时间来这儿给我浇浇花、喂喂鱼，每月逢阴历初一了，记得给你阿姨点上三炷香，这里的一切就托付给你了。"

田菲听完，好奇地问道："伯伯，你要去美国啊，那可远了，你和弟弟说好了吗？"

"说好了，下了飞机他到机场接我，我不在的时候，你一定要注意自己的身体，凡事都得想开点啊。"

"哦，知道了，伯伯。你路上带点常用的药，比如降压药、感冒药、健胃的药等，听说美国那边药很贵，还不好买，要不我一会儿给你买点去。"田菲看着陈伯伯说。

陈经理笑笑说："不用了，你弟弟都给我说了，他提前都准备好了。"

田菲听了，心里放心了，她突然想起后天谷鸽要给孩子在农村办百天宴席，自己和卢阳要去，可以顺便把陈伯伯送到机场，陈伯伯听了说："那刚好，到时就坐你的顺车去机场。"

田菲离开陈伯伯的家，去了新风百货商场，给陈伯伯买了一身冲锋衣，挑选了那种绵柔轻巧的，让陈伯伯带上，早晚冷了穿上暖和。

田菲送完衣服，出门下楼的时候，陈经理看着她明显瘦削的背影，哀叹了一声，心里怜惜地想到，真是个善良的女子啊。

三十九

老八酒后整整睡了一天，醒来的时候已是黄昏。他看哑巴和神经病一直守在小卖部里，便揉揉惺忪的眼睛，摸摸晕乎乎的脑袋，慢慢地坐了起来。哑巴看他醒了，就示意着问他去不去厕所，老八点头，哑巴二话不说背起他去了厕所。

从厕所回来，老八觉得心里有些瞀乱，看着神经病说："唉，神经病，我喝多没有在卢花老公面前胡说什么吧？哑巴又听不见，只有你在场。"

神经病摸摸头，想了想说："你哭了，哭得很伤心，我好像听见你说谷鸽的孩子是和卢阳生的，你只是背了个黑锅。"

老八听完，突然间吓出一身虚汗，惊得他不住地打嗝，心想，这下完了，卢花的老公知道了，卢花就会知道，神经病知道了，就会到处乱说，谷鸽咋有脸面活啊！完了，完了！想到这里，他看着神经病说："神经病，过来，你听到的这些话谁也不准说，我那是酒话，是假的，你要是胡说，以后我就不让你吃好的，喝好酒了，记住没？"

"我记住了，我喜欢吃好的，喝好酒。那老八，你不是谷鸽的老汉嘛，孩子咋不是你俩生的，咋是和卢花他哥生的？"神经病好奇地问老八。

老八越听越生气，咬牙切齿地指着神经病说："不准胡说，也不准乱问，那是喝多了胡说的酒话，你要是胡说，我打死你。"

神经病心想，你还打死我，你要打我，我就把你推到沟里去，或者推到水库里喂鱼去。神经病吃软不吃硬，气呼呼地起身就走了，临出门的时候，给老八做了个鬼脸，还做了大拇指向下的标志，气哼哼地说："呸，敢说不敢当的人，不是个好东西。呸！"说完，甩门而去。

老八气得眼冒金星，抓起面前的拐杖扔了过去。哑巴也不知道发生了什么事情，拾起拐杖拿了过来，还给老八，站在那里不知所措。神经病跑到大槐树下，一屁股坐在地上哇哇地哭起来。

哑巴心想，一个是神经病，一个是残疾人，也不知道该怎么样去劝说他们。他干脆泡了两杯茶，先给了老八，再走到神经病跟前，拍拍他的肩膀，示意他别哭了。神经病一下子扑到哑巴的怀里，十分委屈，哭得更加地伤心了。

家里，谷鸽和母亲逗着孩子玩，孩子会笑了，谷鸽一动他，孩子就呵呵地笑个不停。她高兴地给母亲说："妈呀，你看这小家伙都能笑出声了，咯咯地傻笑。"

谷鸽母亲凑近，点了点小家伙粉嘟嘟的脸蛋，高兴地露出了欢快的笑容。她看着可爱的小外孙，心花怒放。

谷鸽母亲说："谷鸽，你没有和老八商量下，给孩子起个什么名字？现在一直叫小可爱，也不是个长久之法啊。"

关于孩子叫什么名字的问题谷鸽本来想有机会了问问卢阳，想先征求一下他的意见。毕竟卢阳是一个文化人，老八一个大老粗，能给孩子起个什么好听的名字。

自己想了想，告诉母亲："妈呀，老八姓万，有个成语叫万水千山，我想给孩子起名万水山，有山有水的，多好的，你看画画的大多画的是山水画。你说，咋样？"

谷鸽母亲听了笑笑说："我一个老太婆，又没有文化，你觉得好就行，这个名字听着顺耳，那我娃就叫小山水吧。"

"哈哈，妈妈，是水山不是山水，你刚好叫反了。"谷鸽赶紧说。她母亲笑了，逗逗孙子说："山水和水山一样，不都是山和水吗。"

"哈哈哈。"母亲的回答把谷鸽听得大笑起来。当谷鸽正高兴的时候，听见儿子放了个屁，闻着臭臭的，结果一看孩子大便了。谷鸽捂着嘴，把脸撇到一边。母亲二话不说，赶紧给孩子换尿布，一边换一边说："你还嫌你儿子臭，哪有你这样当妈的，你从小还不是这样，被我一把屎一把尿地养大的。"

这时，老八摇着轮椅回来了，看见岳母和谷鸽正忙活着给孩子换尿布，知道孩子不是屙了就是尿了。他看着脸盆里换下的尿布，端起来准备出去洗一洗，谷鸽母亲看见了，赶紧说："老八，你放下，我自己去洗，你又不方便，回来逗你孩子玩吧。"

谷鸽把孩子抱起来，逗着孩子说："宝贝，快看，你爸爸回来了，叫爸爸，叫爸爸。"

老八笑笑说："叫爸爸、叫爸爸。"看着喜笑颜开的谷鸽，老八心里却像猫抓一样难受，真怕自己喝醉酒的胡言乱语给谷鸽带来什么麻烦。以前没有孩子，他每天晚上还能搂住谷鸽温暖的身子，自从有了这个小家伙，他的地位就变了。谷鸽现在心里全是孩子，他感觉自己现在成了多余的人了。

"老八哥，你好像有什么心事，看你魂不守舍的样子，想啥哩？"谷鸽抱着孩子问他。

老八也不知道该怎样回答谷鸽，只是心里瞀乱得很，就随意说："没有啥，就是昨天喝的有点多了，头闷闷的，胃也难受。"

"哦，那你多喝点水，哎呀，这小家伙又咬我了，把人疼的，坏家伙，不好好吃奶，光想咬妈妈。"谷鸽说完就专心地给孩子喂奶。老八心里不爽地看了一会儿，说了句："我喝点茶去。"便摇着轮椅出了屋子。

老八走后，哑巴一会儿给神经病倒茶，一会儿给他拿火腿肠、方便面吃，哄着神经病高兴起来。自从他救了自己后，哑巴一直把神经病当亲人一样的关照。无论哑巴走到哪里，他都像个跟屁虫一样，倒是哑巴干农活的时候，多了个帮手。

哑巴发现神经病头发长了，便找出理发工具给他收拾了一番，将他的衣服换洗干净，他脸上也有了光彩。几年前大个子给哑巴买的皮鞋，哑巴都舍不得穿，让神经病穿在脚上还挺合适的。不了解底细的人，谁能看出来他是一个神经病患者？但是，自从与哑巴变成好朋友后，神经病现在也不欺负女人，也不偷拿别人的东西了，在哑巴的关怀和教育之下，精神状态明显地好多了。

煤城，田菲睡午觉的时候，又梦见了卢薇，孩子给她说自己的小房子漏水，冷得不行。一觉醒来，田菲急忙穿好衣服，匆匆忙忙坐车来到了陵园。由于最近一直下雨，泥土和树叶沾满了墓碑和底座，她拿出自己包里带来的抹布和矿泉水清理干净后，看到以前用水泥勾缝的地方已经脱落，就找到陵园管理处，说明了情况，管陵园的师傅把所有的勾缝重新填了一遍，她才满意了，摆上孩子以前爱吃的橘子和香蕉，坐下休息了一会儿，自言自语地和孩子拉家常。

她回想着卢薇从出生到长大的岁月，尤其是想到孩子每年六一儿童节的时候，漂漂亮亮地到舞台上跳舞的样子；想起孩子学习优秀，年年得到的奖状几乎贴满了一面墙；想到孩子玩耍累了，扑在她的怀里睡觉的样子……她越想越难受，竟然哇哇地哭起来，一边哭一边说："卢薇啊，你走了，留下妈妈一个人，妈妈只能在梦里抱你啊，以后你多给妈妈托梦，多来陪陪妈妈啊！"

天色渐渐地暗了下来，陵园管理师傅巡查的时候，看到她还坐在冰冷的地面上哭泣，就关心地说："孩子，天黑了，地上也凉，你早点回去吧，晚上山里风大，不敢着凉啊，孩子！"

"知道了，谢谢伯伯，我马上回家。"田菲说完，擦擦眼泪站了起来。临走的时候，她又用抹布把墓碑及四周擦了一遍，自言自语地说："卢薇，妈妈走了，你早点休息啊，缺什么就给妈妈托梦啊。"走了几步后，她又回头看了一会儿，才恋恋不舍地下了山，一个人凄凉地走在回家的路上。

路过夜市摊位，田菲买了一荤一素两个凉菜，切了一块卤肉，又走进卖散酒的商店，给陈伯伯买了一斤他爱喝的东北高粱酒，这才给卢阳打了电话，约好晚上一起去陈伯伯家吃饭。

来到陈伯伯家，卢阳还没有到，她先帮陈伯伯整理行李箱，又从自己的包里掏出两双新袜子、一双手套，放进行李箱。陈伯伯看着田菲细心的举动，心想，真是个细心的孩子啊，自己老了老了，能遇上这样一个干女儿，也是积了大德大福了。

等田菲走近的时候，他发现她的眼睛有点红肿，像是刚哭过的样子，就轻声地问道："田菲啊，你是不是又去陵园了？"

"是的，我睡午觉的时候，做了个梦，卢薇告诉我说她的小屋子漏水了，我去看着收拾了一下。"田菲边说边把陈伯伯的衬衫叠得整整齐齐，轻轻地放进行李箱中，说话的时候，也没有抬头。这时，卢阳来了，她停下手里的活，把菜和酒杯摆好，让卢阳陪着陈伯伯喝几杯。

卢阳给陈伯伯斟上酒，两人碰杯后干了一杯。田菲突然想起来忘买主食了，就走进厨房，看见案板上有几个蒸馍，就小心地切成了片，炸了一下做成了油炸馍。

陈伯伯看着卢阳说："卢阳啊，我去美国后，你要好好关照田菲啊，我发现她最近情绪又有点不太对啊，你要多担待些啊。"

卢阳点点头没有说话，与陈伯伯继续碰了杯酒。田菲端上来香喷喷的油炸馍，递给陈伯伯一片说："陈伯伯，先吃点，垫垫底再喝，这样对胃好，卢阳你也吃一片。"说完，又给卢阳夹了一片馍。

"你也吃，从进门就没有歇息，快吃点，田菲。"陈伯伯说完，心疼地望着田菲。

回来的路上，田菲告诉卢阳后天一大早陈伯伯赶飞机，让他提早把车安排好。一切事情都得提早动手，他们还要参加谷鸽儿子的百天宴席，得去银行取点现金，准备几个红包，他们不经常回老家，见了那些亲戚、孩子少不了得给点钱。卢阳听田菲说完，告诉她一切都已经准备好了，让她不要操心了。

两人刚刚走到小区的拐角处，突然蹿出一条大狼狗，一下子撞倒了田菲。大狗吐着血红的舌头，带着一截铁链子哗啦哗啦地跑远了，后面跟着追赶狗的主人。

卢阳赶快扶起田菲，田菲吓得面如土色，浑身发抖，扑到卢阳的怀里半天才缓过劲来，哇哇地哭起来。

回到家里，她上床就睡，把头蒙在被窝里，半天缓不过劲来。卢阳摸了摸她的手脚，有点冰凉，赶紧烧了一壶开水灌进暖水袋里，轻轻地放进田菲的被窝里。

田菲说："卢阳，给我倒杯开水，我从小就怕狗，真把我吓坏了，对了，你摸摸我的衣服兜里，看看陈伯伯家的钥匙在不？"

卢阳倒了杯开水递给田菲，转身摸摸衣服，找到了陈伯伯家的钥匙，便拿出来挂在大门口的挂钩上。他又烧了盆热水端进屋子，让田菲烫烫脚，暖和暖和。自从卢阳与谷鸽发生关系，并让谷鸽怀上孩子后，每次走进家里，他都觉得亏欠田菲太多。在生活的每一个细节上，他都想多多关照田菲，以求达到良心上的宽恕。

但他也担心，哪一天田菲知道真相，头上这片蓝天就会塌下来，一切都无法想象，想到这里，他觉得后背有点发凉。

后天就要去参加谷鸽孩子的百日宴，当然也有机会看到自己的儿子了，他想到这里，心里又觉得高兴起来。毕竟有一段时间没有见到孩子了。作为一个不能相认的父亲，卢阳站在阳台上，心里惦念起谷鸽和孩子。

四十

山东庄今天最热闹的事情，那就是谷鸽母亲和老八母亲张罗着给孙子过的百日喜宴了。太阳刚升起，谷鸽家大门口就热闹起来。

哑巴和神经病早早地去各家各户借锅碗瓢盆、桌椅板凳等，老八坐在轮椅上，拿着一支毛笔，在两人借来的东西上，标注上所属主人的名字。

红纸裁剪好后，得写一副对联，老八可犯了难。让他没有想到的是，神经病铺好红纸，想了想，挥笔写好了一副对联，站在那里嘴里念叨着："老八，你听听，添丁添福添喜庆，继灿继旺继满盈，横批：皆大欢喜。怎么样？"

"好、好、好。"老八高兴地连说了三个好，接着又说，"你再给屋子门上也写一副。"

神经病摸摸头，看着老八说："给我点根烟，让我想想写啥好。"老八赶紧递过去一根烟，神经病凑近对上火，转了几圈后，挥笔一气呵成，嘴里念道："新家百日添英物，福院三更哄俊娃。横批：好好睡觉，怎么样？"

来家里帮忙的人都觉得稀奇，神经病今天咋还拿起毛笔写大字了，疯疯癫癫的人能写出什么好的对联，迟疑地跑过来看热闹。他们一看，纷纷称赞神经病写得好。老八的母亲小声对谷鸽母亲说："这娃脑子清醒了和好人一模一样，犯浑了十头牛也拉不住他，念的书倒是不少，看来，还是要有文化的人才能写出吉祥的好对联。"

谷鸽母亲小声说："听说娃参加了几次高考，都没有考上，还是娃心里想岔了，现在想一想，还是我们谷鸽和田菲有福气，考上了大学，端上了金饭碗，真是不容易啊。"

"是啊，你是有福的人，你看我们家老八，一辈子坐在轮椅上，也怪可怜的，和神经病娃一样可怜啊。"老八母亲说完，转身看了远处的老八一眼，眼泪快要流出来了。

谷鸽母亲听亲家母说完，脸上不高兴了，小声地说："你看你，亲家母，你家老八咋可怜了，我们家谷鸽长得像花一样漂亮，还不是给你老八当了媳妇，你还不知足。多好的日子，你不会说一点好听的，扫兴。"

老八母亲一看谷鸽母亲生气地走了，也不敢多说一句，看着人家的背影嘟囔着："好看是好看，对我老八来说有啥用，还不是个花瓶和摆设，好像我老八沾了你女子的啥光了，还不是给你女子拔橛填坑去了。谁知道哪个王八蛋那么坏，弄大了你女子的肚子，这叫啥世道啊，要是搁在旧社会，你女子早该活埋了，呸！"

老八母亲虽然心里生气，但毕竟自己是孩子的奶奶，无奈地咽了口唾沫，系上围裙，脸上装出笑容，进屋干活去了。

卢花的老公已经开始在厨房里忙活了，开始做肘子、条子肉、麻叶等，烟熏火烤的，着急得满头大汗，还要安排山东庄帮忙的妇女们准备这、准备那的。他抬头看了一眼院子里忙忙碌碌的人们，心里想着今天的喜宴菜一定要做好，最起码这个孩子还把自己叫姑父呢，想到这里，他干活更加地卖力了。

煤城，田菲五点起床准备早餐，炸油条，打豆浆，还蒸了三碗鸡蛋羹。六点钟她叫醒了卢阳，让他洗漱后开车去接陈伯伯过来一同吃饭。到了陈伯伯家，卢阳上楼提行李，临出门的时候，看见陈伯伯站在阿姨的遗像前久久不愿离去，双手不住地发抖。陈伯伯颤巍巍地点上三炷香后，默默地凝视了片刻，才眼含泪花地与卢阳下了楼，直到坐到车上仍然一言不发，不住地伤心落泪。

吃过早饭后，他们匆忙赶往机场，卢阳一路上把车子开得飞快，陈伯伯多次提醒卢阳不要着急，慢点开，时间来得及。

等到了机场，办完一切手续后，卢阳和田菲送陈伯伯一同来到了国际离港入口处，准备过安检。此时，卢阳握住陈伯伯的手久久不愿松开，田菲扑在陈伯伯的怀里，紧紧地拥抱了一会儿，不断地叮嘱伯伯要注意安全，早晚穿暖，按时吃药等。

看着陈伯伯走入国际通道，两人不住地挥手，直至陈伯伯过了安检，再也看不到人影了，两人才出了候机大楼，开车向山东庄疾驰而去。

谷鸽家的院子里，两家的客人陆续地来了不少，哑巴在院子中间系了一条绳子，将客人们带来的小孩衣服、鞋子与袜子等都挂在绳子上，花花绿绿地随风摇摆着。谷鸽把孩子放在婴儿车里，推到院子里晒太阳，婴儿车里撒满了亲戚朋友放的压岁钱，谷鸽环顾院子里进进出出的人们，感激地和众人一一打过招呼。

一阵汽车的喇叭声响过之后，谷鸽向大门外一看，是卢阳和田菲来了。谷鸽突然间觉得心里五味杂陈，低头看了孩子一眼，脸上有点发烧，一朵绯红的云彩挂上了秀美的面庞，心里怦怦地直跳。等田菲走过来的时候，她就更加紧张，赶紧从车子里抱起孩子，紧紧搂在怀里，以此来掩饰自己的紧张和焦躁不安。

田菲笑嘻嘻地走了过来，一边走一边说："哦，小宝贝抱出来了，让干妈抱抱，来来。"田菲说着，把孩子接了过来，抱在怀里左右晃了晃。谁知小家伙瞪着眼睛疑惑地看了看田菲，有点认生地哭了起来。

卢阳说："让我也抱抱，看看我的干儿子。"结果卢阳抱过孩子后，小家伙竟然不哭了。他看了看卢阳，竟然咧着嘴笑了起来。田菲轻轻地在小家伙的屁股上拍了两下说："小东西，嫌贫爱富，见了当官的就笑，见了老百姓就哭闹。"

听田菲这样一说，大家都哈哈大笑起来，卢阳说："因为小宝贝是男人，所以见了男人就高兴，是不？干儿子！"

谷鸽听了，心里想起了母亲曾经说过的话，这就是亲血肉啊。看着卢阳和孩子高兴的样子，她心想，要是自己和儿子与卢阳是一家三口，而不是现在这样的情况，那该多好啊。

"谷鸽，孩子的名字起好没？"田菲的问话打断了她的沉思，她笑了笑，看着几个人说："老八姓万，不是有个成语叫万水千山吗？我那天和我妈说给孩子叫万水山，命里有山有水的，多好啊，你们觉得怎么样？"

"好听，将来是个当官的料。"卢阳说了一句。

"万水山，顺口着呢，将来娃当大官了，我们都能跟着沾光了。"田菲说完，老八坐在轮椅上也高兴地点头，但他看见卢阳和孩子高兴的样子，心里却觉得有点不舒服，但还得强装笑脸。

谷鸽母亲看见他们几个在院子中间站了半天了，就大声地说："老八、谷鸽，快招呼客人入席吧，孩子我照看着，你们一会儿再好好聊聊吧。"说完，她接过孩子，轻轻地放进婴儿车里，推着孩子出了院门。

田菲看见哑巴和神经病了，急忙走过去和他们打招呼，从包里掏出两条烟，给了他俩一人一条，感谢他们两个照看着自己的院落和地里的庄稼。

两个人拿到烟，心里非常地高兴，哑巴笑着打开一条烟，分给了在座的几个人。神经病看哑巴给大家发烟，也把整条烟撕开，先跑进厨房给卢花的老公放了两盒，又递给他一支烟，卢花老公忙着配菜，夹在耳朵上说了声谢谢，就转身忙去了。

神经病看着案板上香喷喷的油炸麻页，顺手抓了一大把，捧出来拿给田菲和卢阳吃。

开席了，酒菜都摆上了桌子，老八扫视了一圈，看见客人和亲戚朋友都坐好了，就举起酒杯大声地说："各位亲朋好友，今天是我儿子水山的百日喜宴，感谢大家的光临和对孩子的厚爱，我和谷鸽感谢大家，大家都把酒杯端起来，我们共同干一杯。"

客人们纷纷举杯庆祝，哑巴还愣在那里看老八讲话，神经病用手指戳了他一下，他才明白了老八已经说完了，端起酒杯和大家开始碰杯喝酒。

老八行动不便，谷鸽代表他给客人和乡亲们开始敬酒，她走到每一个桌子跟前，高兴地招呼客人们吃好喝好，并说着许多感谢的话语，忙完，听母亲喊她说孩子饿了，才进了屋子，给孩子喂奶去了。

哑巴和神经病这一桌最能喝，一会儿工夫三斤酒喝光了，神经病喝热了，脱掉外衣，赤膊上阵，喝到兴头上了，谁也劝不住他，大声嚷嚷着要酒喝。

老八无奈，又给这一桌上了瓶辣酒，反正今天大家高兴，吃好喝好是正事。

哑巴虽然喝得有点晕，但谁过来碰酒都来者不拒。神经病摇摇晃晃地离开了座位，说要去上茅房，谁也没有注意他。农家小院里，喝酒划拳的声音很大，大家不停地吆喝着，气氛十分的热烈。

神经病去了厕所回来，恍恍惚惚地进了谷鸽的屋子，看见谷鸽正给孩子喂奶，酥白的乳房露在外面。神经病睁大迷离的眼睛看得心猿意马，直流口水，饥渴难耐地扑上前去，抓住谷鸽的乳房就往自己嘴里含，吓得谷鸽惊慌得大声喊叫："滚开，滚开，神经病。"

老八听到呼声，赶紧摇着轮椅进了屋子，却看见神经病竟然把谷鸽压在炕上，含住谷鸽的乳头不断地吸吮，谷鸽吓得浑身发抖，怎么也推不开他，疼得谷鸽又哭又喊地声音都变了音，孩子躺在一旁不断地哭泣。

老八看到这样的情形，心中大怒，抡起手里的拐杖就打了过去。神经病头上重重地挨了几下，才停止了疯狂的动作，瞬间额头上起了几个大包，他捂住头，蹲在地上哇哇大哭起来，老八来了气，抡起手里的拐杖狠狠地打在神经病的身上。

卢阳和田菲等人，听见屋子里有吵闹声，赶紧跑进屋子，看见这样的场景，就问老八怎么了？老八用手里的拐杖狠狠地敲打了神经病几下，才说："这个神经病喝大了，欺负谷鸽，还要流氓。"

卢阳一听神经病欺负了谷鸽，顿时火冒三丈，走上前去，照着神经病就是几脚，直至神经病躺倒在地，还觉得不解恨，上去又是几脚，踢得他躺在地上号啕大哭。神经病摸了摸额头，满手都是鲜血，疼痛难忍，一边哭一边指着老八和卢阳大骂："老八你不是个东西，你把我的头打烂了，又不是你的儿子，你过哪门子的百日宴，你们为啥都打我？欺负我，呜呜呜。"

田菲听见了，觉得有些蹊跷，就圪蹴在神经病旁边，摸摸他头上的大包，替他按住流血的伤口，看着他问道："哥哥，你咋说这不是老八的孩子，你知道是谁的孩子吗？知道吗？"

"妹子，他们都欺负我，老八说过，这孩子是卢花哥哥的孩子，呜呜，都欺负我。"神经病说完，坐在地上扯着嗓子大哭。

田菲一听蒙住了，自从谷鸽怀上这个孩子，她就有点疑惑，老八一个残疾人怎么能让谷鸽怀上孩子呢？今天听神经病这样一说，她突然间灵醒了，瞬间火冒三丈，怒目圆睁，指着坐在炕头上给孩子喂奶的谷鸽，满脸铁青地说："谷鸽，你说说，这孩子到底是谁的孩子，谁的孩子？卢花的哥哥是谁？啊？"她说到这里，突然转身看着卢阳，愤怒的目光里都能喷出火光，走到卢阳的跟前，啪啪地打了他几个耳光。

谷鸽真的没有想到事情会到了这般地步，看着田菲用手指着自己，气愤而扭曲的面容，她彻底害怕了，真是纸里包不住火啊，完了、一切都完了，此时，她只有双手紧紧地抱着孩子，惊恐地看着卢阳，需要他来安定目前的局面。

田菲看到谷鸽不说话，只是低头落泪，便又转身看了卢阳一眼，卢阳胆怯地圪蹴到墙角，低头抽烟，田菲大怒了，继而大吼一声扑了上去，嘴里号叫着："我要捏死这个杂种，杂种！"

卢阳一看田菲失去了理智，谷鸽拼着命护着怀里的孩子，赶紧上前一把拉开田菲，照着田菲的脸上扇了两个耳光。田菲扑通一声摔倒在地，又爬了起来，接连几次想往炕上扑去，结果都被卢阳撕扯着推到了门外。不管田菲怎么样哭闹，他始终挡在门口，不让她进屋。

田菲闹腾了半天进不了屋子，就在卢阳的脸上扇了几巴掌，嘴里吼叫着："流氓，奸夫、无耻，卢阳，你看起来像个正人君子，其实你就是个大流氓，呸！"说完，照着卢阳的脸吐了几口唾沫。

最后，她又扑了上去，狠狠地在卢阳的胳膊上咬了一口，疼得卢阳龇牙咧嘴地蹲在门口流眼泪。田菲怒气冲冲地走到窗户下大喊："谷鸽，我们两个从小一块长大，你给姐说句实话，到底是怎么回事？怎么回事？谷鸽！"坐在炕上的谷鸽紧抱孩子，紧张得浑身发抖，只是默默落泪。

田菲一看这样情形，又猛扑了几次，卢阳还是不让她进屋，受到刺激的田菲走到旁边的一桌酒席，猛地掀翻了桌子，酒菜及锅碗瓢盆摔碎了一地，吓得吃饭的客人纷纷躲避。

她脱掉外衣，狠狠地摔在地上，一路哭闹着冲出了院子。

卢阳和哑巴等紧随其后，跟在田菲的后面紧紧追赶，谁知田菲一直跑出村子，往水库的方向跑去。神经病被田菲这么一闹腾，立马清醒了，赶快从地上爬起来，冲出院子，跟着人群往水库的方向跑去，等他追上哑巴后，抬眼往远处一看，田菲纵身跳入蔚蓝的深水中，瞬间就没了踪影，水面上冒出了一连串的气泡泡。

卢阳站在岸边大喊："田菲，田菲。"他不会游泳，着急得又是喊又是蹦，声音嘶哑地呼叫着。扑通一声，神经病一个猛子扎入水中，伸手在冰凉刺骨的水底乱摸，终于抓住了田菲的头发，把她从水底捞了上来。

大家七手八脚地把田菲抬到岸边，只见哑巴抱起田菲，示意神经病跪在地上，让田菲头朝下俯在神经病的脊背上，然后压了几下，一会儿工夫，田菲就哇哇地呕吐起来。这时，哑巴着急地掐了会儿她的人中，慢慢地田菲铁青的脸上渐渐地红润起来，也慢慢地睁开了眼睛。看着眼前的一群人围住自己，她呜呜地哭出了声，扑在神经病的怀里，身体不住地颤抖。

哑巴背起田菲往村里走，把田菲背到了小卖部的土炕上。卢阳给她脱去身上湿漉漉的衣服，给她裹上厚厚的被子让她暖和一会儿。田菲依然狂怒地谩骂着卢阳，不停地撕扯着卢阳的头发，卢阳也不敢还手，只能默默地忍受着田菲疯狂的打骂。哑巴走出屋子，给炕洞里添了些麦草，把炕烧热，好让田菲暖和一点。

田菲打累了，又哭喊着要去找谷鸽报仇，要捏死那个杂种，要杀了卢阳和谷鸽，卢阳无奈地看着田菲不停地闹腾，规劝看热闹的人继续回去吃席，他一个人看着田菲，但哑巴和神经病始终没有离去，陪着卢阳看护着田菲。

哑巴看见神经病圪蹴在墙角，也不敢抬头看大家，浑身湿漉漉地直发抖，随即拿出自己的衣服让他换上。卢阳看了神经病一眼，走了过去，想着刚才发生的事情，真想上前再踢他几脚，最后还是被哑巴拉住了。哑巴指了指炕上的田菲，又指了指神经病，意思是他救了田菲，是救命恩人，不能打的。

晚上，卢阳开车接来了镇医院的大夫，并在车上说明了情况。大夫给田菲注射了镇静剂后并开了点药，又给卢阳说："病人受到刺激后容易精神分裂，你让她好好休息，最好明天送去精神病院，做进一步的观察和治疗。"

田菲安静地睡去后，卢阳回到谷鸽家里看看情况，受到惊吓的谷鸽，奶水也慢慢少了，孩子不停地哭闹，谷鸽的母亲挤了点羊奶，兑了一半温水，孩子就是不好好吃，蹬着双腿不停地哭闹。

卢阳看着谷鸽，谷鸽也生气地望着卢阳，无奈地摇摇头。突然间，谷鸽越想越恼火，又加上孩子的不停哭闹，生气地照着孩子的屁股啪啪地打了几下后，随手扔到了一边。谷鸽母亲一看，赶紧抱起孩子出了门。

"卢阳，这下田菲知道了，大家都知道了，你说咋办？这个老八就是嘴碎，喝了点马尿，啥都胡说。唉，你看我现在也没有奶水了，咋办？"

卢阳站在那里想了想说："不行这样吧，把孩子送到我妹妹卢花那儿，让她把孩子先照看上，我们给她些奶粉钱，你也可以回去安心上班，有时间了我们回来看看就是，行不？"卢阳说完看着谷鸽。

谷鸽低下头，想着要把孩子送养，捂着脸呜呜地哭起来，但这也是目前最好的办法了。哭了一会儿，她抬起头看着卢阳说："卢阳，事情已经闹成这样了，我也没脸回矿上上班了，也没法在村子里待了，我想好了，打算辞职，去南方找工作去。"

"辞职？去南方工作？那你可要想好啊，这可是一辈子的事情啊。"

谷鸽坚定地说："想好了，一定辞职，去深圳。"

卢阳看谷鸽拿定了主意，就说："我有同学在那边工作的，我给你先打听下，联系好了给你说。"

谷鸽看了老八一眼，生气地说："我要和老八离婚，结束这段名义上的夫妻关系，明天就去办离婚手续。老八你也听着，我们明天就离婚。"老八看谷鸽真的生气了，就喃喃地说："那好吧，都是我害了你和卢阳，也害了田菲。唉，就是后悔都来不及了，我恨自己啊。"老八说完，在自己的脸上狠狠地扇了几个耳光，卢阳上前阻止了他的行为。

谷鸽心里还是放心不下田菲，就和卢阳带了几件自己的衣服一同来到小卖部。她站在炕边，看着熟睡的田菲，眼泪流淌了下来，心里默默地说："田菲姐，妹妹对不住你了，那也是因为卢阳喝醉了，我们才发生了不该发生的事情，你打骂妹妹吧，我都毫无怨言，田菲姐。"可田菲静静地躺在那里熟睡，脸颊上还留有一道道泪痕。

晚上，田菲睡醒了，一会儿哭，一会儿闹，浑身脱得一丝不挂，跳下炕就想冲出去，又哭又闹地要去找谷鸽算账。

哑巴不好意思地出去后，在炕洞里又添了些干草，卢阳哄着说着，好歹让田菲穿上了谷鸽拿来的干净衣服。

第二天早晨，卢阳开车把妹妹卢花接过来，一同把田菲送到了乡镇精神病院。他安排妹妹先照顾田菲，自己开车去接田菲母亲。

安顿好了田菲后，卢阳和妹妹商量好了，等谷鸽辞职去南方后，由她照顾孩子，并把孩子的户口也落在卢花家，孩子的名字就叫：卢水山。

回到山东庄，卢阳开车把谷鸽和老八送到镇上，站在民政局的院子里等候两人办理离婚手续。他摸摸凌乱的头发，点上一根烟抽了起来。他看着天上飞翔的春燕，头顶洁白的云朵，闭上眼睛，轻轻地叹息了几声。扔了烟头，他注视着民政局的大门口的牌子，想着谷鸽离婚后该怎么过？

过了几天，田菲母亲在医院里照顾田菲，卢花接走了孩子，卢阳和谷鸽抽空回到了煤城。到了矿上，谷鸽办理了停薪留职手续，领导还是再三地挽留她，希望她先休息一段时间，实在想回来上班了，位置给她留着。

当然，谷鸽心里明白，领导这样，也是看在卢阳的面子上，毕竟卢阳是集团机关的领导，办理了停薪留职手续后，她随着卢阳回到了煤城，晚上暂住陈伯伯家。

回到陈伯伯家，卢阳先是给陈伯伯的花草浇了水，给热带鱼喂了食。谷鸽已经烧好了开水，泡了杯茶放在茶几上，让卢阳喝。

卢阳坐在沙发上，看着谷鸽憔悴的样子，不自觉地揽过她。谷鸽顺势扑在他的怀里，两行热泪顺着脸颊流淌。卢阳用纸巾轻轻地给她擦去脸上的泪痕，低下头吻了她几下，谷鸽闭上眼睛，躺在卢阳的怀里，让这几天自己紧张纷乱的心情得到了一点安慰。

卢阳想留在这里陪谷鸽，谷鸽还是婉言谢绝了，万一控制不住，再怀上一个孩子，不就要了自己的命了吗？何况这次事情闹得动静这么大，还不是因为上次的冲动造成的。

卢阳理解谷鸽，叮嘱谷鸽晚上反锁好门，一个人孤独地回到了家。

他洗完澡躺在床上，看着天花板发呆，怎么也睡不着，就拿起电话打到陈伯伯家。谷鸽接起电话，听卢阳说想过来陪她，咬咬牙，还是坚决回绝了卢阳的想法。挂了电话后，她想着这几天发生的事情，心乱如麻，自己下一步就要独闯天涯了，前面就是有火坑，也得跳下去。她要离开煤城，离开山东庄，远离这些熟悉的地方，让自己漂泊异乡，或许心里会平静一点，但想到孩子的时候，她又无奈地流下了滚烫的泪水。

卢阳被谷鸽拒绝后，躺在床上唉声叹气，虽然他心里难受，但也无可奈何，彻夜无眠。

四十一

一个礼拜后，卢阳委托深圳的同学给谷鸽联系好了企业，订好了机票，便陪同谷鸽回了趟老家，看看孩子以及探望一下田菲。

来到卢花家里，给孩子喂饱羊奶后，谷鸽把儿子紧紧地贴在自己胸前，一直凝视着孩子清澈如水的眼睛看了好一会儿，左脸蛋亲了，又亲右脸蛋，孩子开心地笑着，可谷鸽已经泪眼蒙眬了，抱住孩子呜呜地哭了起来。

孩子不知道妈妈怎么了，竟然也哇哇地哭了起来，母子俩难舍难分的情景，看得卢阳站在一边，也眼眶湿润了。他转身出了院子，圪蹴在大门口的石墩上，不住地抽烟。

要走了，谷鸽把孩子交到卢花的怀里，转身走了几步，又回身走了过来，看了孩子一眼。摸了摸儿子粉嘟嘟的小脸蛋后，她转身给卢阳说："卢阳，走吧。"

说完，谷鸽头也不回地上了车，对卢阳说："快开车，趁我现在还没有后悔，快走。"卢阳发动了车，慢慢地开出了村子，直到上了村外的大路，谷鸽才在车里毫无掩饰地号啕大哭起来。

她边哭边说："都是你卢阳害了我，我本来想过平静安逸的生活，现在不得不背井离乡，舍子南下，唉，我都后悔死了，你今后坚决不能碰我，知道了吗？"

卢阳一边开车，一边低声说："知道了。"说完，他看着两边田地里的绿油油的麦子，心里也不好受。

"看着我的眼睛，真心地回答我。"谷鸽生气了，用愤怒的目光看着卢阳。

卢阳回头看了一眼正在气头上的谷鸽，怯懦地说："我知道了，我给咱安心开车，你消消气。"

一阵清风吹过，麦浪滚滚，清风中夹杂着麦子淡淡的清香飘进车里，外面美丽的田园风光也没有给卢阳带来一份好心情，他伤心地哀叹了几声。

"咋了，我说你难道还说错了吗？要不是你酒后强迫我，能造成今天的局面吗？唉，我都后悔死了，卢阳，你看着善良平和，其实你很坏，很坏。"谷鸽还在气头上，不断地指责着卢阳。

卢阳听完，哈哈地笑了，他知道谷鸽这会儿心里难受，只能由着她发泄，哪怕她打自己几个耳光，他也愿意。

卢阳想了想，还是伸出了右手，紧紧地握住了谷鸽的左手。谷鸽没有拒绝卢阳的举动，擦擦红肿的眼睛，头轻轻地靠在卢阳的肩膀上。此时，谷鸽太需要一个肩膀，一个温暖的怀抱，让自己大哭一场，然后痛痛快快地开始自己新的人生历程。

到了机场，要过安检了，卢阳把谷鸽拉到怀里。谷鸽心软了，她虽然恨卢阳，但也爱卢阳，因为孩子的缘故，让她无法割舍这份感情，两人如恋人般地难舍难分，谷鸽擦擦眼泪说："卢阳，我走了，你要常回去看看孩子，而且把田菲关照好，从今往后，在田菲姐姐的眼里，我谷鸽就是第三者，我背负了骂名，也只能在背后托你表达我的心意了。"谷鸽说完，摸摸卢阳两鬓渐渐增多的白发，心疼地看着他说："卢阳，我知道你身上的担子很重，保重好自己啊，听见没？"

卢阳点点头，看了一眼手表，示意让她快走，时间不多了。谷鸽转身进了安检，看着谷鸽的背影，卢阳心情特别沉重，眼眶里渐渐溢满了泪水。等谷鸽过了安检，又扭头给他打招呼时，他泪眼迷离地挥挥手，一直站在那里看了半天，直至谷鸽消失在人群中，才低着头，眼含泪花地走出候机大楼。

他站在广场的旗杆下，直至听到广播，看着飞往深圳的飞机呼啸着刺向了深邃的蓝天，渐渐消失云端时，仍站在原地仰望天空，还不停地挥手。

今天是卢阳接田菲出院的日子，也是护送谷鸽南下的日子。作为一个男人，卢阳觉得自己最近把生活搞得焦头烂额。他牵挂田菲，心里也放不下谷鸽，更加地爱自己的儿子，前面的路肯定难走，但他也要一直走下去，为了田菲，也为了谷鸽，当然也为了自己和谷鸽的儿子。

经过一段时期的治疗，田菲虽然没有入院前那么的狂躁和激愤了，但整个人反倒变得木讷起来。她没有打骂卢阳，而是用呆滞的目光看着卢阳，冷如冰霜的目光如一把利剑刺向卢阳的胸口，让他胆战心惊。从见到田菲的那一刻起，卢阳始终不敢正眼看田菲，心里总感觉到毛毛的。

坐上车后，卢阳只顾开车，田菲就和母亲坐在后座，他感觉到脊背后面如芒刺在扎，始终不能安心开车。突然，田菲猛地起身，在卢阳的肩膀上狠狠地咬了一口，卢阳疼得哎呀一声，差点把车开到麦田里。

田菲母亲连拉带拽地把田菲拉到座位上，嘴里说着："你这娃咋不听话呢？在医院里我怎么给你说的，你安静会行不？卢阳在开车。"

"往沟里开，我不想活了。"田菲愤怒地喊道，准备拉方向盘。

卢阳只好把车停靠在路边，田菲闹腾着要下车，但还是被母亲劝住了。卢阳看着田菲，也不知道该怎样对她，无奈地叹息一声转过了身，耳边传来田菲的责问声："卢阳，你给我说，你是怎么和谷鸽滚到一起的？说！"

卢阳本来不想回答这个问题，因为岳母在车上，在田菲的再三追问下，他说："那还不是我喝醉酒了吗，吐得满身都是，谷鸽白天在医院照顾你，晚上给我洗了衣服，我把人家的衣服也吐脏了，最后她换了你的睡衣，我就晕晕乎乎把谷鸽当成你了，唉，我后悔了，田菲，真的。"

"放屁。满嘴谎话，绝对不是一次，一次就能怀上个杂种，看你俩眉来眼去的样子，早就勾搭在一起了，是不？"田菲说完，牙齿咬得咯嘣响。

卢阳委屈地看着田菲和岳母，低头说："真的，就那一次，主要是我喝醉了，要是头脑清醒我不会犯那样的错误，更何况谷鸽也是你的好姐妹啊，真的，田菲。"卢阳说完，下车跪在地上，祈求田菲的原谅。

田菲下了车，母亲还是不停地安慰她，两人没有再争吵。最后，卢阳把田菲扶上车，让她坐在前面，还给她系上安全带，这样他才能安心地开车。等田菲坐好，他刻意锁死了车门，而田菲伏在车前，呜呜地哭个不停。

回到山东庄后，田菲要在家里住一段时间疗养，让卢阳快点滚回煤城去，不想再看到他。卢阳无奈，只能听之任之。他给岳母留了点钱，还想和田菲多说几句话，田菲鞋也没有脱，拉开被子蒙在头上，谁也不想理睬。

卢阳垂头丧气地离开山东庄，驱车去了妹妹卢花家，他心里还是放心不下孩子。

他刚走进院子，就看见妹妹抱着孩子坐在院子里，孩子一直盯着卢阳看，妹妹笑了，看着哥哥说："哥呀，你看你儿子，还是和你亲啊，对不？"

卢阳抱起儿子，一边摇晃着，一边看着孩子说："宝贝，你不该来到这个世界上啊，你的到来改变了所有的一切。"

卢花从哥哥手里接过孩子，心里不快地说："哥呀，你看你说的什么话啊？如果没有这个小家伙，咱老卢家就该断后了，所以，哥哥，你放心，这个亲侄子我一定会替你和谷鸽姐照顾好的，不为你，也为我们老卢家啊。"

卢阳听完再没有说话，就坐在凳子上。他给妹夫发了根烟，妹夫又递给他一杯茶，两人边抽烟边聊天。

卢花挤了点羊奶，专心地喂孩子，不时逗着孩子说："小宝贝，你是我们卢家的根，也是我们卢家的大宝贝，好好吃奶，快快长大，长大去当解放军，扛枪打仗保卫国家。"

下午，卢阳离开妹妹家的时候，已经是日落西山、春燕归巢的时间了。等他把车开到煤城的时候，万家灯火已经点亮了整座城市，高低错落的楼群，宽阔的街道，眼前已经是一片灯火通明。

他疲惫地来到洗浴中心，站在淋浴喷头下，随着哗哗的水声，两行热泪滚滚落下。

谷鸽离开卢阳，登上飞机后，一直坐在座位上低头沉思。过了一会儿，她觉得乳房发胀，侧身揉了揉，才感觉到舒服一点。此时，她想起了儿子，心里像被猫抓一样。她闭上眼睛，满脑子都是儿子幼稚及可爱的笑脸，干脆拿出儿子的百日照，看得她脸上挂满了幸福的微笑。

飞机降落深圳宝安机场的时候，一股热浪袭来，潮热的气候让她瞬间浑身汗流浃背，有点胸闷，感觉喘不过气来。

出了机场，卢阳的同学见到她的时候，第一句话就问："谷鸽，不适应吧？我们深圳夏天闷热，没有北方早晚那么舒服，不过，你慢慢就习惯了，刚来得一段适应过程，工作的事情已经给你联系好了，房子也租好了。一会儿我陪你吃个饭，晚上你好好地睡一觉，明天我接你去单位。"

谷鸽感激地说："让你费心了，谢谢你啊。卢阳让我来给你带了点老家的土特产，回去让嫂子和孩子尝尝。"

"你也太客气了。"

"对了，卢阳让我向你和深圳的几个同学问好。"

"谢谢、谢谢。"

谷鸽看着高速公路旁边蔚蓝的大海和海上航行的船只，再看看天上的朵朵白云，以及白云下面飞舞的海鸥，蓝天白云，大海茫茫，南方美丽的风光还是深深地吸引了她，她的心情感觉一下子舒畅多了。

四十二

山东庄的夏天，午后的阳光火辣辣地炙烤着大地，即将成熟的麦子，随风摇曳，金黄色的大地呈现出一派丰收的景象。

吃过午饭，田菲出了大门，远处金黄的麦田映入眼帘，一阵阵清香扑面而来。她孤独地坐在门口的石碌上，想着最近发生的事情，卢阳回到了煤城，谷鸽没脸见她，听说去了深圳，老八守着小卖部，哑巴整日忙碌着山东庄黄土地上的活计。自从离开煤城后，她第一次感觉到如此的凄凉和孤独。

哑巴知道她孤独，送给她一只大黄狗，她把好吃的都喂给了它。田菲走到哪里，忠诚的大黄狗都形影不离。出了村口，来到水库边，看着远处水面上一群野鸭畅游，偶尔有几只燕子斜飞着轻点水面后，又展翅飞翔，消失在蔚蓝的天空中。水库边生长着一大片碧绿的芦苇，在风中荡漾，成群的小鱼悠闲自由地在芦苇丛中出入。

田菲浑身热汗流淌，看四周无人，随即脱掉外衣，慢慢地进入芦苇丛中，屹蹴在温热的水中，顿觉凉爽舒适。她将全身浸泡在水底，闭上眼睛，把自己完全地浸入水中，仰望天空中的蓝天白云，享受着难得的大自然馈赠的清凉。

田菲的一举一动，早就被神经病看在眼里，他救过田菲后，心里就把田菲当成了宝贝。他坐在一棵柳树下，远远地看着田菲洗澡，她一会儿站立，一会儿埋入水中，撩起四溅的水花，一对可爱的双乳时隐时现，看得他激情荡漾。

田菲轻轻地在身上揉搓着，又浸入了水中，半天没有露出水面，他惊吓得慌忙站起来，真想跳入水中把田菲救起来，可不一会儿田菲又钻出水面，站在太阳下，仰望天空，伸展双臂，唱着动听的歌曲。神经病又坐回垂柳树下，认真地听田菲唱歌。

田菲出了水面，躺在一片绿草茵茵的岸边，仰面看着蓝天白云。她一会儿想哭，一会儿又想笑，干脆闭上眼睛，任凭温暖的夏风掠过，渐渐地进入了梦乡。

神经病轻轻地来到田菲的身边，看着她瘦弱而微微挺起的胸脯，粉红色的三角裤头，细腻光滑的大腿，他陶醉了，干脆坐在田菲身旁，就这样静静地看着眼前的田菲，她如同一个睡美人一样静静地躺在那里。

他没有什么想法，就这样陶醉地看着躺在绿草上的田菲。四十多岁的人了，还从来没有见过女人的胴体，他咽了几口唾沫，贪婪地欣赏着，任凭太阳炙烤着自己的后背。

田菲香甜地躺着，而神经病就坐在她旁边看着她，生怕别人夺走了她似的，再热再困，都要看着田菲睡觉，真想找把扇子，给她扇着凉风，驱赶着蚊虫。

睡梦中的田菲做了一个梦，梦见谷鸽挎着卢阳的胳膊从自己的眼前潇洒地走过，对她视而不见，她突然间大喊一声："卢阳、谷鸽，奸夫淫妇给我站住，你们要去哪里？"

田菲猛然惊醒，腾地坐了起来，迷迷糊糊的神经病瞬间头脑清醒了，惊恐地看着田菲。他发现田菲站在那里，嘴里大声谩骂着卢阳和谷鸽。

田菲扭头一看神经病在自己的身边，低头看看自己身上仅有的内衣，就扑了过去，照着神经病的脑袋又是打又是抓的。只见神经病捂住脑袋，坐在地上，任凭田菲折磨和撕咬，他一动也不动，而且绝不还手。

田菲打累了，停下了打神经病的双手，看着神经病白皙的脸蛋，责问道："神经病，我打你为什么不还手？你也是我的救命恩人，我在洗澡，你偷看我，羞不羞？"

神经病头也不敢抬，嘴里喃喃地说："我是看你睡着了，想保护你，怕别人欺负你。"

田菲听了后没有说话，拾起自己的衣服穿在身上，走到神经病的跟前，看着可怜兮兮的他问道："带我去你家吧，行不行？"

神经病惊讶地看着田菲，想了一会儿才说："你敢去吗？村上的人都说我是坏人，你不怕吗？"

"怕啥？我田菲的老公都被谷鸽夺走了，还有什么可怕的？你敢替我杀了谷鸽和卢阳吗？敢吗？"田菲双目怒睁，看着神经病。

神经病听田菲说完，摇摇头说："我不敢，盐碱滩的枪声太吓人了，杀人是要枪毙的。"

他低下头不敢言语，田菲哈哈大笑，指着神经病说："胆小鬼，一丘之貉。"田菲停顿了一下，继续说："神经病，你请我吃饭，行不？我饿了。"

神经病没有说话，点点头算是答应了，谷鸽说："前面带路，去你家。"说完，她甩了甩湿漉漉的秀发，昂着头往前走去。神经病也不敢怠慢，心里想着田菲就如同唐朝的公主，高贵大气，自己能够贴身跟着她也是莫大的荣幸，就跑步超过她，带领着田菲向自己家走去。一路上他高兴得又是吹着口哨，又是连蹦带跳的，逗得田菲大笑不止。

田菲跟在他后面，看着他高兴得手舞足蹈的样子，一路哈哈大笑，这是田菲这么久以来第一次觉得自己开心和高兴。

来到神经病家，田菲说自己真的饿了，神经病麻利地开始和面。和好面后他出了后门，割了一把韭菜，摘了两个西红柿来炒臊子。炒好臊子后，开始擀面、切面。从热锅里捞出面条，用热油一泼，然后浇上臊子，一股清香顿时弥漫在狭小的厨房里。

神经病拿出一双筷子，往身上蹭了蹭，不好意思地递给田菲。看着田菲吃了一口，疑惑地看着她的表情，琢磨着到底自己做的饭好吃还是不好吃。

田菲吃了一口，脸上顿时露出满意的微笑，一会儿吃完了一碗面条，端着空碗还要吃。神经病没有办法就把自己碗里还没有吃的面条盛出一半给田菲。田菲吃饱了，又喝了碗面汤，才起身开始参观神经病的屋子。

只见房檐下的墙上，到处张贴着写的大字，什么"大展宏图""志在千里"等。当她看到"书中自有黄金屋，书中自有颜如玉"这两句诗的时候，哈哈大笑起来，指着神经病笑了半天，才上气不接下气地说："神经病，你不好好念书，不是想黄金屋就是想颜如玉，你真会做梦。"

神经病一听生气了，气愤地说："你不要小看我，我虽然参加了好几年高考，但文科专业的每一门课都在八十分以上，我就是英语不行，英语要是好，我比你田菲都要考得好，你小看人！"

田菲一听愣住了："呀呀呀，说你胖你还大喘气了，那你想学英语不？我教你，如何？"听田菲这样说，神经病看着田菲，不知道怎么回答，田菲看着他有点迟疑，接着说："现在高考取消了年龄限制，只要你想高考，社会青年照样可以参加高考，你不去考，就是自毁前程。"

"好吧，那你教我，我学。"说完，神经病急急忙忙吃完碗里的面条，麻利地洗锅刷碗，一切收拾停当，准备跟田菲学习英语。

田菲看着神经病的一举一动，他勤快而麻利，皮肤白皙，头发乌黑，干净的白色短袖扎在蓝色的裤腰里，看起来还精神得很，真像年轻时的卢阳啊！只是嘴上那胡子她不喜欢，劝他："你看你哪儿都好看，就是黑乎乎的胡子不好看，像个油腻大叔，刮了吧！"

"是吗？你等着，我刮了。"说完他就转身跑进屋子，立时传来电动刮胡刀的声音，一会儿工夫，他走了出来，立马看起来精神了许多。三七的偏分头梳得整齐好看，她越看越入迷，不由自主地走到神经病的跟前，一下子扑在神经病的怀里，紧紧地抱住他，呜呜地哭了起来。

神经病第一次亲吻了田菲，他长这么大还没有亲过女人，一番激情的亲吻过后，他一把抱起田菲，走进自己的屋子，把田菲平展展地放在土炕上，然后出了屋子关上大门。等他进屋的时候，看见田菲已经赤裸裸地躺在土炕上，睁着秀美的大眼睛看着顶棚，如同刚出浴的杨贵妃，舒展着身体。

神经病站在土炕边，看着田菲一头长发披散在脑后，有点下垂的乳房吊在胸脯的两边。当他把目光停留在女人敏感的地方时，他感觉到自己口干舌燥，心怦怦直跳，紧张得浑身有点发抖，干脆捂住眼睛，拉过被子，轻轻地盖在她的身上。

他轻声细语地说着："老师，你困了就睡一会儿，我给你烧热水去，你一会儿洗个热水澡，我就喜欢看你贵妃出浴的样子。"

神经病说完，转身去了厨房，田菲两眼慢慢地溢出热泪，顺着脸颊流淌了下来。此时，她真需要神经病的温暖，真想自己放纵一回，来报复卢阳对自己的不忠，谁知她主动了，而神经病却转身出了屋子。她把头埋在被窝里，哇哇地哭起来，她真想痛快地释放一次自己，而神经病却对她的身体无动于衷。

神经病给大铁锅里倒满水，点着火后拉起风箱，等他烧好了热水，拿过一个大铁盆，盛满热水后，便抱起田菲来到厨房洗澡。田菲惬意地坐在热水里，一边洗一边唱着："一座座青山紧相连，一朵朵白云绕山间，一片片梯田一层层绿，一阵阵歌声随风传……"他圪蹴在铁盆旁边，看得出神，听得入迷。

突然间，门口传来咚咚的敲门声，神经病透过门缝一看是哑巴来了，就赶快跑进厨房告诉田菲是哑巴来了，给她擦干身子，穿好衣服，扶她坐在椅子上，才出去开了门。

哑巴看着神经病有点慌乱的眼神，径直走进屋子，看着田菲静静地坐在椅子上看书，喝着热茶，一脸满意的微笑，这才放心了。

哑巴对着田菲比画着说，她母亲到处找她，让她回家。田菲站起来伸伸懒腰，打了个哈欠，看着神经病说："好好看书，明天来你家给你上英语课。"说完，便跟在哑巴后面回了家。

神经病站在大门口，看着田菲的背影，细高秀美的身段，一头秀美的披肩发随风飘舞在脑后，尤其是田菲回头看他的那一眼，把他的心都柔化了。他露出了幸福的微笑，发自内心的笑容长久地挂在他白皙的脸上。

田菲走了，他满意地躺在土炕上，想着女人的身体，高兴得笑个不停，又兴奋地跳下炕，走到自己写的大字旁，端详着"颜如玉"三个大字，然后拍拍胸脯，自言自语地说："我要好好读书，拥有自己喜欢的颜如玉，哈哈哈……"神经病从来没有像今天这样高兴过，兴奋地在院子里奔跑撒欢。

四十三

回家的路上，田菲低着头边走边想，神经病为什么对自己的身体不感兴趣？是自己老了吗？还是憔悴了？

走进家门，她对着镜子看过来看过去地审视着自己，卢阳对自己不感兴趣，沾上了谷鸽，神经病对自己的身体也不感兴趣，自己赤裸裸地将自己送给他，他也不要，但他为什么十几年前却对还是少女的谷鸽非礼。想来想去，人人都喜欢谷鸽，而不喜欢自己。她生气地咬咬嘴唇，照着地上吐了口唾沫，恨不能砸了面前的这面镜子。

田菲走后，神经病折腾够了，躺在土炕上跷起二郎腿，悠然自得地想着田菲美丽的胴体，突然来了冲动，浑身瞬间燥热难耐起来。

突然，他脑子里传来砰的一声枪响，人的脑浆如豆腐脑似的血糊糊地洒满一地，鲜血如喷泉四溅，爷爷拿起蒸馍蘸着脑浆，硬是塞到他的嘴里，让他吃下去。想到这里，惊得他一下子坐了起来，自己的下体瞬间如泄了气的皮球一样塌陷下去。

他想起了严打的时候，盐碱滩里枪毙强奸犯的场景。爷爷说蘸了脑浆的馒头治神经病，非按着他吃了几口，他吃后恶心地呕吐了半天，那恐怖的一幕至今让他难以忘记。

最近，他的头脑有点清醒了，在哑巴的教育下，不敢欺负女人和女孩了。田菲的到来，让他心情愉悦，精神状况一下子好了许多，也激起了他想学习的欲望和冲动。

想到了田菲，他在家里坐不住了，一路小跑地又来到了水库边，坐在柳树下，远远地望着田菲刚才洗浴的地方。他想着田菲出浴的情景，身体又亢奋起来，他希望田菲再次来洗浴，给他带来感官上的刺激和冲动。

突然传来几声"救命啊，救命啊"的呼喊声，打断了他的遐想。他站起身向远处一看，是芦苇丛后面几个洗衣服的妇女在大声地呼救。他撒开两腿，飞奔而去，跑到跟前，隐隐约约地看到水面下有黑色的头发上下漂浮。神经病赶紧脱掉上衣，一个猛子扎入水中，抓住头发把那人拽出水面，拉到岸边，岸边的几个妇女一同帮忙，才把落水人拉上岸。

神经病走近一看，原来是邻村的大婶，刚刚洗衣服时一脚踏空落入水中。几个人都夸他，说多亏他搭救，要不然大婶必死无疑了。

大婶和洗衣服的几个女人说着感谢的话语，神经病倒不好意思了，笑了笑，拾起自己的外衣，湿漉漉的裤子顺着腿脚流淌着冰凉的水珠子。他骄傲地向大坝的顶部走去，旁边就是几个女人洗的衣服和被面，晾晒在斜坡的青草上，花花绿绿地铺满了一地。

后面的女人开始议论神经病："这娃现在咋看着灵醒多了，不像以前那样疯跑和欺负女人了。"

"听说城里回来的田菲帮助他学习，他又开始看书了。"

"唉，赶快让他考上学，你看把娃折磨得真可怜。"

"是啊，真可怜。"

神经病听后笑了笑，有人开始同情自己了。他把上衣一甩搭在肩膀上，吹着口哨径直来到老八的小卖部，脱了裤子拧干水后，让哑巴把裤子晾在外面的铁丝上。他上了炕，拉过被子盖在身上，靠在土墙上和老八一起听收音机里正在播放的评书《杨家将》。

听完评书，老八才想起来开口问神经病："你弄啥去了？把衣服湿成这样。"

神经病挠挠头，看着老八和哑巴说："想看田菲贵妃出浴哩，结果邻村一位大婶洗衣服掉进深水里了，我跳下去把她捞上来了，听说是邻村队长的媳妇。"

"你一天还艳福不浅，净救些女人，说不定哪天就给你捞上来一个花媳妇，哈哈。"老八说完，高兴得哈哈大笑起来，哑巴看着老八高兴的样子，自己也莫名其妙地咧嘴笑了起来。

神经病一听，嘟囔着："你们就会挖苦人。"说完，生气地把头蒙在被窝里，不和他俩说话了，干脆自己在心里去想田菲，他们爱说什么只管说去。

第二天下午，神经病把自己以前参加高考的书籍整整齐齐地摆好，这些书籍虽然上次烧了一些，但大部分还在，他将语文、历史、地理、政治、数学按照次序整理，唯独将英语书放在面前，随意翻看起来。他想起田菲说的，英语要大声地朗读，才会提高记忆力和理解能力，想到这儿，他开始大声地朗读起来。

一会儿工夫，田菲来了，看见他在读《猴子和月亮》这一课，就给他讲解起来，并看着神经病说："有个土办法，可以提高英语水平。"

"什么办法？"

"你找些废纸和本子，一课一课地抄写，一课一课地背诵，就像学语文积累写作知识一样，慢慢英语水平自然也会提高的，不信你试一试。"田菲说完，把手搭在他的肩膀上。他能感觉到田菲呼出的热气，扑在他的脸上，就看着田菲，不由得亲了她一口。

田菲看着他说："你喜欢我吗？神经病。"他没有说话，点点头后就低下了头，看着自己脚面。

田菲笑了，看着他说："我想洗热水澡。"

神经病一听，立马合上英语书本，二话没说走进厨房生火烧水，然后拿过大铁盆，用抹布擦洗干净，倒上水，一遍又一遍地试了几次水温，感觉差不多了，把大门关好，请田菲入浴。

田菲脱掉衣服，揭起炕上的粗布单子裹在身上，来到厨房，慢慢地坐进铁盆里，一边撩水，一边直勾勾地看着神经病的反应。今天她要再次试一试神经病，看看她到底有没有吸引力。

神经病站在一边，看着田菲洗澡，田菲笑了笑，朝他撩了些水洒在他脸上，他擦了擦，捂住眼睛不敢看了。

"看你那没有出息的样子，唉！"田菲说完，自顾自地轻轻地洗浴，今天的实验只能到此结束。

过了一会儿，田菲裹着粗布单子上了炕，靠在神经病的怀里，闭上眼睛。神经病大气也不敢出，脑子里全是盐碱滩枪毙犯人的画面，他甚至连动手摸一下田菲的勇气都没有了。

田菲伤心的眼泪慢慢地涌出眼眶，她越想越生气，卢阳嫌弃自己，神经病竟然也不敢对自己做男人该做的事情，就狠狠地在他的大腿上拧了一把，恨不得咬他一口。神经病疼得大叫一声，一下子坐了起来，跳下炕去了厨房准备做饭。

过了一会儿，田菲睡着了，神经病慢悠悠地走进屋子，靠在门上，欣赏着田菲美丽的睡姿。

神经病不敢近前，就靠在门上看了半天，干脆咽了口唾液，转身进了厨房，继续给田菲做她喜欢吃的菠菜面。

神经病正在揉面，突然听见身后传来哈哈的笑声，转身一看，是田菲过来了。更让他奇怪的是，田菲竟然在自己的肚皮上用毛笔画了个孩子的图像，嘿嘿地看着神经病傻笑，柔声柔气地说："相公，我怀孕了，咋办？"

"妈呀，你快去穿衣服，要是谁来了，我跳到黄河里也洗不清了。"说完，抱起田菲就进了屋子，赶紧给她把衣服穿好，拉着她来到厨房，让她坐在凳子上烧火拉风箱。

田菲一边烧火，一边唱着："你就像那冬天里的一把火，熊熊火焰温暖了我……"一边唱着，一边深情地看着神经病忙碌地开始扯面。

直到天黑了，田菲吃过神经病做的饭后，才恋恋不舍地决定回家，他打着手电筒跟在后面，照着田菲前行的道路。

忽然一阵大风刮来，神经病抬头看看黑洞洞的天空，星星和月亮都躲进乌云里了，看来一会儿准会有雷阵雨。

送田菲回了家，神经病飞快地向小卖部跑去。他开心地想喝酒，就与老八、哑巴喝起来，几杯酒下肚，脑袋晕晕乎乎，思绪也飘了起来。

神经病看着老八问："老八哥，你有铁棍山药吗？"

老八惊讶地看着神经病，红着眼睛说："没有铁棍山药还叫男人吗？你真是神经病的问法。唉，我忘了你就是神经病啊，哈哈哈。"

神经病一听这话生气了，生气地说："那你有铁棍山药，咋说谷鸽的孩子是卢阳的，你的东西白长了。"

"呸，哪壶不开提哪壶，要不是你这张烂嘴，田菲能疯了？这个时候我早就搂住谷鸽睡觉去了，晚上想干什么就干什么，都是你这张嘴把人害了。唉，想想也怪我，贪杯误大事。现在说啥都晚了，后悔死了，喝酒。"老八端起酒杯自己喝了一杯，他真不想和神经病碰杯。

哑巴挠挠头，疑惑地看着他俩这个生气，那个气愤，就拍拍两人的肩膀，示意碰杯喝酒。

窗外，一声炸雷震响后，哗哗地下起了瓢泼大雨。喝完酒后，神经病睡不着，脑子里一遍又一遍想着田菲，女人还是好啊，男人就是离不开女人的。

想到这里，神经病笑了，他想起了与田菲的对话："男人都不是什么好东西，但离了这个东西，还真的不行，我就需要你这个坏东西，你为什么不敢？"

"我怕枪毙。"

"为啥？"

"强奸女人要枪毙的，我见过。"

"哈哈哈，瓜娃，我愿意，那不叫强奸。"

"哦。那我也不敢。"

黑暗中他偷偷地笑了，回味着自己和田菲的对话。

而哑巴和老八早已经鼾声四起，影响得他怎么也睡不着。他干脆坐了起来，好奇地伸手摸摸老八和哑巴，又摸摸自己，自豪地摇摇头，继续海阔天空地傻想，自己偷着乐。

四十四

谷鸽离开山东庄已经有半年多了。在深圳一座高大气派的写字楼里，第二十四层是深圳宏达建筑工程有限公司，经过一段时间的学习和实践，谷鸽已经在招投标方面深得董事长的赏识和信赖。

董事长六十多岁，是一位干练的女性，她一头白发，戴着一副金丝眼镜，气质不凡地坐在办公室，与谷鸽探讨着下一个招标项目。

她身子前倾，专心细致地把谷鸽做好的标书翻阅了一遍，仔细地看了一会儿最后标的价格，思考了一会儿说："谷鸽，我觉得这个价格还得再降一点，如果我们做不到让利百分之五，这次招标我们中标的机会还是有点悬，我觉得还是再降一点，你再辛苦一点，重新调整一下数据，最终的结果，我们再商量决定。"

"好的，我知道了，您先休息一会儿，做好了我来和您商量，还要您最后拍板的。"谷鸽说完站起来，董事长拍拍谷鸽的肩膀，满意地看着谷鸽转身离去。

在谷鸽的心里，她挺佩服董事长的，年轻的时候是清华大学毕业的高才生，后去美国深造，成为华尔街的才女。六十岁，又回深圳创业，创办深圳宏达建筑工程有限公司。随着改革开放，深圳处于飞速发展阶段，给建筑行业带来了前所未有的发展机遇。

谷鸽来到这里上班后，凭借农村孩子那种吃苦耐劳、兢兢业业的工作态度深得董事长的喜欢。一段时间之后，凡是重要的招投标项目，董事长都会让谷鸽牵头组织实施。丰厚的待遇让谷鸽暂时摆脱了经济上的困扰，每月都能给卢花寄去不少的生活费。

下午临下班的时候，谷鸽改好了标书，来到董事长的办公室。

董事长笑呵呵地给谷鸽冲了杯咖啡，微笑着递给谷鸽，然后拿过标书仔细地翻看着。谷鸽端着甜香浓郁的咖啡，专注地看着董事长，至于她满意还是不满意，自己心里也没有底，有点惴惴不安。

直至看到董事长取下老花镜，脸上露出满意的微笑，谷鸽心里的一块石头终于落了地。

董事长面带慈祥的笑容看着谷鸽说："给你冲的咖啡怎么不喝？"

谷鸽看着董事长，低声地说："我怕您对标书不满意，不敢喝。"

董事长呵呵地笑了，看着谷鸽说："喝吧，我满意。"谷鸽听完，才尝了一口，那种微苦伴随香甜的感觉，让她觉得自己长这么大，第一次喝到这么好味道的咖啡。

"哦，对了，一会儿下班你跟我走，晚上招待开发商吃饭，六点楼下等我。"董事长说完，戴上眼镜，继续看电脑。

谷鸽说了句好就蹑手蹑脚地退了出去，轻轻地带上了办公室的门。

走出董事长的办公室，回到自己的座位上，谷鸽心口还在紧张地怦怦直跳。没有喝完的咖啡，飘着馨香，她慢慢地抿了一口，品味着外国人常常享受的美味。

深圳大酒店，豪华包间里灯火通明，金碧辉煌。董事长和谷鸽早早来到酒店，点好菜后等待客人来吃饭。

过了一会儿，一个个子低矮、完全秃顶的男人，一身西装地走了进来，后面跟着的两个彪形大汉，站立在门口，轻轻地带上了包间的大门。

"哎呀，老兄啊，终于盼星星盼月亮地把你盼来了，西装革履，神气十足，精神得很。快，入座。"董事长站起身来，走过去和开发商老板握了下手，谷鸽赶紧起身把主位上的凳子往后移动了一下，微笑着招呼客人入座。

客人抬头看了一眼谷鸽，望着董事长说："董事长，这位是？"

董事长坐定，笑着说："这是我的业务主管，标书就是她牵头编制的，一会儿你这个大佬可要好好审看一下啊，这次中不中标就看你老兄了。"

秃头客人看了谷鸽一眼，眼神迷离地扶了下眼镜，望着眼前这样一位纯情的少妇，登时心花怒放。谷鸽白皙的皮肤，丰满的前胸，尤其刚才回到座位上的一刹那，那微微翘起的臀部，一下子吸引了他的注意力。

他是一个渔村的老大，人称渔霸，一手遮天，独霸专行，渔村是城市规划的一部分，由于渔村的规划和发展，使他在渔村高高在上，为所欲为。

董事长看着他的举动，心里嘀咕："老东西，还是那样花心，深圳圈里出名的花心大萝卜。"但为了自己的项目，逢场作戏还得学一点，董事长只能面带笑容，给他倒上一杯茅台酒说："老兄，感谢光临，不成敬意，我们大家一起先碰一杯，如何？"

"好好好。"他嘴里说着，眼神始终就在谷鸽身上飘。他脸上露出的笑容，在谷鸽眼中是和蔼可亲，但在董事长的眼里，那就是得意扬扬的淫笑。

但为了此次项目，董事长只能赔上笑脸，献上殷勤，说话客气，态度和蔼。一杯酒碰过后，秃头要标书看看，谷鸽赶紧起身去旁边的椅子上，从包里拿出标书，从她起身的时候，秃头就盯着谷鸽的背影，心里直痒痒，打起了自己的小算盘。

谷鸽走到秃头的身旁，双手郑重地递过标书，微笑着说："请您过目。"说完转身回到座位上，秃头斜着眼一直看着谷鸽。

董事长看他从头至尾的表现，气得真想过去给他一巴掌。但是，这是谈判前的接触，也是试探对方的底线，礼仪上不能有半点马虎，打掉门牙往肚子里咽的时候，也只能咽了。但是，她相信，只要她在，谷鸽是不会有什么风险的。

秃头看了一会儿，拿起大哥大，拨通了一个电话："李秘书，即刻来深圳大酒店三个六包间，带上我的药送来。立马。"

说完，他放下电话看着董事长说："身体不好，饭后要吃药的。"

"哦。那我们继续喝酒，吃菜。"董事长招呼着秃头，又看看门口站着的两个保镖说，"老兄啊，让他们坐座位上一同吃饭吧，我们吃喝，他们站在那里看着怪可怜的。"

"哈哈哈，这你就不懂了吧，他们是保镖，喝多了怎么保护我们啊？你们两个站到门外边去。来，我们喝酒，还有小美女，来和叔碰一杯，可要干了啊。"秃头端着酒杯，看着谷鸽，谷鸽没有办法，勉强地喝了一杯。

一瓶酒喝完后，董事长和谷鸽都有点晕晕乎乎的感觉，恰巧进来了一位时髦的女性，穿着高跟鞋，噔噔走到秃头跟前，把手里的药盒递给了他。秃头让她入座，然后介绍说："董事长、小美女，这是我的秘书，姓李。李秘书，你也给二位老板敬两杯酒去。"

李秘书面带微笑地端着酒杯走了过去，给董事长敬酒后又和谷鸽碰了两杯，回到座位上的时候，秃头觉得时机成熟了，就对董事长说："董事长，你的标书我看了，还是有点高，我给李秘书交个底，你们到外面再商量下，让李秘书给你圈一圈要修改的地方。李秘，你过来。"秃头在李秘书的耳朵边说了几句后，李秘书起身，客气地请谷鸽和董事长出去了。谷鸽站起来的时候，觉得有点头晕，但依然坚持着和李秘书走了出去，只是觉得有点头重脚轻。

秃头看她们都出去了，拿出药盒，给谷鸽董事长的茶杯里放了点，给谷鸽面前的茶杯里多放了点，然后回到座位上，端起酒杯痛痛快快地喝了一杯酒，想着接下来的美事，脸上露出了邪恶的淫笑。

半个小时以后，李秘书带着谷鸽和董事长回来了，秃头看着她们满意的表情，心里有数了，便说："为了我们合作愉快，大家干一杯。"

说了一会儿话，谷鸽看到董事长明显地有点体力不支，端起茶杯让董事长喝了一口，自己走到秃头跟前说："老板，中国人讲究礼尚往来，我今晚还没有给您敬酒呢，祝您身体健康，多多关照我们公司啊。"

"好好好，一定、一定！"秃头来者不拒，非常干脆地喝了几杯，喝完顺便在谷鸽的手背上抚摸了一下，嘴里啧啧称道："靓妹有福啊，手掌软绵绵的。"

"谢谢您的赏识。"谷鸽说完迅速转身回到座位上，端起茶杯喝了几口。秃头看在眼里，喜在心里，给李秘书说："去，给我们一人要一碗参汤，我们喝了撤席。今天算我请客了，李秘书结账。"

参汤还没有上来，董事长就坐不住了，迷迷糊糊地趴在桌子上睡着了。谷鸽此刻还清醒着，让服务生去楼下把司机叫上来，先送董事长回家。

安顿完一切，谷鸽突感浑身发软，腿沉重得像灌了铅一样站不起来。她迷迷糊糊地看着司机扶着董事长走了，自己想站起来，却一头倒在了旁边的沙发上。秃头笑了，拿起茶杯大口地喝了一杯，给李秘书使了个眼色，她心领神会，出门把保镖叫了进来，指了指迷倒的谷鸽，两位保镖明白了，一个保镖走上前抱起谷鸽出了包间的大门。

四十五

山东庄，小水山突然间在卢花的怀里哭闹个不停，卢花赶紧站起来，又是晃又是摇的，但小家伙仍然在卢花的怀里哭得脸色发青。他扯着嗓子号叫，挣扎得差点从卢花的怀里掉落下来。

卢花心想，这小家伙到底是怎么了？是吃撑了，还是想妈妈了？还是怎么了？

卢花老公听见孩子哭闹便走了过来，把小水山从卢花的怀里抱过来，使劲摇晃着，来回地转着圈，但孩子还是哭闹个不停。卢花暖热了手，伸进孩子衣服里摸了摸肚子，觉得不像是吃撑了。孩子到底怎么了，急得卢花额头上冒出了汗珠。

"不行就送去医院看看吧。"老公的提醒让卢花有了主意，赶紧拿过一件外衣把孩子裹好。卢花老公推过自行车，卢花转身给女儿说在家照看好弟弟，两口子急急忙忙地抱着小水山出了门，直接去了镇上的医院。

大夫量了体温，又看看孩子的舌头，用听诊器听了一会儿，然后摸摸小水山的肚子，轻轻地揉了揉，取下听诊器看着卢花两口子说："孩子没有什么大毛病，晚上睡觉前还是给孩子少吃点，老人不是常说，要想婴儿安，多受饥和寒，我给你开点小儿安，你回去给孩子冲着一喝。"

"哦。没事就好，你看孩子哭得把我们紧张得不行。"卢花把孩子的脸贴在自己脸上，眼泪急得都流出来了。

大夫笑笑说："没事，孩子有时哭闹也是一种锻炼，哭一哭就好了，他不会说话，难受了就会哭闹，这很正常。"

回来的路上，小水山哭累了，躺在卢花的怀里睡着了。月光下，凉风一阵阵地吹来，卢花裹紧衣服，把孩子贴在怀里，坐在自行车后座上，紧紧地抱着孩子不敢松手。

山东庄的夜晚格外寂静，田菲坐在院子里，看着满天的星辰，想起了女儿卢薇。她双手托着两腮，看着闪亮的北斗七星说："卢薇，你能看到妈妈吗？妈妈想你啊，你知道不？你爸爸做了坏事，不要妈妈了，你能下来看看妈妈，安慰下妈妈吗？卢薇。"

田菲母亲靠在门框上，心疼地看着女儿一个人半夜三更孤独地坐在院子中间，轻轻地走过去给她披上一件外衣。看着她专注地仰望着繁星闪烁的天空，也不知道女儿到底在看什么？想什么？

母亲转身的时候，田菲说："妈妈，你能陪我坐会儿吗？我想卢薇了，孩子怪可怜的，那么早就走了，都没有成年，多可怜啊！"说完，田菲掩面痛哭起来，凄惨的哭声回荡在寂静的夜空里。

母亲好说歹说，田菲才打算回屋睡觉，嘴里喃喃地说："妈妈，卢薇要是回来咋办？她能听见我的哭声啊。"说完，她又抬头看天空中的繁星。母亲拽着她回了屋子，叹息着说："唉，可怜的娃啊，你以后都这样的话可咋办啊！唉！"

第二天中午，骄阳似火，田菲又来到水库边，走到芦苇丛边脱去外衣，走进常常洗浴的地方。四周芦苇摇曳，热浪袭来，她慢慢地把自己浸入水中，撩着水花，看着芦苇丛中的鸟窝。附近有两只叫不上名字的小鸟，叽叽喳喳地叫着，扑棱棱地飞着，清脆地鸣叫着飞入高空。

神经病每天都会来到柳树下，今天又发现田菲在那里洗澡。再往远处一看，邻村的几个男人圪蹴在大坝上，抽着烟嬉笑着看着田菲洗澡。

在农村，能看见女人洗澡，可是稀奇刺激的事情。他们一边看着，一边打闹着，主要想欣赏田菲出浴后的舞蹈，那太吸引人了。

神经病一看不高兴了，折下一根柳树枝，怒吼着冲了过去，几个小伙子一看神经病冲了过来，吓得起身跑开了。看见他们跑远，神经病才又回到柳树下，一边远远地看着田菲在水里嬉戏玩耍，一边警戒，谨防那些不怀好意的男人再次出现。

田菲洗了一会儿，出了水面，披上粉色的裙子轻歌曼舞，当她转身仰望远处的时候，看见神经病坐在柳树下面，专注地看着自己，便朝他招招手，示意他下来。

神经病摇摇手，继续坐在柳树下，看一会儿田菲的表演，看一会儿英语书，朗朗地读上几句。

田菲跳累了，擦干净身上的水，穿上裙子，来到神经病面前。她想坐一会儿，神经病赶快折下不少树枝铺在地上，让田菲坐下来。田菲让他读英语，他就大声地朗读起来，田菲靠在树干上，渐渐地进入梦乡。

神经病看田菲困了，就脱下自己的外衣，轻轻地盖在她的身上，并拿着一截树枝轻轻地摇晃着，驱赶着嗡嗡飞来的苍蝇。

一阵大风吹来，田菲醒了，看见神经病站在那里闭上眼睛，轻轻地摇着手里的树枝，好像都瞌睡了。她呵呵地笑了，大喊一声："神经病！"

他猛然惊醒，打了个哆嗦，一看田菲睡醒了，便扔了树枝，想坐在田菲旁边。田菲却把他一把推倒了，看着他仰躺在地上，田菲哈哈大笑，笑够了才说："我饿了，想吃你做的菠菜扯面。"

神经病高兴地一骨碌爬了起来，提了提裤腰，说："走，贵妃前面开路。"说完，高高兴兴地跟在田菲后面往村子走去。

走到家门口，他从菜地里拔了一把菠菜，清洗干净后，放进水里煮了一会儿就捞到案板上，砰砰地剁碎后盛在面盆里，舀入一瓢面粉，用盐水和好面后便开始生火烧水。

他麻利地揉好面，醒了一会儿后用擀面杖擀好面摊在案板上，再用刀将面切成裤带状，然后转身看锅里水开了，便提起切好的面扯成不规则的片状，扔进开水锅里。

田菲一边烧火，一边看着神经病满头大汗地做饭，便起身给他擦擦脸上的汗水，女人久违的感激涌上心头，突然间从后面抱住神经病的腰，眼中噙满了泪花。

面捞出后，神经病往面上撒点红辣椒面、葱花、盐和味精，用热油一泼，刺啦一声后，厨房里辣香四溢，再往面里倒点柿子醋，田菲肚子早已咕咕叫了，香喷喷的面食吃得她嘴角流油，胃口大开。

吃完饭，神经病又盛出一碗热面汤说："贵妃，原汤化原食，把面汤喝了。"

田菲吃饱了，满意地拍拍他的肩膀，想看他写毛笔字，神经病擦擦头上的汗水，一挽袖子，高兴地说："皇帝写字，贵妃请欣赏。"他走到房檐下的书桌旁，大笔一挥写了四个苍劲大字："鹏程万里。"

田菲出门后，一天都没有回来，田菲母亲就来到小卖部示意哑巴去寻找。哑巴明白了，出了屋子直奔神经病的家里，推门而入，看见神经病和田菲在那里观赏和讨论写的大字，他放心了，过去拽着田菲就要往回走，田菲死活不回去。

哑巴没有办法，坐在椅子上抽烟，看他俩一会儿讨论毛笔字，一会儿拿起书本指指点点，一会儿又不知说了什么，田菲拿着笤帚满屋子追打神经病，看得哑巴哈哈大笑，不停地拍手。

直至夜幕降临，田菲才在哑巴的"押送"下回到了家里，神经病依然跟在她身后，看到田菲进了家门，神经病才和哑巴一同去了小卖部。

四十六

深圳一座公寓里，秃头吃过春药，端着一杯红酒，坐在欧式床边的椅子上，一边品酒一边欣赏着躺在床上的谷鸽。他喝一口酒，看一眼床上的女人，其实女人在他眼里都是一样的，都是他玩弄和发泄的猎物。他不但是个色狼，也是个变态狂，只要到手的猎物不是被折磨致残，就是被撕咬得遍体鳞伤，看着床上到手的猎物，他狰狞的脸上露出了邪恶的淫笑。

第二天天亮后，秃头冲澡换衣，打上领带，叫醒隔壁的李秘书，扔给她一张卡，看着她说："里面有十万，密码你也知道，等她醒了，把卡给她，用车把她送回公司。"

李秘书看着秃头满面红光，心想，每一次秃头只要折磨自己，自己三天都缓不过劲来，但每次秃头扔给自己大把的人民币和港币的时候，想想乡下的孩子和家人，又没有了摆脱他的勇气。

直至下午，谷鸽才渐渐地有了意识，迷迷糊糊地听见外面有人说话，她揉揉发胀的太阳穴，隐约地听见好像是秃头的声音："李秘书，还没醒吗？"

"是啊，你的药下得有点重了，一直在昏睡。"

秃头回来拿东西，收拾完毕给李秘书说："收了钱就好说，如果不要钱，寻死觅活报警的话，就废了她，让她变成哑巴，或者做了她，扔到海里去。"

秘书听完，心头一惊，真是个畜生，耳边又传来他淫笑的声音："不过嘛，现在的女人哪个不喜欢钱，你不也一样？女人嘛，和谁睡觉不是一样，比如你，哈哈哈……"秃头说完，走到她的身后，在她的屁股蛋上捏了一把，然后出了大门，带着保镖扬长而去。

谷鸽听完外面的对话，慢慢地灵醒了，知道自己遭遇了什么。她摸摸身上，一丝不挂，动了动双腿，感觉全身火辣辣的刺疼，脑袋像爆炸了似的难受。她闭上眼睛，呜呜地哭起来。听见哭声，李秘书走了进来，把衣服扔给她说："唉，可怜的女人，穿上衣服吧，别哭了。"

她看了谷鸽一眼，遍体鳞伤，青一块紫一块的，都是女人，她也心软了，看着谷鸽心疼地说："秃头就是野兽，我们做女人都可怜啊。"她刚说完，谷鸽就撕心裂肺地哭号起来，李秘书走过去坐在床边，轻轻拍着她的肩膀说："妹妹，认命吧！女人说白了就是有钱男人的玩物，玩腻了，就会把你一脚踢开，男人都不是好东西，但我们为了生存，又有什么办法！"说完，她拿出一张银行卡递到谷鸽的面前说："这是那个禽兽给你的补偿，卡里面有十万，密码六个六。"

谷鸽拿起银行卡扔给李秘书，一边穿衣一边说："给你拿去花吧，我不要这样的脏钱。"她穿上衣服，踉踉跄跄地出了门。

下了楼，她连东南西北都分不清，迷迷糊糊地出了公寓的大门，她之所以说出刺激李秘书的话语，是因为她听到了刚才秃头说的话，她想到了孩子，她要努力地活下去，不能让丧心病狂的畜生害了自己。她打算先回公司去找董事长，她发誓要拿起法律的武器为自己出气，来惩治恶人。

谷鸽走后，李秘书苦笑了一声，无奈地摇摇头，然后拿起银行卡得意地笑了笑，装进了自己的兜里。

出了公寓的大门，谷鸽拦住了一辆出租车，告诉司机去火车站附近的宏达建筑公司，然后坐在后座上双手捂着脸默默地落泪，忍受着身心的疼痛和被侮辱的愤怒，一度痛苦得浑身颤抖。

她踉踉跄跄地走进董事长的办公室，看见董事长正在屋子里转圈圈。她看见谷鸽回来，连忙走上前，拉着谷鸽的手说："孩子，你去了哪里啊？害得我等了你一天，找你的人出去两拨了。"

谷鸽看见了董事长，突然间两腿发软，眼前一黑晕了过去，扑通一声跌倒在地。

董事长赶紧喊人，大家七手八脚把谷鸽抬到沙发上，董事长又是喊名字，又是掐人中，谷鸽才慢慢地清醒了过来，喝了几口水后，一下子扑到董事长的怀里，凄惨地大哭了起来，众人见状，纷纷退了出去。

"董事长，我被那畜生下了药。送走您后，我什么都不知道了，醒来后才知道被那畜生糟蹋了。"董事长一听先是一惊，怪不得自己回来也是昏昏沉沉地睡到第二天早晨，原来那畜生早有预谋地想害她们，便说："不行，我们得报警。"

谷鸽睁开红肿的眼睛，看着董事长问道："董事长，不会影响我们的投标吧？如果影响，我宁愿受辱，也不想耽误我们项目投标的大事啊。"

"真是傻丫头啊，都什么时候了，还说这话，赶快去医院取证验伤，然后我们报警。走！现在是法律社会，岂容这些披着人皮的豺狼逍遥法外？"董事长说完，打电话叫来司机，赶快送谷鸽去医院。

大夫先给谷鸽进行了检查和治疗，然后提取了证据，等警察来了，又是拍照又是询问，然后做了笔录后，让谷鸽先住院治疗，等待消息。

董事长看着谷鸽的惨状，可怜的孩子为了自己的公司，竟然遭此劫难，气得咬牙切齿，斩钉截铁地说："这次我一定要为谷鸽讨个公道。我就不信了，法治社会岂容这样的畜生为所欲为？"说完，也没有多想，拿起电话把秃头足足骂了半个小时，然后告诉他法庭上见。

秃头放下电话，觉得这次遇到了硬茬，看来这女人是要伸张正义了。秃头想到这里，蛮横地大叫："在深圳，没有我秃头摆不平的事情，要不然我就不叫渔村的渔霸了！"他在屋里转了几圈后，唤来保镖，密谋如何加害女董事长和谷鸽的事，必要的时候打算杀人灭口，扔到远海里去喂鱼。

但他这次打错了算盘，董事长早已报了案，新上任的公安局局长把这起恶性案件列为大案要案去办，下定决心要整顿建筑市场，净化社会环境，打掉地方保护伞，扫黑除恶，为老百姓讨回公道，为深圳的开放和发展保驾护航。

谷鸽接受治疗后，董事长把她安排在秘密的地方休养，然后去了地方妇联，反映了黑恶势力的暴行。后来又到报社，揭露秃头的流氓暴力行为，以弘扬正气，打击黑势力，还受害者一个公道。

下午，她回到公司处理业务的时候，她坐的轿车遭到一辆拉土车的重撞，善良朴实的司机大哥因伤重不治而亡，董事长也身受重伤。

秃头回来听到这样的消息后，上前就给了两个保镖一人几个耳光，气急败坏地说："我让你们先教训和吓唬一下她们，你们倒好，闹出人命来了，那个女人还没有找到，她是证人，明白吗？这下完了！完了！"秃头着急地在屋子里转圈圈，在心里想着对策。

"李秘书，把我们的资金转移到香港，做好出逃的准备，快！快！"秃头声嘶力竭地怒吼着，像疯狗一样。

宏达公司董事长出了事，一死一伤，这就是典型的恶性案件，恶人真是疯狂得不择手段。公安局立即开始抓捕秃头等人，以防他们狗急跳墙，或者从海路逃跑。

秃头带着李秘书和两个保镖匆忙来到车库，刚出电梯就被控制。秃头一看公安局来人了，两腿发软，一下子瘫坐在地，昔日飞扬跋扈的渔霸，如今变成了瘫软在地的癞皮狗。

一个月后，在从重从快的原则下，秃头和两个保镖被判处死刑，立即执行；李秘书因有身孕，没有直接参与此案，被判处五年有期徒刑，缓刑两年监外执行；渔村派出所所长被移送司法部门另行处理。恶霸一方的秃头及黑恶势力得到了应有的惩罚和打击。

宏达公司董事长因身体原因，需要去美国接受进一步的治疗和休养，公司的经营和管理暂时委托谷鸽负责。

去机场的路上，董事长一路攥着谷鸽的手，想想这一个月来的经历，惋惜地说："谷鸽，你还是太年轻，经事太少，人生的道路上充满着各种风险和陷阱，但也充满着机遇和挑战，我们要吃一堑长一智啊！公司今后就交给你了，你一定要管好这个团队，大胆地去工作，我在美国等你的好消息。"

临登机的时候，谷鸽扑进董事长的怀里泪流满面，她扑通一声跪在董事长的脚下，磕了个头，然后起来说："董事长，我想叫您一声妈妈，您有儿子，没有女儿，我今后就是您的女儿，您救了我，也是我的再生母亲，您接受吗？"

董事长抚摸着谷鸽的脸蛋，看着漂亮可爱的女子，也是个命运多舛的女人。她泪眼模糊了，心疼地说："谷鸽啊，你就是长得太漂亮了，才招来别人的惦记，能有你这么一个漂亮的女儿，也是我的福分了，我认你这个干女儿，大胆地去工作，有事给我打电话，我走了，已经安排了人保护你，你自己也要小心，保护好自己啊，女儿。"

"妈妈早日康复，我等你回来。"谷鸽说完，紧紧地抱住董事长不想松手，此时此刻，她才觉得自己好幸福、好温暖啊。

四十七

时间就是金钱，效率就是生命，发展才是硬道理。改革的春风吹遍了神州大地，滋润了华夏大地。经过五年的发展，深圳这座现代化的城市初具规模，宏达建筑工程有限公司在谷鸽呕心沥血的经营之下，成了建筑行业的老大和利税大户。

随着经济的飞速发展，城市规模不断扩大，国内大大小小的建筑队伍云集深圳，谷鸽根据市场的变化，先后经历了盘活资产、成立设备租赁公司、招投标等分公司，也有大量的外地公司进驻深圳寻求发展机遇，大多挂靠宏达公司。随着公司规模的不断扩大，她一边加强管理，一边灵活经营，在建筑行业闯出了一片属于自己的新天地。

谷鸽抓住商机，以自己的名义申请注册了深圳谷鸽图文有限公司，承接企业和个体的打字、复印、文本装订、工程图纸打印以及广告宣传制作等，几年下来赚到了属于自己的第一桶金。

如今，儿子水山已经六岁多了，她给卢花家安装了座机，随时都可以和儿子通话，聊聊学习的事情，听听儿子给自己背诵唐诗和唱歌，这也是谷鸽忙完公司的事情后最开心的时间了。

冬季来临，一场大雪覆盖了山东庄翠绿的麦田，南北狭长的水库里，蔚蓝的水面上已经结了一层厚厚的冰，几个孩童在水库边奔跑玩耍，他们捡拾起小石头奋力地扔在冰面上，石头摩擦冰面传出清脆刺耳的响声，一个个高兴得手舞足蹈。

过了一会儿，他们开始滑冰，突然间，一个孩童不小心跌倒，薄脆的冰面突然断裂，孩童惊叫一声后，跌入冰冷的水中，瞬间没了踪影，岸边的几个孩子大喊："救命啊，有娃落水了！"

在水库大坝的雪地里疯跑的田菲，突然听到孩子的叫声，低头往下一看，真有孩子落水了，立即飞奔而去。到了水边，她看见小孩的脑袋露出水面，又沉了下去，便奋力伸手去拉，她脚下不稳，突然滑入水中。入水后，她迅速抓住孩子的小手，奋力地将其拉过来推向岸边。

孩子被几个小孩拉了上去，可田菲脚下一滑，滑入深水区，一阵扑腾后沉入水底，没有了踪影。此时，跟在田菲后面不远处四处游荡的神经病，发现岸边乱哄哄的，他飞奔而来，听说田菲落水，便脱了棉袄，一头扎进冰冷的水中。第一次没有抓到田菲，他深吸了一口气，再次钻入水中抓住了田菲的头发。他使出浑身力气将田菲拽出了水面，艰难地推向岸边。

看着田菲被人拉上了岸，神经病突然感觉一阵腿抽筋，已无力游到岸边，慢慢地沉了下去，最后拼尽力气说："田菲，我喜欢你，你。"话还没有说完，渐渐地沉入刺骨的水底，渐渐地失去了意识。

孩子们的哭声和喊声，惊动了路过的大人，大家纷纷赶来救人，田菲昏迷不醒，神经病再也没有露出水面，人们着急地站在岸边惋惜地落泪。

田菲这次救上来的孩子就是小水山，他和邻家的孩子到山东庄外婆家来玩。两人一路蹦蹦跳跳地来到山东庄，结果在冰面玩耍时，不慎掉入水中。昏迷不醒的田菲也不知道自己所救的孩子是自己常常挂在嘴边的"杂种"，是她老早就想捏死的孩子。

神经病为了救自己默默喜欢的田菲，献出了自己的生命，遗憾地离开了人世。

孩子并无大碍，田菲被紧急送到了县医院。哑巴给铁耙绑上一根绳子，一遍又一遍地扔进深水中，费了九牛二虎之力，终于钩住了神经病的胳膊，把他的尸体捞了上来。

哑巴抱着神经病已经僵硬的身体号啕大哭，不停地拍打着神经病冰凉的脸。神经病由于溺水时间太长，脸色铁青，双目紧闭，早没有了呼吸，头发不一会儿就结了冰，硬扎扎地竖了起来。

大人和孩子们看着眼前悲惨的一幕，哭声一片。哑巴背起神经病，踩着厚厚的积雪，艰难地爬上大坝，回到了小卖部。他把神经病放在热炕上，烧了壶热水，不停地擦拭着神经病身上的污泥，给神经病洗了头，洗了脚，剃了胡子。神经病的哥哥买来了老衣，哑巴一边落泪，一边给他穿上厚厚的棉衣，然后盖上了被子。哑巴静静地看着他躺在土炕上，想着他由坏变好的过程，想着他两次奋不顾身搭救田菲的经历，想着与他喝酒干活的过往，蹲在地上，号啕大哭起来。

　　几个孩子也在大人的带领下，齐刷刷地跪在地上，哭成了泪人，一边哭一边叫着："伯伯，你醒一醒啊，我们再也不叫你神经病了，伯伯，你醒一醒啊！"

　　孩子们的哭声，引来了妇女们不停的抽泣声，其中就有匆匆赶来的卢花。她捂住嘴不停地哭，看着为了救水山和田菲而失去生命的神经病，他躺在炕上一动不动。她伤心地圪蹴在墙角，哭得上气不接下气。神经病的死，使山东庄的人们再一次沉浸在悲恸的气氛当中。

　　卢阳接到电话后，匆忙赶到县医院，田菲由于溺水时间太长，虽然命保住了，但一直处于昏迷状态。所以，根据大夫的意见，田菲被连夜护送至省城重点医院。

　　经过省城医院的全力抢救，田菲终于在三天后慢慢地睁开了眼睛，但是，她谁也不认识了，也不会说话了，似乎变成了一个植物人。

　　看着田菲为了救自己的儿子成了这个样子，卢阳感激加同情，两眼泪花点点，攥着田菲干瘦的手，期待她早日康复。

　　大夫说："病人暂时失忆和没有知觉，是大脑缺氧时间太长造成的颅脑损伤所导致的，一段时期的康复治疗后，病人恢复健康的可能性是很大的。你要有信心，但病人的恢复还是需要一大笔费用的，你要有思想准备。"卢阳听完，心里才渐渐地安稳下来，他一定要想办法救治田菲，因为她的经历实在太可怜了。

　　山东庄发生的事情，也惊动了乡镇和县委，田菲和神经病的英雄事迹迅速传遍了全县。在县委宣传部的宣传下，全县迅速掀起了捐款热潮，一定要让英雄恢复健康，一定要为死去的英雄召开隆重的追悼大会。

远在深圳的谷鸽接到了卢阳和卢花的电话，坐飞机赶了回来。她出了机场，直奔省城重点医院，由她出钱，给田菲安排了最好的康复大夫和护工，她一定要让田菲姐恢复健康，不论要花费多少钱。

安排好一切后，谷鸽惴惴不安地来到田菲的病房，扑通一声跪在病床前，抓住田菲的手呜呜地哭了起来："田菲姐啊，妹妹这辈子对不住你啊，真没有想到，是你救了我儿子的命，我该咋报答你啊，妹妹希望你早日康复啊！"

卢阳看着谷鸽跪在那里痛苦地落泪，走了过去扶起她，并劝说她不要哭了。谷鸽站在床边，望着扑闪着眼睛，但毫无知觉的田菲，好想扑在姐姐的怀里大哭一场，乞求她原谅自己。

第二天，谷鸽和卢阳、卢花回到了山东庄，参加了神经病的追悼会，他被追认为"见义勇为"英雄模范，追悼会结束后被安葬在了县烈士陵园。谷鸽带着儿子在救命恩人的坟前长跪不起，要是没有他和田菲的舍命相救，自己的儿子早就没了性命。神经病曾经欺负过她，但也救了她的儿子，恩恩怨怨，唯有生命重要啊，想到这里，谷鸽悲伤不已。

从此以后，山东庄好多大人和孩子都记住了神经病的名字，他叫王福长。虽然他的人生坎坷复杂，但他见义勇为的英雄行为，让山东庄的人们永远记住了他，永远怀念他。

谷鸽安顿好田菲后，为了让卢花专心地在医院照顾田菲，她和卢阳商量，准备把儿子带到自己身边，到深圳去上学。临走前，她给康复医院预存了足够的治疗费用，以保证田菲姐治疗的需要。

下午，她又回到山东庄，把老八和哑巴叫到一起，先给老八说："老八哥，你不要怪我无情，虽然我们夫妻一场，最终分道扬镳，但是我不能让你永远清贫下去，我要帮助你。"

谷鸽又拉着哑巴大哥的手，从兜里掏出两万块钱，递到他的手里，用手指了指身后的小卖部，做了个推倒的姿势，又两手张开，做了个扩大的姿势，哑巴明白了，一直点头致谢。

临走时，谷鸽对老八说："老八哥，你和哑巴大哥相依为命，都是我这辈子应该感恩的人，你俩把现在的小卖部扩建一下，建成规模较大的超市，既可以维持你们的生活，也可以方便山东庄的父老乡亲，好吗？"

要回深圳了，谷鸽又带着儿子去了趟烈士陵园，给福长大哥磕了三个响头，心里默默地说："福长大哥，别人都叫你神经病，我也喊了你几十年，我现在不恨你了，其实，你是位心地善良的好大哥，谢谢你，福长大哥，你是我儿子的救命恩人，他会一辈子记住你的，你安息吧，我的好大哥。"

走出陵园，谷鸽眼泪汪汪，几次回身眺望福长大哥的墓碑，感恩的心情让她的泪水慢慢地模糊了视线。

怀着沉重的心情，谷鸽恋恋不舍地离开了山东庄。

四十八

下了飞机，深圳的冬天依然温暖如春，谷鸽脱掉大衣挂在臂弯上，背上背包，拉着儿子的小手，低头向机场出口处走去。

司机小王远远地看着总经理带着儿子走了过来，快步跑到出口处，圪蹴下来，看着小水山说："小朋友，如果我没有猜错的话，你就是小水山吧？"

水山抬头看了妈妈一眼，谷鸽笑了，点点头说："儿子，快叫小王叔叔。"

"小王叔叔好。"他刚说完，小王就一把抱起他，让他骑在自己的脖子上，高高兴兴地走出了机场。水山爽朗的笑声不断，谷鸽微笑着跟在身后，一同走向停车场。

第二天，小水山被送到了寄宿学校，办完一切手续后，谷鸽把儿子揽在怀里说："儿子，到了寄宿学校，再也不能像在农村那样，欺负小朋友，到处乱跑。要和同学们在一起好好地玩耍和相互学习，吃饭不能挑肥拣瘦，要听老师的话，知道了吗？"

儿子听话地点点头，拉着老师的手走了。他一边走，一边回头看妈妈，笑嘻嘻地朝妈妈挥手，而谷鸽已经眼眶湿润，转身出了学校的大门。

坐到车上，她的眼泪才哗哗地流淌下来。小水山来到这个世界上后，给她带来了幸福，也给她带来了无尽的苦难。如今，为了救他，福长大哥溺水而亡，田菲成了植物人，卢阳辛劳奔波，她越想心里越难受，真想找个地方痛痛快快地喝醉，忘掉心中所有烦恼和不快。

时光一晃一个月过去了，谷鸽正在工地检查，手机响了，是董事长从国外打来的长途。告诉谷鸽她后天要来深圳的消息，谷鸽高兴地说：“好的，好的，后天我在机场接你，妈妈，我等你。”

当天中午，谷鸽早早地就来到机场迎接董事长。当谷鸽看到董事长坐在轮椅上缓缓地由远而近便激动地招手致意，还没有等董事长来到出口处，就急忙跑了过去，拉着她的手说：“董事长妈妈，我好想你啊！”

“叫妈妈就妈妈，还董事长妈妈，你这个女儿啊，呵呵。对了，这是你哥哥，我的儿子。”董事长抬头看着谷鸽，然后转身又对推着轮椅的儿子说，“国华，这就是我常给你说的谷鸽妹妹，以后你可要好好地帮帮这个妹妹啊。”

谷鸽望了一眼高大稳重的国华哥哥，赶紧和他握手，笑着说：“我终于见到国华哥哥了，过去董事长常和我说，你可是国外大学的教授，你在我的眼里可是个了不起的大人物啊。”

国华听谷鸽说完，和妈妈一起哈哈大笑起来。

出了机场上了车，董事长发现谷鸽以前乌黑的秀发已经全部花白了，心疼地说：“谷鸽，你瘦了，也黑了，把公司管理得得心应手，效益连年增长，你辛苦了，可要注意身体啊。”说完，她拉起谷鸽的手，又轻轻地抚摸着她的头发，看着谷鸽的黑发中夹杂着不少的白发，轻轻地叹息了一声。

谷鸽笑了笑说：“妈妈，人哪有不老的啊，我希望您这次回来不要走了，好好坐镇公司，也让我有机会好好地伺候伺候您，咋样？”

国华听罢，在前座转过身来说：“妹妹，老妈这次来，可是要把公司全部交给你的，她要去颐养天年，法律手续都准备好了。”

“妈妈，你来了又要走啊？”

妈妈点点头，拍了拍谷鸽的手背说："妈妈老了，经历了那次车祸后，常常头疼，腿也越来越没有劲了。我把公司交给你，是完全放心的，我相信，你一定会把公司管理好的。"

那场车祸，让董事长致残，也毁了她心爱的事业。那一年也是谷鸽人生最黑暗的一年，想到这里，她扑到董事长妈妈的怀里，默默落泪。

煤城，卢阳坐在办公室里，心烦意乱，起身走到窗前，打开窗子，一股冷风扑面而来。天空中大雁排着人字形的队伍，嘎嘎叫着向南方飞去，渐渐地消失在远方的山峦后面。

如今，谷鸽带走了水山，田菲生死未卜，卢阳身边的亲人走的走，伤的伤，他一下子觉得心里异样地悲凉起来。他走到镜子跟前，发现两鬓渐渐增多的白发，苍凉之感油然而生，点上一支烟，抽了一口，烟雾袅袅升空。此时的他被沉重的生活担子压得有种窒息的感觉。

省城康复医院，卢花端来一盆热水，给田菲擦洗身子，换上了干净的睡衣。当她把田菲放平躺好的时候，感觉田菲的脚动了一下，她赶紧走了过去，在田菲的脚心轻轻地挠了一下，田菲果真又动了一下。

卢花高兴地冲出病房，冲向大夫办公室，一边跑一边大喊："大夫、大夫，我嫂子的脚动了，她有知觉了，快去看看。"

大夫和护士走进病房，大夫也挠了挠脚心，田菲的脚果真在动，又看看她的眼睛，回头说："我们的治疗有结果了，病人不久就会恢复意识，很快就会清醒的。"

"是吗，那太好了，那我赶快给我哥打电话。"卢花说完，高兴地把这一天大的好消息告诉了哥哥。卢阳放下电话，高兴地从座位上蹦了起来，拍了拍额头说："唉，真好啊，苦命的田菲终于有救了，真是命不该绝啊，大难不死，必有后福。"

第二天一大早，卢阳风尘仆仆地赶到了康复医院，一路小跑走进病房。看见田菲已经睁开了深邃的大眼睛，他抱起田菲，抚摸着她消瘦的面庞，连声叫道："田菲，我是卢阳，认得出我吗？"

田菲扑闪双眼，直直地看着卢阳，嘴角紧闭，一言不发，脸上没有任何表情。卢阳有点失望，轻轻地放下田菲，转身去了大夫的办公室询问情况。大夫告诉他："病人正在逐渐地恢复意识，大脑损伤，自我恢复起来有个过程的，你也不要太着急，她能苏醒过来，就离康复不远了，你要相信我们。"

回到病房后，卢阳用勺子给田菲喂了几口水。听了大夫的话，卢阳心里有底了，高兴地把这一情况告诉了谷鸽，他能想象和感觉到电话那头的谷鸽高兴的样子。

十天以后，田菲第一个认出的人是陈伯伯。他回国后，知道了田菲最近的情况，顾不得休息，匆匆赶到省城康复医院。当他走进病房的时候，田菲斜靠在病床上，慢慢地坐直了身子，轻轻地抬起了双手，嘴里喃喃地说："陈伯伯，你、你好啊！"田菲苍白的脸色渐渐地露出了久违的微笑。

"孩子，你受苦了！"陈伯伯上前一步，握住田菲干瘦的双手，把她揽在怀里，抚摸着她花白的头发，鼻子一酸，眼泪不由自主地滚落下来。

他轻轻地将田菲靠在床头上，从兜里拿出一盒巧克力，取出一块喂到田菲的嘴里，她微笑着说："陈伯伯，好吃，好吃。"

卢花实在看不下去了，转身走到阳台上，双手捂住自己的脸，竟然呜呜地哭了起来。

陈伯伯又给田菲剥了几个从美国带回来的开心果，看着田菲说："孩子，你张开嘴巴，伯伯喂你，你慢慢地吃。"田菲吃了几个，慢慢地咀嚼着，脸上露出了孩子般可爱的笑容。

"孩子，伯伯知道了你这几年的遭遇，你现在是救人的英雄，家乡人民都在学习和宣传你的英雄事情啊，你了不起，伯伯为你骄傲啊！"听了陈伯伯的一番话，田菲不知道听懂还是没有听懂，抓住陈伯伯的手，看着他的眼睛，先是笑了笑，继而两眼溢满泪水，呜呜地哭泣起来，边哭边说："陈伯伯，我想卢薇啊，我女儿要是还活着，该成年了，伯伯，我想女儿啊！"

田菲扑在陈伯伯的怀里，放声地大哭起来。

站在一旁的卢阳、卢花不断地抹泪，陈伯伯轻轻地拍着田菲的肩膀，眼泪汪汪地说："孩子，你哭吧，哭一哭心里会舒服一点。唉，真是个苦命的孩子啊！"

四十九

深圳，谷鸽听到田菲康复的消息后，心里非常高兴。此时，她刚陪董事长吃完早饭，董事长说："孩子，我这次回来还有一件重要的事情要办，那就是去陵园祭拜一下我的司机，回来后去看看他的妻子和孩子，这次我离开深圳后，也许以后再没机会来深圳了。"

谷鸽听完点点头，给董事长倒了杯热水，放在她的面前，然后给司机小王打了电话，让他九点到楼下等候，并提前准备一束鲜花。九点国华推着轮椅，谷鸽拿了一块棉毯盖在董事长的腿面上，三人一同下了楼。

半个小时以后，他们来到了郊外的吉田永久墓园，董事长亲手把鲜花放在墓碑旁，谷鸽摆上祭品，站在董事长的身旁，三人郑重地三鞠躬。董事长看着墓碑上"王泰安之墓"几个大字，擦擦眼泪说："老王大哥，妹妹来看你了，你跟随我多年，为我开车又稳又细心，真没有想到我们会遭遇劫难，让你失去了生命。唉！妹妹这次来看看你，下午再去看看你的妻子和孩子，以后也许再也没机会来祭拜你了，我们以后在那个世界再见吧！"

董事长说完，几个人都默默地落泪了。临走的时候，董事长再次摸摸老王的墓碑，说道："老王大哥，妹妹走了，我会想你的，谢谢你给我付出的一切。再见了，老王大哥。"

出了墓园，他们一行直接来到了王泰安妻子居住的小区。这套房子，是老王死亡后，董事长亲自选购的，她到乡下把老王的妻子和孩子接到城里，让他们一家住在这里，以报答老王多年对自己的付出。

谷鸽又让老王的孙女来到公司工作，给她奶奶每月领一份工资，使他们的生活问题得到了解决。

来到老王家里，董事长握着老王爱人的手说："老嫂子，你好啊，好几年没有回来看你了，我这次来是向你告别的。你看我这身体，以后想回来都没有办法了，我让儿子给你准备了些资金，你留着养老用吧，保重好自己的身体啊！"说完，她转身看着谷鸽和老人的孙女说："你两个一定要替我照顾好老人家啊。"

谷鸽点点头说："妈妈，您放心。"说完又走到老王爱人的面前说："阿姨，董事长妈妈准备了晚饭，我们一同出去吃个饭，好吗？"

"好好，自从老王走后，这孩子常常替你来看我们，还每个月给我开工资，真是个好孩子，你有这么好的女儿，真幸福啊！"董事长听完，高兴地呵呵笑了起来。

晚上回到家里，谷鸽给浴缸里放满热水后，招呼妈妈泡了个热水澡。等妈妈躺在床上休息的时候，两人一边拉家常，一边探讨着公司下一步的发展。她还给妈妈轻轻地按摩着双腿，直至妈妈慢慢地进入梦乡，她才给妈妈盖好被子，轻轻地带上门。

谷鸽倒了杯水，端着水杯来到阳台上，远处的海边灯火通明，偶有船只闪着灯光经过，传来阵阵的汽笛声，海风带来一股淡淡的咸味。

天空星光闪烁，她此时想到了田菲，田菲慢慢地恢复了健康，让她始终悬着的心终于落了下来。她也想到了卢阳，所有的重担都压在了他的身上，她有时恨卢阳，有时也心疼卢阳，毕竟他是水山的亲生父亲，那种亲情的连接，让她在心里不去牵挂卢阳都不行。

她又抬头望着天上的繁星，思绪回到了遥远的煤城。

第二天，董事长坐国际航班离开深圳返回了美国。走出机场后，谷鸽立即给卢阳打了电话，询问田菲最近的状况，听到田菲的身体一天比一天地好了起来，她脸上露出了欣慰的笑容。

田菲救了水山，水山又是卢阳的亲骨肉，卢花又是卢阳的妹妹，他们都是自己的亲人，也是水山的恩人，还有为水山献出生命的福长大哥，以及山东庄朴实的哑巴大哥、老八大哥，还有大个子的母亲等，谷鸽想了许许多多，这些人自己都要去照顾，才能心安。

电话中，谷鸽告诉卢阳，她想在山东庄离县城较近的地方去承建一座敬老院，把哑巴大哥以及大个子的母亲、老八大哥及他的母亲、田菲的母亲、福长大哥的母亲，当然还有自己的母亲以及山东庄的老人们都接进去，让他们老有所依。现在她有了经济基础，想在家乡那片厚重的黄土地上做一件有价值、有意义的事情。

卢阳听完，高兴地支持她的想法，并告诉她说："谷鸽，你要是做了这些，就是山东庄人民的骄傲啊，你也是我卢阳的骄傲，你是一位成功的人士！"

谷鸽听完，心里突然温暖起来，她轻声地问卢阳："卢阳，改革开放后，经济发展了，但我们山东庄的发展仍然还很落后，需要我们这些走出黄土地的人们去投资、去引导、去为家乡的发展贡献自己的一份力量。我也希望我们的家乡，贫穷的山东庄早日摆脱贫困，让家乡的亲人们都过上好日子，这是我的理想和规划。"停顿了一会儿，谷鸽轻声地问："卢阳，你心里想过我没有？"

卢阳听见谷鸽突然这么一问，不知道该怎样去回答谷鸽的问题，他想了想后说："我是水山的亲爸爸，你说我想你不？"

多少年了，谷鸽终于鼓足勇气向卢阳说出了自己的心里话，也听到了卢阳温暖的回答，她虽然一生坎坷，也遭遇了噩梦般的劫难，但亲情始终围绕在她的身边。想到这里，她激动得热泪盈眶，来到机场附近的咖啡店，要了杯咖啡，伏在桌子上，任凭自己激动的泪水涌出眼眶，浸湿纸巾。

一个月后，田菲出院了。卢花跟着哥哥回到煤城，继续伺候嫂子田菲一段时期。卢阳把卢花的儿女一同接到煤城，联系了煤城最好的小学让他们继续读书，不但解决了卢花的后顾之忧，也使她能安心地照看田菲，自己也能专心地去工作了。

回到煤城的第二天，田菲在卢花的陪伴下，来到陵园。田菲坐在卢薇的墓碑旁，摆上祭品，点上三炷香，一遍又一遍地擦着墓碑上的灰尘，清扫干净四周的枯枝和树叶。

田菲泪眼模糊地看着墓碑说："卢薇啊，妈妈救了一个孩子，差点来到你的世界来陪伴你，结果妈妈又被一个叔叔救了，那个叔叔很爱妈妈，妈妈知道，他为了救妈妈而献出了自己的生命。唉，那个叔叔是个好人，很好的一个人，一共救了妈妈两次啊，他是妈妈的救星，你知道不？"田菲说到这里，低下头哭起来，她擦擦眼泪接着说："他也去了你的世界，你要替妈妈好好地照顾他啊，他的外号叫神经病，真名叫王福长，但他没有享有一天福啊，唉，可怜的人啊。"

卢花觉得地上有点凉，就把嫂子搀扶了起来。她见三炷香即将燃尽，就拿起火柴，续上三炷香，小心地插在香炉里。这里躺着自己的侄女，卢家的骨肉，想着儿时可爱的小卢薇，她哽咽着想哭，但是，为了嫂子，她忍住了。一阵寒风吹来，她替嫂子把大衣的扣子扣好，搀扶着她一步三回头地走出了墓园。

路过川口农贸市场的时候，她们买了一点排骨，又买了一块豆腐，两人来到了陈伯伯家，炖上排骨后，坐到沙发上陪陈伯伯说话。

陈伯伯看田菲忙完，走进书房，拿过来一个信封，从里面掏出一张纸，还有几张银行卡，慢慢地摆放在茶几上。陈伯伯戴上老花镜后，展开那张纸，看着田菲说："孩子，这是一份公证书，我把自己的房产和存款，也就是伯伯全部的遗产和家当，全都给你，这也是你弟弟的意见，万一哪天伯伯不在了，你要和弟弟把我与你阿姨葬在一起，你是我的女儿，我不给你给谁啊。"

田菲听完，突然间愣住了，赶紧说："伯伯，那不好，你的财产理应弟弟继承，我怎么能全部继承你的财产啊，伯伯，你可要想好啊。"

陈伯伯笑了，看着田菲说："孩子啊，你弟弟在国外家大业大的，能要我这点家当？这是我和你阿姨一辈子的积蓄，你弟弟已经写好了放弃继承财产的书面东西，我都给你，你以后照顾伯伯入土为安就行。如果你不想要这个财产，那就是你不想当伯伯的女儿，我就把这些财产都捐了。"

田菲听完，激动地扑在陈伯伯的怀里，伯伯如慈父一般关照着自己，让自己始终沐浴在长辈的关爱之中。

陈伯伯轻轻地拍了拍田菲的肩膀说："伯伯老了，孤身一人，身边有你这么孝顺的女儿陪伴着，也是伯伯的福气啊。"

"伯伯，你和阿姨是我的再生父母，你们一辈子为人善良，做人做事都是菩萨心肠，所以，我田菲才认准了你们，伯伯，就是不继承你的财产，我也会照顾你到老的。"

"好女儿啊，伯伯今天心里很高兴啊，以后，把什么都看淡一点，官场是累赘，钱财是身外之物，只有身体是自己的，要健康才能长寿，知道吗？"陈经理说完，扶着田菲坐到沙发上，脸上露出了慈祥的笑容，看着田菲，他心里非常的高兴和满意，脸上始终挂着幸福的微笑。

过了几天，卢花觉得田菲在陈伯伯的开导下，经过了两次的生死考验，似乎对一切慢慢地释然了，看起来一天比一天高兴，吃饭睡觉都很好，脸上渐渐地有了粉色的红晕，偶尔还能逗着自己的孩子唱歌，高兴的时候竟然漫步起舞，看得卢花哈哈大笑，与孩子和卢阳热烈地鼓掌。

一次饭后，趁着嫂子高兴，卢花问道："嫂子，你知道你从冰窟窿里救的那个孩子是谁吗？"

"是谁？这么长时间了我都忘记问你这个事情，你看我现在的脑子，真是老了僵化了，快给嫂子说说。"田菲抓住卢花的手，急切地想得到答案。

卢花看着田菲说："嫂子，我说出来可以，但你可不要多想，一定要高兴，你答应我了我再说。"卢花看着嫂子的眼睛。田菲点点头："快说，我现在什么都想通了，已经死过两回的人了，还有什么不能接受的，看你说的严重的。"

"你救的那个孩子叫卢水山。"

田菲疑惑地扑闪着大眼睛问道："卢水山是谁家的孩子？"

"我哥卢阳和谷鸽的孩子。"

田菲惊讶地看着卢花，突然间站了起来，快步走到阳台上，吓得卢花紧跟在后面，着急地抱住田菲的腰不放，几乎要哭了起来，说："嫂子，你不要想不开啊，千万不能寻短见的。"

直到听到田菲爽朗的笑声，卢花才松开手，走到嫂子的前面，挡在她面前，真怕嫂子一个纵身跳了下去，心口还在怦怦地跳。

田菲扶着卢花的肩膀说："嫂子不会寻短见的，我竟然救了你哥的孩子，也就是我的孩子，我老了他一定会照顾我的。唉，我真没有想到啊，卢花，我竟然救了你哥和谷鸽的孩子，真是天意啊。"

卢花听完，煞白的脸色渐渐地有了血色，拍着胸脯说："嫂子，你终于明白了啊，你刚才吓死我了。嫂子，你知道不，你在医院抢救的时候，全是谷鸽出的钱，她坐飞机回来了几次来看你，关心你，你昏迷的时候，她跪在你的床前，哭得跟个泪人一样向你忏悔啊。"

听这话，田菲没有说话，看着蔚蓝的天空和洁白的云朵，心里突然间轻松了，嘴里喃喃地说："妹妹还是好妹妹啊！"她看着卢花说，"卢花，走，陪我买肉去，今天下午吃饺子，一会给你哥打电话，把陈伯伯接过来，大家吃一顿饺子，让他们爷儿俩好好地喝几杯。"

"走，快走。"卢花高兴地跟在嫂子后面，两人噔噔地下了楼。

吃饭的时候，卢花悄悄地把今天的一切都告诉哥哥。卢阳心里一下子轻松了许多，很想长长地呼出一口气，吐出心里长期的压抑，胆怯的心理渐渐地荡然无存了。

他走进卧室，拿起电话给谷鸽拨了过去，告诉了她田菲的变化。正在说话的时候，田菲走了进来，问卢阳："给谁打电话？"

"给，给……"卢阳紧张地还没有说完，田菲就夺过电话："喂，你是谁？"

电话那头的谷鸽，轻声地说："田菲姐姐，我是谷鸽，你多包涵啊。"田菲一听是谷鸽，突然间语速慢了下来："啊，是你啊，谷鸽妹妹，你在那边照顾好自己和水山，有时间了回来看看姐姐。"说完，她把电话递给卢阳，脚步轻盈地走了出去。

卢阳拿着话筒，还没有说话，就听见谷鸽在电话那头姐姐姐姐地叫着，还呜呜地哭了起来。

五十

时光荏苒，日月如梭，转眼又是多年过去了，山东庄的土地上，由谷鸽和田菲出资兴建的乡村敬老院拔地而起。

锣鼓喧天中，田菲和谷鸽两人准备剪彩，她俩拿起剪刀，看着下面高兴的人群，相视一笑，剪彩完毕，拥抱在了一起。

　　"奏乐鸣炮，锣鼓家伙敲起来。"一时间，响起了震耳的炮声，礼花弹在空中炸响，那些围着大鼓，手里拿着铜锣和铙钹的庄稼汉们，高兴地跳着、蹦着、敲着，尤其是那个一头白发，光着膀子，擂得大鼓咚咚响的老者，喜庆的笑容始终挂在脸上。

　　在大家热烈的掌声中，田菲穿着一身得体的蓝色西装，走上讲台，先是向着山东庄的父老乡亲深深地鞠躬，然后走到台子中间说："敬爱的父老乡亲们，你们好！我田菲的命是山东庄的恩人给的，这里生我养我，我一辈子难以报答这份恩情。我的一生虽然坎坷，但是，大家给了我无微不至的关爱，让我今天健康地站在这里。虽然我投资建设了乡村敬老院，但是，我的资金有一大部分是我的老领导陈伯伯让我继承的。今天我也把他请来了，今后，将由他担任我们敬老院的名誉院长，也让他在这里颐养天年，大家鼓掌欢迎陈院长。"她在掌声中走下台阶把陈伯伯请了上来，邀请他坐到台子中间的座位上。

　　田菲又回到讲台中央，接着说："最后，我还要说的是，我要感谢王福长大哥，他救了我两次，最终献出了自己宝贵的生命，他是个英雄，我们的座位上应该有他的名字，大家看。"田菲转身指了指，接着说："他也是我们的名誉院长，大家鼓掌欢迎。"台下掌声一片，人们的眼里噙满了泪水。

　　"当然，我们敬老院的建立，更要感谢我的妹妹，深圳宏达建筑有限公司董事长谷鸽同志，她前后策划，倾囊相赠，为建设我们的家乡不遗余力，欢迎她登台就座。"田菲说完，邀请谷鸽走到讲台中央，二人一同向台下的父老乡亲们鞠躬致谢。

　　谷鸽鞠躬完毕，突然跪倒在地，等站起来的时候，已泪流满面。她激动地说："家乡的父老乡亲们，我感谢你们，我儿子水山的生命是福长大哥救的，是田菲姐姐救的，是家乡的亲人们给了他生命，我感谢你们，更怀念福长大哥。今后，我们将共同努力，把我们的山东庄建成更加美丽富饶的乡村，变成金山银山。"

剪彩仪式结束后，山东庄的老人们按照哑巴和老八的安排，陆续入住敬老院。当谷鸽和田菲看见大个子的妈妈拄着拐杖慢慢走过来的时候，赶紧迎了上去，一边问候，一边搀扶着老人小心地走进了敬老院的院子，老人边走边说："我们山东庄走出的女孩子真优秀啊，好娃，好娃，有本事啊！"

田菲和谷鸽听了，相视一笑，脸上露出了灿烂的微笑。

又过了几年，十八岁的卢水山穿上了军装，临行前，在火车站的站台上，他扑通一声跪在田菲的面前，磕了个响头。他扬起脸看着田菲的眼睛，又回头看了一眼卢阳和谷鸽，眼泪汪汪地说："田菲妈妈、卢阳爸爸、谷鸽妈妈，你们多保重，儿子保家卫国去了，我卢水山有你们这样伟大的妈妈和爸爸，三生有幸。"说完，他双脚并齐，行了一个标准的军礼。

水山先拥抱了一下卢阳，又拥抱了一下谷鸽，最后才紧紧地抱着田菲不松手，并在田菲的耳边悄悄地说："田菲妈妈，你才是我的亲妈妈，妈妈再见。"

谷鸽听见了，呵呵地笑了："这个傻孩子，长大懂事了。"

"妈妈、爸爸，再见。"水山说完，转身跑进人群，登上车的时候，转身挥手向亲人告别。

田菲和谷鸽眼里噙满了泪水，直至列车一声长笛响起，徐徐驶出车站的时候，三人才慢慢地离开站台。谷鸽搀扶着田菲，卢阳跟在她俩身后，望着二人的背影，心里五味杂陈。

五月六日这天，是田菲的生日，卢阳在县城的酒店早早预订了酒席，前来祝贺的亲戚和朋友陆续来到了酒店。

老八和哑巴来得最早，卢阳与谷鸽一边商量着点菜，一边布置场地。田菲忙完敬老院的事情后，一看时间不早了，就接上陈伯伯一同前往酒店。

路上，田菲疲惫地想靠一会儿，陈伯伯看田菲累了，就轻声地说："田菲啊，敬老院大多是老人，事情也多，你该休息的时候要好好休息，出力的活多让哑巴他们干，看你一天辛苦的，没黑没明地操持敬老院，伯伯看着都心疼。"

田菲微笑着说："陈伯伯，天天有事做，我才觉得人生有意义啊，年轻时耽误了多少青春，这时候应该好好地补回来，呵呵。"

"傻女子啊，那能补回来吗？"陈伯伯说完，拍了拍田菲的手背，接着说，"今天是你的生日，伯伯祝你生日快乐啊。"

"谢谢伯伯。"田菲说完靠在陈伯伯的肩膀上眯了一会儿。

到了酒店，田菲搀扶着陈伯伯刚刚走进包间，祝福的声音就不断传来，喜庆的气氛非常热烈。田菲鞠躬致谢。抬头看着一张张亲人和朋友们熟悉可亲的面孔，幸福地笑了，激动的泪水夺眶而出。

生日宴会结束后，田菲送走了亲戚和朋友，唯独卢花站在那里，一脸的愁容。田菲吃饭的时候就发现妹妹有点不高兴，这会儿走过去问卢花："卢花，你怎么了？看起来有点不高兴？"

卢花叹息了一声，不想给嫂子说，田菲敏锐地看出了她的为难，微笑着说："没事，自己家人，有啥事就说嘛。"

卢花有点为难，思考了半天才说："嫂子啊，儿子大了，谈了个对象，现在农村女子要房要车的，满足不了这些要求，婚都难结，娃刚才还给我打电话。为了房子和车子，娃整天和我们两口子生气。唉！"

"哦，是这样啊，现在社会风气就是不好，那我和你哥、谷鸽商量商量，大家共同想想办法，帮帮你。"田菲说完，看了卢阳和谷鸽一眼。

卢花生气地说："嫂子啊，那时为了生二胎，东躲西藏的，有了儿子后高兴了十几年，剩下的时间都是愁人的事情一件接一件。那时还不如和你们城里人一样生一个，独生子女多好啊！"卢花说完，低头擦眼泪。

田菲想想说："这样吧，你们两口子都来敬老院打工，我每月给你们开工资，也可以缓解你们的经济压力。现在咱们敬老院好多了，政府也是扶持支持的。"

最后，经过商量，谷鸽拿出了一部分资金，卢阳和田菲也出资，老八从超市的周转资金里面拿出一部分借给卢花，在大家的共同帮助下，卢花渡过了儿子结婚这个难关。

过了几天，田菲返回敬老院，逐个房间查房。

刚查完房，田菲突然间觉得有点发晕，便扶着门框定了定神。她艰难地往前挪了几步后，突然眼前一黑，身不由己地跌倒在地。

　　哑巴恰好在打扫卫生，刚从卫生间出来，就看见田菲倒在地上，赶快去搀扶田菲。卢阳、谷鸽等人也纷纷跑了过来，看田菲好像没有任何意识，赶紧拨打了120。

　　田菲被紧急送往县医院，结果诊断为脑梗，一直处于昏迷状态。医院采用了控制血压、神经保护、改善脑血管循环等治疗措施后，田菲的病情有所好转，慢慢地苏醒过来，但是，她的右半身几乎失去了知觉。她睁开眼睛，看陈伯伯、卢阳、谷鸽、哑巴、老八都围在跟前，想问问敬老院的事情，可怎么也说不出话，急得双手紧握拳头，不住地晃动。

　　谷鸽知道她放心不下敬老院的那些老人，就贴近她的耳根，安慰她说："姐姐，你放心，敬老院的事情都安排得很好，政府也给了我们资金支持，你安心地养病，等你身体好了，有你要干的活呢！明白吗？"

　　田菲听谷鸽说完，轻轻地闭上眼睛，眼泪便顺着脸颊流淌了下来。卢阳看到了，拿起纸巾轻轻地替她擦去眼泪，又摸摸田菲的右腿，感觉有点发凉，转身找了个暖水袋放进被窝，然后就怔怔地站在那里，默默看着躺在病床上的田菲，悲伤地叹息了一声。

　　经过一段时间的治疗后，田菲可以坐着轮椅出来晒太阳了。由于颅脑损伤严重，她的语言功能还没有很好地恢复，她艰难地对卢阳说："卢、卢阳，今天、天气好，下、下午带我去敬老院看、看。"

　　"好吧。"卢阳答应她后，又和大夫商量了一下，大夫再三叮嘱他病人身体比较虚弱，一定不能受刺激，快去快回。

　　吃过中午饭后，卢阳开车，他们一行人来到了敬老院。卢阳推着田菲来到每个房间看了一遍，当田菲进入陈伯伯的房间时，正在和邻居下棋的陈伯伯发现田菲来了，赶紧走了过来，拉着田菲的手，他看田菲表情有些异样，就诧异地问道："孩子，你怎么成这样了，有什么不舒服吗？"

　　田菲半天也没有说出一句话，有点激动地看着陈伯伯，双手不住地颤抖。她一直看着陈伯伯的脸，慢慢地说："陈伯伯，你、你要，保重啊。"陈伯伯看田菲的状况不好，上前抱住她，把她的头紧紧地贴在自己怀里，两行浊泪溢出眼眶，喃喃地说："孩子，你要快快地恢复健康啊，敬老院的老人们离不开啊，孩子！"

卢阳和谷鸽一看这样的情景，就示意陈伯伯继续下棋，他担心田菲心情激动而受到刺激，就慢慢地推着她出了房间。陈伯伯一直送到房间门口，才眼泪汪汪地向田菲挥手告别。

最后，田菲又来到厨房看了看饭菜，觉得非常满意，脸上始终挂着满意的微笑。

忙完之后，田菲想去楼顶看看家乡春天美丽的景色，谷鸽知道楼顶风大，拿了件紫红色的羊绒大衣轻轻地盖在田菲的腿面上。卢阳推着田菲走进电梯，来到敬老院的平台上，和煦的风扑面而来，柔和的阳光照在身上，顿觉温暖舒适。

田菲遥望远方，环视着山东庄四周的大地，麦苗绿毯似的铺满大地，一片片盛开的油菜花点缀在绿色的麦田中，清风带来阵阵花香。

她向远处看了看，微笑着说："谷鸽，你看我们上学时，曾经走过的蜿蜒小道，如今、如今也看不到了，都建成了宽阔的水泥大道，一晃多年过去了，家乡变化太大了。其实，我还是非常怀念、怀念那个纯情的少女时代啊！如今，我们都老了，老了，经历的事情也太多太多了。唉，难忘啊！"说完，她抬起头仰望远处的天空，一朵洁白的云朵在她的眼前渐渐地飘向远方。

"田菲姐姐，没有苦哪有甜啊！这就叫苦尽甘来，你好好地保养身体，等你身体好了，回来当好这个院长，敬老院的老人们都喜欢你这个院长。"田菲脸上渐渐地泛起红晕，微笑着摸着谷鸽搭在她肩膀上的手，心里温暖如春。

"姐姐，这件大衣是妹妹为你准备的礼物，姐姐的身材可是高挑美丽的，穿在身上一定很漂亮的。"谷鸽说完，把田菲腿面上的羊绒大衣整理了一下。

谷鸽转身看了卢阳一眼，一阵清风刮过，吹乱了他已经花白的头发，两人相视而笑，又一同看向远方，那朵洁白的云朵，在蔚蓝的天空中渐行渐远。

　　十天以后，田菲因为感冒引起肺部感染，病情突然加重，持续昏迷了两天后，心脏停止了跳动，生命永远定格在五十八岁。

　　田菲走了，走完了自己坎坷的一生。她的遗体火化后，被安葬在女儿卢薇旁的墓穴里，永远地陪伴着自己的爱女。

　　一个月后，敬老院交由哑巴和老八负责管理，卢阳提出申请，提前办理了退休手续，跟随谷鸽一同飞往深圳，开始了新的生活，并源源不断地为山东庄的敬老院提供资金的帮助和支持。

　　"田菲、卢薇，我想你们。"站在海边的卢阳望着远方蔚蓝的大海，泪眼模糊。谷鸽靠在他的身边，凝望远方，双手合十，心中默默地祈愿：愿生命之树松柏常青，祝天下好人一生平安。

2022 年 5 月 15 日